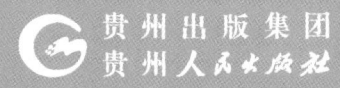

开刃之秋

冯飞 著

贵州出版集团
贵州人民出版社

图书在版编目（CIP）数据

开刃之秋 / 冯飞著. -- 贵阳 : 贵州人民出版社, 2024.12. -- ISBN 978-7-221-18772-7

Ⅰ. I247.5

中国国家版本馆CIP数据核字第2024D3A996号

KAIREN ZHI QIU
开刃之秋
冯飞著

出 版 人：	朱文迅
策划编辑：	黄　冰
责任编辑：	张　睕　欧杨雅兰
封面设计：	张　睕
版式设计：	杨　洋
剪纸作者：	许瑞芬
责任印制：	尹晓蓓
出版发行：	贵州出版集团　贵州人民出版社
地　　址：	贵阳市观山湖区会展东路SOHO办公区A座
印　　刷：	深圳市新联美术印刷有限公司
版　　次：	2024年12月第1版
印　　次：	2024年12月第1次印刷
开　　本：	787 mm×1092 mm　1/16
印　　张：	19
字　　数：	280千字
书　　号：	ISBN 978-7-221-18772-7
定　　价：	58.00元

如发现图书印装质量问题，请与印刷厂联系调换；版权所有，翻版必究；未经许可，不得转载。

本书获 2021 年贵州省出版传媒事业发展专项资金资助

序

在历史的坐标点上

成都军区原副司令员 桂全智（中将）

中国共产党贵州省工作委员会（简称贵州省工委）是中国工农红军长征途中党中央批准成立的唯一的省一级地下党的领导机构。首任工委书记林青是一位信仰坚定、宁死不屈的共产党人，省工委成立不到七个月，他就被敌人残忍杀害，是载入史册流芳千古的共和国烈士。

中秋节前，我收到了冯飞寄来的新作《开刃之秋》，这是一部长篇历史小说的初稿。书中，作者以他独特的视角，从九一八事变对贵州各阶层的冲击和影响入手，回顾了20世纪30年代初，林青、秦天真、高言志等热血青年追求信仰、寻找真理的艰辛历程，再现了在血雨腥风的年代，中共贵州省工委为了抗日救亡、拯救民族命运，不惜流血牺牲，前赴后继所做的艰辛探索和付出。读着这部书稿，我感觉到一种难以抑制的激动和喜悦。这主要来自几个方面：一是难舍难分、弥足珍贵的"十八军情缘"，二是高山仰止、令人叹服的先辈初心，三是书中那厚重的历史责任感。

《开刃之秋》主人公秦天真，曾经是毕节山城的一名青年教师，也是林青书记遇难后，中共贵州省工委的主要领导人。面对突如其来的"七一九事件",他举重若轻处之泰然,最大限度减少了党的损失。后来他离开贵阳辗转去了延安,在抗日战争的烽火中经受了种种考验和洗礼,担负起了新的职责和使命。解放战争期间,秦天真在二野五兵团第十八军担任民运部部长,1949年秋天随二野五兵团"大军南下"打回贵州。同年11月15日,经党中央任命,秦天真担任贵阳市首任市长和首任市委书记。

秦老任职的二野五兵团第十八军诞生于全民族抗日战争初期。该部是以党的地方抗日武装和部分老红军连队为基础组建起来的。麾下不乏战功卓越的红军连队,如"红一连""红二连""红八连"等等。那首脍炙人口的《洗衣歌》就诞生于十八军,它传唱并见证了这支英雄部队跨越时空的血脉赓续,作者李俊琛、罗念一都是十八军五十二师的老兵。

20世纪80年代末,我在一四九师(原十八军五十二师)任师长。功勋卓著、德高望重的秦天真同志是我们部队的老前辈。早年通过翻阅军史资料,我对这位老首长的事迹就略知一二,内心充满敬佩。今天,冯飞战友积其多年研究所得,潜心创作出《开刃之秋》一书,表达我们共同的缅怀和敬仰,这是一件值得欣慰和自豪的事情。在军旅文化的传承中,这部作品好比一个穿越历史的坐标,担负起了承前启后的文化使命和责任。透过书中那些朴实无华的文字,我感受到了浓浓的、弥足珍贵的"十八军情缘",也理解了作者冯飞对军旅文化的忠诚诠释!

《开刃之秋》题材新颖,视角独特,当年贵州地下党的种种历史细节在书中一一再现。作者的表现手法颇具功力,故事催人泪下、发人深省。这当中,秦天真特别突出。例如,毕节军政当局密谋逮捕林青、缪正元、秦天真,地下党被迫撤离时,秦天真格外勇敢而冷静。他知道,作为一位有固定职业的人,自己在学校里是排了课的,如果突然消失肯定会惊动官方,从而导致军警提早下手。为了保证大家的安全,秦天真建议林青、缪正元先走,自己最后撤离。如果说,这是秦天真等共产党人在白色恐怖下的一次伤心的撤离,那么,以工委书记林青被捕为标志的"七一九事件",则是对秦天真等共产党人的致命打击。为了逃避敌人的搜捕,秦天真、徐健生等从高家花园转移到宅吉坝，后又转移到郊区新添寨北衙寨的"高公馆"，这期间，省工委书记林青不幸遇难。

按照省工委"八月会议"的决定，秦天真、徐健生、刘雪苇、董亮清必须迅速撤离贵阳。在分秒必争的紧要时刻，身为省工委主要负责人的秦天真，他对自己的安危作何考虑呢？

"……其他比较活跃的外围组织成员、抗战宣传工作积极分子等，均做了转移疏散或就地隐蔽的一系列安排。为了营救林青，秦天真决定自己多停留一段时间，最后转移。"

"……秦天真沉吟片刻，做出了初步安排：'刘雪苇、董亮清二位，由李光庭、喻雷你们护送，骑马到凯里。然后，刘雪苇、董亮清要在凯里另外启程，分头去上海和山东。徐健生单独去毕节，等你们都平安离开，我再动身去安顺。'"

斯时斯地，危险无时不在无处不在，然而秦天真却选择最后转移。"等你们都平安离开，我再动身去安顺。"这样的抉择，需要大义凛然的胸怀，更需要视死如归的胆量和勇气。在事关个人生死的艰难抉择中，狱中的林青书记经受了考验，在新添寨北衙寨，秦天真同样经受了考验，这就是那个年代的共产党人！

在极为恶劣的环境下，中央代表潘汉年下达的特殊任务，还检验了秦天真的智慧和韬略。在这一点上，他最终取得了巨大的成功，这个成功不仅仅属于他个人，也不仅仅属于贵州省工委。他的成功，早已写在共和国的史册上。今天，《开刃之秋》里"智取情报"的精彩叙述，看似简单回顾历史，实则是冯飞内心受到震撼后的反思："这段历史，不应该被我们后人忘却。"

中共贵州省工委成立不久，中央特科负责人、红军总政治部宣传部部长潘汉年秘密赶赴贵阳，向秦天真下达了截取重要情报的任务。随后，秦天真等共产党人排除千难万险，不惧生死，在敌营中智取军用地图、密电码、地空识别标志图等重要军事情报，圆满完成了党中央交办的重要任务。他们为推动社会进步、为中国革命所做的巨大贡献令人感动、令人叹服。这些共产党人的探索和努力，不就是我们平常所说的"初心"吗？这样的初心，我们应该永远铭记，不可忘怀！因而可以说，《开刃之秋》是一部极具分量的好作品。

收到《开刃之秋》书稿，我是很觉意外的。作者冯飞是我们一四九师老部队成长起来的军旅作家。他巧妙地以文学手法着力，对贵州地下党那段历史进行了梳理，填补了老前辈秦天真早期革命生涯的空白。这无论对国家、对人民军队，都是一笔宝贵的文化财富。如此说来，冯飞战友与十八军老部队的情缘是很深厚的。这样的军旅情怀着实让人感叹和赞赏。"有志者事竟成"，但愿《开刃之秋》一书早日付梓。或许，这算是给他的犒赏和慰藉，也是我对他的祝福和期待吧！

2020年11月4日

（作者桂全智，男，籍贯重庆。1961年入伍，历任步兵第一四九师师长，陆军第十三集团军军长，成都军区参谋长、副司令员，2001年晋升为中将军衔。）

讴歌红色文化的佳作

中国军事科学院 张秦洞（少将）

2020年9月底，我回贵阳料理父亲后事。在这期间经表弟秦淮介绍，与贵阳市乌当区作协主席冯飞先生结识，得知他创作了一部长篇历史小说《开刃之秋》，内容主要是反映中共贵州省工委的革命业绩，闻之很是高兴和欣慰！

作为当年中共贵州省工委重要成员秦天真的外孙，我一辈子从军习武。革命后代的身份和军人的职责、使命，让我一直想以文艺作品歌颂中共贵州省工委的革命光辉业绩和对中国革命的重要贡献。2018年，我与贵州省毕节市七星关区政协副主席邹芝桦合作，在"毕节市七星关区红色文化丛书"中推出以反映20世纪30年代初外公秦天真中期革命生涯为主的《秦天真红色记忆》一书。但由于时间紧迫、资料受限，我对该书并不是很满意。之后，我不断构思并努力寻找资料，期望撰写一部"拿得出手"的作品。

所以，在拿到冯飞先生的《开刃之秋》初稿后，我连夜阅读，不忍掩卷。阅读后的第一感受是：

传承红色倾情深，开篇接叙主题奔。

四线突显聚工委，歌功赞绩高节陈。

经认真思考，我认为《开刃之秋》具有以下特点：

一是忠实历史。撰写革命历史性题材方面的文学作品，最大限度地遵照真实史实，是此类作品成功与否的魂和灵。冯飞先生博览群书，求知强烈，为写好《开刃之秋》，他广泛收集阅读大量党史资料，充分了解掌握重大史实，并以主要史实作为基本依据，使该作品基本史实准确。如中共毕节支部成立前后的斗争、党中央决定建立贵州省工委的经过、护送中央代表潘汉年去上海、完成中央代表赋予的三项绝密军事任务、"七一九事件"的发生、董亮清掩护刘雪苇（刘茂隆）成功越狱、省工委"八月会议"的及时召开和形成的会议决议等等重要节点、重大事件的叙述，均以史实为基本依据，从而提高了作品的可采信度。

二是重点得当。党史军史必然涉及众多人物，而写成小说，如何有所突出、有所省略，对反映历史的文艺作品来说，是一个巨大的挑战。《开刃之秋》在这方面处理得十分恰当。冯飞先生把描写的重点放在1932—1935年中共贵州省工委成立前后，其间涉及的众多人物也进行了必要的取舍。如合理诠释了董亮清从一个孤儿、学徒到加入共产党的人生历程，尤其是董亮清与党失联后四处寻找组织的坎坷境遇，使其在帮助刘雪苇越狱这件事上的描述和刻画更加合情合理。如突出高氏家族族长高可亭性格特点，使这个封建时代的贤达人士从对进步运动和共产党的淡漠回避到同情、支持的转变过程，更自然而顺畅。如重点刻画黄大陆这个黔军一师少将参谋长，把他这个"国军"少壮派，逐渐对国民党政权失望而成长为中共党员，最终在完成党中央赋予的绝密任务中发挥重要作用的过程进行深入浅出的分析和阐述，令人信服。

三是虚构得体。小说往往以塑造人物形象为主，通过完整的故事情节和具体的环境描绘，来反映社会生活，同时致力于描写处于常态的感情、灵魂和理智的发展，表现人物内心的真实与本性的自然。冯飞先生充分利用小说的优势，在描写邱家、高家和董亮清、林青、秦天真、高言志等人物方面，注重发挥小说作品的特点进行适当虚构，把整个故事情节巧妙地串联起来，弥补了相关传记和史实资料的不足，使人物更加生动形象。如在基本史实基础上，《开刃之秋》虚构了邱祖轩、邱世达父子和"又一村"饮食店,从而把黄大陆、董亮清与贵州地下党的林青、秦天真、高言志、徐健生等人物活动串联起来。如对老谋深算的陈惕庐这个原中共江苏省委书记,从其背叛革命,到任国民党贵州省党部主任委员、中统特务室主任的任职经历也进行了适当的描述,突出陈惕庐受蒋介石指派到贵州处理密电码泄密,阴险狡诈地诱捕林青等数十人、破坏中共贵州地下党的过程。

四是推理到位。推理的合理,源于遵循科学的原则,把握严谨的逻辑。历史题材文学作品在重大史实的阐释中,往往限于相关人物身份和视角的制约,难以展述全貌。这就需要作者在叙述中进行必要而符合逻辑的推理,从而得出令人信服的重要结论。

1999年,贵州人民出版社出版了外祖父秦天真的回忆录《风雨八十年》。书中,外祖父虽就由他牵头,成功获得国民党军队密电码、军用地图和地空识别标志图这件事的过程有所述及,但对此事的后续作用惜墨如金,未作交代。今天回望历史,平心而论,贵州地下党此举,对于支援中央红军的重大战略作用是不可低估、不可回避的。我揣测,外祖父是碍于自己身份,不好就此展开,何况长期以来,隐蔽战线有着极其严格的工作纪律。

徐向前元帅生前亦曾指出:"毛主席用兵确有过人之处,但他也是以情报做基础的。中央红军四渡赤水河时,中央负责情报工作的是总理、伯承、剑英、克农和陈赓、曾希圣、王铮等,对敌情了如指掌。红军之所以敢于在云贵川湘几个老军阀的防区内穿插往返,如鱼得水,就是因为我们在龙云、王家烈、刘湘、何键的内部安插了我们的人,并且我们破获了他们的密码。因此,我们掌握了战争的主动权。在这方面,情报工作功不可没。"[1]

可以看出,当时年轻的中共贵州省工委对中央红军、对党中央和中国革命所做出的重大贡献,在中共党史、军史上留下了浓墨重彩的一笔。

人们常说,文如其人。《开刃之秋》这本书能在短时间内完成是不容易

---

[1] 罗青长:《赫赫战功将,堂堂正正人——忆徐向前元帅》,《解放军报》2001年11月12日。

的，字里行间都是冯飞先生文字创作的丰厚积累与真情写照。此书的成功出版，无疑会成为2021年中国共产党成立一百周年纪念活动的一部佳作和很好的献礼。借此机会，我向冯飞先生表示真诚的感谢，更向当年贵州省工委的英雄们致以崇高的礼赞！

（作者张秦洞，中国人民解放军军事科学院科研名家，科研指导部原副部长、少将，博士研究生导师，曾任中国孙子兵法研究会常务理事、中国军事科学学会副秘书长、国家国防教育师资库入库专家、全军常备外宣专家，两次参加边境作战，出版专著二十余部，发表学术论文近两百篇，十次荣立三等功，六十多项成果获奖，享受国务院政府特殊津贴和军队优秀专业技术人才一二类特殊津贴。）

主要人物表

（以出场时间为序）

邱世达，男，滇军老兵，"又一村"饮食店老板，中共地下党员。

邱祖轩，男，邱世达之子，中共地下党交通员。

董亮清，男，山东人，中共地下党员，抗战军人，国民党"贵阳模范监狱"警察。

老　罗，男，中共地下党员，董亮清之入党介绍人。

高铭宇，男，贵阳北衙高氏家族粮农管家，人称"双二爷"。

唐老冲，男，贵阳市郊北衙寨佃农，"高公馆"长工。

唐志安，男，贵阳市郊北衙寨佃农，中共地下党交通员。

高可亭，男，缙绅，贵阳高氏家族族长。

高言志，男，高可亭侄儿，青年学生，中共地下党员。

徐健生，男，青年学生，中共地下党员。

高昌华，男，青年学生，中共地下党外围成员。

高昌谋，男，青年学生，中共地下党员。

高言诗，男，青年学生，中共地下党外围成员。

高言书，男，青年学生，中共地下党员。

秦天真，男，青年学生，中共地下党员，中共贵州省工委委员。

黄大陆，男，黔军第三师少将参谋长，中共地下党员。

王家烈，男，贵州省政府主席，军阀。

林　青，男，本名李远方，又名李肃如，中共贵州省工委书记兼遵义县委书记。

缪正元，男，中共地下党员，秦天真之入党监誓人。

孙师武，男，青年学生，中共地下党员。

李　策，男，青年学生，中共地下党员。

蓝运臧，女，青年学生，中共地下党员。

田丰年，男，警察，国民党"贵阳模范监狱"监狱长。

郑宛如，女，青年学生，董亮清之女友。

刘雪苇，男，又名刘茂隆，中共贵州省工委委员。

李光庭，男，军人，中共地下党员，中共贵州省工委军事小组组长。

潘汉年，男，红军总政治部宣传部部长兼中央特科情报科科长。

陈惕庐，男，国民党贵州省党部主任委员，中统特务室主任。

尹素坚，女，贵州省政府教育厅督学。

目 录

001　　　　引 子

007　　　　**第一章 1932 年（民国二十一年）**
008　　　　　一、董亮清
017　　　　　二、高家谷子
025　　　　　三、大少爷
034　　　　　四、祖宗的家业

041　　　　**第二章 1933 年（民国二十二年）**
042　　　　　一、又一村
053　　　　　二、黄长官
068　　　　　三、故土
081　　　　　四、惊蛰
094　　　　　五、春夜
106　　　　　六、万石仓的陈年旧案

125　　　　**第三章 1934 年（民国二十三年）**
126　　　　　一、离群的孤雁
142　　　　　二、文笔街的枪声

153	三、最后一课
166	四、吃新
181	五、吉祥之地

191	**第四章 1935年（民国二十四年）**
192	一、佳音
202	二、擦肩而过
216	三、"贵客"
229	四、星空
238	五、细活
250	六、秋夜的闪电
263	七、远行

271	尾　声

274	后　记

278	参考书目

开刃,古代兵家、刀客必习之功。即打造兵器时采用特殊技术,对刃口细加打磨,使其更为锋利。

—— 题记

◎引 子

我的祖父邱祖轩，字兆霆，生于民国三年（1914年），卒于1988年冬。

大约在祖父去世的三年前，即20世纪80年代中叶，我家里的境况突然发生了巨变，概括起来体现在四个方面：一是身份，二是收入，三是客人，四是祖父外出上省城的频率。所谓巨变，其实就是后三样渐次增多。

那时，我家祖孙三代生活在贵州黔西县一乡场上。年逾古稀的祖父邱祖轩做手艺，常年穿行于各地乡村。父母忙时种田，闲时摆地摊做小生意。我和哥哥、姐姐则分别就读于当地初高中。祖父的手艺说来简单，就是补锅。据说在当地这一行中，他辈分很高，技术水平有口皆碑。铜锅、铁锅、锑锅、铝锅的修补，祖父首屈一指。说具体点，就是化腐朽为神奇。无论破损多严重的锅盆灶具，凡经他手定焕然一新，主家验货看不出丝毫的疤口旧痕。

传统的"三教九流"中，有"七修八配"之说。照这说法，祖父和石匠、铁匠、篾匠、骟猪匠之类，皆属"下九流"。客气点的，叫一声"邱师傅""老邱伯"，粗鲁人提到他，直接就是"南街那个补锅匠"，童年时代，我不止一次听人背后贬斥他。

好的是有了改革开放，世道在我们身边慢慢起了变化。

1985年深秋的一个下午，放学后我还没到家就吓了一跳。只见从街口到我家门前，停着四五台亮闪闪的高级小轿车，另有两台草绿色"北京吉普"。年轻的军人在吉普车旁忙碌，把当时较为金贵的牛奶粉、麦乳精，还有画着苹果、梨子图样的大纸箱，一件件往我家里搬运。家里发生了什么？我诚惶诚恐，战战兢兢摸进门去，但见屋里来了不少陌生人。他们有的坐在房檐下，有的坐在堂屋一角祖父的床上。还有一些表情严肃的年轻人，身姿笔挺地拥挤着，毕恭毕敬站在房间的一些角落里。我家那几间破旧的瓦房，顿时显得更加狭小而低矮。

我家的凳子、竹椅子，大多破破烂烂、吱吱呀呀，坐在上面的客人都虚抬屁股，不敢轻举妄动。满脸皱纹的祖父坐在靠墙的一张板凳上，不慌不忙咂着叶子烟。祖父和平时一样，穿着那件补疤摞补疤的中山服，与一个穿崭新军大衣的胖老头交谈。他们衣着迥异，但年龄相仿，不时发出会心的一笑。

每当祖父咂一口烟，瞬间烟雾缭绕面容模糊。他嘴里不时冒出一些陌生的词汇。凭我当时的认知水平和理解能力，觉得这些词汇有趣而又令人费解，例如"联络地点""情报""地下党""骑腰酒四件"（音）、"白牙膏家"（音）、"高原字"（音）、"晴天蒸"（音）、"潘汉年"等等。随从称胖老头为"曹部长"，不时拿过曹部长的玻璃茶杯，让我母亲用竹篾温水瓶给他续水。

祖父低声和曹部长侃侃而谈，语速时缓时急，偶尔小幅度地辅以手势……此时的祖父，似乎沉浸在人生往事那深沉无尽的回味当中。他表情沉稳，神色间看不出情绪的大起大落，更无丝毫愤懑、抱怨。穿军大衣的曹部长右手握笔，膝上放一笔记本，交谈间，不时见缝插针、龙飞凤舞地记上几笔。

可能母亲担心我失礼，她找个借口把我支到灶台边帮着做事。趁客人不注意，母亲揪了我一把，指指画着红苹果和梨子的纸箱。"赳赳，这些都是省里来的大官，你爷爷，怕是要翻身了！"母亲悄声说。我似懂非懂点点头。看着纸箱上苹果、梨子的图样，我喉咙里条件反射冒出了口水，却不敢去触碰纸箱。

交谈了一阵，曹部长低沉地咳嗽一声，缓缓站了起来，其他坐着的一阵手忙脚乱，陆陆续续跟着站了起来。"就这样吧老首长，我们现在要赶回去了。"曹部长主动和祖父握手，十分谦恭地告辞。母亲从灶房走到堂屋，诚恳而不安地挽留道:"领导些(们),饭要好了,吃了晚饭再走。""不啦不啦……!"曹部长正要解释什么,祖父却沉稳地抿嘴一笑,对我母亲摆摆手:"领导些大事繁忙,不要强求他们。"曹部长笑着附和道:"对对对,我们确实比较忙。"他再次欠欠身子,双手紧握祖父的右手大声道:"老首长,省委组织部的正式文件下发后,我来接你去见秦书记。"

"好,好,你们慢走。"祖父点头,他微笑的表情仍旧那么沉稳,看不出常人难免的欣喜或得意。

那一天,家里发生的事情令我大惊失色。

首长!虽说刚读初中,但我深知"首长"两个字的含义。首长不就是领导吗?我看过《南征北战》《战上海》《英雄儿女》《奇袭白虎团》等老片,电影里那些被称为首长的人,无一例外都是很大很大的领导。既然,军大衣曹部长都要把祖父叫作"老首长",那么很显然,祖父的官儿应该比他还大!

偏僻小镇,一个古稀之龄的补锅匠突然成了"老首长",我大惑不解。祖父不做解释,父母也没给我答复。接下来,家里发生一系列变化——

省里来了专车,把祖父接到省城贵阳,参加了一个平反昭雪落实政策的大型会议。会上,省领导给祖父颁发了一份红头文件和一个证书。在省城逗留数天后,祖父被小轿车送回黔西家中。一位配短枪的解放军军官,从轿车里拎下一个军用挎包,直接进门交给我父亲:"你是邱老的儿子,对吗?"我父亲老老实实点头。

"那好!"军官表情严肃,"这三万六千七百九十元钱,是国家补发给邱老的。请你清点一下,打一个收条给我……"

1985年,中国民间最富有的人叫"万元户"。祖父这笔钱相当于三个半"万元户"的收入总和!补锅匠一夜暴富,确实算得上那个年头的爆炸新闻!至于省里颁发给祖父的红头文件和证书,两样我都认真看过,上面称祖父为"邱祖轩同志",并注明:"邱祖轩同志享受老红军正师级待遇,参加工作时间,自1931年9月18日开始起算。"

——1931年9月18日,日本帝国主义侵犯中国,发生了著名的九一八事变,也就是说,祖父是从那一天开始参加革命的!

第二个变化，是我的父母参加工作，端上了国家的"铁饭碗"。那时我的父母都已四十出头，按省里的安排，他们双双进了县广播站，成了名副其实的"公家人"。当年在黔西县，这是关于我家的又一桩爆炸新闻。

第三个变化，是省、地（2011年12月以前，现在的毕节市还叫毕节地区）、县各级领导，隔三岔五带着礼品来我家里，专门探望老红军"邱祖轩同志"。

频频造访我家的，还有电台、电视台和报纸、杂志的记者、作家。他们先是陪领导来，应景似的做消息报道。此后就隔三岔五自己来，央求老红军邱祖轩讲他"过去的故事"。但凡祖父接待来访者，我就静静坐在一旁，听他一边回忆一边讲述。于是，祖父的身世一点点呈现在我眼前，我好奇并震惊。但因我们祖孙相处的时间过于短暂，祖父仓促离世后，他的身世之谜留下了太多空白。

祖父去世数年后，我毫不犹豫地报考了四川大学历史系。我的初衷其实很简单，就是想破解祖父的身世之谜。如今，祖父辞世三十多年了，他的身世之谜被我一一破解。例如第一次和曹部长谈话时，祖父提到过的那些晦涩的名词，本意应该是这样的——

"骑腰酒四件"，音误，实为"七一九事件"。1935年7月19日上午11时，国民党特务机关展开突袭，中共贵州省工委书记林青、工委委员刘雪苇（又名刘茂隆）等十九人被捕，中共地下党机关遭受巨大损失。同年9月11日，林青被杀害。震惊世人的"七一九事件"由此而来。

"白牙膏家"，音误，实为"北衙高家"，位于今贵阳市乌当区新天社区办事处北衙寨老房组，是清代廉吏高廷瑶的旧居。"七一九事件"发生后，中共贵州省工委（以下简称省工委）采取"隐蔽、转移、分散"的策略，积极保护有生力量。在高氏后人、共产党员高言志一手策划下，省工委委员秦天真、刘雪苇及徐健生、董亮清等党员，在高公馆渡过劫难化险为夷。最后他们四人安全转移，辗转去了延安、上海、山东等地。

"高原字"，音误，即"高言志"，1935年2月加入中国共产党，在隐蔽战线功勋卓著。1949年后，先后在中共贵州省委办公厅、省财政厅工作。由于历史的原因，长期蒙受不白之冤，1986年冬天逝世。

"晴天蒸"，音误，人名，实为"秦天真"。贵州毕节人，1934年加入中国共产党。长期在隐蔽战线从事党的秘密工作，是中共贵州省工委早期负责人之一。1949年11月，秦天真以中国人民解放军第十八军民运部部长身份，转任贵阳市首任市委书记兼市长。此后历任贵州工学院院长、贵州省第四届省政协副主席、贵州省副省长、中共贵州省顾问委员会副主任等职。1998年逝世。

英雄的先辈们正在老去甚至已经消失，而历史却不容遗忘。1935年，贵阳发生的"七一九事件"已载入史册。对祖父来说，值得他含笑九泉。

"七一九"，神秘的"七一九"，不堪回首的历史往事，诠释了一个时代难以重负的腥风血雨。同时，"七一九"也是一个刻骨铭心的历史坐标，映照着中华民族的倔强与高贵。我的祖父邱祖轩和秦天真、徐健生、高言志等先辈，他们正是从"七一九"的血泊中走来。在有限的历史空间里，他们曾经迎着不可想象的磨难和风险，怀揣强国梦艰辛探索。毫无疑问，这个英雄群体是那个时代出类拔萃的觉醒者和先行者。今天，请容我超越历史和认知的局限，走近祖父他们那代人，重新凝视他们的艰辛探索。这是我给祖父尽孝，也是向那个时代的先辈和他们对信仰的坚贞，表达我由衷的致敬之情！

◎ 第一章 **1932** 年（民国二十一年）

一、董亮清

1932年，秋末冬初的一个傍晚，贵州桐梓县境，川黔古驿道松坎站。

四野苍茫，倦鸟急归，崇溪河上水流湍急，回声粗莽有力。两艘停泊在岸边的渔船，随着水流的变化时远时近、若即若离。视野尽头，千百年来被踩得溜光的古驿道上，运盐的脚夫（俗称"盐巴老二"）由远及近。老老少少、男男女女数十人，各自背着沉重的背篓，自重庆方向沿着逶迤的驿道进入贵州地界。

重负之下，衣衫褴褛的脚夫皆疲惫无言。那大汗淋漓、佝偻如虾的身影，在余晖残存的盐道上埋头赶路……

"盐巴老二"消失后，远处传来汽车的轰鸣。须臾间，一辆卡车向松坎站驶来，由驿道改建的简易公路，突然因这黑黢黢的怪物而显得神秘叵测。坑洼不平的公路尽头，是落叶枯黄的古树和高耸的悬崖。古树和悬崖间，石块铺砌的羊肠小路仅容单人通行。如有交会，则需一人侧身靠边，否则谁也走不成。因此，古时候这里被脚夫们称作"岩门关"。

汽车在岩门关停下，带队的董亮清拉开车门，从脏兮兮的驾驶室一步跳到石板路上。他拍拍车厢大声吆喝："到点了，下车整队！"话音刚落，车厢里陆续跳下三十几位全副武装的"国军"士兵。值星班长整队后，董亮清训话。

董亮清，山东德州人，1905年生，上海税警总队下属某团中尉排长，时年二十七岁，人高马大，说话做事干脆利落。"弟兄们，听上峰说，重庆到贵阳的马路，贵州地段刚动工，我们乘车只能到这里。今晚就地扎营，野炊做饭。明天行军，争取三天到遵义，五天到贵阳。"

接下来，伙夫忙着在松树林边支锅垒灶，他们用松毛点燃干柴，很快做出一锅盐菜汤。大家就着那盐菜汤吃干粮，打饱嗝，不知不觉天就黑了。

这是官兵们进入贵州的第一夜，在荒郊野岭的松树林中，大家枕着崇溪河的涛声或睡或醒，感受着川黔山野的萧瑟寒凉。董亮清安排好岗哨，在一道土坎下打开背包铺好褥子，抱着一支步枪躺进被窝。这时天色一片墨黑，仰面苍穹，看不见一粒星斗。只有嗖嗖的夜风从耳际掠过，隐约带来远方夜鸟细如游丝的叫声："呜哇……呜哇……呜哇……"乍一听，仿佛某处破屋里乡村妇人在伤心啼哭。

夜鸟时远时近的哀鸣，反衬出川黔山野的静寂……

作为军人，董亮清对于野外露营早就习以为常。但是今夜不知何故，他竟会思绪万千心潮起伏。"我怎么到了这儿？"下车伊始，这个问题就缠绕着他。他自问，却无法自答。冰凉如水的被窝里，董亮清摸摸枪栓，又把扳机旁的保险器仔细检查了一遍。这才轻轻叹口气，强迫自己闭上了眼睛。

哪知，翻来覆去睡不着，甚而是越睡越清醒。恍惚间，他似乎听见了母亲的呼唤。"亮子，亮子，你在哪儿啊！不要娘了吗？"循着这声音的记忆，他想到了山东德州老家的乡村。在那里，他度过了童年和少年。家里虽穷，但很幸福，因为那时有父母，尤其是自己慈祥的妈妈，每当想起心里就暖和！

无忧无虑的童年是一场温馨的美梦，但过于短暂。董亮清十三岁时，北方闹瘟疫，德州尤甚，父母同一天死于病魔。家徒四壁，他束手无策，不得不变卖家当安葬父母。在邻居帮助下，他抡起锯子、斧子，拆下房屋主梁和四壁，选出稍微像样点的木料，打制棺木盛殓父母。

父母下葬当天，地基也被他低价卖给当地财主，然后他便一步三回头地离开家乡。此后他漫无目的到处漂泊，先后在省内各地打短工谋生。济南、淄博、枣庄、烟台、威海、潍坊……凡是名头叫得开的大地方，他都待过。讨饭、捡破烂、拉车，除了偷盗和杀人放火，他啥都干，只求每天醒来能有吃食填饱肚子。

十七岁，他流落青岛。看到有人守在富人别墅区的进出口，给人擦皮鞋，于是他也想法筹钱置办了鞋刷、鞋油和鞋架，拎着小凳加入其中。第二年春天，有人到青岛游说，说上海招劳工。董亮清跃跃欲试，跟着招工的去了上海。

在中国当时的大地方中，上海资历浅、辈分低，但工业发达，全国首屈一指。董亮清所在的江南造船所，由清末江南制造总局演变而来，是当时全国规模最大的军事企业，劳工有五千多人。中国的第一炉钢材、第一台车床、第一支步枪、第一门钢炮、第一艘铁甲军舰，皆出自当年赫赫有名的江南制造总局。

……天越来越黑，夜空浩瀚，却不见一粒星星。夜鸟的阵阵哀鸣，反衬出山野的静寂。"亮子，过年了，你不回山东吗？"恍惚间，似乎有人坐到董亮清的被窝旁。"我没家。"董亮清抱着冰冷的枪管，心头喃喃自语。一问一答间他反应过来：问话者是自己的师父老罗。哦，快十年了！记忆中，那是他在上海江南造船所度过的第一个除夕之夜。

到青岛招工的老罗长相俊秀，身材匀称，当时年纪顶多三十出头，但是大家都叫他老罗。董亮清和他相处三四年时间，却不知道他是哪里人，也不知道他的身世，甚至连他的具体名字也没谁提过。

老罗把两百劳工交给管事的洋人卡尔，自己回到船坞继续做他的钣金工。董亮清他们各自领了工装，被召集到码头上一间空旷的屋子里学习规矩。"NO，NO，不对！"管事的洋人卡尔卷着舌头说，"你们这叫'培训'，培训。做文明人，你们从现在开始起步！"新来的工人听了，一个个咧嘴傻笑，只有董亮清扭过头，独自沉思不语。

三天后的早晨，招工的老罗不知从哪儿冒了出来，他闷声不响地在空旷的培训室转了一圈，然后远远地向董亮清招手。董亮清眼尖，忙向卡尔请假，然后随老罗往外走。大门边，老罗站定，上上下下打量董亮清，仿佛从未见过似的。"干吗？"董亮清桀骜地俯视着老罗，他比老罗高出半个头。

老罗神秘兮兮地眯着眼睛，笑道："臭小子，知道为啥找你吗？"

董亮清："知道，肯定有啥好事情。"老罗又笑："好你个臭小子！我那儿正缺人手呢，愿意给我当徒弟吗？"董亮清答："好啊，那敢情好。"老罗一高兴，"啪"地朝董亮清背上甩了一巴掌："行，说定！待会我去找卡尔。"

就这样，董亮清成了老罗的徒弟。也是从这时候开始，董亮清才知道老罗有个怪脾性——只有最欣赏和最喜欢的人，老罗才会用"臭小子"来作为特别的爱称。

……他们住造船所的大寝室，十多人睡一个大通铺。老罗事儿多，白天在船坞干活儿，晚上也不闲着，常有人把他叫走。即使没人来找，他也出门。有时半夜出去，天亮前回来。工友们常议论。有的说，老罗半夜出门一定是钓马子搞对象；有的说，他是干夜活，出门拉黄包车找收入；有的说，老罗这样的人肯定好赌，出门一定是在赌局上。董亮清尖着耳朵听，从不多嘴参言。

内心里，他不愿师父钓马子乱花钱，也不愿他拉黄包车找罪受，更不愿他拿血汗钱赌博，白白糟蹋。何况师父白天活儿重、活儿多！他希望师父下工之后不要太累，最好待在寝室里休息，第二天好有精神干活儿。这样过了一年多，大家都习以为常，没兴趣再拿老罗做议论的话题。只有董亮清一直在琢磨师父，并且看出了一些端倪，但他闷在心里，稳住不说。

有天凌晨，老罗打着哈欠回了寝室。他蹑手蹑脚地进门，轻轻点燃洋火，仔细观察屋里熟睡的工友。走到董亮清的铺位边，他发现被窝是空的。"臭小子！"难道董亮清也外出啦？老罗想了想，返身再次出门。哪知刚走几步，就见不远处的路边杵着个人高马大的黑影，那正是山东小伙董亮清。

"干吗不睡？"老罗问。

董亮清桀骜而狡黠地一笑，反问老罗："你呢？你干吗不睡？"

老罗："明白了，你小子！在跟踪我？"

董亮清头一昂："是。"山东人，就是爽快。

老罗："臭小子，为啥跟踪我？"

董亮清："一日为师，终身为父。我得保护你。"

老罗："多久啦？"

董亮清："好几个月了。"

老罗："你都知道些啥？"

董亮清："你说的做的，我全知道。"

老罗更加诧异："哦？臭小子！"

董亮清："你去的场合，人少我就在远处蹲着。人多我就混进去，远远躲人群里。光线暗，你看不见我。"

老罗："怕不？"

董亮清："有啥怕的！"

老罗："咱们一起干？"

"好。"董亮清说完又加了几个字，"我听师父的。"与此同时，他心里冒出一句话，想告诉师父，哪知，旋即就被师父下面的话打断了——

"看来，我党的秘密全被你掌握了。"

董亮清俯视老罗，笑而不语。老罗也笑，当胸给他一拳："臭小子。"

老罗和董亮清这师徒间，从此多了一个称谓——"同志"，老罗是他的直接领导。董亮清频繁接受各种任务，其中最主要的，就是给共产党的领导机关传递情报。那时节，国民党联俄、联共、扶助农工，似乎和共产党"情投意合"。关于这一点，老罗公开演讲时，曾用八个字诠释：国共合作，挽救中国。

有天下班时，老罗通知董亮清："今晚我们去闸北宣誓。"

董亮清："宣誓？怎么宣？"老罗一脸郑重地告诉他："宣誓，是我们每个共产党人加入党组织时必须履行的手续。其他你别问，去就知道了。"

听了师父解释，董亮清仍似懂非懂，但他猜测那是一件很重要的事情。晚饭后，他闷头跟着师父去了闸北的一个小弄堂。三转两转，他们走进了一间不起眼的杂货铺，屋里有电灯，另有几个人在等他们。洁白的墙壁上，用油漆画着交叉的镰刀、斧头图样。董亮清他们站在墙壁前,面对镰刀、斧头,庄重举起右拳履行了宣誓仪式。接着他以共产党员身份,首次参加了党小组会议。直到凌晨,师徒俩才回到厂区。"你赶紧睡会儿,汽笛一响又要上班呢!"师父轻柔地拍着他的肩膀,叮嘱道。

临睡前,董亮清握了握右拳,感觉今晚这拳头格外有力。激动的同时,他心里突然冒出一句话,想立即告诉师父。哪知,师父倒床就拉上被子睡着了。"哪天得给他说说,"董亮清心里咕哝道,"再不说,我心里梗得慌。"其实,董亮清也为那句话感到矛盾。到底该不该说,他拿不准。"也许我的想法有问题,我的担心或许是多余的吧?"正因为这样,他那句话一直没说。

寒暑易节,世事沧桑。转眼就是一年多,1927年的春天来临了。上海的时局出现了一些迹象,国民党似乎和共产党翻脸了。这是董亮清最担心的,他不担心自己,只担心师父。师父举止大胆,总令他捏把汗。进入4月,风声一天比一天吃紧。董亮清想给师父说的话,显然太迟了!

"迟了,师父,太迟了……!"董亮清抱着枪管,脑子里一直感觉在和那个模糊的身影说话,"不该那么轻信,那么张扬啊!"可惜,董亮清尚未来得及提醒师父,上海就突然变天了。后来人们约定俗成,用"大屠杀"一词来概括这段往事,历史书上又叫"四一二反革命政变"。

"亮子,出大事儿了。快离开上海!臭小子,快……!"这是哪儿?上海?不像,然而此刻,耳畔分明是老罗的声音。

循着这声音,他的记忆漫游到了上海浦东,昔日那意气风发、充满理想主义色彩的工人纠察队,被国民党的部队作为"共党分子"押到了扬子江畔。吐着火舌的机枪朝着他们疯狂扫射。扬子江尸首翻滚、血浪滔天……那些工人、农民、知识分子,或者大义凛然背叛了富裕家庭的少爷、小姐,为自己的信仰付出了生命代价。枪响处,人体像庄稼一样成片倒下,或如玉米棒子暴毙于锋利的镰刀之下。

第一批遇难的共产党人中有老罗,像他那样抛头露面的工人领袖,早被人家盯上,在董亮清隐隐不安的直觉中,这仿佛是必然!

老罗是4月12日清早被抓的。头天晚上，老罗居然破例没外出，整夜睡得很香。拂晓，董亮清起来小解，师父和其他工友此起彼伏的呼噜声却吵得他再也无法入睡。好的是董亮清昨夜上床早，身体得到了充分休息。这时，窗外天色已见微光，他蹑手蹑脚爬起来，走近渐渐泛白的窗户边，想打开透透气。

他打着哈欠，无意间向外瞥了一眼，发现寝室外有些异样，仔细观察，外面人影幢幢。训练有素的军人、警察正悄声靠近，远处围墙的几个制高点上，赫然架着机关枪！而造船所大门方向，不断有队伍朝这边匆匆而来。

糟糕！董亮清极力稳住情绪，使劲推老罗："师父，外面全是兵！"老罗"呼"地爬起来，迅速闪到窗户边，他往外看了一眼，立即反应过来。"工友们快起吧！"老罗大叫一声，冲过去用尽全力，"哐啷"一声拖过一张旧桌子死死抵住房门，接着又"噼里啪啦"加上几把椅子。然而，军人和警察原本就没打算从那里进来。他们举着枪托"砰""砰"两下，窗户就被砸垮了。

"亮子，出大事儿了。快离开上海！臭小子，快……！"

"离开上海！臭小子！"这是共产党员老罗留给董亮清的最后一句话。为了既能提醒董亮清，又不被他人识破董亮清身份，老罗故意对着窗外一阵大喊，喊得声嘶力竭！然而，第二个"快"字刚出口，身手敏捷的军人已破窗而入，七手八脚按住了老罗，旋即就绳索加身把他捆走了。此事发生得如此突然，老罗、董亮清连反应的时间都没有，更别说反抗或起身逃跑。

董亮清那一刻镇静自若，他和工友规规矩矩坐在通铺上，脸上看不出任何表情。一个警察提枪指着工友们，大声问道："亮子是谁？去哪里啦？"董亮清正要说话，一工友抢答："我们不认识。昨晚有人来找过老罗，你们没到之前，他就跑了。"说着指指窗外，于是警察提枪走了。由于师父和工友们的默契保护，董亮清安然无恙。他痛心的有两件事情，一是师父遇难，再就是自己和党组织失去联系，他感觉自己像无头的苍蝇，从此没有了生活的目标和乐趣。夜深人静，董亮清眼前总浮现一幕幕"四一二"的恐怖场景，于是，这二十出头的小伙变得沉默寡言，性格愈发内敛。

"大屠杀"对上海经济产生严重影响,很多企业和店铺倒闭。年底,江南造船所传出裁员风声。这时恰逢共产党开展武装斗争,南昌起义、秋收起义的部队已初露锋芒。国民党军队招兵买马,企图以优势兵力"剿灭"他们。董亮清想,如果和共产党作战,不正有了寻找党组织的机会吗?于是他报名当兵。哪承想,这支部队一直在上海驻扎,从未调往外地。董亮清只得耐住性子,眼巴巴等待机会。

"一·二八事变"前夕,董亮清由野战部队调税警总团,担任第一团警卫连少尉排长。

国民政府北伐统一全国后,在盐产区和销售区设立了盐务缉私局,统一受财政部盐务署监督。1928年,宋子文出任财政部长,陆续把盐务缉私局、缉私队改组为"税警",并沿用陆军制式管理。税警总团经费宽裕,服装、粮饷和武器装备的精良程度都超过了国民党正规部队。

1932年1月28日夜,日军对驻扎上海的国民革命军第十九路军发起攻击,十九路军在总指挥蒋光鼐、军长蔡廷锴指挥下奋起抗战。

董亮清所在部队处于接敌作战最前锋,一次次出击,一次次枪战,一次次短兵相接的肉搏战,许多战友倒在血泊之中。最惨烈而无可奈何的是日军的炮火覆盖。铺天盖地的炮弹密如暴雨,拖着尾音倾泻而下,地面顿时血肉横飞,无数中国军人刹那间就被肢解,弹坑内外血肉模糊。

这场恶战持续了一个多月,在英、美、法、意等国的调停下,中日双方举行停战谈判。5月5日,中日双方签订《淞沪停战协定》。不久,蔡廷锴、蒋光鼐领导的第十九路军被国民政府派往福建"剿共"。税警总团则化整为零调往各处,董亮清因作战勇敢而受到嘉奖,晋升中尉军衔,他奉命组建一个排的士兵前往贵州,担任监狱警察。

……作为一个北方人,初到贵州的董亮清感触纷纭,几乎一夜未合眼。天一发白他就叫醒士兵们,匆匆吃了干粮开始赶路。官佐、士兵一路晓行夜宿,沿川黔古驿道急行军,四天后抵达位于省城贵阳东北面的鸦关。贵州省民政厅下属的一位内勤官带着随从在此迎候他们。

这时恰值下午,冬日的太阳朦朦胧胧正欲偏西。城北这鸦关俗名小关,地势险要，素有"北门锁钥"之称。关口的拱门古朴浑厚，攀藤附蔓，满目沧桑。古代，官府常在此迎送使节，是当地重要的礼仪性场所。

北方外敌入侵，内地军阀混战，大小官位明争暗抢，你方唱罢我登台——此时，贵州就处于这么一种乱哄哄的氛围之中，"甲子乙丑年，军阀扯卵谈，枪炮一二三，不打当过年"。民生之苦雪上添霜。

桐梓系军阀王家烈曾深得蒋介石青睐。1932年2月，蒋介石任命王家烈为国民革命军第二十五军军长，并奖励他大批枪械。3月30日，国民政府任命王家烈为贵州省政府主席、国民党贵州省党部常务委员兼省民政厅厅长。

然而王家烈的亲蒋路线招致地方势力抵制，再加之其想方设法压制同为桐梓系的军阀毛光翔，两者矛盾日益加剧。其他将领蒋在珍、犹国才、宋醒、车鸣翼等站在毛光翔一边，动辄以枪炮发话，王家烈执掌贵州处处为难。

董亮清随内勤官率部进城，安置部下在阳明祠集结待命后，他随内勤官去省政府行政公署，呈交花名册和枪械清单，听候相关的人事安排。

二、高家谷子

下了十多天秋雨后，十月初二放晴了，随后接连数天艳阳高照。贵阳人说，之（这）个叫"十月小阳吹（春）"，立冬的门槛边，太阳金贵得很哦！

省城东北二十里处，贵阳县（今贵阳市）新添寨的北衙寨高公馆西北侧，仓房边的晒谷坝一平如砥。两位中年人正吆五喝六，组织佃户们翻晒秋粮。他们一位是高府的粮农管家"双二爷"，一位是长工头目唐老冲。"双二爷"本名高铭宇，字炳轩，北衙高氏"铭"字辈中行二。高炳轩自幼在家塾受教，天赋异禀、文武双全，写字长于左右开弓，同时运笔，再加上处世宽容，受人敬重，方圆几十里，"双二爷"渐成尊称，辈分低的尊其"双二公"。

身材矮小的唐老冲刚四十出头，一身短打显得精明强干，从十多岁起，唐老冲就在高府当长工。他做事踏实，渐渐得到了高府老少的充分信任。北衙高公馆诸事，皆由其协助"双二爷"料理。

北衙这晒谷坝历史悠久，使用年岁高达一百五十余年；其面积超大，一里多见方；它由厚实的三合土夯筑，百余年来日晒雨淋，牛踩马踏，农具敲打，依然一平如砥！北衙寨中，此等规模的晒谷坝另有三处。扩展到整个贵阳县周边，凡高氏置办田庄的产粮区，这样的晒谷坝则共计数十处，都是高氏祖上、清代广州知府高廷瑶出资购建。仅以北衙十三寨为例，高家每年收租一千两百石，换算下来将近二十万斤。市井传闻百余年的"高家谷子"，名不虚传。

七八个壮劳力挥舞竹扫帚一阵忙碌，偌大的晒谷坝很快清理出来。"双二爷"打开粮仓，长工们扛出粮袋，把谷物、杂粮按种类分成若干板块，均匀铺撒在晒谷坝上。唐老冲见儿子唐志安畏手畏脚站在一边发愣，瞪眼大声吼道："嗨，你发哪样憨气？赶紧干活。"唐志安甩了几下发酸的手膀子，咧嘴傻笑："好嘛！我干活去。"旋即跟着大伙一道扛粮袋。约一个时辰后，新入仓的秋粮被他们全部搬出。"双二爷"笑了笑，满意地离开了。

太阳明晃晃，平坦宽阔的晒谷坝上，谷子一片金黄，豆类、杂粮的颗粒滚圆、五彩缤纷。唐老冲打发佃户回家打理自己的事情，他和儿子则留了下来，一人照管两块晒谷坝，仔细翻晒着那些秋粮。

晌午后不久，唐老冲的女人戴着草帽，给父子俩送来了午饭和茶水。女人走后，他蹲在树荫底下，一个人吃吃喝喝甚是惬意。"财喜！""财喜！"唐老冲正享受间，附近似乎有人喊他小名。他循声望去，立即吓了一跳。忙将碗筷往地上一放，倏地站了起来。

晒谷坝那头，一个身体微胖、前额发亮的中年人拄着文明棍，顶着烈日踱步而来。那是贵阳高氏家族的当家人——三老爷高可亭，他比唐老冲大好几岁，但因家境宽裕，再加上慈眉善目，外表似乎比唐老冲年轻许多。"三老爷来啦！"唐老冲上前道，"你是一早从城里来的吗？"

"是啊，趁早上阴凉，大早出门。"三老爷额上、脸上大汗长淌，他拄着文明棍，缓缓走到树荫底下，"一路去了几处亲戚家，办些杂事。"说罢，拄着文明棍徐徐喘气。唐老冲忙取下肩头的汗巾递给三老爷："太阳之么大，三老爷你不怕热？""不怕热？未必（难道）我是神仙？"三老爷接过那汗巾，一边满头满脸地揩擦汗水，一边苦笑道，"呵呵，'秋老虎'之么厉害！"

三老爷本名昌适，字可亭。他是清代广州知府高廷瑶之第五代嗣孙。早年曾做过知县，后弃仕途而留守家中，只保留贵州省参议员头衔，以便向官场僚友陈说民情，此后又出任贵阳救济院院长一职。贵阳灾患频仍，民生多艰。三老爷常在官绅中往来奔走，倡首捐助赈济，颇有声望。

唐老冲拿起茶壶上反扣的搪瓷杯，倒出一些茶水，涮涮茶杯使劲倒掉，然后重新盛了茶水，双手递给三老爷。

三老爷一口气喝完茶水，把茶杯还给唐老冲："再来一杯。"喝了第二杯凉茶，三老爷长长舒口气，解开对襟大褂上方的两个纽扣，放缓了呼吸……

高家田地多，房产也不少，城里的叫"高家花园"，位于省府公署附近的文笔街，昔称"大坝子"。北衙寨老房子叫"高公馆"，俗称"高家大屋"。此时，三老爷眯着眼睛，温馨打量着晒谷坝上金灿灿的谷物，心头很受用。

三老爷到北衙来，说来算是回老家。平时他主要住城里，北衙这房子，他是不大来的……在树荫下停留片刻，他渐渐感觉凉快了些，于是对唐老冲说："你先忙着，晚上有事情给你讲。"说罢拄着文明棍，独自去了高家大屋。

……明清以来，贵阳府"高""唐""华"三大文化世家声名赫赫。这几个家族不仅都有深厚渊源，而且各具特色。于是，贵阳城乡有了一句脍炙人口的俗语："高家的谷子，唐家的顶子，华家的银子。"

所谓"唐家顶子"，指的是唐树义、唐炯家族世代为官，朝服顶戴，明珠耀眼。清代著名学者、诗人唐树义，字子方，历任湖北布政使、湖北署理巡抚，乃清代著名的清官廉吏，事迹载《清史列传》。其子唐炯，字鄂生，曾任云南巡抚，卒于清末，朝廷授"太子少保"，《清史稿》有传。

"华家银子"，则指西南地区工商巨擘、民族资本家——华氏家族。清咸丰年间，华联辉在茅台创办成义烧坊，俗称"华茅"，1915年获巴拿马—太平洋国际博览会金奖的茅台酒，前身就有"华茅"血统。光绪年间，华之鸿随四川总督丁宝桢、盐务大臣唐炯一道，为朝廷打理官办盐务。清末至民国，华之鸿注资开办"文通书局"出了不少好书，几与同一时期的商务印书馆齐名。为满足书局用纸，华氏注资开办贵阳永丰造纸厂，纸品优良，远销川、滇、湘、桂等地。此外，华氏还捐出巨资，参与兴建通省公立中学堂（今贵阳一中前身）。

高氏家声响亮，确实靠的是田地充盈，稻谷仓满，耕读传家。这个家族在乌当、龙里、定番（今惠水县）等地拥有大片田土，谷子满仓、钱粮充裕。

清乾隆五十一年丙午（1786年），北衙寨，高姓一农家子弟参加科考，中举人第一名。此人名廷瑶，字青书，时年二十七岁。贵阳府放榜当日，中举的榜文送到北衙寨，高廷瑶尚在田间耕作。送喜报的公差到处打听，遍访新举人而未遇，只得将榜文贴在北衙寨一座小桥上，回衙门交差。古时乡试第一名要由地方府、县解送晋京参加全国会试，故称"解元"。于是，那贴过解元榜文的小桥，从此被人叫作"解元桥"。

科举时代，有的人满腹诗书，若用之得当，本可造福于民；而士子们却大多被僵化的考卷弄得啼笑皆非，有的甚至因此一蹶不振。高廷瑶虽是解元，仕途却并不顺畅，四次参加会试皆名落孙山。按清制，举人三次以上会试不中者，可挑其一等者以知县任用，二等者出任州县教职，此曰"大挑"。

嘉庆六年（1801年），高廷瑶四十二岁，定番、长寨（今长顺）一带苗民起义。高家在那一带置有田产，高廷瑶待人和善，田租低廉，当地苗民很买他的账。府县官员获知，委托他前往协调。高廷瑶赶赴事发地，对苗胞动之以情晓之以理，继而陈述利害虔心安抚，苗胞受其所感心服口服。最终，西南边地一桩骇人听闻的起义风波，竟兵不血刃得以平息。府县官员惊呼"奇才"上报朝廷，高廷瑶获赏六品顶戴。

嘉庆七年（1802年），高廷瑶以大挑出任安徽庐州通判。通判者，州府衙门辅官也。高廷瑶在安徽为官十年，先后任庐州、凤阳通判，代理六安、徽州同知。其处理的民事、刑事案件中，平反冤案无数，品行深得省、府好评。民众呼之"好官""高青天"。嘉庆十七年（1812年）后，高廷瑶连获擢升，历任广西平乐知府、广东肇庆知府、肇罗道道员，两次出任广州知府，后人称"广州公"。

高廷瑶发迹后，在城里省府公署附近的"大坝子"购买土地修建庭院。竣工后举家迁入，后世称"高家花园"，著名建筑有怡怡楼、楼外楼、孔雀亭等。其中怡怡楼专门藏书，楼上、楼下藏书合计约五万册。楼外楼为两层楼房，如大船半在岸上、半在池塘中，故名"船屋"。高廷瑶在广州府知府任上时，曾购买各种名贵砚台百余个，陈列于船屋厅堂中，极具观赏价值。

高廷瑶广置田产，富而不奢、热心公益，尤喜兴办文教，佳话颇盛。晚年告老还乡后，高廷瑶曾出资在北衙办义学，劝勉穷家子弟读书，教师束修则由高府承担。后人受高廷瑶影响，历代推崇与人为善的处世态度，并以造福桑梓为荣，高可亭此次回北衙寨所涉之事，亦不例外。

随三老爷出行的长工头目费苏敏，此时正在马圈里侍弄草料喂牲口，隐约听见朝门那边响了几声，他判断是三老爷从晒谷坝回来了，于是从侧门进了灶间，提醒唐老冲的女人："唐嫂，三老爷还没有吃晌午饭，你快给他弄点吃的。"正埋头洗锅的唐嫂闻言，忙点头照办。

高公馆是一个多功能的乡间综合建筑，大门横额上有四个笔力苍劲的大字："北衙老庐"。两旁门联是："但道桑麻长，而无车马喧。"

环合四周的高大青砖围墙将两层楼的木结构主屋与磨坊、马圈、长工屋等附属设施区隔开来。外观就是一个独立四合院，墙内南北两侧各有厢房一座。主屋围墙外除了磨坊、马圈、长工屋，还有一口水塘、一座高大的朝门。这是老祖宗高廷瑶创建并遗留的老宅，也是贵筑农耕文化发展进程的重要见证。除了收租季节，平素这里都比较清静。

唐老冲一家居住在高公馆的南厢房，担负高家老宅及七座谷仓的照管、维护和修缮，天晴时还要负责翻晒仓粮。此外每逢夏收、秋收，唐老冲还要配合城里来的管家，料理高府相关的收租事宜。

唐老冲夫妇皆苗族，为人忠厚踏实，深得高府老少的信任。唐老冲之子唐志安与三老爷的侄子即高府大少爷高言志同龄，都是生于1912年。两人性格相仿、情投意合，好得就像亲兄弟，高言志父母甚为欢喜。两个孩子八岁那年，言志的父亲高昌基（字叔伢），特意找堂兄三老爷商量后，安排唐志安随高言志一道，进北衙高氏私塾发蒙读书，书学费全免。

高言志、唐志安十三岁时，高叔伢、高可亭受省府公署聘请出任公职，分别到黔南、安顺做县长。高叔伢为此做出决定，由夫人带着几个孩子回城里的

"大坝子"居住,并安排高言志转读新学。想到马上要和唐志安分开,高言志闷闷不乐。在高公馆附近的北衙大沟边,两个小伙伴嘀嘀咕咕哭哭啼啼,天都黑了还不回家。高叔伢夫妇于心不忍,便找唐老冲征求意见。经合计,志安与高言志一道进城读新学。志安、言志初中毕业,分别就读于省城毅成中学和达德学校,志安的读书费用仍由高叔伢承担,唐老冲夫妇感激涕零,为高府做事更加尽心。

高言志就读的达德学校是清末贵州的第一所新式小学,校址位于贵阳大十字附近的"忠烈宫"。著名政治家、中共早期领导人王若飞幼年曾在这里读书,民国元年(1912年)在该校小学毕业。

二十多天前,城里学校秋季开学。按往年惯例,唐志安返校前几天,都会受父母嘱托,带点新米或新鲜蔬菜瓜果,去"大坝子"看望三老爷。三老爷则要打发一个大红包,作为唐志安一个学期的生活费。然而这个秋天,三老爷却未见志安身影,耐着性子左等右等,始终杳无音讯。他吩咐高言志到毅成中学打听,才知志安辍学了。何故?高言志说不清。三老爷颇感怜惜,于是顶着"秋老虎"的酷热,自文笔街骑马出行,回北衙找唐老冲问个究竟。

掌灯时分,唐老冲、唐志安父子回来了。他们在院子里放下农具,来不及上楼给三老爷打招呼就拿着布巾,提了布鞋,去北衙大沟边洗澡、洗脚。今晚,唐嫂特意给三老爷炒了"香干回锅肉"和"宫爆辣子鸡",又斟了三老爷爱喝的"途醉"酒,摆在堂屋三老爷常坐的饭桌上。一切安排妥当,唐嫂走到三老爷卧室下的楼口边,小心喊了两声"三老爷"。

三老爷下楼,看到另一张桌子上面只有素菜不见荤腥,便吩咐唐嫂:"端到一起,他们回来一起吃。""你和我们下人一起吃?之个咋行?"唐嫂正纳闷,费苏敏却小声说:"你听三老爷的就是,不要多言!"片刻,唐氏父子进屋,依次给三老爷问安。三老爷看了志安两眼,颔首作答,旋即吩咐费苏敏斟酒。

费苏敏小心给三老爷斟了一杯,就把酒壶放下了。三老爷抓过瓷壶斟了两杯,分别放在唐老冲、费苏敏面前。"白天,你请我喝凉茶,现在我请你喝酒，划算吧？"三老爷端起酒杯碰碰唐老冲的杯子，和他开起了玩笑。唐老冲连忙双手托杯，起身哈哈腰："感谢三老爷，我敬你！"三老爷放下杯子，夹了两片回锅肉放在唐志安碗里，这才开始吃菜饮酒。

吃完夜饭，唐嫂在灶间收拾，费苏敏白天牵马劳累早早睡了。三老爷叫住唐氏父子，正色过问唐志安辍学缘由。

"三老爷，承得你和四老爷开恩，给我一家很大帮助。志安二十一了，再读还得破费很多，我们几辈人都还不起啊！"唐老冲面露难色，低声咕哝道。

"之是哪样话？我们高家有谁说过要你还吗？"三老爷不温不火。

唐老冲："确实没得哪个说要我还。不过呢，就是因为你们为志安读书出那么多钱，我更不好意思啊，三老爷！"

三老爷想了想，转头看着一侧的唐志安："你之个娃娃……读书这么重要的事，不找你三伯伯，甚至是'老将不会面'，三伯伯可是有点生气哟！"

唐志安正想说什么，唐老冲替他作答："三老爷，我的想法是，志安回来做活路实惠点。我们多租点田土来种，辛苦几年，攒钱给他修房子成家。"三老爷转头问唐志安："你的想法呢？告诉伯伯。"唐志安迟疑片刻咕哝道："我想读书。"三老爷故意沉默好一阵，问唐志安："你刚才说的哪样，我没听清。"唐志安红着脸，鼓足勇气大声道："三伯伯，我还是想读书。"三老爷对唐老冲笑道："老弟，志安刚才说的你也听见了，咋办？"

唐老冲面露愧色，无言以对。

"老弟不要难为情，你坐下来。"三老爷走到唐老冲跟前伸手拉拉他，两人坐到一张厚实宽展的长板凳上，"今天跑这一趟，专门找你谈志安的事，我可是有备而来。"

"前不久，言志跟我说，唐志安这学期没有去报名，我一听就急。恰好，叔呀最近到省府述职，回'大坝子'住了两天。他听我说了志安的事，也急。叔呀还专门抽空去学堂找校长，人家校长和学堂里的先生，没有哪个不觉得惋惜。"三老爷说到这里，唐志安已忍不住抽泣起来。

三老爷："老冲，你对志安的想法和谋划，要说有什么错，还真说不上。

只不过，志安这娃娃，你太小看他了。他在毅成中学是十分出色的，科科功课名列前茅。要是允许他继续读，前途不可限量啊。古人云，'腹有诗书气自华'。好男儿满腹经纶志存高远，他又何患无妻？志安，是不是啊？"

唐志安含泪点头。唐老冲打量着儿子，目光里有自豪，更有悔愧。但他不知怎么表达，只能咧嘴傻笑。

"志安，你赶紧去收拾一下笔墨纸砚和衣物、被褥等行李。"三老爷见时机已成熟，心情豁然开朗，"明天和我一道走，不可耽误。"

次日，天边一大早就蓝茵茵的万里无云，透亮的晴空茫无涯际，又是一个翻晒秋粮的好日子。早饭后，唐志安背着行李，随三老爷和长工头目费苏敏一道，喜滋滋进城去了，他要回毅成中学读书……

三、大少爷

黄昏时分，省城东山"仙人洞"。一身着长衫、布履的青年，危坐山边一临崖巨石，专注俯瞰脚下景观。青年面目俊秀、举止优雅，富家子弟做派。此时他如雕塑般一动不动，唯目光游移，频频投向山下那蜿蜒东去的南明河。

今日这长衫青年，名叫高言志，字永贞，贵阳文笔街高家大少爷，达德中学高三年级学生。夕阳余晖中，道观进出的人越来越稀少。高言志双唇紧闭，眉目间难掩焦虑神色。

正惴惴不安，高言志身后有了动静。"永贞！"有人在小声呼唤。高言志扭头一看，脸色顿时疏朗开来："健生！"他手足并用攀附着岩石跳到地面。

来者是好友徐健生，本名邱照，二十岁，与高言志同龄，贵州省立贵阳高级中学高一年级学生。"正担心你呢，怎么现在才到？"高言志责备道。徐健生半是安慰，半是解释："从没来过，上山岔路多，绕了些冤枉路。"

说话间，两人在悬崖边择一石凳坐下。

"鼎钟回毕节了。"徐健生告诉高言志。

"哦，要去多久？他不在，救国团那么多事情怎么办？"高言志问。

徐健生答："救国团的事情，鼎钟走之前是做了安排的。今天找你，主要是谈《心评》的事情……"

徐健生口中的"鼎钟"本名秦天真，贵州省立贵阳高级中学高二年级学生。"救国团"即"贵州省学生抗日救国团"的简称，这个团体由贵阳各中学共同发起成立，高、徐、秦皆其中主要成员。而来自黔西北的秦天真、徐健生与高言志结识，则缘于去年秋天那场震惊中外的九一八事变。

徐健生出生在毕节的一个农民家庭，民国十七年（1928年）到省城求学，从小目睹军阀混战、土豪盘剥、民不聊生，残酷现实使家境贫寒的他感受到人世间的不公平，从而痛恨军阀独裁，痛心国家山河破碎。他到省城读书的动机，就是想探究世间为何有这么多的不公平，有没有一个好的法子或途径，改变世间这种不公平。

1931年9月18日，东北九一八事变爆发。消息传到贵州，立即在省城贵阳的进步教师和青年学生中激起强烈反响，大家义愤填膺。9月19日，各校学生代表紧急召开"联席会议"，经讨论，联席会议形成了如下决议：一、决定全体罢课，积极进行抗日救国工作；二、立即成立"贵州省学生抗日救国团"；三、由学生救国团拍电报给蒋介石，请他停止内战，抵御外侮；四、立即举行示威游行，唤起民众投身抗战；五、宣布对日经济绝交，抵制日货。

会议结束，与会代表分头组织各校学生，自发上街搭台演讲，高呼反对日本帝国主义的口号，宣传抗战，活动持续到20日午夜。

9月21日上午，各校师生整队集合，浩浩荡荡开到新市场（今邮电大楼东北侧）集会。大会由秦天真主持，他首先通报了日军侵占沈阳的消息，宣讲学生代表联席会议的精神和决定，号召各校师生和社会各界团结起来，反对日本帝国主义侵略，挽救国家民族的危亡。会上，各校代表登台演讲慷慨激昂，气氛悲壮。会后，师生整队上街游行。大家挥动着写有各种抗日口号的五色小旗，高呼"抗议日本侵略""反对投降""洗雪国耻"等口号，穿过中华南路，过大十字、铜像台，直达六广门。街道两旁万众云集，许多人随着学生高呼口号，表达贵阳人民反抗帝国主义侵略、挽救国家民族危亡的意志和决心。

在民众抗日救国的激情鼓舞下，贵阳各校共同发起成立了"贵州省学生抗日救国团"。救国团由各校学生代表组成代表大会，然后从代表中选举干事会，再从干事会中选出主席团，负责日常领导工作。干事会下设训练、宣传、总务部等办事机构。秦天真当选为主席，兼管组织股，顾建中任宣传部长，丁树奇和饶博生负责主编学生救国团刊物《救国旬刊》，同时负责救国团的文案，如宣言、通电的撰稿等等。

民族危亡之际，贵州妇女界也不甘落后，纷纷投身抗日救亡运动。省立女子师范、女子中学、达德学校女小部，以及光懿、复旦、淑慎、贞静等女子小学的师生，都组织了各自的宣传队，同时还酝酿筹办"贵州妇女抗日救国团"。大家推选的主要人物分别是省教育厅的督学兼光懿女子小学校长尹素坚，达德学校教师严金秋（又名严慕苏）、何治华及贵州省立女子师范学校的学生蓝运臧等。她们中，尹素坚是这个时期贵阳妇女运动的灵魂人物。

尹素坚，贵阳人，生于1901年10月，原名"佩华"。1915年，尹素坚在贵阳光懿女小简师毕业后，历任教员、教务主任、光懿女小校长。1927年，贵州军阀毛光翔接任省主席后为了笼络人心，采取部分开放政策，举办文官考试，在政府部门推行起用知识青年。尹素坚被录用为省教育厅督学，成为军阀统治时期的"女参政"。尹素坚生活俭朴，性情和蔼，处事有方，深受秦天真等青年学生的尊敬和爱戴，誉称"坚姐"。

九一八事变周年纪念日前夕，全国各地抗日团体纷纷发声，一致要求国民政府采取措施奋起抗日。然而，国民党没有回应，也拿不出任何具体办法。

1931年9月下旬，尹素坚和丈夫谷友庄同贵阳学界知名人士刘方岳、缪象初、蒋蔼如、王玉珑、严金秋及青年教师何治华、何治贤、张文琳等，到黔灵山"麒麟洞"秘密聚会，商量如何为抗日救亡做一些实际的推进工作。大家分析了世界和国家形势，对国民党政权的独裁统治非常愤慨，决定成立一个团体，以交流学习心得、探讨国家大事、反蒋抗日为宗旨。这个组织取名为"江流社"。江流二字，意味着该团体的奋斗目标是长期的、不断的，如江河激流……

秦天真领导的"贵州省学生抗日救国团"成立后，频繁组织学生在贵阳城乡进行广泛宣传，排演抗日剧目。救国团刊物《救国旬刊》的文章，主要是鼓励人民群众投身抗日救亡，然而这引起了当局的恐慌。在省教育厅重压干预下，该刊只出了三期即被迫停刊。所幸者，谷友庄办起一张《心评》油印小报，鞭挞时政，揭露军阀劣行，支持抗日救亡运动。次年，谷友庄邀请达德老校友熊铁樵、王定一等共同编印《心评》。

周西成、毛光翔、王家烈都多次镇压学潮，并且采用强制措施控制舆论，竟至残害报人。周主政时，勒令贵阳仅有的《平民》《黔灵》两家日报停刊，并纳入其控制之下的省府机关报《兴黔日报》。贵阳中学教师靳荣禄思想进步，被周西成指控为"共产党说客"，从而被杀害。

徐健生和高言志由救国团谈到刊物，又谈到军阀对抗日宣传的破坏，心中愤愤不平："贵州天高皇帝远，军政当局昏庸至极。各路军阀专注于抢夺地盘，哪有什么心思抗战？"

高言志："是的，《心评》连发多篇文章，力主搜查日货、惩办奸商，引起了社会的广泛共鸣。他们军政当局恼羞成怒，怀恨在心。"

徐健生："在他们看来，《心评》纯属多事，不——甚至认为是挑事！所以，他们暗地里派人到处打探《心评》幕后主使者是谁，那些文章都出自何人之手，已经几次扬言放风，以死亡相威胁。"

高言志："谷友庄先生一旦被王家烈抓住把柄，恐有性命之忧！因此我们必须结合贵州实际，开辟和利用各种平台大张旗鼓宣传抗战，唤起广大民众一致对外。否则的话，中华亡国之日不远啦！"

徐健生："我们的抗战宣传，如今只剩《心评》这个宣传阵地了。你说怎么办？"

高言志："鼎钟走之前，就这事留话了吗？"

徐健生："永贞，这正是我找你的目的。他的意见有两条。第一，想办法保护谷友庄、熊铁樵、王定一等几位先生，不能让他们暴露；第二，保障《心评》不受任何破坏，继续运行，按期出报。"

高言志:"我完全赞同。"

徐健生:"第一条好办,谷、熊、王几位先生至今没有暴露。以后我们加倍小心,他们就不会暴露。但要保证《心评》按期出报,这就难了。不知你可有好办法?"

高言志:"这事有点突然,容我回去思考一下。想好我去找你吧。"

徐健生:"这样也好。我知道你做事稳当。不过还是尽快给我答复!"

高言志:"那我们就礼拜天碰头吧。甲秀楼,上午十点不见不散。"说话间光线越来越暗,两人不由自主睁大眼睛,摸索着往山下走……

随后两天,气温急剧下降,从早到晚天色阴郁、凉风飕飕。这寒冬腊月,贵阳被一种肃杀的气氛紧紧包裹,令人心颤、窒息。

早饭后,徐健生、高言志几乎同时到达甲秀楼。二人走下河岸,在芳杜洲捡了石块打水漂,看似随意,实则声东击西掩人耳目。然而,这阴冷天,缙绅官宦都换了臃肿的冬装,在炉边烤火,哪有心思来此闲逛?

"我想到一个好主意,"高言志说,"估计行得通,且一劳永逸。"

徐健生:"那好,你说说!"

高言志:"万淑芬和我伯妈、婶婶她们熟,最近她常来我家打麻将。"

徐健生:"万淑芬?那不是王家烈老婆吗?"

高言志:"贵阳城里,高、唐、华几个家族门当户对,差不多代代都有儿女亲家,社会关系沾亲带故牵丝挂网,谁家有点芝麻大的小事,往往牵一发而动全身。省府新官上任,都要主动与这些大户结交——约定俗成。"

徐健生:"你的意思,通过万淑芬这条路子,给王家烈打招呼?"

高言志:"我的初步想法就是这样,只是,看我三伯伯他愿不愿意出面求这个情。"

徐健生摇头道:"永贞,人情世故扯这么宽,恐怕不妥。我担心八字还没一撇,就闹得满城风雨。一旦风声太大,岂不是授人以柄、不打自招?"

高言志:"你我都清楚,现在面临的问题十分棘手——既要保证《心评》按期出报,又要保证几位先生的安全,这是两难!其他各种办法我都想过了,掂量来掂量去，我认为只有万淑芬这条途径最稳靠。"

徐健生："人情大过王法。无论哪个当官坐府，三亲六戚、朋朋友友总是难免的。"

高言志："前不久，万淑芬来我三伯伯家，碰巧我父母刚好回省城。她还特地向家父打听我上海的'十一叔'。"

高氏家族中，有个叔叔比高言志大六岁，族中行十一，言志按族中规矩，一直叫他"十一叔"。近年十一叔在外做官颇具声望。因此，王家烈十分重视与高家的关系。

高言志说到这里，徐健生终于明白了原委。看来高言志决心已下，"明知山有虎，偏向虎山行"。再说，眼下除此别无良策。

徐健生："那好，你抓紧时间给三老爷说说，请他出面找万淑芬相帮。"说罢，两人走出芳杜洲各自离开。

族长三老爷的房门被高言志敲响时，三老爷正在书案旁悬腕磨墨。他一边想心事，一边机械地转动手腕，身上的宽袍大袖随之晃动。

前两天，三老爷收到了胞弟昌隆从外地发来的信函，信函里涉事颇多、分量颇重。天资聪慧的胞弟早年赴上海、南洋求学，之后参加过北伐战争。20世纪20年代末，高昌隆被吴铁城慧眼识珠引为幕僚，并托为左右手分担重任，此时他年方二十出头。1932年元月，吴铁城任上海市市长，高昌隆出任上海市政府秘书。然而，高昌隆受家风濡染，一心向学崇尚正义，骨子里天生就是个心无杂念的读书人。如今因命运所遣身处高层，勉强行走于权力机关，官场种种龌龊令他不适，至于不问是非随波逐流，则更为他所不齿。矛盾之中思想苦闷，时常冒出念头想辞职还乡"躬耕陇亩"，只求安度平生……

自收到信函起，三老爷就被一种难以名状的忧虑所困扰。作为胞弟向来信赖的兄长，三老爷数次展信阅读，不时陷入深思。该怎样给胞弟复信呢？他举棋难定心神不宁。

"三伯伯，你没有午睡吗？"高言志一进门，首先鞠躬给三老爷问安。

"昼短夜长，午睡就不必了。"三老爷笑道，"你们学堂放礼拜？"

高言志："是的，只有礼拜天稍得宽裕，我来看看三伯伯。"

三老爷："气候一天比一天冷，学堂的二次月考过了吗？眼看你们又要放假了。"说罢，他招呼高言志在书案边的椅子上坐下。

高言志："伯伯，这次考试，我是班级第三名，但也进步不大，只算是在原有基础上保持不变吧。"

三老爷："占第三名已经不错了。能持之以恒尤为可贵。我正想问你，唐志安考得怎么样？"

高言志："这学期，志安进校晚了近一个月，有两科考得不好。但他还是很努力的。"

三老爷点头道："是的，你们只要勤奋、努力，保持就好。"

叔侄寒暄到此，高言志不自然地站起来说："伯伯，我看你在磨墨汁，是要写什么吧？""是的，打算给你十一叔写信。"高言志"哦"了一声，站在原地扭了扭身子，又腼腆地喊了一声"三伯伯"。"嗯！"三老爷应道，他感到侄儿似乎要给他说点什么。哪知，接下来高言志举止怪异，表情显得木讷、尴尬，欲言又止的神态极不自然。这些细节全被精明的三老爷看在眼里，凭着一种敏锐的直觉，他断定侄儿眼下是遇到了麻烦。

"永贞刚才都口齿伶俐，怎么一下子心事重重？难道有什么话不好给伯伯开口？"三老爷指着椅子，宽厚而不失威严，"你坐下，有话慢慢讲。"高言志抿抿嘴，拉拉胸前的衣襟，又拉拉身后的衣角，鼓起勇气重新坐下。三老爷在一张椅子上落座后，端起茶杯喝了几口热茶，接着就温和地看着侄儿。

在伯父那宽容大度、柔如秋水般的目光注视下，高言志心里阵阵发热。他明白，伯伯是可信的、可靠的。于是他鼓起了勇气，支支吾吾说起了《心评》小报的事。

三老爷一边听侄儿叙述，一边小口小口啜饮热茶。他那微笑的表情里，看不出内心活动的任何迹象。高言志叙述完毕，怔怔地坐在那里不再抬头，只是牢牢盯住加厚的绒布鞋面。"永贞说完啦？"直到三老爷发问，高言志才扬起头来："我想请伯伯，请伯伯……给王督军疏通一下，请他……高抬贵手，不要为难……谷先生、熊先生和王先生。"

三老爷未置可否，却换了个角度问侄儿："近来你行为不大对头，礼拜天都早出晚归。看来，你是在和这些人打堆？"高言志诧异地思忖片刻，小声问："伯伯，我不知道你老人家说的'这些人'，是指哪些？"

"当然就是你说的谷先生、熊先生和王先生啊。"

高言志："伯伯，我只看过《心评》，那是他们编的报纸。他们的名字我也只是听说，具体的人还从未接触过。"

三老爷："既然只闻其名而从未接触，那么你为什么要帮他们呢？他们这件事的性质，你心里有数吗？"

"我知道，他们办报纸，为省府公署的法令所不容。但我认为他们是正义的。"顿了顿，高言志继续说道，"所以，我来求伯伯，请你出面……搭救他们。"这时，他嗓子里已经带着哭腔。

"正义？从何说起？"三老爷反问他。

高言志："倭寇入侵，国难当头，东三省同胞为日本强盗的刀兵戕害，尸横遍野妻离子散，国人若再不奋起反抗，必然要当亡国奴。若再不反抗，东北的今天，就是我们贵阳的明天！为了国家民族，几位先生编辑《心评》宣传抗战，他们就是正义的……！"说到这儿，高言志因为激愤而声音发抖，眼含热泪，双唇瑟瑟发颤。

三老爷深谙人情世故，但他毕竟是堂堂正正的读书人，"达则兼济天下，穷则独善其身"就是他的人生信条。血气方刚的年轻时代，他也曾有过经世拯民的人生抱负。此时，侄儿的激情感染了三老爷，他内心深处受到触动，突然感觉热血鼓荡，眼窝发热，但他很快又稳住了情绪。

"明白你的意思了，容我想想。"三老爷垂下目光，不露声色地对着脚边的地板说，"你先回去……好好温习功课吧。"

第一章 1932年（民国二十一年）

四、祖宗的家业

高言志鞠躬告辞,三老爷久坐深思若有所感。最后他戴上棉帽,扎好围巾,拄着文明棍不慌不忙步出房门,室内外温差大,未下石阶就感到丝丝寒意。三老爷扯扯围巾,从容在院子里款款而行。

这闻名遐迩、令人羡慕的"高家花园",是始祖高廷瑶历尽艰辛省吃俭用创下的基业,是"高家谷子"历代前辈精心守护、遗惠后人的物质财富。同时,这布局优雅、规模宏大的私家花园,也是三老爷高可亭的出生地,这里给他留下了许多快乐的人生记忆。每一进院子,每一间房屋,每一个角落,每一座石阶、牌楼乃至后花园的大致轮廓……高家花园的整个布局,三老爷可谓烂熟于心,甚至可以说出一砖、一石、一柱、一草、一木的细微特征!在他印象里,它们仿若自己的掌纹般熟悉而亲切。

三老爷一路浏览高家花园布局盛景,神态仿若外人……

清代以来,贵州省府公署及其周边被本地人称作"大坝子"。因其与学府为邻,官称"文笔街",有文化昌盛之意。清末民初,高家、唐家、华家三大文化世家在此平分秋色,共享富贵荣华,引领黔中时尚风范。

位于贵阳文笔街的高家花园又称"解元府",坐北朝南,是清末民初贵阳最大的几所家庭建筑群之一，占地面积十余万平方尺。迄今为止，年近半百的三老爷从未像此时此刻这样，专注而系统地浏览、观赏自家的庭院。今天他竟然心血来潮，径直往前门走去，然后自前门起步——观赏……

高家花园前门文笔街，后门忠烈街，右邻邬家巷，左自文明路至忠烈街，全属高家花园的范围。此外园中还有水榭、池塘，遍植莳花异草。高廷瑶之后，子孙数代对高家花园接力扩充，房屋功能愈加完善。至民国时期，已建成四进四院的五套院落，可供居住之大小房屋数百间。

一进院前，朝门右边是门房，曰"执事房"，住一佣人专司传达之责。执事房旁边有马房，养骡马四匹，主要供下乡扫墓等用。左边大房，专堆"巡道"鸣锣和官员用的执事牌，如"肃静""回避""官衔"等，皆祖上遗留物。

高府各个院落间有门相通，从大门口到"观音堂"，一共五套院落，各进均由正房和厢房构成独立小院。若遇婚丧嫁娶，由堂屋前三院，打开中门，成一直线，一院高过一院，由门口向内、向上，一眼望去气派非凡，壮观宏伟。平时则大门关闭，只留侧门出入。中堂前后，有两门贯穿，两侧另有专门的廊道从前院直通后院，整个结构宽阔宏大，错落有致。后花园有亭榭，林木繁茂，但杂草丛生。曲径通向一栋独立阁楼，里面灰尘积厚，平时无人居住，只堆放一些陈旧的木刻印刷的雕版、线装古书。阁楼后几尺之遥即是高墙，此处有一隐秘后门直通忠烈街。

"家业，家业啊！这些可都是我祖宗创造的家业啊！"三老爷一边观赏，心里一边暗自感叹。微风吹过，凉意加重，他顺势扬手拉紧了围巾。

路过二进院的茶房时，拄杖而行的三老爷望着自己早年发蒙读书的家塾倍觉亲切，心头浮想联翩，诸多往事历历在目……

二进院中令人瞩目的除了家塾，再就是各角落沧桑屹立的蜡梅、茶花、紫荆树，一年四季这里风光独好喜庆盈盈。寒冬时节，两株虬曲苍劲的蜡梅树上，不惧严寒的花朵争先恐后妖娆盛开。花厅对上四房，有木栏，栏边高柱有联："诒谱溯珠江，长守弓裘思作述；家声绵富水，全凭耕读教儿孙。"另一联为:"知足不辱,能忍自安。"

沿石级而上,三老爷感觉身上微微发热,不由掀掀棉帽,松开了围巾,继续款款而行……

移步穿过中厅,又入另一院。两层八间的正屋后面即花园,由第二进直达花园小巷,将左右四进四院分开,共七扇小门,隐于第二进茶房侧。不熟知高家地形者,如入迷宫,出入受困。

小巷末端,经第四进上九道坎子,即达花园大门。花园平时严锁,入口处有木低栏作"之"字形,栏两端,一通怡怡楼,一通孔雀亭,亭内曾饲养孔雀一对,鲜艳如红彩绸飘荡,贵阳城为之轰动。

到怡怡楼前,三老爷背心发热,脖子和鼻翼两侧微起汗雾……

怡怡楼共两层八间,楼上、楼下全列竹制书架,排满线装古书。这是高家花园的一幢书楼,为高廷瑶之子高以廉、高以庄兄弟二人所建。著名学者、清代湖北布政使黄彭年曾为高氏作《怡怡楼记》。文中,黄彭年盛赞高氏兄弟友爱、合家亲密相处而怡然拾乐,更为高氏家族盛况大发感叹:"……予盖念阋墙之变,虽士夫不免,又悲予终鲜兄弟,益叹两翁所以致此者,良不易也!"

紧邻怡怡楼,乃高氏最大的谷仓。此处另成一院,与之毗邻处,池塘边五柳垂丝,掩映一精致木楼,分上下两层,基座隐于池中,整栋楼远观如一艘大船,故称"船屋"。该楼四面设走廊,靠外有精致木栏杆。房中一对古琴,辅以竹匾、竹联、竹床、竹椅、竹桌。古色幽雅,咚咚琴声和以箫音,悠扬悦耳。坐于其中,四周图景清晰可见。有人接近顷刻可知,乃秘密集会之妙境。

"这可是我祖宗的家业啊!"船屋二楼走廊边,三老爷凭栏远眺,心中百感交集,暗地感叹不已。

清末民初,三老爷昌适接受新学,进贵阳模范中学读书,毕业后到上海入中国公学。此乃于右任创办的大学,昌适在此接受民主革命新思潮洗礼,眼界愈加开阔。民国初年毕业回黔后,曾先后出任兴义、关岭、安龙等县县长和安顺专署秘书长，政绩突出，民望颇高。哪知后来，三老爷居然辞职了。旋即有传闻，说高可亭为了掌管家族的庞大家业，连县官都不当了。

此说法看似有理，实则只对了一半。军阀混战民不聊生的背景下，以县政府为单位的基层政权，往往处于贫穷、暴民和军阀三者夹缝中间，都是难题，谁也无法回避。身为一县之长，县城街道面貌的改造是必须考虑的，教育是必须抓的，医疗卫生是无法回避的，天灾人祸是必须救济的——诸多建设，无一不仰赖国家层面或省府的财政投入，方可得以实现。最初，他屡屡向省府呈文上书，不厌其烦陈述治下种种民生困境，以为国家层面或省府的财政投入乃天经地义毋庸置疑。哪知，呈上的公文要么被否，要么泥牛入海，反正没有任何着落。

苦恼中，三老爷向官场前辈讨教，人家反问他："你那官印何在？"

三老爷答："秘书抽屉里。"

官场前辈问："既有官印，怎不用起来？难道不知它功能？"

三老爷答："知道，那是政府签署公文和发布文告的凭证。"

官场前辈问："签署公文，发布文告，官印当真只有这功能吗？"

三老爷答："是啊，除此之外还能做什么？"

官场前辈问："诸项建设耗资巨繁，上峰去哪里弄？"

三老爷答："这我怎知道！"

官场前辈点拨他："各项建设皆是取之于民、用之于民，无非羊毛出在羊身上。不懂？"

三老爷听罢目瞪口呆，沉默良久无言以对。他是本本分分的读书人，心中除了修身齐家、亲民爱国的理论，官场经验一片空白，至于官场陋习、如何贪赃枉法中饱私囊，更一无所知。当然，前辈所言"羊毛出在羊身上"，他心头十分明白，不就是利用官府职权，给百姓搞摊派吗？难怪古来就有苛捐杂税之说，难怪要产生腐败和苛政。其心何忍，其心何忍哉！三老爷心想，民生疾苦至此，打死我也不可胡来呀！正欲起笔再次呈书，突闻政局大变。据说，省府主事的在征战中落败，省府大员又换人了！

无奈之下，三老爷也曾起一念，欲动用家资以捐款形式贴补财政。然而，等财政秘书把所需款额报给三老爷，他立即傻眼了。连年战乱之下，西南穷县的财政窟窿，早就穿腔透底无力帮扶，因为其中任何一项建设，都是深不可测的钱窟窿，与这样一个窟窿作比较，高家谷子之实力，不过是九牛一毛。何况高氏家族聚族而居，几十户上百人计口授粮，月耗口粮均在三千余斤，而三老爷能够动用的自己的份额，在这当中更是微乎其微。心力交瘁之下，他辞职回省城，旋即被族人推举出来掌管家业。

巨族之家，盐咸醋酸众口难调，无论兄弟妯娌还是叔侄姑婶，红眼睛绿眉毛的矛盾此起彼伏、河翻水涨实乃普遍现象。然而，高家花园的三老爷却能举重若轻出入得体，诸事处置井井有条，深得族人夸赞。他掌握的原则，说穿了就是两条：一是"公平"，二是"坦荡"。无论衣、食、住、行，凡家族福利皆大公无私，平均分配，故家族虽人口众多，却和睦相处，老老少少无不敬服。

说到与外界的社会交往，更是三老爷拿手好戏。他为人耿直，开明豪爽，家里常门庭若市，高朋满座。往来军政要员、社会名流，大多属于声势显赫、实力豪迈之决策人物。军阀周西成、毛光翔、王家烈等为争夺贵州省主席职权，数次纵兵洗劫省城，高家有惊无险、幸免于难，皆赖三老爷巧妙周旋应付得当，屡屡化险为夷。此外，学界名流大腕或江湖上落魄义士，亦常为高氏座上宾。至于熟悉的街坊四邻、亲朋好友遇急难窘境，得三老爷解囊救济则尤为寻常，久之便有了"小孟尝"之誉。又因他排行第三，省城远近皆尊称其"高三爷"。

三老爷在船屋二楼走廊上站立许久，此后又在长椅上坐了许久，直到费苏敏找来叫他回去吃晚饭，他才挂着文明棍，心事重重地离开了船屋……

当夜，高言志临睡前正在烫脚，房门被人轻轻敲响。拉门一看是费苏敏，他两手张开，给大少爷送来一副墨迹未干的对联。上联曰："淘神巨细，天书展卷何来定力？"下联曰："纵目古今，成事铺排唯赖恒心。"上下联内容合计二十四字。落款处一行小字:"高可亭,民国二十一年冬月书赠贤侄。"

　　读完对联,高言志明白了:这是三伯伯经过一下午的深思熟虑后给他的明确答复。可以说是委婉的批评,也可以理解为诚恳的忠告。"办砸了!"高言志心头不由暗暗叫苦,赤足站在火炉边六神无主……

　　世事难料,一夜之间竟然有了转机。这年冬天,年初败走的毛光翔暗地里串联了第二十五军副军长犹国才、第二十五军第三师师长蒋在珍、教导师师长车鸣翼等,联手反对王家烈。11月5日,犹、蒋、车等由安顺出兵,大军压境直逼贵阳。24日,"反王联军"捣毁"威西门"长驱直入占领省城,王家烈率部仓皇出逃。12月7日,国民政府任命犹国才为贵州省政府委员。26日,国民政府免除王家烈贵州省政府主席职务,任命犹国才暂行兼代贵州省政府主席,主持贵州省政。1933年1月1日,蒋介石委任犹国才为国民革命军第二十五军军长。

　　孰料好景不长,犹、蒋、车"反王联军"控制贵阳不过是昙花一现,犹在贵阳就任不到二十天——同月19日,王家烈击败"反王联军",重新攻占贵阳,犹国才与毛光翔等人落荒而逃,再现了历史上"兵败如山倒"的尴尬场景。

　　"车辚辚,马萧萧,行人弓箭各在腰……"神仙打仗,百姓遭殃。贵阳城乡草木皆兵、人心惶惶。王家烈此时的心思全部用来对付犹国才、蒋在珍和车鸣翼等人,哪有精力过问《心评》小报?短短一个半月的时间里,谷有庄、熊铁樵和王定一在徐健生、高言志等学生的倾力协助下,接连出了三期油印小报,旗帜鲜明反对军阀混战,呼吁全民精诚团结,一致对外抗击倭寇。隆隆枪炮声中,《心评》小报犹如傲雪寒梅,频频亮相于贵阳城乡。

◎ 第二章 1933年（民国二十二年）

一、又一村

阴历癸酉年腊月二十，公历1933年1月15日，王家烈重新入主贵阳的前几天，贵阳下起了入冬之后的第三场大雪。

气候凉爽乃贵州特点。贵阳平日里别说下雪，即使是一场中到大雨，也可能会导致气温骤降。眼下这个冬天，木炭、煤炭成了贵阳的珍宝，就连夏天里弃之墙角的柴火也身价倍增。贵阳六广门边，"又一村"饮食店的店主邱世达为此忧心忡忡。

"又一村"是个小本经营的饮食店，面食为主，兼及风味小吃，小炒、凉粉、包子、馒头……五花八门。一个小店的柴米油盐酱醋茶，什么都得精打细算，否则就会亏本甚至关门走人。几场大雪，这小店的处境愈发艰难。平时能够进店消费的有钱人，冬季里裹着棉袄猫在家里火炉边，自己温一壶烧酒烫烫火锅，吃香喝辣，亦其人生一大快事。至于街上熙熙攘攘、灰头土脸的贩夫走卒，平日里磨骨头养肠子，谋生已属不易，哪会轻易迈足进店，享受别人端汤送水？在他们眼中，这奢侈是有钱人的特权，穷人哪配？然而，小店总得长麻细线维持着，这异地他乡，"又一村"是老邱全家赖以生存的唯一依靠。

米面和油盐麸醋不多了，问题都不大，可在杂食铺赊欠。街坊邻居，相互都能体谅的。难的是柴火，无论生意盈亏，门口那灶膛的火是万万不能熄的。饮食店烟消火灭，不就意味着倒闭关门？若是到了那一步，恶性循环愈演愈烈，转眼间可能债主上门毫不松口，无论米面菜油，无人再斗胆让你赊欠，神仙也只能徒唤奈何。

前年深秋，年近六旬的邱世达接手这家店铺时，房主兼店主给他移交了充足的柴草堆垛，还留下一些煤炭。去年夏天，邱世达买过几板车柴火和煤炭接续使用。今年原本是打算入秋后备办过冬燃料，谁知尚未张罗，军阀重开战，王家烈、犹国才依次封城，准出不准进。局势稍有稳定，接着又是几场漫天大雪，凝冻加剧道途阻隔，别说城外乡民进城贩卖柴草，就连近在咫尺的东山煤矿村，煤炭也无法弄下山来。

眼看年关将近，屋后空地堆放的燃料所剩无几，老邱心急如焚。腊月二十五早晨，邱世达起床后看着冰雕玉砌、人迹罕至的街面，焦急万分又无可奈何。

"这下完了！"他低声骂道，"枪子儿都打不死老子，难道我要冻死在这里吗？"他边骂边从后院抱来一捆朽烂得布满虫洞的柴火，哆哆嗦嗦塞进灶孔，打算借此维持小店的炊烟假象。然而柴火太湿，用于引火的竹片都烧完了，柴火还是无法引燃，老邱一把鼻涕一把泪，满脸烟灰。

"九叔、高永贞，你们躲在哪里？"

邱世达身后突然响起了一个童音。他扭头看去，那是一个相貌端庄、衣着规整的富家小姐，年约十岁，身着红扑扑的花布棉袄，脚上是一双橡胶打底的棉布鞋，手上来回掂量着一个蓬松的雪团。

"九叔、高永贞，我在'又一村'等你们哈！"女孩的手冻得通红，她对着空旷的街面大喊了几声。那神态，似乎和什么人走散了，又似乎在玩捉迷藏。她一手托雪球，一手凑近嘴边，用热气呼了几下。

邱世达扯着衣袖抹抹脸上的烟灰，不禁"噗"地笑出声来。女孩诧异，低头看看自己衣着，又认真看看自己的鞋面，确认没什么异样，便小声问道："老伯伯，你是笑我吗？"

邱世达仍笑："对，我是笑你。"他从洋火盒里抬出火柴棍，在纸盒侧边的硫磺片上一次次小心击擦，哪知未能如愿。

女孩："老伯伯，你好稀奇。我有哪样值得你笑话的？"邱世达笑笑，没有说什么。他重新取出一根火柴棍，固执地在硫磺片上小心击擦。那红衣女孩也很固执，她手上掂量着一个雪团，歪着脑袋站在那里，耐心等着老邱的答复。耗费了好几根火柴，引火的柴草终于被引燃，灶膛里燃起熊熊大火。直到这时他才放心了，拍拍脏手对那女孩说："小妹妹，你是哪家的千金啊？怎么敢直呼人家高府大少爷的名字！"

女孩故意把嘴角一撇："不告诉你。"那夸张的调皮神态，显得机警、聪慧而又十分可爱。邱世达说："是不是我批评你，你不高兴？"女孩想了想，指着临街的灶膛说："让我烤一下手，我再告诉你也不迟。"

邱世达慈祥地说："烤吧烤吧，之个没关系！你不告诉我也行。"说罢，进屋自己忙碌去了。哪知刚洗了一把冷水脸，屋外有人喊他："邱伯伯！"他觉得那声音耳熟。"邱伯伯，你在不在？"老邱出门一看，是高言志，他手上提着一个纸盒。

邱世达："小高，好久不见。快进屋。"近几个月，高言志、徐健生、秦天真等青年学生常来六广门吃老邱做的面食，彼此间不仅熟悉，而且很亲近。

高言志："今天出来玩路过这里，我顺道看看邱伯伯。"

邱世达："这么冷出来做什么？喏，有人找你呢——"说着，他指了指灶前伸手烘烤的小女孩。高言志忙说："邱伯伯，你别看她人小，那可是我得罪不起的活菩萨，老辈子啊！"说着，他走到灶膛边，对那红衣女孩笑道："小姑，赶紧把雪团扔了！一边烤火一边玩雪，当心身体受寒。"

"不张（理）你！"女孩夸张地嘟着嘴，故作生气样，"不张你！"仿佛是为了强化语气，她倔强地扬了扬下巴，眼睛一眨不眨地看着高言志。

高言志蹲下身子，对那女孩说："小姑你误会我了。刚才我去杂食店，给你买镇宁波波糖，你以为我躲你？""真的？"女孩脸上立即充满了笑意，表情一柔和，立即恢复了小姑娘的天真。

高言志："我高永贞未必还敢欺骗小姑姑？老辈子啊！"说罢，他顺势取过女孩手上的雪团，扬手抛到街面上。接着，他从纸盒里摸出一把波波糖递给红衣女孩。女孩一把抢过去，笑道："高永贞，其实我是假装生气，逗你玩的！"女孩说着，拿了一粒糖块，大大方方地递到了高言志嘴边……

这女孩是贵阳赫赫有名的高府三老爷——高可亭先生最小的胞妹，学名"高旭"。依族中辈分，大她八岁的高言志乃其侄子。

"小高，你不是说过想见黄长官吗？他们调防来贵阳了。"

"真的？"邱世达一提黄长官，高言志顿感兴奋，"邱伯伯，您说的就是黔军第三师的那个黄大陆长官吗？"

"对，他们现在驻扎南厂！"

"好久能见到他？"

"就在今天。"邱世达神秘地一笑，"他派勤务兵通知我的。"高言志不禁喜笑颜开："那太好啦！"

邱世达所云之"南厂"，乃省城一座赫赫有名的大兵营，坐落于贵阳南岳山麓。这里三面环山，地势开阔，环境优美，自清代起就是驻军重地，亦是历代省府公署军事权威的象征。

"下午稍晚点，你约上健生、天真几个，一起来这儿吃晚饭吧。"邱世达拉高言志返身进屋，兴奋地指指墙上，那里挂着两只肥硕的羊腿。

"民国十九年（1930年）夏天，我们在云南下关吃了败仗，张汝骥的人马全部拼光。我和剩下的几十个兄弟东逃西窜，最后跟随黄长官到了贵阳，他见我年老体弱一身伤病，就安排我退伍。还自掏腰包，买了这个店铺给我安家落脚。就连店铺的锅碗瓢盆，都是他出钱置办的。"

高言志："哦，这个过程，我还没听你说起过呢。"

邱世达："那年冬至，我本打算请他吃顿羊肉火锅感激一下，哪晓得，他们当天就开拔去了遵义。后来机缘又老是不凑巧，一直拖到今天。小高，黄长官之个人好得很，你来和他见一下，说不定你们能够成为好朋友、好弟兄！"

高言志："太好了。多次听你夸奖他，我就想认识一下。这次，邱伯伯出手艺，羊肉算我的。"他边说边摸出几块铜板想递给邱世达。"这咋行？"老邱呼地推开高言志的手，"说了的，是我请客。"见高言志还是坚持，老邱吼道："你逞什么能？拿走！"高言志正踌躇间，猛地瞥见靠门的墙边挂了一个布袋，顿时有了主意。"好的。"他把铜板放回了衣袋，"邱伯伯，我们都别客套了。"

邱世达如释重负，显得格外高兴："对呀。你邱伯伯再穷，一顿羊肉还是请得起的吧！"这时他突然想起了柴火的事，忙皱着眉头问高言志："小高，你能找个买柴火的路子吗？过些天，我这儿怕是要断炊。"

高言志略作思忖，旋即安慰老邱："等会儿我回家给你想想办法，不能让你断炊，邱伯伯放心。""那好。太感激啦！"老邱通过平时的接触，感觉这高府大少爷是一个脚踏实地、言而有信的年轻人，和他打交道，确实放心。

说话间，又有两位英俊小伙领着一位少年，踩着积雪来到了"又一村"店铺门前。两位小伙年纪都在十七八岁左右。高言志给老邱介绍：这两位都是他的族叔，一个叫昌华，一个叫昌谋，他们分别是高家的十七少爷和十九少爷。与他们同来的少年身材秀顾，年纪与高旭相仿，高言志一见面，就朝少年客气地喊了一声"九爷爷"，由此可见其辈分之高。

经高言志介绍，邱世达得知那位少年名叫高铭琦，字公釜。邱世达指着高铭琦故意问高旭："小妹妹，他是你什么人？"

高旭庄重回答："他是我九叔。"

邱世达："你和他年纪差不多，怎么要叫他叔呢？"

高旭正色道："书上说，'长幼有序'，家里规矩就是这么定的呀，叔就是叔。刚才，你没听见高言志叫他'九爷爷'吗？"

老邱听了这话，对高府又多了几分好感。

高氏年轻的祖孙三代离开"又一村"不久，一头发花白的中年妇女扛着好大一捆树丫枝，一瘸一拐地朝着"又一村"走来。她衣衫褴褛，鞋子也十分破烂，两只脚上绑着稻草用来防滑。离店铺隔得老远，她见雪地上有许多杂乱的脚印，脸上不由现出诧异的表情。

门口收拾锅灶的老邱笑着解释道:"刚才来了几个客人,刚走。"

"这么早就有客人进店?"女人感到惊诧,又觉得欣喜,"开张没有?看来是好兆头呢!"

邱世达:"灶膛的火都没有发,开什么张?人家看看就走了,下午再来。"说着,他心疼地把女人肩上的树丫枝顺下来,小心放在灶膛旁,旋即弯腰帮她取脚上的稻草。

"之个大雪天,还要人活不!你去看嘛……城门洞里的叫花子,一夜冻死两个,没人管。守城的那些兵,光是凑拢看热闹!"女人嘟哝着,接过老邱递去的一块破布,懒懒拍打身上的雪粒和树叶。

"之有啥好看的!我在军队里干战火,那阵仗才叫吓人。死的人堆山蓄海,血水冲脚。想起就惨得很!"老邱拿过那块破布,拍打女人背上的雪粒和树叶,"你又看看前几天,王督军他们干战火,死的人少啦?尸体堆在板车上,一车一车拖到豺狗湾。"

"是嘛,"女人点头道,"之世间的人啊,爹妈生下来都一个样,冷了、热了、饿了、哭了,哪家不喊心疼?尺把长开始抚养,好不容易能走路了,能跑跳了,偏要造些刀刀枪枪,又把人整死。"

这女人是老邱去年春上从老家接来的。二十年前,在老邱的黔西老家,这女人不到二十岁。因为家贫,再加上父母双亡,她饥寒交迫孤立无援,打算投河自尽。当时正是清晨,她在河边哭泣了许久,泪水像河水一样滔滔不绝。不知过了多久太阳出来了。逆光中,她在河边哭泣的剪影被一个担水的老光棍瞅见,于是老光棍眯着眼睛上前好言相劝,她还是哭,老光棍继续耐心苦劝,并表示愿意收留她。她沉默半响,慢慢停止了哭泣,旋即跟在老光棍身后默默相随——从此他们做了苦命夫妻。

老光棍就是邱世达,家中除了年迈的父母和几间摇摇欲坠的茅草屋,再无其他财产。邱世达一直靠打短工或担水维生,依靠一根扁担赡养年迈的父母。茅草屋添了一个女人,虽贫寒依旧,却老少欢心、其乐融融。哪知好景不长,儿子邱祖轩出生不到半个月,邱世达被军阀刘显世的部队拉兵,一去十余年时间杳无音讯。拉兵者,"抓壮丁"也。一般穷苦农民被抓走当兵,与家人往往"从此生死两茫茫"。

邱世达一走就是十七年,女人不仅要抚养年幼的孩子,还要赡养公婆。白天她去给大户当佣人伺候财主;晚上回到家里仍不歇息,还要就着一盏昏昏糊糊的桐油灯,"唰唰唰"地打草鞋,直至拂晓才勉强闭闭眼。每到赶场天,她就用背篼背了草鞋上街售卖,然后换点粮食回家供养二老一少……如此度日,其间苦难不言而喻。十余年间,这女人就像岩缝间的茅草一样,被岁月蹂躏蹉磨。春来转绿,秋去枯黄,她在贫瘠的岁月里坚强支撑,先后安葬了去世的公婆,并把邱祖轩抚养长大。十余年后她不仅背驼了,腿也瘸了,那是因为摔断后无钱医治,拖的!前年秋天,老邱身着旧军装在黔西老家的茅草屋突然现身,昔日的老夫少妻抱头痛哭,十六岁的儿子邱祖轩呆立一旁,不知这老头是谁……

邱世达接上妻儿来了贵阳,将就六广门边这小店勉强维生。近日,军阀们战火停息,老婆、儿子每天都要去一趟黔灵山或相宝山,在无人干预的林子边收捡一些树丫枝,抱回小店做燃料。

老邱问:"祖轩呢?"老伴说,今天她和儿子是分开走的,她去黔灵山,儿子去八鸽岩。老邱听后放心了,便开始屋里屋外忙碌起来——今天这次会面,他已经盼了很久!

……邱世达被刘显世的军阀部队拉兵后,因为年纪大且腿脚不便,被安排当工兵,不背枪,只扛锄头,任务就是在作战期间修路、搭桥,或是配属给步兵连挖壕沟。军阀部队待遇差,几个月才发一次军饷,还要被各级军官们巧立名目、层层克扣。有人吃不下这苦,于是打主意开小差,然而被抓回都要当众枪决。邱世达念想着父母妻儿,提醒自己无论如何要活着回去。所以他不怕吃苦,只是怕死。

军阀连年混战,贵州的民脂民膏被搜刮殆尽,时常有军官带队哗变,拖枪另找庙门。老邱当兵的第八年,即1922年,他的长官就做了这么一票,而且很顺畅。当时,贵州省省长刘显世因"民九事变"失势,被迫辞去滇黔联军副总司令和省长两职，军政大权落入其外甥王文华手中。刘显世带残部黯然回老家黔西南。老邱他们随其驻兴义，此乃刘显世老巢，这里既有黔军，也有滇军、桂军，各方势力互有来往、彼此穿插，各打各的小算盘。

1917年，"护法运动"失败，滇军分裂，军阀间展开混战。刘显世在韬光养晦的同时，派特使与滇军头目唐继尧勾兑，试图借滇势卷土重来。万不料手下一个营长趁刘显世实力锐减，率部逃离黔西南，投奔云南军阀张汝骥。

张汝骥是云南曲靖人，早年入滇军。1922年起历任云南陆军宪兵司令、滇东镇守使、建国联军第十军军长、昭通镇守使。年轻气盛的张汝骥外表爽直、豪气冲天，实则心机颇深。老邱他们转入滇军后，全营官兵被张汝骥打散重组，营长也调往他处不知所终。老邱被张汝骥下属司令部的膳食科留下做伙夫，专门给司令部的参谋军官们做饭。

仿佛是天意，老邱在此结识了一位青年军官，一老一少彼此投缘，逐渐发展为莫逆之交，此人就是老邱口中的"黄长官"，现任黔军第三师司令部参谋长黄大陆，少将军衔。

黄大陆字子生，号振东，1904年1月生于云南省文山县城关镇一个教师家庭，七岁入县城小学读书，勤奋好学，成绩优异。然而因出身贫苦，常受富家子弟欺凌，十一岁时因不堪欺侮，黄大陆愤而离校。两年后，他只身到昆明投奔其三叔，希望能闯出一条生路。在这里，黄大陆得到了三叔的资助和热心指教，他发奋自学进步很快。1919年十五岁时，他考入云南讲武堂工兵科，1922年军校毕业后，到滇军张汝骥部任见习排长。

北伐战争胜利后，滇系军阀唐继尧渐走下坡路。

1927年2月，军阀胡若愚、龙云、张汝骥、李选廷等公开对抗唐继尧，严重削弱了唐继尧的军政实力。被幽禁两个月后，唐继尧郁郁寡欢因病亡故，旧滇系统治时代结束。南京国民政府委任龙云为国民革命军第三十八军军长，胡若愚为第三十九军军长，张汝骥为独立第八师师长。随后龙云却与胡若愚、张汝骥翻脸。1927年6月，龙云与胡若愚、张汝骥在曲靖一带展开激战，龙云不仅打败了胡、张，还收编了唐继尧旧部，滇军分裂的局面宣告结束。

张汝骥败于龙云之手,率部来黔依靠贵州军阀周西成,目的是休养生息、苟延残喘。当时随张汝骥来贵阳的,除了二十三岁的少校参谋黄大陆,还有老邱。那时老邱五十出头,当兵的十多年里,老邱随部队转战于贵州、云南、四川和广西等地,经历无数硝烟战火,看惯了枪林弹雨中的粉身碎骨,常人所在乎的生生死死,对他来说都已不重要,父母妻儿也似乎愈加遥远,既然不能开小差逃跑,那就只能麻木地活着!

"只要我不死,一定要让你平安回家,安居乐业!"这是一场恶战后,侥幸生还的黄大陆给老邱的承诺。此后就凭这句话,他们把自己的命运和对方紧紧捆绑着,生死相随不离不弃。前年秋在黄大陆帮助下,老邱离开部队在贵阳安顿下来,过上了普通人的日子。如今,黄大陆所属部队由黔北湄潭县调防贵阳,驻大南门外南厂——那里是黔军大本营。

高言志和昌华、昌谋、高旭等回到文笔街,费苏敏正在门房边支使四个长工打理骡马,两匹马和两匹骡子被牵出马房,全部架上了马驮子,似要出门。

"路滑得很呢,费大哥!"十七岁的高昌谋走上前,和费苏敏打招呼,"你们是要去煤矿村拉煤炭吗?"费苏敏笑着正要作答,高昌华就打断了族弟的问话:"不对。拉煤的话,不会用这么密实的麻布袋子。"十八岁的昌华走近一匹大黑马,摸摸马驮子里的麻布口袋分析道:"我看,他们像是去拉粮食。"费苏敏听了很佩服,连声说:"有道理,我们就是去北衙拉粮食。三爷上个月吩咐的,哪知一打仗就耽搁了,今天去拉!"

一说去北衙,高言志想起了老邱托付的事,于是对费苏敏说:"费大哥,我这里有个事情,想麻烦你带个口信。"

费苏敏赶紧作揖道:"大少爷,你有事尽管吩咐!"

高言志笑道:"高府除了三老爷,其他哪个有资格吩咐你?是我自己的一点私事,但也只能麻烦费大哥。"说罢,他把费苏敏叫到一边低声交代:"麻烦你给唐老冲或志安讲,整几千斤柴火,给六广门'又一村'的邱老伯送去。

这事要快！价钱和脚力运输钱，送拢（到）他们自己协商。""好，大少爷放心，我一定办好！"费苏敏毕恭毕敬道。

二十岁的高言志平时"一心只读圣贤书"，从未在家族里抛头露面。今天是他第一次请帮工头目费苏敏带话，给素昧平生的老邱买柴救急。费苏敏他们吆喝着骡马出门后，高旭悄声问昌华："十七哥，我问你，费大哥对高言志，为什么那样客气？"

昌华反问她："你说呢？"

高旭："要是我晓得，就不会问你啦。"

"哦，是该给你解释一下才行。"昌华指着高言志，"因为——因为他是言字辈的大少爷。"

高旭："明白了。难怪费大哥对高言志那么规矩！因为他是大少爷啊！"她一路走，一路咯咯咯大笑不止。这时，高言志已到了傲雪怒放的蜡梅花前，他见有几粒花朵落到了雪地上，不禁有些心疼，于是将那些细碎花朵一一捡起托在手心里，怜惜地端详着。

正在睹物伤怀，高旭庄重地走到高言志跟前，怯生生地问："我可以叫你大少爷吗？""哟……我的老辈子，你怎么啦？"高言志俯下身子，不解地端详小姑的神色。高旭仍然显得很庄重："我可以叫你大少爷吗？"她又问了一声，固执中含着敬畏，高言志不知所措。昌谋见状，走过来解释道："永贞，十七哥给小妹说，高府大少爷地位特殊，把她吓着啦。"

高言志说："哦，是这样啊？小姑，你把手伸给我。"他将手心上的那些细碎花朵伸到高旭眼前，高旭老老实实摊开右手接了过去。看着那些金黄色的细碎花朵，又联想起早上在"又一村"的遭遇，高旭若有所思。

"大少爷！"高旭笑靥间略有愧色，"以后，我再也不叫你的名字了。我叫你大少爷，可以不？"高言志笑道："不可以。""不可以？"高旭的犟劲又来了，"人家叫得，我为什么叫不得？"这时高昌华也走了过来。"对头

051

嘛,他必须有个解释。"昌华怂恿高旭,"小妹,我和你十九哥都是支持你的!来,我们几个一起喊——"

高昌华、高昌谋和高旭异口同声:"大——少——爷——!"

高言志没辙了……

二、黄长官

  这天午饭后,气温明显上升,下午升温更为明显,雪开始浅浅融化。
  大南门外南厂兵营,一军装笔挺的青年军官骑着高头大马,蹄声明快地离开了戒备森严的部队大门。此人少将军衔,宽大的武装带上别着一支手枪。其身姿挺拔、容貌英武,尤其那目光格外犀利。有些显眼的是,身前的马鞍扶手上挂了一盒扎着红纸的糕点,似与那身装束不太协调。
  军马出了营门,优雅而颇有节奏地小跑片刻,军人轻扬马鞭,空气中"啪"的一声脆响,那军马四肢发力,箭一般向前弹出,鬃毛飞扬处,刚厉的蹄声清脆有力,仿若古典器乐般悦耳动听。路旁行人纷纷驻足观看,其间名媛贵妇暗地里起点小心思,将那军人细致打量。然而眼前只见四蹄翻飞,旋见嗖嗖有力的马尾如闪电般一晃,"人面不知何处去",蹄声驮着一矫健的背影倏忽飘远。从此,妇女记忆中只剩一串脆响,在那春情荡漾的心底推波助澜,令人费尽思量!
  军马向六广门方向疾行而去……
  不久,这军人在"又一村"饮食店门前停了下来。一青年上前叫了一声"黄叔叔",伸手去接缰绳。军人把缰绳连同糕点递给邱祖轩,拎着马鞭去推店铺的木门，哪知，那门"吱"的一声被人从里面拉开了。隔着门槛，老邱就把腰板一挺，立正朝军人"唰"地行了一个徒手军礼："黄长官！"

黄长官也郑重地回了一个军礼，然后亲热而短促地叫了一声："邱大哥！"接着他把老邱的手拉下来，伸出两手与之紧紧相握。"邱大哥，这段时间你们还好吧？分开又是两个多月啦！"黄大陆深情地望着老邱，笑得特别开心。

"是啊，王家烈他们干仗，我不知你们开拔到哪里去了，很担心！我们一家人倒是还好。"老邱端详着黄长官，欣慰地说，"昨天，你派卫兵通知我，说你们调防贵阳，我好高兴。黄长官目前看起来气色不错，我放心啦！"边说边伸手摸摸黄长官的面颊，十足的长辈神态。黄大陆嘿嘿傻笑着，仿佛儿时面对慈祥的父亲。

这时，老邱的女人端着一筲箕洗好的萝卜进了屋，见状责备丈夫道："哎呀鬼老者（老头），你做哪样？咋不让黄长官烤火啊！""是的是的，我们哥俩一高兴，忘喽。"老邱有点尴尬地接过黄大陆的帽子、马鞭在墙上挂好，然后把他让到屋角火盆边坐下。刚引燃的炭火烧得很旺，个别炭条的结疤处还冒着缕缕白烟。这火盆是街坊邻居的物件，老邱特地借来烧上木炭，主要为今天的客人取暖。平时他们没有条件烤火，实在冷得招架不住，一家三口就挤在门外灶膛边，借着灶台的那点温度将就取暖。

"好香，是羊肉吧？"黄大陆抽抽鼻头，"羊肉贵，老大哥今天破费了！"

老邱："前年你来贵阳，羊肉没炖好，你们队伍就开拔了。为这事，我和你老嫂子难过了好几天。今天这日子，可不一样啊！"

"今天……？"黄大陆仰头想了想，突然"啊"了一声，叫道，"今天是腊月二十五，我自己都忘记了！"原来，这天是黄大陆二十九岁的生日。

"对啊……！"老邱说，"你看你，都忙成啥样啦！"言语间透着怜爱、心疼。两人正在叙旧，老邱的儿子邱祖轩在后院拴好军马，拎着糕点进了屋。老邱忙问："我拌好的草料，你喂它没有？"

"喂了的，老爹放心。"邱祖轩回答，接着他告诉父亲，"我看见高言志他们几个已经来了，马上进屋……"话音未落，高言志、徐健生已站在门前，邱祖轩忙把他们迎进屋里。

高言志两手各提一只扎了红纸的土陶罐，看上去虽说沉甸甸的，却很喜庆。进屋后，他先在一张方桌上把陶罐小心放好，然后给老邱行礼问好："邱伯伯，这酒是我的一点心意，带给你喝。"

"哎哟，你太客气。"老邱兴奋地说，"我正想找时间去趟高府，给高三爷和你父亲拜个年！"

"家父在外公干，很少回来。"高言志解释道。

"这个，我是晓得的。"老邱边说边招呼大家在火盆边坐下喝茶。因黄大陆与高言志、徐健生是初次相见，老邱特意给他们相互做了介绍。高言志、徐健生连忙主动和黄大陆打招呼。

"秦天真呢？他怎么没来？"老邱问高言志。徐健生忙解释："他回毕节好久啦！明后天我也要走。""哦，难怪！"老邱遗憾地回应着，和儿子到一边忙碌去了。

"两位同学，很羡慕你们啊！"黄大陆喝了一口热茶，主动和身着学生装的高言志、徐健生攀谈，"古人说，读书是天下第一乐事。可惜我在读书的年龄，没那个福分！"

高言志："黄长官谦逊。我和健生，年岁比您小不了多少，可您已手握重兵保境安民，建功立业之举令人羡慕。"

黄大陆："惭愧，我这是混吃军粮，图个谋生而已。军阀混战，不分好歹滥杀无辜，哪是什么保境安民啊！所谓建功立业、光宗耀祖，更是说不上。"

高言志、徐健生一下愣住，军人率真不以为奇，但黄大陆的爽性坦诚，却出乎他俩意料之外，不知如何作答。

"小高同学，你我虽第一次见面，但我对贵府并不陌生呢！"黄大陆微微一笑转开了话题，"而且，我还去过府上。"

"哦，是吗？黄长官，之个我还不晓得呢。"高言志又觉意外。

黄大陆侃侃而谈："民国十六年（1927年）至今，我随部队三次进出贵阳。第一次来贵阳时，我就曾随上峰去高府见过高三爷，还有当时主持家政的那位老先生。一晃眼又是五年多，不知他们二位身体如何？"

"黄长官刚才说到的，大概是我家五爷爷吧？那时由他主持家政。老人现在身体不如从前了。目前当家的，是我三伯伯——就是你说的高三爷。"

黄大陆感叹："高府这二位当家人，待人谦和处事诚恳，我感佩之至！以后找机会去看看两位前辈，今日烦请兄弟把话带到！"高言志听了，连连点头。

徐健生："黄长官戎马倥偬，闲暇时，看点哪方面的书呢？"

"戎马倥偬？呵呵，兄弟抬举我啦。"黄大陆自我解嘲，"戎马倥偬，应该是王督军、袁师长他们那样的官长。我这号小人物嘛，再忙也只是奉令行事，瞎忙而已。不过倘若有闲暇，我还是爱看书的。"

高言志、徐健生对对眼神，徐健生立即摸出一张小报递给黄大陆："最近才出的报纸，如果黄长官有兴趣，可以看一下。"

黄大陆接过报纸只瞟一眼，就看到了报头的"心评"二字，他立即显得很兴奋："看过看过，前几天在上峰袁师长那里，我看过这报纸，好几期呢！"

高言志："哦，黄长官怎么评价这报纸呢？"

黄大陆："内容丰富，文笔犀利，能够启迪我们拓展思维，开阔眼界。"

徐健生："不过，我听说要被查封，可能办不下去啦。"

黄大陆很惊讶："查封？这报纸，内容不错的呀！"

高言志见时机已经成熟，于是又和徐健生对了下眼神。徐健生便给黄大陆说起了《心评》的事，叙述中他言辞谨慎、委婉，没有涉及参与办报或撰稿的任何一个人名。

断断续续听完徐健生的叙述，黄大陆陷入了深思。

高言志拎着泡茶的土陶砂罐，给黄大陆加了热茶，然后坐下补充道："黄长官，正如你刚才所言，我们作为学生，也觉得这张小报能够启迪思维，帮助我们开阔眼界。但是不知什么人在王督军那里说了《心评》的坏话，去年王督军就下了命令，非取缔这张报纸不可。背后究竟是什么原因，我们作为外人肯定说不清楚。但是，我们很多同学都百思不得其解，感到十分可惜！"

天赋异禀的黄大陆精明过人，他十五岁考取云南讲武堂，十八岁毕业任中尉排长，二十二岁晋少校参谋，二十八岁任黔军第三师少将参谋长，谓之"少年得志"毫不为过。今天，他与两位学生虽说不期而遇，但交流内容却不是什么家长里短、吃吃喝喝、风物观赏。尤其取缔《心评》小报一事，直接涉及当前贵州执政的一号人物王家烈，这就不是可以信口开河的话题。交流到这一步，他对高言志、徐健生的用意也明白了七八分，只是不便做任何表态。何况他也需要时间，对两位学生做进一步的了解。

黄大陆提到的"袁师长"本名袁品文，原是川军将领刘伯承部下。1927年5月，刘伯承组织发动"泸顺起义"失败，不得已远走武汉。袁品文则投奔贵州军阀王家烈，王任命其担任黔军第三师师长。不久又将第三师调贵阳整编，袁品文奉命兼任贵阳市公安局局长。

徐健生从黄大陆的沉默中看出一些端倪，于是把话题往前推进："既然是王督军下令取缔，这张报纸就非死不可了。黄长官你说呢？"

黄大陆笑笑："这倒不一定。要是那几位办报的先生有心坚持，就能想得出好办法，比如……"他打了个比喻，"要是换汤不换药，给小报重新起个名字呢？不就万事大吉？"高言志、徐健生一听，心里暗暗叫绝。接着黄大陆补了一句："重新起名，还可据此为由，向省府申领执照。这相当于枯树发新枝，正大光明把它办下去。"说完，他暗暗观察着两位学生的表情。

好个"换汤不换药"！归根结底，读者看重的是内容而非名称！当前局势如此复杂，报头起什么名不行呢？恍然大悟的高言志、徐健生平静如常，内心却欣喜万分。真是想不到，那么棘手的难题到了黄长官这里，居然两句话就迎刃而解。高言志、徐健生对黄大陆更加敬佩，觉得这是个诸葛孔明般的传奇人物。

……天渐渐黑了，六广门"又一村"这场特殊的家宴正式开席，丰盛中透着些许寒酸，寒酸中却饱含温馨和真情。丰盛的是美味的羊肉，寒酸的则是眼前老邱家的简陋、贫寒。然而，当他一家三口同一位将军、两位学生团席围坐，开诚布公叙家常、忆往事，斯时斯境却又如此温馨。

为着今天的会面，老邱很早就有安排。菜肴怎么烹制？喝什么酒？他心头一直在盘算，并做了相应准备。早晨高言志出现后，他更加开心，觉得这是一个吉利的兆头。于是，他决定把黄长官与高言志、秦天真、徐健生等学生娃安排在一起，让他们结识见个面。在他心目中，他们是同一路人，都对他好，都不歧视或嫌弃他。"好人就该和好人打堆，能够聚到一起的，就不能让他们走散"——这是他朴实的理念。于是，高府三老爷赠送的两坛美酒被老邱大大方方打开了。

　　刚到滇军时，邱世达给一个说北方话的老伙夫打下手。北方老伙夫人高马大，为人豪爽，爱喝烈酒，患胃病多年，每次发病都痛得遍地打滚。哪里的郎中他都看过了，人家都束手无策。

　　有一次北方伙夫发病，老邱上山挖了几样草药，加了些陈香和隔夜柴灰熬了给他喝，四五天下来，北方伙夫说他不痛了，又接连喝了十多天，北方伙夫说他没胃病了。果然，从那之后他胃病再没犯。北方伙夫见老邱厚道，处事踏实，就把一些做面食的诀窍告诉了他。想不到后来，这成了老邱在贵阳安身立命的独门绝技。开张不到半年，他的"又一村"就在省城出名了。远远近近的老少爷们、嫖哥赌客或机关职员，不少人闻讯而来。人们喜欢上了"又一村"那别具风味的面食。凡是来这里品尝过的，大多成了老邱的回头客。其中，肠旺拉面和脆哨刀削面是他的一绝。时间稍长，老邱被客人宠得端起了架子，想吃肠旺拉面或脆哨刀削面，还得看老邱的心情。心情好，他给你做，心情不爽，他懒得搭理你。如果哪天老邱主动用肠旺拉面或脆哨刀削面招待你，那说明你是他的高人贵客，分量不轻！

　　今天最激动的，首数邱祖轩的母亲。作为一位贫寒家庭中的乡村妇女，她平生第一次堂堂正正上桌吃饭……碗筷摆上了桌子，炭炉摆上了桌子，切好的羊肉也摆上了桌子。砂锅里，汤料是下午就熬好热在灶台上的，一上炭炉就翻天滚地热气腾腾。大家不论亲疏、不分宾主围坐在桌前，静等老邱斟酒。黄大陆瞥了一眼桌面，低声吩咐邱祖轩："给你母亲拿个酒杯来。"邱祖轩还在迟疑，徐健生已拿来一个酒杯。黄大陆把它放在自己面前，然后从老邱手上接过土陶罐，给大家一一把酒斟上。

老邱端着酒杯站起身来："马上要过年了，今天大家来我这里团聚，比吃年饭还闹热，我感激两位同学和黄长官。"稍作停顿又接着说："另外我要告诉大家，今天是黄长官二十九岁的生日。"在场者除老邱和黄长官，都很吃惊。

"是的，今天我过生日。"黄大陆也端着酒杯站了起来，"这个日子，我自己忘记了，老大哥记得，而且破费给我庆生。我内心非常激动！但是今天，这第一杯酒，我必须先敬老嫂子！"说着，他端起一杯酒，双手捧给邱祖轩的母亲，那女人茫然失措地接过酒杯，用怯生生的眼神看着这位黄长官。

黄大陆挺直身子，十分庄重地端起自己的酒杯，给大家示意了一下，然后一饮而尽。女人低头挨近酒杯，只是浅浅尝了一下，却很不适应，仿佛是被雷击一般。老邱呵呵呵笑了几声，接过那酒替她喝了，这才算将礼节完善。

黄大陆依次给老邱、高言志、徐健生和邱祖轩敬酒，一个也没落下。如此转了一圈，大家又反过来轮流给黄大陆敬酒。一来二去话匣子就打开了，大家纷纷向黄大陆和老邱打听部队的事。行军一天走好多里？开战的时候怕不怕？你亲手开枪杀过人吗？诸如此类。黄大陆、老邱不厌其烦有问必答。

"今天，我还是第一次听他说起之些事。"邱祖轩的母亲指着老邱心疼地感叹道，"身上没得一块好皮子，不是窝窝（坑）就是疤。造孽啊！"老邱一激动索性脱了上衣，让高言志、徐健生凑近观赏他身上的枪伤刀伤，那些凸凹不平的疤痕歪七扭八，纵横交错，无序盘结的肉瘤重重叠叠，看了直让人身上发软。

十八岁的邱祖轩借着酒劲小声问："黄叔叔，你受过伤吗？"黄大陆笑："这是当然的，有多无少。"

邱祖轩半信半疑："真的？你这么年轻，咋可能啊？"老邱面露不悦，狠狠瞪了儿子一眼，邱祖轩却未看到。黄大陆不慌不忙又是一笑："真的是这样，和你父亲相比，我的伤有多无少。""我不信……！"邱祖轩借着酒劲笑道。老邱忍不住了："你给我住嘴，不知天高地厚！"他对黄大陆赔笑道：

"之娃娃缺管教,兄弟不要介意啊。"

黄大陆温和地对老邱连连摆手,然后轻声问他儿子:"祖轩啊,刚才我为什么要给你母亲敬酒,你想过吗?"邱祖轩摇头。黄大陆又问他:"需要我告诉你吗?"邱祖轩回答:"黄叔叔,我想知道。"

"我这条命,是你父亲舍生忘死救下来的。这个事情,你们母子俩都不知道吧?"黄大陆对邱祖轩和他母亲点点头,接着又看着徐健生和高言志,"两位同学,估计你们也想知道。今晚我就给大家说说……!"屋里一下安静下来,老邱用火钳夹了木炭,分别添加在地上的火盆和桌上的炭炉里,每加一块木炭,都会有若干细微的火星"噼啪"炸响,声音短暂,也很微弱,但火星却很耀眼。

黄大陆叙述道——

"各位,我是银南(云南)人,文山县,那里出三七,格(可)晓得?但是我们那里的老百姓很穷。比如我,如果不出来当兵,我恐怕只能在家里活活饿死。我和老邱从年龄上讲,应算两代人,格晓得?我们同一年入的滇军,在这之前,老邱已经在黔军干了八年。那时候我在云南讲武堂读书,那是军事学堂,培养军官的。

"临近毕业的那个月,唐继尧、张汝骥、龙云、胡若愚、李选廷等军阀派出他们的副官到讲武堂招兵。特派员拿着花名册,交叉着在学员名字上画圈要人。当然,画圈也有规矩,都是事先协商好的。比如,唐继尧的特派员画一、五、九、十三,张汝骥的特派员画二、六、十、十四,龙云的特派员画三、七、十一、十五……以此类推,这样就能避免重复。我们学员打上背包,提着步枪在演武场集合点名。被点到的,站到一旁相应的位置。我被张汝骥的特派员点到,于是成了他的部下——转眼,这都是十一年前的事了。

"常有人问我,军阀靠什么起家?我认为,大多是三教九流,打家劫舍,明偷暗抢。反正五花八门,'英雄莫问出处'。这些年,我和老邱什么苦都吃过,什么危险都经历过,身上那些伤,全是作战留下的,九死一生啊!至于有人说,某某军阀向某某开战,这中间有多少正义的东西呢?我看是瞎扯。各地军阀虽然都打民国的旗帜，其实是各行其道。军阀之间，说穿了只有利益、排场和面子，尔虞我诈、你死我活、蝇营狗苟才是他们共同的本性。再往好的方面靠一点，无非就是梁山好汉的江湖义气。实际上，许多山大王起家，无非是靠刁钻滑头、见利忘义、不择手段，这种人，随时可以翻脸的。其冲冠一怒，往往只为争抢地盘，哪还讲什么良知？更说不上什么正义感。

"最先，我是当排长、连长，后来被张汝骥注意上，下令调我到司令部当作战参谋。我在这里认识了老邱，他是伙夫。最开始，我们只是吃饭时打个照面的交情。后来发生两件事，使我们结为生死弟兄。一次是东川矿区剿匪，邱大哥救了我的命；一次是龙云打曲靖，我受伤昏死三天三夜，又是邱大哥救活了我。

"我先说说东川剿匪吧。

"云南东川产铜，自古以来被称为'铜都'，这里是制造钱币和机器的铜料主产地。当然，这块肥肉也被山匪盯上了。东川、会泽矿区数次被抢，甚至连生产也无法正常进行。会泽是唐继尧的老家，他脸上哪里挂得住？于是安排张汝骥的部队剿匪。当时，我刚到司令部任上尉参谋，奉命配合独立营作战。按计划，这次行动分四个阶段完成：一、扎营，二、侦察，三、发起攻击剿灭土匪，四、返回归建。第一步的目标是东川县和巧家县交界处的某个隐秘区域，部队行军三天后在那里扎营，然后派出探子，化装对当地土匪的行踪进行侦察。那里的山又高又陡，路道狭窄。我骑着马，头昏脑涨，一路高山峡谷，一路昏昏沉沉。行军四五天，部队在丛林大山里绕来绕去，始终找不到图上标示的地点。事后我们才知上当，提供情报的人，竟是土匪卧底！我们依照他指的路线行军，其实是南辕北辙。从头至尾每个环节都是土匪事先设计好的！这就好比鱼儿犯糊涂，钻进了打鱼子的网兜，自己还高高兴兴不知不觉……

"最先，是半空里响了一声冷枪，我和营长骑在马上正纳闷，峡谷里突然爆发出巨响，是排山倒海、更加密集的枪声。一刹那间，我身边的队伍倒了一地。枪弹是从对面半山腰上射下来的，居高临下，中间隔着那条凶险莫测、怪石嶙峋的牛栏江，几乎就是在我们头顶撒尿的阵仗！我们虽有枪有炮，短时间内却无还手之力。还能动弹的，撒开两腿拼命逃离。然而，一面是水流湍急的牛栏江，一面是笔直陡峭的高山，除了落入峡谷摔死、淹死，再没别的选择，于是大家就朝着路的两头拼着命地跑。

"'瞄准那个骑马的！''打死他！''给我打死他！'这时对面高山上，有人声嘶力竭大喊，凶神恶煞山鸣谷应，这显然是针对我的。枪一响，营长等军官滚身下马，或撒腿逃离，或就地躲藏。我试图下马时，军靴卡在马镫里，我倒挂在军马一侧，上不沾天下不挨地，身子软弱无力，悬对牛栏江，彻底暴露在土匪枪口下！

"进退维谷之际，我听见身后有人大喊一声：'黄长官不要动！'随即有人扑了上来，他用一只手死死抓住马嚼子，同时又斜着身子，腾出另一只手来抢我腰间的手枪。'啪'一声枪响，军马缓缓倒地血水直喷。与此同时，这人抱住我就地一滚，躲进了路旁的水沟……"

故事讲到这里，黄大陆忽然停了下来，他换个姿势，一手放膝，一手撑着下巴，两眼看着不远的地面一眨不眨。这时，炉内的炭火如晚霞般灿烂通透，扑闪的小火苗衍化出几丝蓝幽幽、亮闪闪的金属般的光泽，看上去奇幻无比，而屋子里则更加安静。

"黄长官！"半晌，有人说话了，"这个救你的人，是我爸爸？"那是邱祖轩，他的声音格外低沉，仿佛是从喉咙里憋出来的。

"对，是你爸爸！"黄大陆抬头看着邱祖轩，眼里噙着泪水，"祖轩，你爸爸回来和你们团聚一年多，军队里的故事，听他说起过吗？"见邱祖轩摇头，黄大陆感叹道："你爸爸，他很了不起，什么都是自己扛着。其实当兵这些年，他在外面是吃了不少苦头的，只是他……他不给你们说啊！"在场者一边点头，一边纷纷扭头重新打量老邱，好像之前从未见过他似的。

高言志："黄长官，刚才你说的故事很惊险，也非常感人。龙云打曲靖，又是怎么回事？可以和我们说说吗？"

黄大陆："曲靖那一次的情形和东川剿匪大致相同，事态也差不多。我就简短说说吧——

"曲靖，古称建宁城。素有'滇黔锁钥''云南咽喉'之称，历来是兵家必争之地。民国十六年（1927年）8月，龙云与胡若愚、张汝骥在曲靖一带展开激战，胡、张二部失利，被迫退守曲靖。龙云倾尽所有，调重兵围困曲靖，那里就成了一座孤城。

"不多久，周西成的黔军、刘文辉的川军也先后赶到，几方投入重兵，联合对龙云的部队实施反包围。但他们出师不利，仅几个回合，黔军、川军各自退回了贵州、四川。当时我们受困于曲靖城里，曲靖连续四天四夜被炮火轰击，工事被夷为平地，我们几乎无处躲藏。直到今天，想起这场恶战都有些后怕……"

说到这里，黄大陆突然扬手朝老邱一挥："邱大哥，后面的事情，干脆你来说吧……！"老邱憨厚地笑道："我啊？我笨得很，不会说话。"

黄大陆："我受伤之前，好几个作战得力的团长阵亡。张汝骥临时派我到一线，和一个旅长带领部队突围。哪知出师不利，一炮轰来我就睡着了！邱大哥，后面的事情你来说。"老邱想了想，笑道："我要说就从前面开始说起，不然显得无头无脑的。"黄大陆笑笑，点头同意。

老邱旋即开始叙述——

"黄长官年轻，但重感情。东川那一仗回来后，黄长官找我说，你不要当伙夫了，来给我当马夫。我说'要得'。伙夫太累，军官些难得伺候。随时随地总有人喊来喊去，叫你给他整吃的。他们吃饱喝足了，还要找茬骂人，这样酒菜不合口味，那样小炒盐味重了，或者就说你辣椒少了。反正浑身不闲，一天忙到黑最终还是错。给黄长官当马夫，我是过神仙日子。平常时间侍候马，出门就给他牵马，比伙夫轻松得多。出门时若外面人多，他就提鞭子骑在马上，腰杆挺起，二晃二晃的威风得很！人少的时候，他的马其实是我在骑。他说我年纪大，非要喊我骑。我不听，他就和我说气话，说我老鬼看不起他。这么好的官长，这么好的弟兄，我哪会看不起他呢？但我说不赢，只好听他的，喊我骑马我就骑。

"提到东川那一仗，确实窝囊，主要是张汝骥不会用人。我想，要是把黄长官和那个独立营的营长对调，一开始就由黄长官指挥，就不会那么窝囊，居然遭人家伏击。对张汝骥来讲，这确实是好大的损失，我听说后来大半年时间，唐继尧经常拿之个事情取笑张汝骥，说他走麦城。张汝骥日气（生气）得很，于是打定主意，麻烦再大，也要把东川那窝土匪办了。想来想去，他安排黄长官独立处理东川的事情。他在马圈边问黄长官，你要好多人？我以为黄长官会'韩信点兵多多益善'。哪晓得他只要一个连，另加一个军需官。张汝骥说，你这不是安心把事办砸吗？一个连去打那窝土匪，塞人家牙缝都不够。黄长官说，军中无戏言。张汝骥后来虽被他说服，还是半信半疑。他问黄长官好久起兵，黄长官答复他，半年后。张汝骥说，好嘛，半年就半年。半年后，东川那窝土匪死的死逃的逃，光是东川城西门城楼上，挂的土匪脑袋就有三十来个。

"你们可能想问我，黄长官用的什么打法。简单嘛，抢人。我们一路走，一路抢，专门找豪门大户下手。不到半年，我们就名声在外——臭得很！凡到过的地方，有钱人提起我们这支部队就摇脑壳，说云南风水不好，又出了一窝土匪，而且是军人，明目张胆穿了军装落草为寇。这事传到唐继尧耳朵里，他到处查证是哪个的部下落草为寇。张汝骥说，我的！唐继尧问他缘由，张汝骥说，你喊我剿匪呀，我敢放他们去真抢？唐继尧一听就明白了，对我们做的坏事睁只眼闭只眼。黄长官看看火候差不多了，就下令朝东川走，一路行军一路抢，仍然专抢那些大户，军需官就负责登记抢得的财物。

"我们刚过巧家县，那窝土匪就来接洽，安排酒席给我们接风，还希望我们入伙。其实本意是想吞并我们。黄长官说，入伙可以，要看哪个人多，哪个的家伙硬。要是你的人少了，我们就大路朝天各走半边；人数够多，我们大家合拢来兵强马壮，搭伙求财。土匪头子假意答应，背后赶忙做手脚。原来，他们兵马和我们一个连差不多，满打满算就百把人。他们内心里头眼红的是我们手上那些硬火的武器。于是他们抓了一百多号老百姓押进寨子里，凑数压我们的人数。他不晓得那些老百姓里面，也有我们的人！约定的时间到了，我们被带进了土匪老窝。老百姓穿插在土匪队伍里，他们最显眼的地方就是两手空空，什么武器都没有。

"双方把队伍一站，那边土匪头子就哈哈大笑，说不要点数了嘛！老弟，我的人多了你一倍还不止。黄长官也哈哈大笑，反问他，怎么不点？说好了的要点数嘛！土匪头子正想问他怎么点，黄长官的枪就'砰'地响了一声，土匪头子应声倒地。'老百姓趴下！'有人大喊一声，队伍里趴下一半的人。这时我们的枪噼噼啪啪同时响，前面扛枪的土匪立即倒了三分之一，剩下的全部缴械。那三分之一的脑袋，后来全部上了城楼。

"解决了东川土匪，黄长官在滇军的名声就不得了啦！唐继尧把他提拔为独立混成旅副旅长，军衔由少校越过中校，直接升为上校。剿匪期间被我们抢劫的大户，当时就有军需官做了登记。张汝骥按照黄长官的提议，安排军需官挨家挨户上门给人家解释原委。同时又按实际损失，拿现大洋做赔偿，人家都宽宏大量表示理解。那些财物，估价后官兵扒堆平分了，算是给弟兄们的赏金。

"龙云和张汝骥在曲靖开打，双方火力都猛。但龙云更厉害一些——主要是他会用人。张汝骥那一万多人，也是因这一战伤了元气，不到三年就垮杆，他自己脑袋也搬了家。

"刚开打时，龙云还没有调齐部队。黄长官给张汝骥说，我们现在处境不利，不可久留，他坚决主张撤离。张汝骥不听，下令死守。哪知后来还是熬不过，我们死的人越来越多，仗越打越惨。等张汝骥把黄长官的话琢磨透，曲靖城已被围得像在箍桶里一样，人家总攻的炮火也准备完毕。黄长官一边提枪冲出工事，一边发突围的号令。这当口，龙云总攻的炮火恰巧开始轰击，这就是黄长官刚才说的'出师不利'。一炮轰来他果真'睡着'了，浑身上下湿漉漉的全是血呀，他倒下的地方，就像挖了口冒血的井！

"随营医官早就不见踪影了，我背着黄长官满城跑，却找不到一个郎中。到处是炮火落地，耳朵都震聋，到处是穿军装的乱跑，分不清友军敌军。但黄长官军衔高，人家一眼就认得出来。于是我把他口袋里的东西摸出来揣在我身上，把他的外衣直接扯丢了。我背着他进了一家祠堂，四门空空，连个人影都没有，但我不敢进屋，我只能把他藏在一个花台的草棵子里。花台四周密不透风，谁会想到里面藏着人呢？我找到一个扫把使劲扫刮，翻起尘土盖住了沿途的血迹，然后揣着他身上的二十多块光洋，出门继续找郎中。一听有人是郎中我就求情，求他救救我的长官。哪承想人家答复我，医馆都被龙云开炮炸了，拿什么动手术？扫眼一看，果真是那样，到处残砖碎瓦！

"后来，我找到一个洋人医师，那是在一个教堂里。洋人医师一听，赶紧喊人找了一架楼梯作滑竿，去祠堂里抬人。整整三天时间，黄长官在教堂昏迷不醒，洋人医师给他开刀，取出大大小小四十多块弹片。好在他年轻，才半把个月就下地走路了。我们留下光洋给洋人医师，正准备出城，张汝骥长官和他的随从也到了。原来，张汝骥的一个姨太太是教友，而教堂收留黄长官的事早就走漏了风声。幸好龙云的部队撤围了，否则我和黄长官，一个也活不下来……"

老邱叙述往事时，黄大陆低头沉思。

老邱突然想起了什么，吩咐儿子给黄长官、大少爷和健生他们加点茶。当邱祖轩走到黄大陆身旁，茶罐被他接了过去："祖轩，给你母亲敬酒的原因，你明白啦？"邱祖轩摇摇头，随即又点点头。

黄大陆："祖轩啊，我这是在祝福你们一家啊。当年在部队，我对你父亲有过承诺，只要我不死，就一定要让他平安回家。今天看到你们合家团聚，我真高兴！虽然目前你们穷点，但平安是最大的财富。我希望以后大家都平安。两位同学，你们说呢？"

一直没有多言的高言志缓缓站起来，他的嗓音柔和而沉稳："今天来这里受益匪浅。'听君一席话，胜读十年书'，我很感动。黄长官，但愿将来，我们中国不分贫富贵贱，男女老少就像家人一样和睦相处、共享太平。其实，这也是'九一八'以来，我的一点感悟。今天酒逢知己，说说应该无妨吧？！"他声音很轻，却很富感染力。黄大陆也禁不住站了起来："小高同学，你让我很意外，也很欣慰。那我们就一起努力——怎么样？"

"好！"在场的人异口同声道。

这时已临近半夜，大家纷纷站起准备告辞。老邱一边送客，一边借着酒意大发感慨："今天晚上，老邱我最高兴，感谢大家啦！这'又一村'虽说寒酸，但位置居中，单门独院又能四通八达，便于你们商量事情。以后你们只要不嫌弃，这里就是你们聚会的地方。好不好？""好！好！好！"黄大陆一听，接连说了几声"好"，徐健生、高言志也表示赞成。

老邱又接着说，"吃饭喝茶，算我的！你们有什么安排，邱祖轩就负责跑腿传信。"高言志提议道："有重要事，祖轩就说，'我老爹说的，请你们去吃拉面'。凡是这样的口信，大家风雨无阻，不准缺席！"

大家都赞同，随即告辞出门。稍有醉意的邱世达拉着黄大陆、徐健生热聊不已。高言志趁机摸出几块铜板，打算投进靠门的布袋。邱世达眼疾手快，侧身一把掐住了高言志的手腕。高言志没想到，年近六旬的邱伯伯不仅力大过人，而且身手敏捷，他只觉手腕发酸，无法动弹。毕竟是老兵！

老邱嗔怪道："你做哪样？未必我这顿饭都请不起吗？"

高言志："前辈，来日方长，我们这才刚开始呢。"他边说边挣扎，还是想把铜板投入那布袋。然而，邱世达单凭一只手就把这年轻人牢牢控制住。"开始不开始，那是另一回事。"邱世达嘟哝道，"难道你们不来，我家就不吃晚饭吗？年轻人不爽快，啰嗦！"

黄大陆笑道："小高啊，别忘了他是久经沙场的老兵，铜板你就收起吧。"

邱世达："收起收起！想和我比手力，再过十年你也不是对手。"

高言志笑笑，只得把铜板揣回兜里……

三、故土

贵州西北部，有地曰"毕节"，与川、滇两省接壤，遂有"一步踏三省"之说。黔地贫瘠，毕节尤甚，治安之难不言而喻。经济方面，毕节东面的几个县相对较好，西面自古萧条，于是有民谣："黔西大定一枝花，毕节威宁苦荞粑。"

春寒料峭，细雨霏霏，来来往往的大小油纸伞成为古城初春时节的一种点缀。万寿宫外墙边，临街有个偏厦改就的简陋铺面。歪斜的货架上摆放着酸菜、豆米、豆腐。豆腐又分新鲜豆腐和干豆腐，都四棱四角，且码放得整整齐齐。二十四岁的秦天真微曲着身子，坐在柜台边的小凳上。他一边等生意，一边翻看手上的旧书《在人间》（苏联作家马克西姆·高尔基著）。

上年冬，犹国才、王家烈开战前夕，秦天真回了毕节，殊不知这一待就是三个多月。每每想起学校，秦天真心里就发慌。过完大年，随着年节气氛远去，他愈加心神不宁。

1925年，少年秦天真十六岁，自毕节步行到贵阳求学。最初，他考取了省立第一中学初中部。毕业后因故辍学一年，在贵阳打工谋生。1930年考入贵州省立贵阳高级中学高中部求学。

贵州省立贵阳高级中学位于贵阳府六洞桥西侧的杏坛巷，这是民国时期贵州省规模最大的中学。清光绪三十一年（1905年），清廷宣布废除科举，命各省创办新学堂。次年即1906年，贵州名人李端棻（清代礼部尚书）、陈夔龙（清代直隶总督）、唐尔镛（北洋政府教育总长）及华之鸿、任志清、于德楷等乡贤名士，在原府学基础上创办"贵州通省公立中学堂"。此后该校曾更名"贵州公学""私立南明中学""贵州省立第二中学"，1930年定名"贵州省立贵阳高级中学"，校长依次为著名教育家龚植三、廖寅初。

截止到1932年，前后已有七年间，秦天真很少回家，大部分寒暑假和辍学期间，他在贵阳城里的客栈、餐馆或书店打短工，为贫困辛劳的父母减轻了经济负担。1932年初开始，秦天真和徐健生、孙师武、葛发声、王锡桢等五位毕节来的同学，在忠烈街一吴姓裁缝店的楼上租住寄宿，搭伙吃饭，这里与高家花园的后门仅一街之隔。

……他是半夜里被人拉扯着叫醒的，懵懂之中秦天真问："你哪个？"那人压低声音说他是老吴，然后把嘴凑近秦天真耳朵："之大半夜的，打更匠带来一个人敲我铺门，说是你们老家来的。"这时徐健生也醒了，他提醒秦天真："赶紧穿上衣服，下楼看看吧。"秦天真忙披衣下床，徐健生也摸索着，跟在后面下了楼。

借着桐油灯的微弱光线，秦天真见裁缝店狭窄的过厅里坐了一胖汉。"你找我？"秦天真一边打量一边问他。

胖汉："是的，我是你五叔，你恐怕没有见过我吧？"

秦天真："确实，没有见过你。你贵姓？"

胖汉有点不高兴："我肯定是姓秦嘛！你父亲是我同辈的老大哥。"秦天真回忆了一下，马上想起家族里确实有这么个五叔，忙点点头表示认可。"未必这会有假吗？"胖汉如释重负般笑了下，"你老娘托付我来，专门找你，叫你赶紧回去一趟。"

秦天真有些着急："五叔，我家里怎么啦？"

胖汉："你老爹，端午就得病，一直不见好，现在倒床个把月了。"

秦天真："这么严重，没有请郎中吗？"

胖汉："你家里的情况，你自己是清楚的。你老娘已经无法，前不久找到家族里，凡是毕节的秦姓宗亲，各家差不多都出了些钱，帮你父亲治病，可就是不见好转，现在病加重了，你老娘担心留不住，叫你回去见一面。其他情况，你回去就清楚。"秦天真一下难住了，心想："刚开学不久，我马上就走，学校会同意吗？"胖汉仿佛看出了他的心思："我紧赶慢赶，提前了一天的路程。大半夜的，城门都关了。说了几背篼的好话，人家军人才放我进来。你赶紧拿主意，不行的话，我好走。"

秦天真："五叔你吃晚饭没有？还饿着吗？"

胖汉："不饿，晚饭我是在狗场吃的。现在关键是要听你的——怎么做？天亮了我们一起走吗？"徐健生提醒秦天真："也要天亮才行，你给学堂的先生把情况说清楚，才好请假。"秦天真说："天亮我就去学堂，请假！"那晚孙师武去了城郊亲戚家，床位空着，于是徐健生和秦天真把胖汉安顿在他床上歇息。

次日一早，秦天真赶到学堂，找级任老师（即班主任）请假。老师却说，毕节路程远，耽搁的时间比较长，必须找校长。于是，秦天真去找校长廖先生。

人过中年、长须飘飘的廖先生本名昌斗，字寅初，早年毕业于北京高等师范学校。曾在都匀任贵州省立第五中学校长。在省立贵阳高级中学的师生心目中，廖先生是公认的开明校长，更是一位正直无私、嫉恶如仇的文化人。平日里，秦天真、徐健生、孙师武等学生思想活跃，热衷于校内外各种文艺宣传和公益活动。由此引来各种目光，不时还有人到廖校长跟前嚼舌根，说秦天真这些人不安分，是一群"危险分子"。廖校长却认为：当今君王无道、暴力猖獗，整个社会沦落到弱肉强食、良知泯灭的地步，亡国之忧无时不令人揪心；而秦天真他们的行为，恰恰彰显出这些年轻人对国家、民族的责任担当，若是引导得法，这些年轻人必能担当重任而利国利民，何不助之？

1931年9月19日，即九一八事变次日，秦天真、顾建中、丁树奇、杨天源、蓝运臧、唐和、何广健、刘子溪、贺登发、寇述彭等学生领袖，在贵阳组织了几次大规模的集会和示威大游行，呼吁全民抗战抵抗侵略。接着，"贵州省学生抗日救国团"成立，秦天真当选为主席团主席，其他各校的学生领袖分别当选为副主席或秘书长。此事令当局震动，校园里也是议论纷纷，说好说歹啥都有。幸运的是，级任老师理解并支持秦天真。有一天，级任老师通知他："校长找你有事，喊你放学去他那里。"

"我一个穷学生，校长找我做什么呢？"秦天真纳闷，心里隐隐有些紧张。放学后，他硬着头皮去了校长廖先生的办公室。廖昌斗拿出一个用道林纸做封面的竖排作文本递给秦天真，板着面孔问他："这是你的作业？"秦天真拿到手里看了看，小声回答："先生，这是我的作文本。"廖校长未吭声，仍板着脸继续翻看那作文本，朗声道："文章倒不错。立意高远，胸襟开豁，遣词造句的功夫也很扎实。"说到这里，廖校长脸庞上露出一丝笑意。秦天真听到夸奖，心头反而忐忑，不知如何作答。

见小伙不吭声，廖先生似乎意识到了什么，于是调整了一下自己的语气："不过，秦天真啊，你这手字需要下点功夫。"先生放低声音，立时显得很平和。"是的，先生，我一定努力。"秦天真不好意思地笑笑。

廖校长是省内德高望重的教育家，亦黔地书法名家。其办公桌上文房四宝随时齐备，最显眼的，是一个做工精美的红木笔架。高山流水的雕刻构图间，悬挂着大小七八支毛笔。先生小心取下一支中号狼毫笔递给秦天真，和蔼笑道："麻烦你给我洗洗，我写两个字给你临帖。"秦天真一听就无比激动，他端着瓷盆在室外竹筒下面接水时，竟有些手颤！

毛笔洗好，秦天真用力甩干笔锋，又拿手帕擦干笔管才双手递给廖先生。这时，廖先生已把墨汁磨好，并在案桌上铺好一张三尺规格的宣纸。先生把笔浸墨汁里稍作碾揉，旋即在砚台上捋捋笔锋，然后盯住宣纸凝神写字。笔画展开，宣纸最右边依次出现了"身"字和"無（无）"字。先生一字一顿写完后面的内容，秦天真看清一共十六个字："身無（无）半畝（亩），心憂（忧）天下；讀（读）破萬（万）卷，神交古人！"他知道，这是清末陕甘总督、湘军创始人左宗棠的一副名联。

廖先生这幅字没有题额，但有落款："民国二十一年冬季 寅初"。他放下笔，再次板起了面孔，然后对秦天真说："照着好好练，自己认真琢磨。"毫无感情色彩的话语，其实饱含他对秦天真的疼爱和关切。秦天真明白，老先生用了一种含蓄的方式，在对他表示支持和嘉勉！

在校长那里办好请假手续，秦天真急急赶回吴裁缝家打点行李。这时已临近中午，徐健生、孙师武他们回来吃午饭，秦天真把徐健生叫到一边，对学生救国团和《心评》小报的事情做了交代，要他尽力想法子落实。

大家一起吃完午饭，五叔就催促秦天真赶紧上路。和大家告别后，秦天真随五叔晓行夜宿，先后在镇西卫、黄泥塘等地打尖歇脚，一路"鸡声茅店月，人迹板桥霜"，待秦天真踏进自家土墙屋的房门，已是五天后的事情……

秦天真进屋后，隐约见灶边一高大的身影弓着在忙碌什么。他一看就知道那是母亲。"妈！"秦天真动情地叫了一声。母亲仿佛受了惊吓，弓着的身影倏地动了一下，她扭过头来："天真，你回来啦？！"母亲的声音颤抖着，她走过来上上下下抚摸秦天真，"幺啊，你脚走得痛不痛？"母亲一句简单的问话，秦天真眼里立即噙满泪水……

此时天已擦黑，寻常百姓家鸡鸭归圈，炊烟飘忽，正是享用晚餐的时光。然而秦天真家，身材高大的母亲仍很忙碌。她刚才是借着窗洞上一盏昏黄油灯，在灶边点豆腐。屋角一个小炉子上熬着父亲的中药，轻纱一样缥缈的热气伴着药味，不断从药罐里冒出，弥漫在狭窄的破屋里。秦天真丢下行李，一把抱住妈妈。母子俩紧紧相拥，他们脸上的泪水横流交织。

俄顷，秦天真稳定了情绪低声问母亲："我爸爸怎么啦？""你爸爸倒床半把年了。"母亲愁苦地摇摇头说，"没办法，瘟神找上他啦……！"说着，又流泪。秦天真叹口气，又问："我妹妹呢？怎不见她？"母亲抹把眼泪说："得亲戚帮忙，小芬在你大表叔家纺布，做半天活路读半天书。两抵，不给工钱，只管三顿饭。"秦天真说："有吃饭的地方就行，妹妹和我通信，她的心思还是想读书。我给她准备的学费，看来省下了。"母亲一听，心头得些宽慰，泪眼里含着一丝笑意。

秦天真取过窗洞上那盏油灯，推开一扇斜歪的屋门，向父亲的病床走去。透风的土墙屋里阴冷潮湿，屋里显得昏暗、压抑。父亲蜷缩在被窝里，他的脸因久病而过于瘦削，头发、胡子乱如草窝，两眼直直地看着儿子，半响没吭声，仿若生人。

"爸爸，我回来啦！"秦天真跪在床前，深情抚摸父亲骨瘦如柴的面庞。然而，胡子拉碴的父亲无动于衷。任凭儿子怎样抚摸他的脸，都只是睁大两眼，一声不吭。"你看嘛，可能真的没救了！你老爹……脑壳已经糊涂了。"母亲在一旁不停地抹泪。

秦天真："不怕，我们给他找个好郎中，不会没救的。"

母亲："主要就是钱！家头（里）实在拿不出，已经欠下五千多文。"

秦天真："我听五叔说，秦姓宗亲都出了钱，给我老爹治病，这些钱，算是借的吗？"

母亲："那不算借，是他们送的。两三百户，凑了总共三百文，是你祠堂三公送来的。但医馆里，一服药就要八十文啊。"秦天真听了，脑子里顿时一片空白，他抱着父亲嚎啕大哭。

哭罢，他打开鼓鼓囊囊的行李，从一件衣服的内兜里摸出十块大洋交给了母亲。近年在贵阳求学，他不但节衣缩食，而且抓紧一切机会勤工俭学。这十块大洋，就是他这些年吃苦耐劳积攒起来的。根据秦天真最初的预算，其中三个大洋可以做一个学年的学费，这是他给妹妹秦天芬准备的。

——似乎也只有如此，他才能减轻一点对父母和妹妹的歉疚。

1909年，秦天真出生在毕节县城里的一个贫困家庭。听父母说，祖父、祖母同年早逝。因此记忆中，印象深刻的只有父亲、母亲，还有就是小自己六岁的妹妹秦天芬。从他记事起，父亲就是个帮工学徒，打得一手好算盘，但仍没有逃脱失业的命运，一家人全赖母亲给人做针线活路，稍微积攒了一点本钱后，就买豆子推豆腐售卖。母亲还租用祠堂的公地来种菜售卖，维持一家老少的生活。

父母深信"书中自有黄金屋"是颠扑不破的真理，希望秦天真长大后能奔上仕途改变家境，故而忍饥挨饿也要送他读书。六岁时，秦天真在私塾发蒙，课余帮着母亲种菜、磨豆腐，或挑着小菜、豆腐之类沿街叫卖，深得邻里好评。家境的贫寒是现实问题，而贫富差距给人精神上带来的冲击和创伤，秦天真更是感触至深。例如，富人买菜东挑西拣，把挑子里的新鲜菜翻烂，弄得一团糟，并且狠心压价，稍不如意就出口伤人。秦天真和母亲忍无可忍，不免顶撞他们或做一些申辩，但人家往往对他们嗤之以鼻，甚至回以更加凶恶的申斥、羞辱，秦天真小小年纪，就体会到了人间的不公。

秦天真的父亲是一个很复杂甚至很矛盾的人，他既有令人反感的一面，也保持了一些殊为可贵的品行。年轻时候，他参加了地方上的哥老会——西南一带俗称"袍哥"。构成哥老会的人员，主要是城镇失业的手工业者和农村失去土地的农民，其他行业三教九流的也有。入伙结社的目的，一是成员在经济方面互助自救，二是政治上相互照应、自我保护。这种组织，很多时候容易被地方恶势力裹胁利用、为虎作伥，从而演变为助纣为虐的帮凶。好的是，父亲对帮会活动不热心，但他为人仗义。某次，有人因饥饿难耐行窃，一出手就被当场捉住，随即就是残酷的吊打。秦父见状，挺身出面为其作保。待失主向他索要保金时，才知道他腰包里一文不名，在场的人都哭笑不得，此事也就不了了之。

作为一个丈夫，父亲不懂体贴疼爱自己的妻子，这是秦天真所厌恶的。失业既久，父亲曾通过帮会里的兄弟伙介绍，谋得一个差事——过磅，就是为一个大商家进出货场的所有物品逐一称秤，并进行登记，每一百斤可得几文铜钱。这是截至当时，父亲最体面的一份职业。然而，微薄的一点收入却被他用于资助帮会里的朋朋友友。要不就呼朋引伴喝烧酒，常喝得天昏地暗。他的辛劳，实际上对于家用毫无补助。相反在很长时间里，父亲常因酒后失态，隔三岔五地同母亲发生口角，争吵起来他就丧失理智，摔盆砸碗一地狼藉。到深夜或次日酒醒，又悔愧难当、哭天抢地，引得隔壁邻舍闻讯而至，老少围观指指点点，把他当一个笑料摆谈。

少年时代，秦天真曾对父亲耿耿于怀，记恨于他。后来，当他读到苏联作家高尔基的文学"三部曲"——《童年》《在人间》《我的大学》，他才发现穷人是没有国界的，世间苦难也大同小异。父亲那样的身世和处境，屡不得志，借酒消愁似乎成了唯一的释放。受高尔基启发，秦天真谅解了父亲。

好在还有母亲！家庭经济如此拮据，母亲一如既往艰辛劳作，用微薄收入维持秦天真的求学之路。他也始终勤奋学习各种知识，以优良学业回报母亲。由于不满私塾刻板、枯燥的背诵吟哦，再加上新学普及，秦天真只读了一年私塾就决定离开另读新学。他从小学、中学开始，接受了新学的系统教育……

在整个毕节县城，能读到高中的屈指可数，到省城读初中或高中的更是微乎其微，秦天真是其中之一，这是值得他和家人引以为豪的。然而如今，他已是二十三岁的成年人，眼看父亲病入膏肓，自己却两手空空、束手无策。他突然间感到，自己在现实社会是那么无能、无奈，他为此羞愧。仿佛父母经受的种种屈辱和病痛，全因自己而起，仿佛自己是不可饶恕的罪人！

第二天拂晓，秦天真听见屋后响起了"霍霍"的声音，这时他刚醒来，"霍霍"的声音每响几下就要停顿片刻，旋即又重新响起。秦天真明白，那是母亲在用石磨推豆腐。他连忙起床，迅速穿衣洗脸。晨曦中，身材高大的母亲双手抓牢磨担钩，一圈圈转动着那副沉重的磨盘。节奏明快的"霍霍"声中，洁白的生豆浆从磨盘间汩汩而下……

"妈，你咋个不喊我？"秦天真看看转动的石磨，又看看母亲。

母亲停下来，疲惫地喘着气，然后上前拿起木瓢，往磨眼里添了一勺连汤带水的黄豆。"走了几天，你的脚不痛？回去多睡下！"母亲说罢，继续一圈圈转动磨盘。秦天真没有再吭声，他上前一把拉住磨担钩，迫停了"霍霍"转动的磨盘。"妈，我来，你去歇一下！"母亲笑着退到一边，却拿起木瓢，给秦天真打下手。

石磨重新有节奏地"霍霍"转动，一勺勺黄豆倒入磨眼，转瞬化为乳汁般洁白的生豆浆，从磨盘间汩汩而下……这些活路，秦天真自小就会，少年时代也常常和母亲联手劳作，今日算是"重操旧业"，轻车熟路。

加工豆腐看似简单，实则有一套严谨的工序，从黄豆品种的选择、浸泡到磨盘的准备，从推、滤到点、捆、压乃至分解成块，最后摆摊售卖，每个环节都是马虎不得的。一旦有失手之处，轻则影响质量，收入打折，重则前功尽弃，成本泡汤！今晨有秦天真帮忙，母子俩分工协作十分顺手。母亲心情舒畅，用豆渣掺和着玉米面，做了一顿香喷喷的早餐。秦天真吃起来津津有味，感觉这是人间最美味的食物……

辛亥革命前后，贵州军阀之间的争战此起彼伏，直到20世纪20年代仍不见消停的迹象。地处边远的毕节也不免受到祸乱波及，往日的闭塞逐渐打破，各种新思想开始影响这座小小的山城。小学时代，一个叫萧云章的教员成了秦天真思想上的启蒙老师。萧老师摒弃旧学的教学内容和刻板的思维模式，用生动的语言给学生讲授历史、地理，同时还向学生传授做人的道理。

从萧老师那里，秦天真第一次听说发生世界大战；听说袁世凯屈从日本，接受了丧权辱国的"二十一条"；第一次听说十月革命，俄国的沙皇被推翻和苏维埃的建立；第一次听说了"列宁"这个名字和"无产阶级"等前所未闻的名词。这是他小学时代最大的收获，尽管当时秦天真并不完全理解那些事，但却明白，在毕节之外还有更为广阔的世界！"到处都存在穷人和富人的不平等，但俄国革命已经开创了消灭这种不平等的道路。"秦天真感觉视野豁然开朗。与其说这是他的新发现，不如说这是他此后向往和全力奋斗的人生目标。

萧老师很器重秦天真，他出钱给秦天真订了两年的《少年》杂志，由此拓宽他的眼界，增长知识。1919年五四运动爆发后举国响应。一天晚上，毕节县城的老百姓举行街头集会，萧老师登台演讲，秦天真提着马灯站在一旁，为萧老师照亮。萧老师慷慨激昂，痛斥北洋军阀政府，呼吁民众奋起抗争。秦天真被他的爱国热忱和言辞犀利的演讲所感动，心潮澎湃。

小学毕业，秦天真很想到省城贵阳深造，然而家里条件不允许。一是父母身体大不如从前，二是妹妹天芬也开始入学读书，家里的开支成倍增长。正彷徨之际，一个叫周云阁的老师办讲习班。他的讲习班仅开两门课程：国文和数学。周先生器重秦天真，允许他免费听课。一次，周先生讲授康有为的《大同书》，令秦天真耳目一新。"大道之行也，天下为公！"他觉得这样的观点很有道理，认为康有为、梁启超这样的思想者和践行者，是他心目中的猛士和圣人。

毕节县城有位书生叫缪向初，先在黄埔军校读书，后从戎。他信奉孙中山的民族、民权、民生，即"三民主义"，也拥护中国共产党，在毕节有较大的社会影响。其弟缪正元常把哥哥寄来的《新青年》杂志借给秦天真阅读。于是，秦天真由此知道了李大钊、陈独秀和他们的事迹，还有他们"以民为本"的政治主张。觉得他们有真学问，敢讲真话，写的文章引人深思，秦天真十分敬仰。潜移默化的过程中，秦天真开始有了一些直觉的辨识，就是：凡讲平等、平权，讲改变穷苦命运的道理和主张，他都乐于接受。这也引发了他对平等、平权的追求和向往。

秦天真回家后，母亲将他那十块大洋全部用来给他父亲看病。母子俩不仅请了城里最好的郎中，还遵医嘱使用了东北山参等滋补药材，十多天后，父亲竟然开始好转。于是，秦天真打算回省城继续读书。哪知正在打点行李，突然接到徐健生的来信和新出的《心评》小报。徐健生告知他：《心评》小报的事，他和高言志正在想法处理。另外，省城又开始打仗，各所学校被迫放假。

徐健生在信里还告知秦天真，目前他刚在贵阳大十字"开明书店"找到一份临时工作，当店员勤工俭学。他特意吩咐秦天真：路上兵匪横行，治安败坏，暂时不必回省城。至于学校那里，他已替秦天真找过廖昌斗校长。"廖先生为你安全担忧，云'非常时期非常之事，旅途往返安全，不可不慎加考虑。待治安好转旅途稍得清净，再返校不谓迟也'。"

徐健生的来信似乎成了一颗定心丸，秦天真静下心来，老老实实待在毕节县城那四面透风的土墙屋里，或是给父亲熬药，或是给妹妹补习功课，要不就风雨无阻地坐在万寿宫旁的街巷边，帮母亲守候那个简陋的豆腐摊子……

乱哄哄的岁月里，秦天真成长并思考着。他的觉醒始于1926年——这是他到贵阳求学的第二年，这年6月，原贵州省省长彭汉章改任闲职"贵州会办"，周西成继任省长。周刚愎自用崇尚独裁。其上任不久，广东国民政府发布《北伐宣言》，各地纷纷响应支持北伐，唯独周西成不感兴趣。他既反共产党，也反国民党。虽然早在1923年，周西成所部就集体加入了国民党，但其独揽大权后，始终对国民党心存疑惧，想方设法阻止国民党中央势力染指贵州。1926年12月，国民党中央派张道藩、李益之等到贵州筹划建党事宜。周西成派人将李益之杀害，事后以李有"共党嫌疑"为由上报蒋介石。蒋介石又派王度、黄乾堃等为贵州省党部筹备委员来黔，同样遭周西成抵制，无法开展工作。

周西成暗地里给心腹说："要党大家党。"这话的意思很明了：在我的地盘上，你发展什么"国民党"？要发展，不如我自办一个，有啥稀奇！于是他下了一道命令，要求政府官员、商界士绅和初中以上学生，一律加入他的本土"周氏国民党"。在其划定范围，几乎无人不登记在册，无人不是"国民党"，有识之士背后窃笑，实心谋士也觉得人数太多失诸泛滥，"党"已不成其为党。于是周又下令，以抽签决定"党员"。秦天真也曾被拉去抽签，只因未中签而与"周氏国民党"擦肩而过。

周西成在任期间，还有一桩事成了全国丑闻，他下令查封中华书局贵阳分支机构，消息传开，北平、广州、武汉学界名流为之瞠目结舌，嘲笑贵州当局无知无识，野蛮粗俗。

周西成派人暗杀李益之，蒋介石暗地里给他记着，这也为他后来的厄运埋下了伏笔。民国十八年（1929年）春，曾为周西成所败而流亡云南的军阀李燊（又名李小炎），依附滇军势力做后盾，拥兵卷土重来，与周西成的第二十五军大打出手，战祸殃及全黔，民众怨声载道。最终，周西成丧命于黄果树瀑布附近，名不见经传的李燊则亮相贵州政坛，继任省主席。

贵州军阀派系之间积怨日久，但李燊依仗滇军取胜主黔也遭人反感，倒李之声日盛一日。李力薄不支，溃走下台，前后在位短短十八天。于是有民间高人把巧合的四个"十八"编成民谣，表达对军阀混战的不满——

"民国十八年，汉板十八圈，来个十八子，坐位十八天！"

——所谓汉板，是贵州通用的铜币，在四川铸造，铜币的一面，有十八个小圆圈组成的环形，内铸一篆体之"汉"字。未几，"十八调"不胫而走，在民间广为流传。

民国十八年（1929年），蒋介石为了拼凑一统，实现其独霸华夏江山之夙愿，委任毛光翔为第二十五军军长、第十八路军总指挥兼贵州省主席，厚望其平息风波，稳定贵州局势。

李燊、周西成两军开战之际，贵阳各校春季开学还不到半个月。那边枪炮一响，这边就被迫停课。离家数年，想家心切的秦天真约徐健生一起回毕节，他们按照学校安排，走访城乡进行社会调查。战火平息后回到贵阳，学期考试已结束。秦天真去找时任校长要求补考。校长傲慢，他把秦天真从头到脚看了几个来回，却不置可否。秦天真受辱切肤愤然离校，辍学打工。

这时恰逢李燊倒台，毛光翔主政，他采取了表面上较为宽柔的政策，起用一些从北平学成回省的人士参政。虽党禁未开，但被周西成查封的达德学校、贵阳中华书局先后得以恢复，"新友""协同""振亚"等经营进步书刊的书店相继开业。通过书刊引导、激励青年，是这些进步书店的经营宗旨。一些马克思主义著作和高尔基、鲁迅等人的文学作品，被知识界和进步学生争相阅读。

秦天真打工的地方主要是贵阳的这些进步书店，借此机会，他比较系统地阅读了马克思、恩格斯、列宁的著作和鲁迅的《阿Q正传》《呐喊》《彷徨》等文艺作品，以及《共产主义ABC》《向导》《中国青年》《中国与世界》等进步刊物。这对他思想触动很大。

辍学一年后，秦天真于1930年进入省立高级中学高中部读书。这里藏龙卧虎，教师中人才济济。田君亮、刘方岳等先生曾分别留学于日本、法国，他们不仅学识渊博、阅历宏深，且心胸豁达、刚正不阿。更重要的是，田、刘二位先生早年曾追随孙中山先生投身辛亥革命，参加过五四运动。他们接受中国共产党的政治主张，对蒋介石背叛"三民主义"极为愤慨。他们讲课往往联系时事针砭现实，引导学生探求真理，伸张正义。在秦天真看来，他们既是传道授业的恩师，更是为其思想"解惑"的智者。

从私塾转入小学，小学毕业后到贵阳读书，中间辍学、复学时断时续，二十三岁的秦天真在黑暗、穷困的处境中探索，在进步师长的启迪中成长。那些蕴含着伟大思想的马克思主义著作和阐发救国救民之途的书报杂志，成为他的精神食粮。在这些著作的字里行间，他看到了光明，理解了人生，决计投身革命！

　　随着阅历的增加，秦天真逐渐意识到，投身革命的第一步，首先是要找到共产党。是的，寻找，在华夏茫茫大地上寻找！寻找传说中的中国共产党，成了他近年来最大的心愿……

四、惊蛰

"惊蛰"前几天,省城贵阳的各所学校陆续开学。所谓"惊蛰",阳气上升、气温回暖之时。此时春雷乍动、雨水增多,万物生机盎然。但贵阳气温仍很低,人们尚未脱下或厚或薄的夹袄、棉裤。一些年迈体衰的老年人,棉衣棉裤要穿到"立夏""小满"甚至"处暑",那时他们才敢小心试探着,壮着胆换成单衫单裤。

贵阳大十字附近的达德学校,自去年冬因军阀战祸导致停课闭门,竟至数月之久。直到今年——民国二十二年(1933年)二月初十,附近市民才看到了校门重开、彩旗翻卷的喜悦景象。这天早上天刚亮,下榻各客栈的外地学生和家长,以及他们的仆人,迫不及待赶往学校。大包小包的行李或扛肩上,或提手上,或吊挂于身前,即使是那些大户人家养尊处优的千金小姐,手上也未闲着,至少拎着一个小巧的皮箱或柳编书篮。渐渐地,返校的学子越来越多,他们兴高采烈地呼朋引伴,三五成群在彩门下往来进出,本地、外地各种口音在这里汇合,高起低应此起彼伏,一时间这学府显得甚是闹热⋯⋯

达德学校以"好学、力行、知耻"为校训,尤其注重向学生宣传科学的爱国民主思想，是贵州新思想的发祥地，在贵州文化史上占据了不可替代的地位。首任堂长黄干夫，继任校长凌秋鹗、黄齐生、周杏村，皆清末民初得风气之先的著名文化人，且都具有民主思想，他们的办学理念赢得了社会的广泛敬重和支持。辛亥革命、护国运动等重大历史事件中，达德学校都走在时代前列，这里英才辈出，中共早期领导人王若飞及其舅父黄齐生，就是其中的杰出代表。

20世纪20年代初开始，早期出国的黔籍留学生受王若飞影响带动，纷纷返黔任教，马列主义思想开始在贵州迅速传播。军阀周西成为此恼羞成怒，决心铁腕整治。1927年8月，周西成竟然以"结党营私，图谋不轨，勾通共党，捣乱贵州"为罪名，下令解散了达德学校。直到两年后，周西成战死，达德学校才得以复校。

熙熙攘攘的人流里，走来一个男青年，他步履稳健、不慌不忙地走进了正谊中学的校门。从背影看去，他身姿挺拔，衣着规整，发型纹丝不乱，一望而知是家境丰裕的富家子弟……

这位男青年是高言志。他昂首挺胸，目不斜视地走在校园，身旁往来的人流和喧嚣的声音，他似乎视若无睹、充耳不闻。十三岁那年，他随父母返回城里读新学，母亲给他选择了达德学校。这是一座历史悠久的古建筑群，前后一共有三进院落，无论正殿、钟鼓楼还是娘娘殿、藏经阁，古建筑皆保存完好。

第一次踏入这里，达德古色古香的文化氛围就吸引了高言志，从此，他对这里产生了深厚的感情。在他眼里，这里的古建筑，这里的花花草草，总那么韵味无穷，令人百看不厌。这里的教师大多是历任校长百里挑一选来的，他们不仅博学多才，而且品格端谨，为人耿介、刚直不阿。高言志读三年级时，达德学校被军阀省长周西成解散，强令改为省立二小，全部教师被迫离去。在少年高言志的记忆中，那些日子是他人生的至暗时刻，仿佛天都要塌了！但他却那么坚韧、自信，他始终乐观地认为，不愉快只是暂时的，坚信一切终究会成为过去。尽管同学中有不少人转到其他学校，但他仍在这里坚守，并且保持着旺盛的学习劲头，学习成绩未受任何影响，新来的老师对高言志夸赞不已，钟爱有加。

周西成死后两个月，继任者毛光翔以"顺应民意"的姿态，下令恢复达德学校。被周西成驱离的老师又纷纷回到了达德。最初得闻此讯，高言志没有像别的师生那样欢呼雀跃，而是背着书包，独自朝一棵银杏树走去。尚隔老远，滚热的泪水便如涌泉般，顷刻弥漫了他的眼眶。他背着书包，在那棵银杏树边慢慢蹲了下去，长时间泪如雨下，长时间无声无息。从那以后，他更加热爱自己的母校——达德！

在级任老师那里，高言志和一些来得早的同学报了名，接着就去了一别数月的教室。只见那里的大多数窗户纸都已吹破，座椅上布满灰尘，教室里则是落叶遍地，一片狼藉。高言志见状，便组织大家打扫教室及周边的卫生。他们有的扫地，有的擦洗窗户，有的负责把桌椅摆放整齐，高言志则挽了衣袖，将教室外那些疯长起来的杂草一一拔除。

打扫完毕已近中午，高言志正准备回家，忽见邱祖轩找到学校来了，正在一教室门口向那里的老师打听什么，老师扬手给他指了指，邱祖轩便朝高三这边的教室走了过来。

高言志忙迎上前去："祖轩，你找哪个？"

邱祖轩："找的就是你。"

高言志："有急事吗？"

邱祖轩："徐健生、秦天真和孙师武他们回来了，我老爹说，晚上请你们吃拉面。"高言志一听就明白有要事。"黄长官要来吗？"他又问。

"暂时不知道，刚才通知徐健生、秦天真和孙师武的时候，秦天真叫我一定要请黄长官，我马上就去南厂通知他。"邱祖轩说完匆匆走了。

既然上午已经报了名，下午学校里也没什么事，那么，"又一村"是必须去的——风雨无阻！想到下午可能要见到黄大陆，高言志心里特别激动。与此同时，他想起了上次黄大陆说的话："第一次来贵阳时，我曾随上峰去过高

083

府，见过高三爷，还有当时主持家政的那位老先生……"

前不久，父亲回贵阳过年。除夕前后，三老爷数次安排阖府老少团聚，并且都特意安排高言志坐他旁边。高言志几次想给三老爷说说黄大陆的事，都欲言又止。一方面，他考虑到三伯伯年节当中事情繁杂、费神劳心，自己置喙叨扰不合时宜；另一方面，他也担心像上次那样，遭到三伯伯的误解。不过现在，他觉得应该将此事告知三伯伯。"涉及家族里的事情，叔侄间沟通一下，应该是有必要的。"他这么想。

回到高家花园，恰是午饭时间。因为临近开学，高言志的弟弟妹妹言诗、言书、言乐、言义、高钻、高敬等都在。原先，高府一直保持阖家聚餐的习惯，一起吃饭的老老幼幼上百人，大家礼让谦和，其乐融融。进入民国，受战乱影响，偌大的高府家道中落，形式上虽然保持钟鸣鼎食遗风，却改由大厨房用特制的木甑供饭，各房按喜欢的口味自己炒菜。

今天中午，厨子按照母亲的安排，专门给孩子们做了干辣椒炒白菜、宫保鸡丁、菜薹炒腊肉、豆豉炒脆哨、糟辣椒炒鸡蛋等菜肴，外加一钵酸菜豆米汤、一钵"金钩挂玉牌"（即豆芽煮豆腐），这些都是典型的贵阳风味，一家老少都喜欢吃。

午饭后，高言志在父亲房间里拿了一本线装书，坐在客厅翻看起来。他不时抬起眼睛，瞅瞅八仙桌上那口座钟的指针，总感觉时间过得太慢。好不容易熬到两点半，他准时来到三老爷的小院，敲响了伯父的房门……

不早不迟，午睡刚起的三老爷正在客厅火炉上烧水泡茶。

三老爷："永贞，你来有事？"他边说边递给侄儿一杯茶。

高言志双手接过，歉然道："伯伯，年前有件事，我一直没机会给你说。"

三老爷："现在说也不迟。你讲！"

高言志："伯伯，二十五军部队里，有个长官叫黄大陆，他的军职是参谋长。年前我去六广门邱伯伯的'又一村'，黄长官当时也在……"

"嗯，有这事。"三老爷说，"正月初的一天，老邱和他儿子专程来给我拜年的。只是你那天没在，好像是去北衙了。"

高言志："据黄长官说，民国十六年，他来过高府，见过你和五爷爷。"

"哦？"三老爷的情绪一下子低落下来，脸上的表情变得有些复杂。沉吟片刻，三老爷低声说："军队上来我这里的人，往往一面之交。送客出门，时过境迁，大多数我都记不起了。"说到此，三老爷意味深长地补了一句："再说，我也不想记那么多！"

高言志："伯伯，黄长官是云南人，很年轻，今年不到三十岁。他说他记得五爷爷的名字叫高寿铜。还说，你和五爷爷待人都谦和诚恳，他很敬佩。"

"哦……"三老爷说，"我想起来了。民国十六年，还是你五爷爷当家的时候，我参与接待过一个云南来的少壮派军官。看上去精明强干，很有魄力。"

高言志："黄长官说，他不忙时要来看望你和五爷爷。"哪知，三老爷听了却轻蔑地冷笑道："免了。这些人，我一向敬而远之。"

高言志愕然，屋里陷入长时间的沉寂。火炉旁的高言志坐立不安……

过了好一阵，三老爷轻轻叹口气，语重心长地说："永贞啊，你可是高家的大少爷，这个意味着什么，想必你心头是清楚的。"

"是的，伯伯，这个我清楚。"

"嗯，自己清楚就好。"三老爷说罢，叔侄俩陷入长久的沉默……

从三老爷那里出来刚进自家庭院，高言志就看见母亲忙碌的身影。眼下春风送暖、万物萌发，也是种植花木的黄金季节。在庭院一角，母亲领着高言志最小的两个弟弟言乐、言义及七岁的小妹高钻在种栀子花。母亲用小锹培土，言乐、言义和高钻用小桶浇水。高言志给母亲打个招呼，然后就出了高家花园，朝西往六广门方向走去。

……对邱世达来说，下午四点钟是他最悠闲的时候，因为这个时段来"又一村"的客人少，他可以歇息一下疲劳的筋骨。但今天例外，他心情很好，于是打算用自己拿手的肠旺拉面来招待高言志他们。此时，邱祖轩在店铺门口的灶膛边添柴，给父亲打下手。老邱则忙着和面，随着他肩臂力度的强弱变化，宽大的案桌在他跟前有节奏地微微摇晃。

老邱偶尔一抬头，正好看到高言志从街边走来。"邱伯伯，你真的要给我们做拉面？"高言志半开玩笑道。老邱说："当然啊，你们都喜欢吃，我拿这个招待你们不正合适吗？""那好啊，我可就一饱口福啦。"高言志笑道。老邱提醒高言志："去阁楼上喝茶吧。健生、天真他们几个，好像是到齐了的。祖轩，你带他上去。"

高言志推开店铺木门走进大堂，却不见一个人影。正纳闷，邱祖轩关上靠墙的一扇木门，那里露出一架木梯，原来，这里隐藏着一个秘密！平时因为木门遮挡，加之屋里本来就光线暗淡，外人一般看不出。顺着木梯往高处看，烟尘斑驳的木板墙并无特殊之处，但老邱刚才言语中的"阁楼"二字，给了高言志启发。他仔细一打量，发现墙角果然有乔装改扮的木门，那木门后面，应该就是隐藏着的小阁楼。

邱祖轩把木梯架好，示意高言志上去。高言志爬上木梯，隐约听见上面有人说话的声音，越往上，那声音逐渐清晰，他听出那是秦天真的声音。

当高言志推开小门进了阁楼，发现这里十分宽敞，别有洞天！接着，更令他惊讶的一幕出现了——他第一眼看到的不是别人，居然是自己的弟弟高言诗和十七叔高昌华。高言志被这一幕惊呆了。"他们怎么也在这里？"正在疑惑，秦天真、徐健生等纷纷起立，高兴地和他打招呼，他忙上前几步和他们一一握手。

秦天真紧紧握住高言志的手，用眼神示意了一下高言诗，笑道："他是你亲弟弟？"高言志点头，秦天真打趣道："虽说贵阳是省城，可还是太小啊。"然后指着高昌华说："民国十四年（1925年），我第一次来贵阳不久，就和昌华认识了。前年秋天'九一八'示威游行，我又和你结识。哪知你们竟是一家人！"

和大家打完招呼，高言志在徐健生旁边的一张凳子上落座，小声问他："怎不见黄长官？"徐健生小声答："或许他晚点来吧。天真说，黄长官身份过于特殊，以后聚会就不再邀约他了，顶多就是我们三个与他单独接触。你说呢？"高言志点头，他暗地里佩服秦天真的深谋远虑。

先到者中，除了高言诗、高昌华、徐健生、秦天真，另有两男一女也是学生模样，高言志和他们似乎都见过，但不知道姓名。于是，徐健生主动给他一一做了介绍——

孙师武，与秦天真同龄，1909年生，毕节人。

李策，又名李策良、李智卿，1915年生，贵阳人。

第三位是女士，名蓝运臧，1912年生，黔西县打鼓新场（今金沙县）人。

二十四岁的孙师武家住毕节郊区白果湾，属乡村财主家庭。孙师武幼年读私塾，后插班考入毕节县城模范小学读书，1926年毕业后考入省城贵阳的省立模范中学继续读书，目前他和高言志、秦天真一样，即将高中毕业。

李策刚满十八岁，是个体魄强健的壮汉，他生于1915年。少年时代，李策就读于贵阳达德学校，受反帝爱国民主思想熏陶较早。从读书开始，他不仅品学兼优，而且待人热诚，深得师友好评。十五岁时，李策转入贵阳高级中学初中部读书。他嗜书如命，常出入于贵阳的"新友""协同""振亚"等进步书店，因无钱购买新书，就整天蜷缩于书店一角拼命阅读。除了爱读书，李策还喜欢武术，拳脚棍棒身手不凡。为此，秦天真特地安排他利用课余时间到贵阳武术馆深造，并在其间寻找可以利用的社会关系。

现年二十一岁的蓝运臧来自黔西县打鼓新场，其父初识文墨，思想开明，爱护子女。1923年，父亲送蓝运臧入私塾发蒙。随着年长，蓝运臧逐步阅读了一些古典文学作品，并学会了作诗、填词、绘画，尤其爱画荷花、兰草。1927年春，蓝运臧考入贵州省立贵阳女子师范学校就读。后因家贫，1930年休学，回黔西县教书一年筹集学费，1931年重回贵州女师继续攻读。

1931年的九一八事变激发了贵州青年学生的爱国热忱。孙师武、李策、蓝运臧等积极参与秦天真组织的一系列游行集会，勇敢走在队伍前列。蓝运臧以女师学生身份，参加了秦天真等组织的"贵州省学生抗日救国团"，并被选为主席团成员。同年冬天，在省教育厅督学兼光懿女子中学校长尹素坚、达德学校教师严金秋、何治华和蓝运臧等妇女代表的筹备组织下，"贵州省妇女抗日救国团"宣告成立。这是一个由贵阳妇女自己发起成立的爱国救亡组织。除了女校师生，参加成立大会的还有省城各界爱国妇女。代表们纷纷登台发表抗日救国与妇女解放的讲话，会场气氛热烈，与会者无不慷慨激昂。"贵州省妇女抗日救国团"下设理事会，尹素坚、严金秋、蓝运臧、谢绪菱、何治华、何治贤等十五人当选为理事会成员。

"女师的同学都说，运臧是才女，是巾帼英豪。"徐健生描述道，"在女师组织的抗日救国游行演讲中，运臧用她高亢的声音和生动的语言，揭露日本帝国主义侵略我国的滔天罪行，号召广大民众团结起来一致对外，抗日救国。师生们听了很受鼓舞，当场就有不少人感动得落泪……"

"打住、打住！"徐健生的话突然被打断了，那位叫蓝运臧的女生故作生气道，"徐健生，这话有点夸大其词哈……麻烦你就此打住。"她边说边用双手"啪啪啪啪"地拍打着桌子。接着，她亮开嗓门，"哈哈哈哈"一阵大笑，好半天没有停下来。

大家正诧异间，蓝运臧的笑声戛然而止，她端坐正色道："如果我的演讲只是让听众落泪，显然违背我的初衷。这说明什么呢？说明我的演讲毫无意义、毫无价值嘛……！"说到这里，蓝运臧换了一种较为亲和的语气，"今天来到这里的同学，我们好比家里的兄弟姊妹，相互是可以交心的。因此，各位同学，我今天既然来了，要么不开口，开口我就要说心里话，不想躲躲藏藏。行不？"说得大家连连点头。

对高言志来说，孙师武、李策、蓝运臧三位的名字其实并不陌生。以前，秦天真、徐健生就常在他面前提起，他在别处也经常听到这三个名字，谓之"如雷贯耳"毫不夸张。尤其蓝运臧，他是见识过几次的。前年秋天九一八事变后贵阳发生的事情，高言志记忆犹新。只是那时，他对蓝运臧这位女生不甚了解。刚才蓝运臧说话，高言志一直在专心听，暗暗对她进行分析。他得出的结论是：果真名不虚传！

"如今大敌当前，倭寇侵占我东北领土，兽兵横行不法，杀人逞凶。作为一个中国人，我们在这样的环境下，哪有那么多的软弱无力、那么多的淌眼抹泪？凡有血性的中华儿女，都应是'怒从心中起，恶向胆边生'，拔剑而起，同仇敌忾，这才是值得提倡和褒奖的事情。这也是我最期待的事情！"

蓝运臧一席肺腑之言，赢得了大家热烈的掌声。

高言志："是的，在大家的共同努力和促进下，贵州各界目前相继成立了抗日救国团体。其中影响较大的，首数贵州妇女抗日救国团。"说着，他充满敬佩地看了眼蓝运臧。

高昌华："然而，军阀当局不知是何居心，当局对我们学生救国团和妇女救国团，就是压制和打击。"

秦天真："好在，公道自在人心。很多有正义感的老师给了我们极大的理解和支持。例如刘方岳老师，他就在《救国旬刊》上发表专稿声援我们。廖昌斗先生接任省立高中校长前，当局要到我们学校抓学生，破坏抗日宣传，龚植三校长很着急，他特地把我叫到校长室给我讲：'不要紧，你们去干你们的，我支持你们，上面要追究，由我去顶！'"

徐健生："是啊，'国家兴亡，匹夫有责'。我们不愿当亡国奴，积极投身洪流宣传抗战，这犯了什么罪？国民党政府实行不抵抗政策，学校当局口头夸夸其谈，说的一套，做的一套，不得人心！"

秦天真："各位同学，我和健生是昨天从毕节回来的。今天下午召集这个聚会，也算是我们学生救国团的一次特殊活动。一别数月，今天想听听大家目前的想法。一句话，在目前这样的处境下，我们接下来该怎么走？"那炯炯目光，似乎足以洞穿肺腑。

高言诗："天真大哥的提议很好。下一步该怎么走？确实已经到了必须考虑的时候啦。"

"我是这么想的，"高言志一改往常的寡言少语，"既然我们要明确下一步的目标，首先得把眼下的情况做个分析，才能保证有的放矢，不脱离实际。"

蓝运臧："当前贵州军阀都只是热衷于争权夺利，压制抗日宣传。大家记得吗？一张《心评》小报就得罪了王家烈。暗地里，他派人到处打探《心评》幕后主使者是谁，那些文章出自何人之手，甚至扬言要杀几个摆起——这就是他们的德行！"

"运臧所说的，就是我们面临的现实。"秦天真说，"当前学生中，有两种不同的主张。一种是拥护共产党的主张，坚决抗日；另一种是主张维持现状，当局怎样压制，他就怎样服从。两种观点的持有者，斗争十分激烈。但是我们应该看到，学生中绝大多数是主张抗日的。正因为有着广泛的群众基础，我们前年发起的抗日救亡运动，才能在全省范围内轰轰烈烈地开展起来。以目前的势头，谁也无法否认，谁都压制不住。这也充分说明，抗日的主张是大得人心的，共产党是大得人心的。"

孙师武激动地站起来："天真刚才说，当前学生当中有两种不同的主张，我的看法稍有差异。我认为我们目前面临的，是两个政党、两条道路、两个命运的选择。少年强则中国强！实际上，国家未来的前途命运究竟如何，取决于莘莘学子今天的选择。现在看来，只能把希望寄托在中国共产党身上。舍此无别！"顿了顿，孙师武仿佛下了好大决心，说出了他的心里话："我们应该理直气壮拥护共产党，积极宣传抗日主张。这条路才是我们中华民族的唯一出路！"

孙师武说完，大家报以热烈的掌声。

秦天真："前面，师武同学所说的，正是我想说的心里话。近代以来，我们中华民族国弱民穷，屡受外敌的践踏侵辱，其原因就在于政府的腐败无能，媚外而压内，置国家的存亡、民众的生死于不顾。中国究竟向何处去？谁堪领我民众制胜图强？这两年来，类似的问题我们讨论过不知多少次，大家都一直在反复思考。现在，我从我所了解的中国共产党的抗日主张，从我所理解的马克思主义中，找到的答案只有一个：只有共产党才堪领我民众制胜图强，抗击入侵，推翻反动统治，建造起一个属于人民的强盛国家。然而，这令人心驰神往的前景，要想实现它，就必须依赖共产党所领导的军队力量，以及我们平民百姓自己的武装斗争。离开了这一点，其他都是空谈。"

停顿了一下，秦天真把在座者一一扫视了一遍，强调道："这，就是我们今天聚会的主题。我要声明的是，如果大家有不同看法，可以立即提出来，相互争论不足为奇，真理往往是越辩越明。更有甚者，如果诸君不赞同我现在提出的主张，可以退出。没关系，我不会计较的。"秦天真说罢低头饮茶，炯炯目光只是长时间盯着手上的茶碗。

就在这时，屋里响起一个高亢的声音："赞同天真的话，我声明，我选定真理，决不退缩！"众人定睛一看，是高言志，此时他面色平静，唯有两道沉稳的目光注释着他的坚毅与执着。紧接着，高言诗、高昌华也站了起来。

高言诗："我和哥哥一样声明，选定真理，决不退缩！"

高昌华："我也一样，选定真理，决不退缩！"

受高氏兄弟叔侄感染，在座者都纷纷站了起来，他们兴奋而庄重地发出了同一个声音："我声明，选定真理，决不退缩！"

徐健生似乎想起了什么，他提醒大家："再过几个月，学生抗日救国团的好几个成员就毕业离校。为了我们的抗日主张得到坚持和延续，就应当创建新的平台，扩大救国团的影响。因此我建议，把志同道合的同学联络起来，创立一个或者几个'读书会'之类的团体。"

"这个想法好。"高言志说，"读书会具有一举几得的效果。抗日救国团成立以来，它的价值和贡献，大家有目共睹。但在今天这样的环境下，也有一定弊端，最主要的问题就是目标大，过于显眼，稍有点动作，我们就处于当局特务的监控之下。"

孙师武："言之有理。和救国团比起来，读书会相对回避了目标大、过于显眼的弱点，它既是一个相互学习的平台，也可作为相对隐秘、相对安全的联络机构来使用。"

李策："同时，它还有一项功能就是甄别、筛选，存优去劣，团结志同道合的同学追随共产主义理想。这样，我们就能不断壮大自身力量。"

说话间，老邱精心烹制的脆哨拉面热腾腾地上桌了……

几天后，在秦天真、徐健生、蓝运臧的组织下，黔省第一个"马克思主义读书会"在贵阳成立。读书会的宗旨是围绕马克思主义理论和中国共产党的抗日主张，对会员进行指导，提高他们的思想认识和理论水平。读书会还结合现实，定期组织会员对国内外形势进行讨论，交流读书心得，互相促进，共同提高。与此同时，一首由著名音乐家聂耳谱曲的新歌在贵阳传唱开了——

工农弟兄们哪，我们是一家人哪，本是一条根哪，都是受苦人……大家一条心哪，跟着共产党啊，拿起刀和枪啊，杀尽狗豺狼……！

寻找志同道合者，寻找共产党，是读书会的潜在目的，更是这群年轻人共同的心愿和奋斗方向！

第二章 1933年（民国二十二年）

五、春夜

　　缺席的黄大陆长官给这天的聚会留下了一个悬念，令大家疑惑不已。尤其是邱世达、高言志和徐健生，他们都在琢磨同一个问题：黄长官怎么没来？他怎么啦？大家为此苦思冥想、彻夜难眠！

　　那天晚上，秦天真他们告辞后，邱祖轩和他母亲正在阁楼里打扫，老邱上来问儿子："黄长官怎么没有来？你是通知他本人的吗？"

　　"我到南厂营门，卫兵叫他出来后，我是把事情给他说清楚的，他也亲口说了要来。"老邱："明白了，你忙着吧。"

　　但那天晚上，老邱一夜没睡好。

　　黄大陆特立独行，思维与众人迥异，这一点，老邱在滇军里就领教了的。他不仅能够理解，而且十分欣赏黄大陆的所作所为。1927年夏末秋初，龙云、张汝骥、胡若愚等军阀争夺曲靖，黄大陆在恶战中负重伤，老邱费尽功夫才把他从死神手中抢回来。"只要……我不死，一定要……让你平安……回家！"这是黄大陆在教堂清醒后，对老邱说的第一句话。

　　为了兑现诺言，黄大陆曾数次提议，安排邱世达退伍，却被张汝骥以"兵员紧张"为由屡屡驳回。1930年，张汝骥在云南下关全军覆没。黔军师长袁品文获悉，立即派特使找黄大陆，要他到黔军任职。经再三考虑，黄大陆带着邱世达等几十名残部投奔老友袁品文。不久，黄大陆安排老邱退伍，并出钱在贵阳六广门买下店铺送给老邱，从而使他有了今日这栖身之所。

早在滇军张汝骥部曲靖失利前，老邱就发现了黄长官的一些微妙变化。一是性格的变化，他以前活跃、开朗，后来变得寡言少语。在老邱看来，这是黄长官变沉稳了。二十出头的年纪，担任要职显得过于年轻，沉稳一些是好事。二是喜欢搜集阅读有关共产党的书籍。三是喜欢结交军外人士，他们中主要包括大学教授、中小学教师、青年学生和作家、艺术家等。黄长官到贵阳后，第二项和第三项变化更加明显。前年即1931年秋冬，"又一村"成为黄长官的秘密联络点。他常以餐聚为由，邀约各方面的朋友来这里交流谈心，畅叙读书心得，老邱父子负责给他跑腿传信。

黄长官为什么会这样？他的心思老邱很明白。当然，黄大陆的心思也不是一天两天起的变化，这当中，有两件事情给老邱印象极深。一次是在滇军时，一次是到贵阳后。

有天晚上，滇军司令部召开作战会议，张汝骥部署如何打龙云。会议一直开到深夜，老邱做了夜宵，给长官们送到作战室，谁知一进门就被吓了一跳。"你给我住嘴！"原来，张汝骥正在发脾气，他对着巨幅地图前的黄大陆吼道，"你在那里胡说什么？"

黄大陆："旅座，是你安排我做态势推演啊！我按照当前的敌我军情，进行综合分析，提出见解是我的职责啊，旅长……！"

张汝骥："那你说说嘛，这队伍当中，是你说了算，还是我说了算？"

黄大陆赔笑："旅座，当然是您说了算！"

张汝骥慢吞吞地拿出一支香烟，旁边一位参谋赶紧划了洋火给他点上。张汝骥别着脸抽了好几口，却一声不吭，也不拿正眼看黄大陆。巨幅地图前，身为参谋长的黄大陆笔挺地站着，走也不是留也不是，显得十分尴尬。

张汝骥又抽了几口香烟，才阴阳怪气地说："知道就好，望参谋长随时记住提醒自己。你下去！"黄大陆离开巨幅地图，狠狠地在一张椅子上落座。此后一连数天黄大陆闷闷不乐。老邱看在眼里、急在心上，却不知如何安慰黄长官。

第二件事情发生在1927年，那时周西成执政贵州，张汝骥落败后率部投奔他，并曾在贵阳短暂驻扎。那段时间，部队经常在深更半夜里奉命出动，荷枪实弹查抄书店、抓捕学生。黄大陆每每摇头叹息，一脸不悦。

老邱有次忍不住小声问他："黄长官，你咋啦？"黄大陆给他耳语："老大哥啊，军队操枪弄炮，干这些没屁眼儿的事，缺德啊！"

黄大陆进入黔军任职后，坦诚地向袁品文师长亮明了自己的观点："军队的职责，首先是保卫国防疆土，抵御外侮。对内我们应谨慎用兵。"老友袁品文对此甚为赞同。这些年里，凡是和学校、学生有关的事情，他们原则上都保持中立言语斡旋。即使接到命令也尽量虚与委蛇，按兵不动……

为保险起见，老邱挖空心思绞尽脑汁，对住所进行了改造。首先，他在室内增加楼板，改建出了一个相对隐秘的阁楼，人在那里只要不走动，不大声说话，下面店堂里很难察觉；其次，老邱在后院大兴土木建起了地下室。一家人白天在店堂里端汤上菜招待客人，晚上在后院的一角隐蔽施工。愚公移山日积月累，半年后，能摆八桌酒席的后院，掏出一间能摆四桌酒席的地下室，边沿有暗道与阁楼相通。按照老邱和黄大陆的构想，一般情况就上阁楼商量，事关重大或出现紧急情况就钻地下室。

和朋友们在一起时，黄长官显得高兴，也特别健谈。他们相互尊重、彼此信赖，交谈的内容也是固定、神秘而隐晦的，中间夹杂着不少的新名词，例如"布尔什维克""社会主义苏维埃""政治信仰""马克思主义"……老邱此前闻所未闻，更不懂这些词语的含义。但他始终坚信一条：黄长官不会错。因为，他是一个足智多谋、工于心计的人，更是一个说话算话、言而有信的谦谦君子。

但是今天，从未失约的黄长官为什么没有来呢？邱世达百思不得其解。

老邱辗转反侧时，文笔街的高言志也失眠了。

"黄长官怎么没来？"高言志翻来覆去睡不着，心里在不停地琢磨。

"是有什么不方便，还是他根本不想来？抑或，临时发生了什么意外？"半梦半醒间，房门好像被人敲了两下，声音不大，但很清晰。他正疑惑，房门又清晰地响了两声，于是他下床将油灯点亮，小心拉开了房门。两个黑影清风般地飘进了屋里，高言志借着油灯那微弱的光线，看清是高昌华和高言诗。

两人在高言志床边的长凳上落座，却低头不语，半晌没动静。高言志主动搭话："你们也没睡。不会是约好的吧？"

高昌华："睡不着。"

高言志："为什么睡不着？"

高言诗："这就要问你啦！"

高言志："问我？！这话怎说？"

高昌华笑道："永贞，你可藏得真深。一直瞒着我们啊！"

高言志也笑道："这个事啊？你倒打一钉耙。我还没来得及怪你们呢！"

高昌华："也好，今天徐健生、秦天真安排这次聚会，算是一个机缘，我们有这机会打开天窗说亮话。省得继续躲躲闪闪，藏着掖着。"

高言志："纠正一句——我可没有藏着掖着，因为我觉得，每个人有各自的想法和追求，我不勉强别人，别人也不能勉强我。全凭自愿。"

高言诗："跳出传统的思想界域，虔心追随马克思主义和共产党，是我们共同的心愿。"

高昌华："对，现在大家心里都有了数，我们就不仅仅是一个家族的叔侄或弟兄，我们还是情投意合的同道、同志。以后有什么事，相互间好做商量，彼此有个照应。"

高言志："对，我就是这么想的。"

高言诗："十七叔，哥，我想到一个事情，不知这里该讲不该讲……"

高昌华："这里就我们三叔侄，还有什么顾虑呢？你讲！"

高言诗："十九叔和徐健生是同班同学，而且他们关系素来都很密切。你们说，他会不会也……？"说到这儿，他摇晃着食指虚幻地画圈，却欲言又止。但高昌华、高言志叔侄俩已经明白高言诗所指——他说的是高昌谋。

高昌华对高言诗眨眨眼，狡黠地笑道："嗯，说不定，或许他也是我们的同志呢！稍后我找个机会，私下里问问你十九叔。"

高言志："十七叔，没必要去问。前面我说过了，我们每个人，各自有各自的想法和追求，一切全凭自愿。"

高言诗："如果他不愿追随共产党，怎么会和徐健生走得那么近？如果他追随共产党，今晚怎么没去？难道徐健生不信任他吗？猜不透。"

高言志："既然我们现在猜不透，那就不要猜好了。我想，如果十九叔是我们的同志，迟早他会开诚布公，堂堂正正和我们走到一起，大家朝着一个方向携手同心，协力共进！"

高昌华、高言诗连连点头。接下来高昌华换了个话题："你们知道吗？秦天真好几次问我，是否考虑透彻。"说罢，他忍不住得意地笑了一下。

高言诗笑："是的，他也多次问过我。"

高言志："长期以来，我老老实实读书，只知道'修身、齐家、治国、平天下'，从未想过有那么一天，命运会逼迫我在几种不同的甚至相互矛盾的政治理念和人生道路中，做出唯一的选择！我更没想过要追随什么主义，或者与哪个军阀之类的人物过不去。但是，前年的九一八事变像一声惊雷，突然把我从过去的旧梦中唤醒。我这才知道，东北人民在日寇的战火洗劫中饱受欺凌、流离失所；才知道我们的同龄人——东北的莘莘学子，他们现在连一张课桌都已无法安放；才知道我的人生可以换一种活法，可以有更多的选择……！"

高昌华："清朝灭亡，民国建政，中国老百姓本该辞旧迎新，享受一种全新的、更加有尊严的生活。然而这些年，实际情况究竟如何呢？外地的军阀在做什么，我们不知道。但是贵州的军阀在做什么，我们大家心里可是一清二楚。当国家满目疮痍、内外交困之际，凡是有良知、有抱负、有实力的政治家，都应当以国家尊严和民族大业为重，彼此捐弃前嫌，齐心抗战。这才是正途啊！"

高言诗："是啊，这些年，我们都看到了什么呢？那些大大小小的军阀，到处招兵买马，只是为了抢占地盘；捆绑拉夫扩充实力，也只是增加一些白白送死的炮灰。苛捐杂税增加人民负担，百姓的生活雪上添霜啊！"

高昌华："人们都爱说，穷人的日子不好过。然而我看呐，这个时代已经烂得没底了，无论穷人还是有钱人，大家的日子都不好过。风声雨声读书声，家事国事天下事，古今圣贤，概莫能外！作为读书人，时代的堕落就是我们莫大的屈辱，大家只有奋起反抗，才能挽回做人的权利和尊严。"

高言志："正因为如此，我才坚定选择共产党。在国家、民族面临生死存亡的危急关头，只有共产党，旗帜鲜明主张一致对外，义无反顾抗战救国——这就是共产党人的可贵之处！"

高昌华："永贞，你说的这些，也是我想说的。一句话，今天的人生道路是我们自己的选择，我无怨无悔。不过以后，我们各自要对自己的言行负责，注意保守秘密，不要声张，以免牵累家里的老老少少。"

高言志、高言诗："对！"

说到这儿，三个年轻人各自伸出双手，紧紧握到了一起，他们感到这春夜格外地舒畅、惬意、温馨！

那天晚上，最后离开"又一村"的是徐健生。他从店铺里告辞出来，并未立即走远，而是在街边的一个隐秘处蹲了下来，警觉观察着周边的环境。这时接近午夜，街上除了偶尔走过的巡逻兵丁，行人很稀少。省城的人们已关门闭户、熄灯就寝。远远近近的街巷口，那些昏昏乎乎的照明汽灯要死不活、时明时灭，只有六广门城楼上站岗的士兵，不时在黑夜里咳嗽两声闹个动静。山城这黑黢黢的午夜显得愈发寂静……

徐健生刚在隐秘处蹲下，"又一村"斜对面的狭小巷口出现一个人影，那人原先也是蹲着，纯属一个蜷曲的、不易察觉的黑影。这时那黑影站了起来，向这边大幅度地左右挥手。徐健生压着嗓子，"喵"地叫了一声予以回应，随着这声低沉的猫叫，那黑影迎着徐健生走了过来。

那人是高言志的十九叔高昌谋，徐健生问："没什么异常吧？"

"没有。"高昌谋说着，从衣袋里掏出一串东西，昏黄的路灯下，徐健生看出那是一串鞭炮。"这个不响,说明我这里一切照旧,老邱的地下室,暂时就让它闲着。"高昌谋笑道。

徐健生:"冷吗?"

高昌谋:"不冷,饿。你们倒是吃得香,我饿坏了!"

徐健生:"你挨饿,我是知道的。但我中途不能走。安排你在这里放风,是我单独决定的。除了你我,没有第三个人知道。"

高昌谋:"嗯,当然是小心为妙。以后这活路,还是继续由我来吧!"

"嗯,你人熟地熟,脑子灵光,其他文弱书生或外地同学可替代不了。"说到这里,徐健生仿佛想起了什么,"差点忘了!"他从学生装的上衣口袋里摸出一包东西递给高昌谋:"吃吧!"那是两块香喷喷的卤制豆腐干,它们被徐健生用油纸包着,一直揣在心口边。高昌谋也不客套,接过去就说了一声"好香",随即狼吞虎咽地吃起来。刚吃几口,卤豆腐就风卷残云没了踪影。"还有吗?"显然,高昌谋这是明知故问。

"呵呵,哪有那么多?"徐健生惭愧地解释道,"这都是我悄悄从碗里匀出来留给你的。老邱的手艺,还不错吧?"高昌谋抹抹嘴,笑道:"确实是名不虚传,不过今晚,没吃上他的脆哨刀削面,这亏我吃大了。"

徐健生诙谐道:"吃亏是福,哪天我专门给你补起。肠旺拉面和脆哨刀削面,随你选!"高昌谋:"那就好,你我一言为定!"徐健生仰头看看天色,轻声说:"不早了,告辞休息吧,明天还要上课呢。"

深沉的夜幕中,二人各自匆匆离去。然而那夜,徐健生并未睡好。黄大陆爽约一事令他倍感失落,他想不明白究竟发生了什么……

天快亮时,一声枪响突然惊醒了黄大陆。斯时黔军第三师作战室一特大写字台上,黄大陆正和衣而眠。几乎在他醒来的瞬间,一位干练的值班参谋急匆匆推门而入:"黄长官,军长电话!""哪儿打枪?"黄大陆随口问参谋。

参谋:"营门口,哨位方向。"

"可以确定吗?""报告长官,可以确定!"参谋答复得非常坚决,"我没睡着，这声枪响我听得很清楚。"

黄大陆这才走出作战室，不慌不忙拿起电话"喂"了一声。

"哪个贼班（值班）？"听筒里传来一个厚重的桐梓口音，是王家烈。几个月前犹国才、蒋在珍、车鸣翼的反水事件，使王家烈几乎成了惊弓之鸟，稍有任何动静，他都会立即警觉。

黄大陆："报告军长，我是黄大陆，正在值班。"

王家烈："大锣（大陆）啊！你们那里的枪声是哪个回事？"

黄大陆："初步接报，打枪是在南厂营门，具体情况不明，属下马上核实清楚，迅即给您报告。"

王家烈："好，是你值班我就放心了。大锣，抓紧核实啊！"

电话刚挂，铃声又响，这回是师长袁品文打来的。目前，袁品文身兼两个要职：黔军第三师师长、贵阳公安局局长。他的问话与王家烈大同小异。黄大陆放下电话，立即带上值班参谋赶往营门。

哨位那里有几个模模糊糊的人影，他们手上的电筒打出的光在哨位周边的工事上来回晃动，司令部警卫营的营长和几个军官则在向当班的哨兵问话。黄大陆一出现，营长立即就地整队，旋即上来给黄大陆行军礼："报告参谋长，属下正在处理盗贼，请训示！"

"盗贼？"黄大陆半信半疑，"人呢？"

营长打着电筒，朝不远处的围墙晃了晃："那里。"电筒光稍作停顿，黄大陆看见那里的确躺着一个人。他边走边从营长手上接过电筒自己查看。到了围墙边，电筒光下出现一汪正往外漫延的血水，血色浓稠处，一蓬头垢面、胡子拉碴的中年人痛苦地抽搐着，口里发出呻吟声，同时，他身上还有浓烈的酒气，黄大陆被熏得直想呕吐。他想了想，把营长拉到一边，这才知晓了原委——

此人可能是饮酒过量，深更半夜攀爬南厂军营的围墙，哪知他屁股还没在墙上坐稳，就被哨兵发现，于是"啪"的一声枪响，"墙上君子"倒栽葱落地，引出了这场不大不小的风波。

"老熟人了！"营长说，"年前，我部换防来这里不久，他就来我们营房偷盗过。"营长边说边赌气般在那人膝盖上踢了一脚。

"哎哟……哎哟……！"电筒光下，那人全身扭曲着，几乎抽搐成了一个肉团，他呻吟得更加痛苦，满脸的胡碴瑟瑟发抖。营长正要踢第二脚，被黄大陆不耐烦地阻止了："别踢了，看看他伤着哪儿！"营长似乎不大乐意，闷声不响地退到了一边。值班参谋俯下身子，查看这肉团，然后向黄大陆报告："长官，这人腰部中弹，还在流血。"

黄大陆给营长下命令："马上来副担架，送军医处抢救。"

在等待担架的当口，黄大陆在那肉团旁蹲下轻声问他："你能说话吗？刚才我的话，你听见没有？"肉团一边抽搐，一边喘息着低声说："听见的……长官，谢谢你救我一命。"

"来没来这里偷盗过？"

"来过的……长官！"

"为什么今天又来？"

"长官，那次……我……被你们……捉住了，没有得手。今天……晚上……我喝……苞谷烧，兄弟伙些……打赌……说，只要我……能在南厂……偷得……一条……军人内裤，我就可以……赢……五块大洋……"

"噗"的一声，在场的军官都笑出声来。黄大陆忍住笑，故作严厉地呵斥那肉团："不要说话了，留点力气保命吧！"

黄大陆回到值班室，立即给王家烈打电话。王家烈那边似乎很迫切，振铃只响了一下，话筒里就传来那独特的桐梓口音："大锣吗？情况如何？"显然，王家烈一直守在电话边。

"报告军长，情况已经查明。枪声是在南厂营门口发出的。一个惯偷酒后翻墙，被哨兵开枪打下，人已送军医处急救。""哦……"电话那头，王家烈长长出了口气。黄大陆向他请示："军长你起床没有？要不要我立即过来当面陈述？"

王家烈："不用了吧。你在处理，我就高枕无忧了。换其他人，我可不这么放心喽。""谢谢军长夸赞！大陆一定尽心尽力，决不懈怠。"

"大锣啊，你知道的，莫钱（目前）这非常时期，袁师长身兼双职，他既要带兵，还要管省会的社会治安，排查嫌犯、捕盗缉匪，都非同小可。副师长又带兵在安顺驻防，所以呢，省城这里，你可是责任重大哟！"

"军长，大陆明白！"

"大锣你听着，从今天起，我二十五军的军机要务，我可能会找你商量。有些事情，我甚至要直接点你去全权处置。到时候，相关机构、相关人员，由你全权调度，临机决断。"

"谢谢军长栽培！"

"值班熬夜，辛苦啦。休息一下吧！"王家烈说罢，电话挂了。

处理完这闹剧般的"枪击事件"，天已大亮。黄大陆从抽屉里拿出厚厚的值班日记，打算对事情做个简单记载。这时勤务兵敲门进来，问黄长官早餐想吃什么。"甜酒粑，给厨子讲，加四个荷包蛋。"写完值班日记，他本该洗漱，却不想动弹，于是打个哈欠，在一张椅子上瘫坐了好长时间。

他确实有点疲倦，但并非王家烈所说的"值班辛苦"，而是为聚会一事。昨天上午，邱祖轩来南厂营门口，通知黄大陆下午去"又一村"吃晚饭。下午，部队在校场坝操练，黄大陆全副武装负责督察。营门口电话，说有人找，他走去一看，又是邱祖轩。"秦天真要我通知你，下午的聚会取消。"

"为什么取消？"黄大陆诧异，惊问邱祖轩，对方却支支吾吾。黄大陆又问他："早上是哪个安排的？现在取消，又是哪个安排的？"

邱祖轩："都是秦天真。"都是秦天真？！黄大陆沉思着，没有吭声。

"聚会取消，原因不外乎三者：一是受其他无伤大雅的临时性因素影响；二是因为出现了不好的意外情况；三是因为对我不够了解，缺乏信任。"黄大陆认为三者都有可能存在，或单一成立，或综合所致。这当中，他最担心第二条和第三条——尤其是秦天真等人对他的信任问题，他很在意。

黄大陆一入黔军，部队就接二连三经历恶战，他作为袁品文手下一个副参谋长，为上司出谋划策殚精竭虑。其用兵诡诈，谋略深远，作战常兵出奇招。凡袁品文采纳其计策，必旗开得胜；反之则折将损兵。短短数月，黔军上下都看出了这一点，公认黄大陆是难得的军事奇才。王家烈、袁品文对其愈加器重，黔军第三师战力亦愈加强悍，渐成黔军攻坚主力。入黔军短短半年，黄大陆就被任命为第三师少将参谋长，成为王家烈、袁品文军事上倚重的左膀右臂，他们对二十九岁的黄大陆甚为器重……

身份的变化和官阶的提高，是黄大陆最初从军的理想和追求，他渴望走出贫穷家庭，渴望改变命运、出人头地。他也知道这样的改变必须有一个前提，那就是必须有所付出。因此，这些年无论枪林弹雨的浴血厮杀多么危险和残酷，他从不畏惧。讲武堂所学，他全部用在一系列的军事实践上，一次次取得成功，一步步创立辉煌战果。然而后来他逐渐发现，自己的人生道路竟然会越走越狭窄。尽管当年军阀张汝骥也曾欣赏和重用黄大陆，但他终究只是一个平庸的军阀，他今天反唐继尧，明天反龙云，打打杀杀争权力、抢地盘，格局受限，最终却鸡飞蛋打穷途末路。

黄大陆受袁品文之邀到贵阳后，迎来了人生的一次重大转机。在这里，他认真思考着、尝试着，竭力使自己脱离原先的个人小圈子，他要把关注的目光转向整个社会！在尽心尽力辅佐袁品文的同时，他利用各种机会拓宽视野，广交社会名流。于是他结识了曾在法国勤工俭学的刘方岳先生。刘先生思维活跃，他利用各种平台，积极开展传播马列主义的学术活动。黄大陆与之结为忘年之交，经常彻夜长谈，知无不言，言无不尽，从国内外见闻到国家政局，从个人理想到民族命运。也正是在刘先生的影响和带动下，黄大陆初步接触到了马克思主义，他对人生和命运的理解进一步得到加深，从而不再局限于寻常武夫那打打杀杀的个人奋斗。他还通过大量的阅读和思考，为自己找到了一条更为宽广的人生道路：救国救民、改变社会，让自己在实战中积累起来的军事才学，能最终为国家和民族所用！

对秦天真、徐健生、孙师武等人，黄大陆早就熟悉，秦天真的名字更是如雷贯耳。他不但是省立贵阳高级中学的一位优秀学生，而且具有很强的号召力和非凡的社会活动能力。前年，九一八事变爆发后，举国公愤，地处西南的贵州也不例外。在一系列的抗日宣传活动中，秦天真、徐健生、孙师武等优秀青年在省城脱颖而出，黄大陆通过刘方岳先生的途径，得悉秦天真被大家一致推选为"贵州省学生抗日救国团"主席，由衷地高兴。对他来说，秦天真当选是实至名归，从贵州的长远来看，亦是黔地福音。

在"又一村"，黄大陆与秦天真见过几次，并有语言交流，但囿于场合未能深谈。年前那次聚会，黄大陆通过与高言志、徐健生的倾心交流，对"学生抗日救国团"有所了解，认为秦天真、徐健生、高言志等人值得深交。

"如果是因为了解不够而对我缺乏信任，那么我该怎么办呢？"黄大陆觉得，这是他和秦天真、徐健生、高言志等人之间目前面临的主要问题。这天下午一直到晚上，他思来想去却理不出个头绪来。好不容易在天亮前打了个盹儿，偏偏营门口来个酒疯子，一声枪响吵醒了刚入睡的黄大陆……

黄大陆心不在焉地吃完早餐，袁品文就来了。袁师长就部队当前的防务、训练等问题做了一些部署，吩咐黄大陆督促各个团抓紧落实，不得有误！

六、万石仓的陈年旧案

去年禹庙归梅梁，今年黑虹见东方。
巫言当丰十二岁，父老相告喜欲狂。
插秧正得十日雨，高下到处水满塘。
六月欲尽日杲杲，造物已命摧骄阳。
夕云如豚渡河汉，占书共谓雨至祥。
南山雷车载膏泽，枕上忽送声淋浪。
猛思浊酒大作社，更想红稻初迎霜。
六十日白最先熟，食新且领晨炊香。
——南宋·陆游《喜雨》

"谷雨"过后，省城一连数日天气晴朗，乡野里春风和煦、草木芳菲。而这春天的阳光，最适合水稻秧苗的发育生长。四月初八日，贵阳县第三区乌当镇乌当大坝，一块被人称作"万石仓"的大田边，摆起了祭祀所用的香烛钱纸和几束翠绿的秧苗。据说，县长周日庠将在这里主持今年的开秧门典礼。

数千年来，托庇华夏农耕文明的滋养，诸多优秀的文化传统得以保留，世代沿袭。"开秧门"最早源于江南富庶之地，后来才逐步传入西南地区。贵州是一个移民省份，文献记载这里从汉代开始就逐渐成为中华民族几大族系迁徙的交汇地。一茬茬来自中原、湘楚、巴蜀、江浙等地的移民，不辞千里或万里之遥迁居来此，随之陆续成为相对意义上的"贵州人"。而江南一带先进的农耕技术及"吃粽子""开秧门"等文化习俗，就是这些汉族先民带来的。因此历代以来，贵州农人对农耕习俗的重视程度，丝毫不亚于江淮地区。

早在开秧门之前，高三爷就带着费苏敏和范文、蔡武两个持枪的家丁出城巡仓，已有数日。

仓，指的是高氏家族在各州、县置办的田地。在世人眼里，那是一座座繁衍着希望的米粮仓，也是一个家族取之不尽、用之不竭的财富！高氏家族从老辈人开始，每年春耕前后，凡当家人都要腾出十天半月，前往各地巡查。目的有三：一是督促高家的佃户们适时抓紧备耕，勿误农时；二是协调地方关系，处理佃户稻田用水的矛盾或土地方面的界邻纠纷；三是安抚、赈济，对一些突然遭受天灾人祸，失去了耕牛、良种的佃户，及时给予扶助，有的甚至要削减或免收租子，以利其维持耕作，渡过难关。

此次出门，高三爷主仆四人耗时七天，他们时而骑马时而步行，一路跋山涉水风雨无阻。食宿问题，只有一次是在家境稍好的亲戚那里解决的，其余都是在佃户家里就便应付，这样有利于提高办事效率。其间，三老爷他们依次去了南面的花格闹（今花溪区）、定番、长寨，西面的安平（今平坝）、清镇，北面的修文、开州（今开阳）和东面的贵定、龙里。基本上是按顺时针围绕省城周边走了一圈，一路的辛苦劳顿自不待言。

四月初六午后，三老爷自龙里县回到省城，刚进家他就看到了留在客厅里的一封书信。原来，这是贵阳县县长周日庠派秘书送来的。三老爷以前在关岭当县长时，周乃其属下科员，多得三老爷关顾。后来三老爷到安顺当专员，周日庠又经他举荐获得提拔，担任安龙县县长。今年二月中旬，周日庠上调省城，任贵阳县县长。

周日庠的来信有两层意思，一是问候当年的伯乐高可亭前辈，二是邀约前辈到乌当大坝开秧门，时间是四月初八日——后天上午十一点。三老爷匆匆读罢，顾不得多想就提笔给周日庠回信，并派家丁蔡武赶紧给他送了去。信中，三老爷表示愿随周县长一同前往乌当大坝。"观瞻农事修习传统，且做踏青之游，叙乐而忘返之趣也……"

三老爷之所以迫不及待接受邀请，除了盛情难却，还有另外的原因：那里有高家一桩延宕多年的陈年旧案亟待解决。

往年出外巡仓，三老爷都是依照北、东、南、西的顺序走，这样，距离北衙不远的乌当大坝就是第一站，而清镇则是最后一站。今年他把线路做了调整，按照南、西、北、东的线路走。这样一来，介于北衙和开州之间的乌当大坝就成了一条独立的线路。不去不行，去了呢，那里有一个格外棘手的老大难问题，轻易碰触非但耗时，且影响家族大局。从高家"培"字辈开始，此难题已耗费了高氏三代当家人近四十年的光阴，至今仍很棘手。三老爷原本打算过几天去乌当大坝单独处理，不料周日庠今日盛情邀约。此天意乎？三老爷暗自窃喜。同时，他更期望祖宗显灵，让此事能在周县长手中得到妥善处理，一劳永逸！然而，三老爷心头比谁都清楚，想使那陈年旧案得到处理绝非易事，要一劳永逸更是万难，不异于痴人说梦。

那么，连见多识广、大名鼎鼎的三老爷高可亭都感到棘手的事情，是一桩什么样的陈年旧案呢？这得从清末说起——

祖上高廷瑶先生置办的数万石田产中，乌当大坝占其中三百余石。因这里水源充沛，无论夏粮秋粮都能天遂人愿，很少有歉收现象。尤为可贵者，此地民风淳朴人心向善，上百年间不仅风调雨顺，而且乡里和睦类比桃源。而高氏祖上这三百余石田产也从未遇到任何龃龉之事。清光绪二十五年（1899年）初夏，黔中贵阳府一场亘古未见的大暴雨整整下了三天三夜。南明河山洪泛滥巨石如纸，泥沙淤堵，河流改道。

如此一来，乌当大坝的农耕环境遭遇了毁灭性破坏。更糟糕的是，山洪退去之后，打田栽秧的取水方向发生了变更。原先与坝区毫无关联、经常受气的回水湾寨子，一下掌控了取水口的闸门。于是，坝区这几万石良田，从此就为水源问题所困。尤其在水贵如油的春耕大忙季节，坝区栽秧打田用水问题格外棘手。一句话，要看人家回水湾寨子的脸色。人家心情好，坝区良田可以如期打田栽秧而不误农时；反之，如果人家不爽，只需提一把锄头来到沟渠分水处，三两下把水口一堵，农田用水立即断流，坝区几万石良田便沦为低产的旱地荒坡！主人束手无策，不得不低声下气，请求回水湾寨子的人开恩，否则就面临歉收甚至绝收之虞。

——究其原因，乃是因为回水湾、乌当大坝这两个寨子有世仇，很早以前就械斗不止。自嘉庆、道光、咸丰、同治直到光绪，文打官司武打架，或轻或重，有死有伤，相关案子历经县、府和巡抚数次下判，却解决不了根本问题。即使三两年相安无事，稍有嫌隙触发，又会死灰复燃。

既然几级官府均曾过问而且数次下判，为何还解决不了乌当大坝、回水湾两个寨子的取水纠纷，从而致其酿成了一桩陈年公案？根本原因就在于官员们的敷衍塞责和所谓的"法不责众"，导致了变相的纵容犯罪。尽管省城距离乌当大坝不过区区三十四里，却没有一个官员亲自到过现场，对此案进行实地踏勘。既然调查取证不充分，分析案件就好比盲人摸象、隔山买牛；对矛盾的处理最终沦为隔靴搔痒般的凭空决断，这非但没有说服力，甚而助长了恶徒的嚣张气焰。

光绪二十五年（1899年）之后，水源问题成了回水湾百试不爽的利器，乌当大坝这边屡屡遭损却束手无策。受此牵累，高氏家族在乌当大坝的田产成了烫手的山芋，闻着喷香拿着烫手，又如鸡肋，食之无味弃之可惜。高家人心软，凡佃户田地歉收，高氏当家人就按老规矩给他们减免粮租。倘若绝收，高氏还得倒贴巨资帮扶赈济。几代当家人叫苦不迭，暗自神伤。高可亭接手掌管家业后，曾提出将乌当大坝的田产变卖脱手，却招来族人非议，甚至有长辈直接指责，说这是败家子行径，变卖之议就此搁浅。然而，那三百余石田产，却终究是他这当家人的一块心病。每每夜半三更从睡梦中醒来，也会不由自主想到此事，通宵达旦辗转反侧，却始终想不出一个破局的招数！直到周日庠以县长身份盛情相邀去乌当大坝开秧门，才使三老爷看到一线希望。他决心抓住这个机遇，彻底扭转家族的被动局面……

送信的家丁蔡武前脚刚走，三老爷立即叫来范文："我这里有件十分要紧的事，需要安排唐老冲办理。你赶紧骑马出城去北衙，把他给我接来。"

范文："好的，三老爷，我这就去接他来。你尽管放心。"

三老爷："好。你给唐老冲说，我等他来吃晚饭。赶紧去！"

范文应了一声，大步流星就往屋外走。三老爷似乎突然又想起了什么，连忙追出去，紧走几步叫住了他："你们两个不要搭伙骑马。叫他自己骑一匹来，明天好赶回去。"

大约三个钟头后，门房老李听到一阵急促的马蹄声，接着是马匹"哝儿哝儿"的嘶鸣声。老李出门一看，是范文回来了，后面还有一匹黑马，上面坐着一个小个子的中年男人。

老李连忙上前接那小个子男人的缰绳："唐大哥，马匹交给我侍弄。三老爷交代的，他在客厅等着你。快去吧！"唐老冲未加任何思索，身子一偏就利索地跳下马来，并随手把缰绳扔给了门房老李。旋即又扯起衣袖，来回几下擦了擦额头和脸上的汗水，急急忙忙往里赶。

唐老冲走得很轻松，他像一阵风似的穿过几进院子，很快就来到了三老爷的房门边。"三……"他正要依平常的惯例喊一声"三老爷"时，话到嘴边却又立即止住了。原来，客厅里一张宽大的黄花梨太师椅上，三老爷正软软地斜靠在那里打盹儿。

唐老冲印象里，三老爷无论大事小事都是很有章法的，同时，他还是个非常注重仪表的人。记忆里，眼前这样的情形他还从来没有见到过。此时正是太阳落坡的光景，贵阳城的上空湛蓝如镜，不时有优雅归巢的白鹤缓缓掠过蓝天。从三老爷那紧闭的双眼和松弛的嘴角，唐老冲感觉主人睡得十分香甜又十分疲惫，似乎经历了好长时间的劳顿折磨……唐老冲看着这情形，心里一阵难过，咋都不忍心叫出那声"三老爷"！

然而，三老爷既然安排范文匆匆赶赴北衙把自己找来，显然是有什么十万火急的事情要安排他去办理。那么，究竟该不该立即叫醒三老爷呢？唐老冲站在门槛边顾虑重重、举棋难定。

唐老冲为难之际,眼睛无意识地瞟了一眼太师椅左边的扶手,然后他又瞟了一眼右边的扶手。就在这时,他看见三老爷右手的食指轻微地动了动,接着,他的大拇指也动了动,就在这一刹那间,三老爷突然醒了。他抬起眼皮看了看唐老冲,似乎没有认出来。但在下意识间,他在竭尽全力睁开眼睛,努力想让自己尽快清醒过来。唐老冲见状,这才小心迈过门槛走进屋去。

"三老爷。"到了三老爷跟前,唐老冲轻轻叫了一声。

"哦……财喜你来了!"三老爷清醒过来,但他眼里同时流露出一丝不易察觉的难为情,似乎自己刚才打盹儿是一个不可原谅的过失。

唐老冲:"我在五显庙边打理辣椒地,接到范文的消息就赶过来了。"直到这时,他才发现因为急着赶路,自己有点口干舌燥,声音也有些嘶哑。

"好,害你跑一趟。"说着,三老爷侧身指了指屋角八仙桌上摆着的茶壶、茶杯,"茶都给你泡好的,你自己倒了喝。"

"好的,三老爷。"

三老爷接着解释道:"这几天出去巡仓,回来感觉有些累,腰杆也痛,可能是路走多了。"

唐老冲倒了一杯茶,双手递给三老爷,然后自己倒了一杯,咕咚咕咚两口就喝完了,接着他又喝了两杯,却仍感觉口干舌燥。

"你来了就好,先坐下休息一会儿,不要着急。今晚你就住这里。"三老爷低声说,"等会儿我有要紧事和你慢慢叙说。"唐老冲听罢连连点头。他走到八仙桌边又倒了一杯茶,咕咚咕咚喝完后,才觉得勉强解渴,好受多了。

到了吃晚饭的时候,三老爷破例没有允许家人同桌。

厨子奉命用托盘装好酒菜,端到了紧挨三老爷书房的一个小屋里。唐老冲刚接过托盘,三老爷就笑眯眯地把厨子支走了。他亲自在一张精美的小桌上把酒菜一一摆好,然后一边和唐老冲细斟慢饮,一边压低了声音,和唐老冲交谈着,语速不急不缓,显得胸有成竹。

次日拂晓,唐老冲起得比哪天都早。趁着天未大亮,他在门房边骑上那匹自己熟悉的黑马，匆匆赶回北衙寨。按照三老爷的吩咐，唐老冲先去了"双二爷"高炳轩家。这时"双二爷"刚起床，他端着一簸箕苞谷、豆饼，在大沟水碾边侍弄那群嘎嘎欢叫的鸭子。直径超过半人高的水碾除了碾米，并无其他用途，再加上该地段水深浪急，大人小孩很少来此闲逛，分明是人迹罕至的背僻处！

平常和"双二爷"见面，唐老冲总是老远就扬声打招呼。今天早晨他却一反常态。认真看看前后左右，他才微笑着，径直走向"双二爷"。此时，尚未开闸的水碾静默着立在那里，周边除了嘎嘎抢食的鸭子，再无第三人。然而，唐老冲依然不敢大意，他把嘴巴凑近"双二爷"耳边，小声道："二爷，昨晚我去了城里。三老爷有话，叫我带给您……"

"双二爷"弯腰放下簸箕，然后眯着眼睛耐心听着。待唐老冲转述完毕，他眯眼想了好一阵，才缓缓点头道："也只能这么办理啦。折腾几十年，早该有个了结啦！"然而作为高可亭的二叔，"双二爷"知道此事非同小可……

四月初八日，贵阳出了一件不大不小的新闻，由此引来关于新县长的种种公议。各种说法都有，但都是夸赞新县长周日庠办事得力。

这天上午十一点，新上任的贵阳县县长周日庠与三老爷高可亭一道，按时赶到了第三区乌当镇乌当大坝，准备主持当地的开秧门典礼。孰料到了现场，镇长邵云光却哭丧着脸，迎上来给周县长诉苦："县长，今天的事整不成喽！"周日庠一惊："哦，什么原因？咋个就整不成了呢？"

邵云光告知周县长：大约在昨夜，此处唯一的水源被人挖断，乌当大坝栽秧打田无法进行，至于今天的开秧门仪式，不得不临时终止。

周县长大感不解。此时正值晴天丽日、春光明媚，清风徐来，那块被称作"万石仓"的大田，不是明晃晃的水波荡漾吗？怎么非得终止呢？邵云光似乎看出了县长心中的疑惑，解释道："取水口的水渠已被人挖断，如果稻田不蓄水，这块大田不出五天就要干涸见底。"

周日庠："那赶紧安排一下，把水渠重新修复不就得啦，这有何难？"

邵云光："县长有所不知，这事麻烦大，弄不好就要出人命啊！"手足无措的邵云光一边说，一边在心里嘀咕："看来，今天我非得把乌当大坝这桩陈年旧案给县长说说，否则我可脱不了干系。"

听邵云光一说"人命"二字，周日庠心头就不禁怒火中烧。

"晦气！"他想，"上任伊始我首次下乡，居然会整得如此难堪。难道这是不祥之兆吗？"转而又想，此事如此蹊跷，背后恐怕是另有来头，他在心中说："切不可粗枝大叶怒形于色，否则，难免因小失大愈发尴尬。"于是，他定定神耐住性子，柔声问手足无措的邵云光："究竟怎么回事？你心里有个数吗？"

邵云光："回周县长，这乌当大坝和回水湾是本镇两个有名的大寨子。乡民之间有些陈年老账没有扯清，历来不和，长期械斗不断。"

周日庠："什么陈年老账，值得乡中父老大动干戈？眼下春耕大忙，又是何人斗胆至此，切断水源破坏农耕？！"

邵云光："自古以来，乌当大坝这头一直是本地灌溉农田的取水口，回水湾乡民以前可能受过一些夹磨（欺侮），留下了祸根。光绪二十五年夏天，贵阳洪水暴涨，南明河改道，渠道淤堵，取水口就只得改在回水湾那边。这下，祸根的危害就暴露出来了，乌当大坝的灌溉用水，从此成了难题。"接着，他又把两个寨子历年械斗的种种情形，连比带划给周县长描述了一番。

周日庠一直在专心致志侧耳倾听，他越听表情越凝重，越听眼神越阴郁，听到最后，周日庠脸上的五官都似乎挪位了。他喃喃自语道："哦……原来，原来是这样的啊……！"周日庠稳住心神，继续柔声问邵云光："此事你是怎么考虑的？可有补救之策？"

邵云光："县长啊，他们两边积怨太深，我也无法啊。"

"是吗？我看也不一定吧？凡事问三老，总会得个好。"周日庠说完，特意用征询的目光看了看在场的高可亭。

今天早上，高可亭和周县长是天亮就骑马出门的。他们都带了各自的武装随从：周县长带了九名保警兵；高家则是范文、蔡武两个持枪的家丁。一行十余人快马加鞭到了北衙高家大屋，太阳才在东边露头，而唐老冲妻子也正好把早餐做好。北衙到乌当大坝十四里路，饭后稍作休整，他们又继续起身，信马由缰按时到达了"万石仓"的大田边，却不料节外生枝，弄得周县长好不尴尬！

从下马开始，高可亭就保持镇定默不作声。直到这时他才引起了邵云光的注意。"哎哟，前辈！您看我，遇事心里一急，眼前就是一抹黑。忘了给前辈您请安，罪过罪过。"邵云光边说边给高可亭打躬作揖完善礼节。

高可亭微微一笑，还礼道："公事当先，邵镇长不必拘礼。"

邵云光："乌当大坝水源之事，想必前辈是有所耳闻的。我这里捉襟见肘一筹莫展，不知前辈您有什么高见？"

高可亭："镇长啊，岂止是耳闻！我高家在这里有三百余石良田，世世代代以礼齐家宽厚待人，从无半点积怨。如今，我受此无妄之灾连累，每年的租谷损欠不小，还望镇长体谅！"

邵云光："前辈，依您之见，如何处置才好呢？"

高可亭："我想，还是以宽厚仁慈为念吧。既往不咎，删繁就简，凡陈年老账一笔勾销。这样处置，或许能让双方取得谅解，从此化干戈为玉帛。"

"删繁就简，删繁就简……"邵云光若有所思地琢磨着这四个字，半天想不明白。孰料说者无心听者有意，周县长却从前辈那里受到启发。他立时有了主意。"今天我就不走了，既来之则安之！"周县长挥手指指眼前"万石仓"那块大田，给邵云光及保警队长下令，"你们二位给我彻查，什么时候处理好，我什么时候离开……！"邵镇长和保警队长一听就明白，这是死命令，何况凡涉农耕，自古就是公堂大事，谁愿引火上身？

保警队长立即带着部下前往回水湾，传唤相关主事人。邵云光则安排现场的里长、族长找来桌椅板凳和简便茶具，让周县长、高可亭坐下耐心喝茶。"水源之事，看来今天定会有个了结！"里长、族长见状格外高兴，对周县长、高三爷格外殷勤。范文、蔡武暂时无事，便背着长枪，在附近田埂上瞎逛。

约一个钟头后，回水湾的主事人赵玉勋、乌当大坝的主事人汪衍正分别被荷枪实弹的保警兵带到了"万石仓"大田边。在一张长桌后面，邵镇长伸长脖颈咳嗽了两声，开始现场办公，处理这桩陈年旧案。

邵云光马着脸大声发问："哪个是赵玉勋？"

赵玉勋："我，我就是。"

"站好！注意听清我的问话……"邵云光厉声喝问，"赵玉勋我问你，回水湾挖渠断水，是不是你指使的？"

赵玉勋本来就一头雾水，听镇长这么一说就紧张起来，连忙申辩道："不是我，不是！"

邵云光："那么你说，这究竟是谁干的？"

赵玉勋："镇长，天地良心，这次断水，我也不知道是哪些人干的。"

听赵玉勋这么说，乌当大坝的主事人汪衍正怒气冲天，他指着赵玉勋的鼻子插话道："你不知道哪些人干的？往年断我们的水，就是你老赵带头干的。今天政府过问，你以为赖得脱？"赵玉勋知道形势对他不利，没敢吭声。

邵云光又问："往年呢？往年挖渠断水，你干过没有？"

赵玉勋老老实实承认道："往年，我倒是干过的。"

周日庠一听，立即来了主意。他制止了正要继续发问的邵云光，微笑着踱步上前："赵玉勋，你见过我吗？"

赵玉勋辨认了一下，摇头："不认识。"

周日庠："嗯，你我确实不认识。我们今天就认识一下吧。"说罢，斜着眼冷笑两声。

邵云光："赵玉勋，这是我们贵阳县新上任的周县长。你客气点，你把你的罪责，给周县长从实交代。"

赵玉勋："我有哪样罪责？"

"你没有罪责？往年挖渠断水，导致乌当大坝这几万石良田歉收绝收，罪恶累累，国法难容。现在你给我听清楚，我要追究你的这些罪责。"周日庠说到这里把桌子"啪"地一拍，"保警兵拿绳子来，给我将他捆了，送大牢！"

赵玉勋一听顿时傻了眼，双脚不由自主发软，接着，他身子一矮就跪到了

115

地上:"周县长……周县长开恩!"然而,保警兵哪里容得赵玉勋辩白?一根粗绳搭上肩,接着将其两手朝身后狠劲一扭,唰唰几下就把他牢牢捆住了。赵玉勋不敢挣扎,只能张着嘴一阵乱叫,连呼冤枉。

与此同时,现场人群中响起了一片叫好声。这些乌当大坝的种田人,觉得今日真是开了眼界,同时,他们心里更感到扬眉吐气。"各位父老乡亲,请大家镇静,镇静,不得喧哗!"保警队长带着保警兵持枪来回走动,维护着现场秩序。

人群中的叫好声触动了周日庠,他指着赵玉勋怒骂道:"你这狂徒真是不知羞耻,犯下了国法,还好意思说什么冤枉!哪里冤枉?是我冤枉你吗?哼,你我素不相识、无冤无仇,我会冤枉你吗?真可笑!"

赵玉勋忍住身上的疼痛,再次辩解道:"县长,我确实冤枉,这些事情,不是我一个人干的。"

周日庠:"那好啊,挖渠断水的恶徒还有哪些?你给我一一招来,等我核对清楚后,可以减轻一些你的罪责。邵镇长,你注意做好记录,凡是涉案罪犯,一个都不容放过。"

于是,赵玉勋根据自己所知,把回水湾寨子近年参与挖渠断水的人,以及他们的各自表现,一五一十做了招供,邵云光则认真将这些内容做了详细记录。审讯完毕,周日庠下令给赵玉勋解开绳索,让他在笔录上签字画押。赵玉勋这时特别规矩,他在每一页笔录上都老老实实摁了手印。

"县长……!"赵玉勋突然想起了什么似的,眼巴巴地看着周日庠,"县长你会不会判我死罪,砍我脑壳?"周日庠想了想,依旧马着脸说:"现在我无法回答你。"赵玉勋听了,立即感到一种从未有过的恐惧,他一下子跪下去,紧紧抱着周日庠的大腿嚎啕大哭。周日庠推了几下推不开,于是使个眼色,叫保警兵把赵玉勋拖开了。

周日庠拿起笔录递给高可亭,征求他的意见:"前辈,失礼了。我请您来开秧门,却不料整成这个局面,实在惭愧!"

高可亭接过笔录,一眼没看又轻轻将其放回了长桌上。"周县长非但能体察民意，且做事雷厉风行；邵镇长临阵不乱、一丝不苟。今天这些，父老乡亲都看得一清二楚。"

周日庠："前辈这么说，我心里更不安。当年做您部下时，一直蒙您耳提面命，晚生受益匪浅。今日我把一桩好事办砸，真是不该！"

高可亭："不能这么讲，读书人虽说四书五经可以倒背如流，但现实当中万事纷纭，为官行政一时理不清个头绪，这也是在所难免。因此只要一心为民，百姓是自有公论的。"

周日庠连连点头称是。

"不过，我想啊……"高可亭扭过头去，慈善地看了一眼垂头丧气的赵玉勋，"这乌当大坝也好，回水湾也好，两个寨子的民众都是一些本本分分的种田人，最好还是放他们一马吧。"

周日庠似乎有些作难："乌当大坝乃省城首屈一指的粮油主产区，前辈对此比我清楚。今日断水之祸，源于前任的宽纵，若是不咎既往，难止祸根啊。"

高可亭点头道："有些道理。不过，只要能够化干戈为玉帛，彻底解决乌当大坝的断水问题，也可以考虑既往不咎，这就是我前面所说的删繁就简。"

周日庠："前辈言之有理，晚生聆教受益，荣幸之至！"

"三老爷！"赵玉勋突然大叫了一声，长期以来，他对三老爷高可亭不算陌生，今日见三老爷为他说话，心头百感交集，忙痛哭流涕哀求道，"三老爷，求你救我。"

高可亭上前怜悯地看着赵玉勋，语气十分平和："年轻人啊，你听过'民以食为天'这句古话吗？以前，你们藐视国法，反复多次挖渠断水，一而再，再而三，危害不轻啊！你记得吗？前年春天——大概也是这个季节吧，我曾经三次到回水湾找你，对你苦口婆心、好言规劝，可惜你当时理智泯灭，人性丧失，对我恶语相向，什么好话也听不进啊！"

赵玉勋："三老爷，我不是人，我对不起你老人家！"说着，他膝盖一弯就要下跪，高可亭伸手阻止道："不必这样，记住，男儿膝下有黄金。"

邵云光："赵玉勋，早知如此何必当初，你给我站好！"

赵玉勋："求三老爷救我一命！"

"有心改过，就称得上是真汉子。"高可亭安慰他道，"人命无轻重，国法有缓急。你需要静心思过。"

周日庠见时机成熟，站起来当众宣布："乌当大坝这桩陈年旧案，现已查实清楚，嫌犯赵玉勋煽惑闹事，多次带人挖渠断水破坏春耕，罪责难逃……！"刚说到这里，人群中一阵骚动，响起一片兴高采烈的叫好声。

周日庠接着说："现在，我把赵玉勋刚才招供的嫌犯名字，当众给大家宣读一下，凡涉及此案的嫌犯，必须到贵阳县政府警察局投案自首，求得政府宽大处理。这里，兄弟托付在场的父老乡亲们，凡是认得这些嫌犯的，请向他们转告一声。不要错过了改过自新、减轻罪责的良机。至于首犯赵玉勋，着保警队立即将其押送贵阳监狱，听候审讯以正国法！"

"好！""好！""好得很！"人群中又是一片叫好声……

赵玉勋刚被两个保警兵带走，回水湾方向的田埂上逶迤走来一群人。高可亭目测了一下，大概有七八个人。邵云光笑着对高可亭耳语道："周县长治乱，打到七寸上了。"高可亭笑笑，没有吭声。

说话间，那群人沿着乡间特有的弯曲小路，长蛇摆尾般绕过几块大田，依次来到了周日庠喝茶的长桌跟前。领头的一个白胡子老头喊大家站好，然后对邵云光、周县长和高可亭笑笑："在座的，哪位是周县长？我带崽崽些来投案。"

周日庠站起来，对那老头客气地说："老人家，我就是。"

老头笑道："哦，那就好，那就好！"接着他收了笑脸，指着周日庠对大家说："这位是周县长，你们大家规矩点哈！"

"二公，我们晓得的。""二叔你放心，我晓得。"来者七零八落应承道。

"各位乡亲，你们来有什么事？"周日庠对着那群人大声发问。

众答："我们来投案。"

周日庠点点头，然后扬起下巴，用俯视的眼神一一打量着那些人的面孔，一一发问："你叫什么？""你有好多岁？"那些人壮着胆子，畏畏缩缩地将姓名和年龄一一作答。除了白胡子老头，来者一共是七个人。每问完一个，周日庠就要邵云光核对一下赵玉勋的笔录。每核实一个，邵云光就喊他们在笔录上按下自己的手模印。

周日庠问大家："手模印都按了吗？"众答："都按了。"周日庠说："那么你们就各自回去吧。"众愕然。

"周县长，"白胡子老头提醒道，"他们是来投案自首的。"

周日庠："是啊，我知道的。"

白胡子老头："你叫他们都回去？"

周日庠："是的。"

白胡子老头喜出望外："不收监吗？"

周日庠："我看这些崽崽应该是可以挽救的良民，暂时不收监。"

白胡子老头："崽崽些，还不赶紧跪下谢恩！"

哗啦一下，那七个人纷纷跪倒在周县长的长桌前。

周日庠踩着椅子，三步两步站到了长桌上，然后居高临下，威严地俯视着那跪着的七个投案人，现场一下子静了下来，数百人的场面鸦雀无声。

周日庠："虽然不收监，但我要把话给你们说清楚。大家听好！"

数百人的现场仍旧鸦雀无声。

周日庠："光绪二十五年来，嫌犯赵玉勋藐视国法，煽惑闹事胡作非为。你们回水湾这七个人，居然不辨是非盲目跟随，和他一道挖渠断水、破坏春耕。要是今天我论起国法，你们都罪责难逃，八个脑袋都该搬家。这样一来，今日这大好春光，明年你们就无福受享！"说到此，他故作停顿，观察了一下现场环境，见大家仍旧鸦雀无声，便继续侃侃而谈——

"不过，念及你们这些崽崽大多年纪尚轻，并非十恶不赦之辈。我相信如果挽救得好，你们是可以为国家出力，为地方谋福利的。因此，可以考虑从轻发落。刚才，保警队已将赵玉勋押送贵阳监狱听候审讯。至于你们，你们我该怎么处置呢？刚才，高可亭前辈给我说，无论乌当大坝还是回水湾，两个寨子的民众都是本分种田人。那好，今天我就依前辈的，暂时放过你们这一马。但是你们要记住一点,不收监,不是不治你们的罪,而是给你们改过的机会!从现在起,乌当大坝的灌溉取水,不能再有任何纰漏。若是再出现断水,导致乌当大坝无法打田栽秧,我立即下令拘捕你们。否则,当真没个王法啦!今天这事,就这么了结。父老乡亲都散去,我们各忙各的吧……!"

周县长说完,向保警队长下令打道回府。

"幺儿们,你们这么不懂事?还不感谢周县长和高三爷!"白胡子老头大喊了一声。七个投案人赶紧朝长桌方向的周县长和高可亭磕头作揖。不亦乐乎间,不知又是何人大喊一声:"干脆我们去回水湾,把那水渠修起来吧!""要得!要得!"于是,七个投案人手忙脚乱地爬起来,争先恐后朝回水湾方向跑去。

"万石仓"公案得到这样的处理结果,无论高可亭还是周县长、邵镇长,大家都感到欣慰,乌当大坝的种田人更是喜出望外欢呼雀跃。高可亭掏出怀表看了看,时间已接近下午三点,大家都早已饥肠辘辘。

邵云光歉疚地对周县长说:"只怪我办事不力,害得周县长额外操心。"

周日庠:"这是积年旧案,要说怪你就过分了点。不过,你现在得赶紧找个地方,安排大家吃顿便饭吧,今天我们可是把高先生饿坏了、累坏了。"于是大家坐的坐轿,骑的骑马,一里多路就到了乌当街上。在"协天宫"旁一个小饭馆里,邵云光认真点了些风味小炒,安排两桌饭菜招待大家,因为还要赶路,故而都没有喝酒。当夜,在高可亭的盛情挽留下,周县长和保警队长一行在北衙高家大屋歇脚,次日早饭后,大家又才重新起身回城。

临近上午十一点钟,三老爷和范文、蔡武回到了高家花园。他们看见朝门马房边的石柱上拴了三匹高头大马,这些马虽毛色各异,但个头差不多,几匹高头大马站在那里,显得威风凛凛!尤其是那马嚼子和嘴边的铁箍,全是清一色的西洋货,上边打着洋码字。

三老爷一看就反应过来:这是军马!果然,门房里坐着两个士兵。三老爷和范文、蔡武一进朝门,那两个士兵就站了起来,盘问他们是做什么的。门房老李见状,忙给士兵赔笑解释:"军爷,不要误会,之是我们东家。"

"哦，你就是高三爷。"一个身材高挑的士兵朝高可亭笑道。显然，这两个士兵是马弁（警卫）角色。

"对的，我正是高可亭，出门办事才回家。"三老爷转而问老李，"之二位兄弟是稀客，你给他们泡茶没有？"老李答："泡的，都喝了一开了。"三老爷揭开茶杯盖子，端到鼻子边嗅了嗅说："这个茶不好，你怎么拿来招待这些兄弟呢？重新泡。"老李笑道："平时我就喝之个。"三老爷吩咐道："你去我客厅，叫夫人把我的茶叶罐子递给你，用那个茶。"

"不用客气，高三爷！"两个士兵连忙说。

三老爷："来的都是客，不可马虎，我家历来是之个规矩。"那语气不严自威，两个士兵不由对他肃然起敬，高挑士兵心里说："哎哟！这就是大名鼎鼎的高三爷，果真名不虚传。"

三老爷给老李讲授了一些泡茶方面的诀窍，然后对范文、蔡武说："你们各自休息吧，这两天大家都辛苦。"说罢就往院子里走。刚到第二进院大门边，就听到里面有欢快的笑声传出。三老爷不疾不徐跨过门槛，双目正视前方继续往里走。两边的花草盆景后面，似乎有一些人影，但鲜花盛开、枝叶繁盛，各种景色交相掩映下，看不清楚那些人影的面目。

三老爷刚要走进第三进院子，他就被赏花的人们看见了。"三哥！"有人叫喊了一声，三老爷停住脚步，那人就跑了过来，是高昌华。三老爷问他："你们不上学吗？""今天是礼拜天。"昌华答。三老爷"哦"了一声，笑道："我这脑筋笨得很，只记得初几、十几、二十几，老记不住你们之个礼拜几。"

"三哥，之十多天没看到你，去哪里啦？"

"我先是去巡仓，昨天又去了乌当大坝。"

"三哥当家，辛苦啦。"说到这儿，高昌华和三老爷开玩笑，"不过呢……之个季节下乡观景，还是蛮受用的。""那好嘛，你来当家试试。"三老爷笑着回敬道，"你来当家，天天下乡观景，天天得受用！"他边说边挂着文明棍来到围墙边，观赏这里的紫荆花和迎春花。在一棵古老粗大的紫荆树下，高昌华"呼"一下原地起跳，摘了一朵紫荆花拿在手上："你说我来当家？三哥，我哪有你这个本事！"

三老爷："当之个家，其实也不需要哪样特殊本事，只需要你吃得苦、熬得累、受得气。最主要的一点，无论遭受多么大的委屈和冤枉，都不能吭声不能辩解！苦水再多，只能往自己的肚子里面咽。你能做得到吗？""是吗？"高昌华咂咂舌头，笑道，"我恐怕一样都做不到。"

两兄弟正在说笑，高昌谋、高言诗也围了过来，给三老爷问安。

"我看家里好像是来了军人？"三老爷低声问高昌华，"还有马弁守门，他们是哪里的？"

高昌华低声答道："是黔军第三师的黄大陆长官，他和高言志认识不久。听黄长官说，以前他来过我家，还见过我爷爷和你。"三老爷想了想说："我记不得那么多了。你们几个陪他玩吧，我就回房里休息去了。"他正要离去，高言志陪着军装笔挺、气宇轩昂的黄大陆走了过来。

"伯伯，这是黄长官。"高言志做完介绍，黄大陆主动把手伸了出来，准备和三老爷握手。三老爷虽然在脸上勉强挤出一丝笑意，手头却拄了文明棍稳稳站着，未予理睬。

黄大陆有些尴尬，好在他反应敏捷，顺势就抬高手臂，给三老爷行了一个军礼。这样一来，反而又把三老爷弄尴尬了，他只好频频颔首，表示回礼。

黄大陆："前辈您好！大陆早就想来拜望您，一直军务缠身未能如愿……"

三老爷作揖："我百无一用，闲人一个，还劳黄长官挂怀。惭愧！"

黄大陆："前辈，长期以来您扶危济困，热心社会公益，在省城中德高望重，很多人唯您马首是瞻，大陆对您一直敬佩不已！"

三老爷："说不上说不上！那些小事举手之劳，何足挂齿。"

黄大陆："我可不这么看啊，前辈！当今世风日下物欲横流，前辈常常为帮扶鳏寡孤独一掷千金，以我的眼界，黔省当中实不多见。"

三老爷"呵呵"两声，旋即就把话题转开了："黄长官，平时你们还是很忙的吧？"

黄大陆："忙是肯定的，最近稍好点。趁着礼拜天，出来放松一下。"

三老爷："眼下正是赏花时节，寒舍这里名曰'花园'，其实品种不多、花木朴陋，有点言过其实。"

黄大陆："前辈，您是自家谦虚。这里古木参天，花卉别致，一进来我就眼花缭乱，景观真是太美啦！"

三老爷："当然，要是你静下心来仔细观赏，也多少还是有些看头的。"他笑笑，转而对高言志、高昌华、高昌谋、高言诗等吩咐道："你们几个继续陪黄长官，我有其他杂务需要办理。"说罢，给黄大陆作揖："黄长官，失陪啦，告罪！等会儿在这里吃午饭。"

黄大陆："不客气，前辈，您先忙正事吧。"

三老爷提醒高言志："永贞，等会儿黄长官要是不想逛，你们还可以陪他去花厅喝杯茶。"说着，他用文明棍指了指对门的小花厅和茶房。

高家花园第三进院子中，设有一个带茶房的小花厅，其功用主要是接待一些普通客人。高言志见三老爷这样安排，再联想到春季开学那天中午叔侄间的谈话内容，知道伯伯确实不喜欢这当兵的！

三天后，赵玉勋获得保释，安然无恙回到家中。

困扰了乌当大坝几十年的水源官司，意外取得了一个令所有人都能接受的圆满结局。四月初八当天下午，高可亭、周县长一行尚未离开乌当大坝，农人们就开始下田栽秧，几乎所有稻田都有人们忙碌的身影。

正是春光明媚时节，乡村里到处是喜人的农忙景象。赵玉勋的身影一出现在大路上，回水湾的人们就看见了他。路边稻田里正在栽秧的人们，纷纷停下手中的活计和他打招呼。刚被抓时，赵玉勋感到了从未有过的意外和震撼，在监狱里的那三天，他心里充满了恐慌和绝望，而此刻，他内心感受到的则是一种平心静气的慰藉。平常眼中这晦暗、贫穷的乡土，一下变得柔润、温馨，倍感亲切。他觉得自己此次离家不是短短的三天，而似乎长达三个月、三年乃至更久。于是他心里一下子涌起对乡土、家人的愧疚……

进家不久，赵玉勋就牵上耕牛下田栽秧。众乡邻大为诧异，纷纷追问那保他的福星究竟是谁，赵玉勋得意地一笑："高三爷。"

◎ 第三章 1934 年（民国二十三年）

一、离群的孤雁

深冬的上午,贵阳东北郊水田坝一带狂风肆虐、大雨滂沱。劈头盖脸的暴雨间,蛇虫鼠鸟在混沌的旷野倍感恓惶,有的甚至瞬间就销声匿迹。号称能主宰大地的人类,此刻似乎也不能例外。大雨中,浸骨的凉风阵阵袭来,他们蜷缩着身子,如受伤的鸟兽般瑟瑟发抖……

这日适逢元旦。王比冲矿区崎岖的泥泞山路上,二百多名贵阳监狱的囚犯由荷枪实弹的黔军士兵和狱警联合押解,冒雨开往省城。

水田坝距离省城四十七里,王比冲煤矿自古就是犯人挖煤服苦役的地方。进入民国,这里的名号叫"贵阳监狱王比冲矿井"。囚犯、士兵、狱警……奇特的队伍中,山东人董亮清那高大的个头格外显眼。

元旦的头一天中午,贵阳监狱第二监区警长董亮清、黔军驻监排长柳千云接上峰命令,要求他们务必在元旦这天的下午六点钟前,把全部犯人押回城里统一收监。因此,犯人们今晨起床后,破例没有安排他们下井挖煤。在矿区那简陋而戒备森严的草棚里,士兵、狱警和犯人蹲成一圈同锅吃饭。董亮清、柳千云边吃边商量,不时拿出名单相互核对。很快地,所有犯人被他们分成了二十个组,每组十人左右。随后的行程中,每一组分别由一名狱警和一名士兵负责押解。

早饭吃完，滂沱大雨仍无停歇的迹象。为了赶时间，董亮清、柳千云他们不得不冒雨押这些犯人匆匆上路。军警们身着雨衣，犯人则是蓑衣、草垫或破烂油纸伞，各种雨具五花八门。

"郑宛涛，你来一下！"临动身时，董亮清叫住一个年轻犯人，将一只沉甸甸的歪嘴陶壶交给他，"这壶菜油，你给我拿好，注意别磕碰。""好的，你放心！"那年轻犯人提过歪嘴陶壶，一挺身打了个立正。在整个监区二百多名犯人当中，这郑宛涛是比较少有的轻刑犯人之一，罪名是"故意伤人"。据他自己说，是和黔军士兵打架惹的祸。董亮清多次看着他那文弱的身板暗自发笑：故意伤人？受害者是当兵的？他半信半疑。

这支奇特的队伍出发了。滂沱大雨中，无论军警的雨衣还是犯人的蓑衣、草垫、油纸伞，全都成了摆设。不到半里地，所有的人衣履尽湿，雨汗如注！然而军令如山，再大的困难也无暇顾及。持枪的军警仍然警惕地押着犯人，在坑洼的黄泥路上一步一滑踉跄前行。

好的是一过水田坝，雨势就开始逐渐减弱，行至三江桥时终于停住了。董亮清、柳千云下令停下，让大家拧干了衣裤再走。于是，三江桥官道上尽是白花花的身子，老老少少的军警、犯人都赤裸着，用尽全力和自己的衣裳裤子较劲。衣裤拧干，大家又继续赶路前行。

总是在路上，总是在走，路的尽头茫无边际、遥遥无期……这是董亮清内心里对命运的一种感受。他和手下那三十多位税警总团的战友，来贵州已近一年。他们现在的身份是贵阳监狱第二监区的狱警，董亮清仍然是一个不大不小的头儿——警长。但在他本人看来，这悲哀、恶心而又特别尴尬的角色，几乎就是对他过往人生履历的嘲讽！

未满十三岁，董亮清就成了孤儿，在山东各地到处流浪。十八岁，他在青岛擦皮鞋，江南造船所的老罗来此招劳工，于是这流浪的孩子交了好运。董亮清跟着老罗去了上海，成为江南造船所的一名钣金工。从此，他和老罗以师徒关系相处了短暂的四个年头。1925年，刚满二十岁的董亮清秘密加入中国共产党，师父老罗就是他的入党介绍人。

在董亮清记忆里，十八岁至二十二岁是忙碌而紧张的，同时，这也是他人生中最幸福、最充实的快乐时光，给他留下许多刻骨铭心的美好记忆。

——首先，他找到了亲人，一个得到了自己内心真正认可的亲人，这人就是师父老罗。董亮清在生活上获得了他无微不至的关心、体贴和帮助。每年酷暑季节，船坞里高温难耐，常有工人中暑。老罗礼拜天放弃休息，去青浦乡下采摘了不少野菊，晒干了用来泡水。每天早晨，他都要提醒董亮清把搪瓷缸子灌满菊花茶，然后师徒俩才一起赶往车间。快乐相处的四个年头中，酷暑难当的夏天董亮清从未中暑。董亮清偶尔伤风感冒，老罗都会安排他提前下班回宿舍休息。若是病情仍不见好转，他还要出钱买药，然后找个小炉子，熬好了端给董亮清。逢年过节，近处的工友们各自回家，外地在沪的，或是借此走亲访友，或相约闲逛，厂子里显得格外空旷、冷清。这时候，集体寝室只有老罗和董亮清相互陪伴。而这样的日子，恰好也是老罗给董亮清"补课"的绝佳时机。董亮清读书识字，就是从那个时候开始的。

老罗用烧黑的木头或火炭在地上写字，让董亮清一个一个跟着他念，"马克思""苏维埃""共产党""工农大众""打倒军阀"。念了几遍，老罗叫他自己在地上照着写。常用字差不多了，老罗就写词语或句子，仍然叫董亮清跟着念，或者叫他在地上照着写。日积月累，董亮清认得的字越来越多，继而发展到能读会写。

——其次，与师父共同亲历的一些大事使董亮清眼界开阔，心灵上受到强烈震撼。发生"大屠杀"多年后，在贵阳遭遇的一桩小事令他百感交集。

那是一个春季的礼拜日，董亮清休班。安排好监狱的工作后闲极无聊，于是他去了大十字附近的那家"振亚书店"。董亮清进门后，就在书架上随意浏览。他看到一部《瞿秋白文集》，于是取下从头一二翻阅着。无意间，他看到了作者瞿秋白的自绘头像。第一眼，他觉得似曾相识颇感眼熟；第二眼，他记忆深处某种久违的触角被突然唤醒；再看一眼，脑海中立即出现了一张忧郁的面孔和一个清瘦的身影。"瞿秋白",董亮清再看书名,感到非常激动。"瞿先生!"他差一点叫出声来……

1925年5月30日,上海,两千余名学生在英租界示威游行散发传单,发表演说,抗议日本纱厂老板打死工人顾正红,并高呼口号,强烈要求中国政府收回租界。英租界出动巡捕,野蛮逮捕学生和群众百余人。之后,万余群众聚集在英租界巡捕房,要求释放被捕学生。英国巡捕开枪射杀群众,打死十三人,重伤数十人,一百五十余人被捕,震惊中外的"五卅惨案"就此发生。

"五卅惨案"发生后,各地学生纷纷以多种形式举行抗议活动,声援上海学生、工人的爱国壮举。6月4日,中国共产党主办的第一张日报《热血日报》在上海问世,瞿秋白任主编。这张报纸密集报道了上海的学生、工人和全国人民一道,投身反帝斗争的一系列新闻事件,呼吁全国人民齐心团结,誓死抗争。

《热血日报》的"外人铁蹄下的中国""外人铁蹄下的上海"等专栏,不断揭露帝国主义对中国人民的暴力镇压与血腥罪行。

6月7日,第四期,《当心外国人离间的阴谋》一文中指出:"只有工商学联合起来,不中帝国主义离间的阴谋,才能取得胜利。"

6月15日,《全中国都要受外国人屠杀了!》的社论指出:"上海五卅屠杀案还没有了结,外人的暴行却快实行到全国了。上海岸边停泊着英日美法意的舰队,租界上密布着武装商团和水兵,华租交界处架着机关枪……汉口的英日海军陆战队枪杀工人市民二十多名……"社论还号召民众要不屈不挠,坚定信心投身反帝运动:"全国最近参加运动的几千万民众,已经是我们胜利的基础。我们正要赶紧把散漫的民众组成巩固的团体;把一时觉醒的民众,引导到国民革命的持久的斗争道路中去。"

在此期间,师父老罗不断奔走于市区各地和各所工厂之间,很是忙碌。有关工会组织工人参与反帝运动的情况,他每天都要写成字条或新闻稿件。字条密封在一根指头大小的钢管里,新闻稿件则写在粗糙的黄纸上。董亮清每次都要按照师父的吩咐,把它们送到四马路的《热血日报》编辑部。师父说,新闻稿件交给谁都行，但那些字条，必须交给"瞿先生"。因此，那个阶段的记忆里，董亮清印象最深的就是这位"瞿先生"。直至多年以后，瞿先生那张忧郁的面孔和清瘦的身影，他记忆犹新。

——第三，董亮清不仅感到自己获得了一种巨大的精神力量，而且思想上有了奔头，内心特别充实。在那些日子里，老罗除了传授董亮清文化知识，还给他讲授不少有关共产主义的基础理论，董亮清的思想认识在较短的时间里突飞猛进，迅速成为一名布尔什维克的坚定信仰者。尤其是1925年，二十岁的董亮清在老罗引导下加入共产党，正式步入共产主义革命阵营后，他真真切切感受到了人生的奇妙变化。原来，人世间居然有这么一种神奇的力量，可以让他这样的穷孩子改变命运，过上自己向往的生活。于是从那个时候起，在董亮清的憧憬下，眼前徐徐开启了一个全新的、前所未有而无限美好的世界！

然而，那段美好的时光最终竟会戛然而止。董亮清的梦，毁于1927年春天的"四一二大屠杀"，师父老罗和他的上级乃至党的整个组织体系，遭遇了从未料想过的灭顶之灾。一切太过匆忙，太过突然和短暂，犹如大梦一场。以前与老罗有联系的那些人，一夜之间消失得无影无踪，再无音讯。他们有的逃走了，有的和老罗一样遭到了枪杀。

梦碎了，但是董亮清始终不愿意醒来。

老罗遇难之后，董亮清没有丝毫畏惧，他想方设法通过各种关系和途径，一直在暗中寻找党组织。然而这谈何容易？常人怎么知道共产党在哪里？即使有时候，近在眼前与你称兄道弟聊着天的，说不定就是一个共产党人，或者他和共产党有着某种特殊关系，但是人家怎敢轻易暴露？又怎敢轻信他人？董亮清虽然是共产党员，可他身上却没有任何相关的凭证作为依据。老罗作为他的入党介绍人，是董亮清政治身份的唯一证明人，但他走得是那样突然，根本来不及给董亮清留下任何文字或信物……

"大屠杀"的发生，无疑是一个难以想象的历史悲剧，共产党的组织体系由此遭受了巨大损失。然而，在残酷的现实中，他们明白并接受了一个真理：枪杆子里面出政权！"大屠杀"三个多月后，中国共产党在江西南昌举行了一次声势浩大的武装起义。此后，有关共产党的消息到处流传，只是众说纷纭、真假难辨。有的说，共产党在江西的会昌、吉安一带；有的说，他们在广州、东江一带；有的说，他们在福建的长汀、上杭一带；又有人说，共产党的大本营搬到了湖北武昌。总之，那个阶段的共产党似乎神龙见首不见尾，东西南北飘忽不定。

正所谓"病急乱投医"，董亮清为了找到党组织，竟突发奇想，报名参加了"国军"。按照他的如意算盘，部队极有可能开往江西的会昌一带"剿匪"，和红军一交战，他就可以找机会逃跑，或者故意掉队，等着红军将他俘虏，那时不就大功告成了？然而，他没有等来想象中的红军，却等来了日本的海军陆战队和惨烈的"一·二八淞沪抗战"。他不但在枪林弹雨间活了下来，而且立了战功，阵前被提拔为"国军"排长。后来，他认为正是从当兵开始，自己的身份才越来越离谱，越来越尴尬。当他千里迢迢来到贵州，成为贵阳监狱的一名警长，发现自己寻找党组织的希望愈加渺茫，甚至可以说是回天无力。因为自己此时的职业身份，与昔日江南造船所那个卖苦力的董亮清，早已大相径庭，甚至南辕北辙！

他有时也想过逃离，然而，董亮清自己清楚，他除了扛枪别无所长。无论在外地还是山东老家，他上无遮身片瓦，下无立锥之地，靠什么生存？当年在江南造船所，他是师父最满意的门徒，然而离开了上海那样的大城市，再好的钣金技术也派不上用场。更何况以他现在的身份来说，显然也是迟了点儿。作为堂堂贵阳监狱的一名警长，别说开小差，哪怕就是短时间失踪，贵州省警察厅、民政厅等官方机构也不会无动于衷草草了事，军警方面定然是挖地三尺也要找到他。这并非小题大做，而是历代官府所在乎的"体统"和尊严。不时见诸公文或挂在嘴边的"成何体统"四个字，即由此而来！

走，没法走；留，自己又于心不甘。这就是董亮清目前面临的尴尬处境。走与留，二者之间就这么纠结着，令他不胜其烦。以时下世俗眼光来看，做警察的不仅体面、威风，而且职业稳定、吃穿不愁。这民不聊生的乱世中能够如此，别的还图什么？而董亮清的想法却与众不同。

从前他对贵阳一无所知，如今却鬼使神差到了这儿。他举目无亲，甚至连一个朋友也没有。上班时心情最差，神经整天高度紧张着，没有一点好心情。因为他面对的，是一群坑蒙拐骗、打家劫舍、杀人绑票没有任何底线的恶徒。这些家伙令他窝火、感到晦气、头皮发麻！可他还得看，必须看，耐着性子看，不能让这些恶徒有可乘之机越狱逃跑。好不容易挨到下班，却又总是一个人独来独往，孤孤单单无所适从。

夜深人静，董亮清抚今追昔，心里感受到的只有悲哀、恶心和尴尬，面对事与愿违的残酷现实，他欲罢不能而又于心不甘，这就是他痛苦的原因所在。

于心不甘，常常使董亮清陷于深深的痛苦不能自拔。日积月累，他心理方面出现了一些微妙变化，有时竟产生一些怪诞不经、令人窒息的幻觉。他感觉这浩瀚无边的世界随时随地充满恐怖，自己其实也是苍茫天地间的一名犯人。有次在无意之间，他听到某个犯人说了一句俗语叫"种瓜得豆"，他对其深有感触，认为这就是自己人生的真实写照。监狱里，那些杀人越货、恶贯满盈的土匪、强盗，大多有刑期长短，可自己这奇特而又暗无天日的囹圄生涯，却毫无盼头、遥遥无期！去年初冬到贵阳监狱第一天，董亮清就有了这样的感受。

一支"国军"队伍长途跋涉，千里迢迢由上海调往贵州，曾经令贵州省主席王家烈诧异不已。最先接到国民政府军政部的电报时，他非常厌恶地扫了一眼，就把那张电报纸扔进了垃圾筐。从其内心来讲，他既不喜欢共产党，也不喜欢蒋介石领导的国民党。归根到底，外来军事武装进入贵州，这是一件令王家烈很不高兴的事情。作为军阀起家的省主席，他和所有的前任一样，感觉在贵州地界上，自己才是最优秀、最恰当、最顺眼的角色，本省军政要务，决不容许任何外人染指干预。后来通过军政部发来的第二封电报，王家烈获悉这支调防的队伍仅三十余人，区区一个排。他心里虽然仍旧疑窦丛生，但这毕竟是蒋介石的命令，王家烈是不敢公开抵制的，于是他将此事转给了警察厅。

董亮清他们初到贵阳,被省府公署正式改编为贵阳监狱第二监区下属的狱警队,并立即脱下军装换了警服,安顿在城东阳明祠驻扎。此时,阳明祠被军阀王家烈占据,这里临时关押着二百多名犯人。狱警队的工作就是与黔军一个排的兵力分担监管任务。而一所新成立的监狱,则正在兴建当中。按照国民政府的部署,它起名为"贵阳模范监狱",选址于城里的梦草公园。

阳明祠位于城东扶风山麓扶风寺内,是专门祭祀明代著名学者王守仁先生之专祠,始建于清嘉庆十九年(1814年)。到了清光绪五年(1879年),阳明祠"规模湫隘,岁久愈倾圮",经乡贤唐炯、罗文彬等倡导并承首捐资,扩大祠堂范围重建。平远(今贵州省织金县)人、四川总督丁宝桢等亦捐资襄助。祠堂依山势高下结构,后枕扶风山麓,左邻东山寺,右倚相宝山,前眺贵阳东郊,居高临下眼界开阔,殿宇气象肃穆,布局整齐疏朗,为古建筑专家所推崇。

阳明祠目前关押的这二百多名犯人,大多属于罪恶累累的重刑犯。近年来由于军阀混战,民不聊生,社会管理体系崩溃失控,于是人性之恶很快被激活。"有枪就是草头王,无力就是倒霉蛋",在此期间,一些平日里唯唯诺诺看似恭顺的所谓老实人,突然摇身一变,成了无所畏惧且没有道德底线的恶魔。他们明目张胆趁火打劫为害一方,其罪名虽形形色色,但大多属于打家劫舍、纵火烧房、绑票撕票、杀人分尸等恶性犯罪,民愤极大。黔军那个排看管时,因兵力不足,压力巨大,再加之监管上内勤、外勤不分,眉毛胡子一把抓,漏洞百出,多次发生越狱事件。

对那些草菅人命、恶贯满盈的恶徒,董亮清历来深恶痛绝。在董亮清率部到来之前,黔军排长柳千云就得知:董亮清他们是参加过年初"一·二八淞沪抗战"的"国军"部队。在他心目中,这些弟兄是当之无愧的抗战英雄,所以对其很是仰慕。董亮清出任警长一职后,二者相互敬重配合默契。他们按照国民政府法规,对监管任务进行了合理的细化分工。狱警队那二十余人专门对付监内,直接与铁栅栏里的犯人打照面,实施零距离的"贴身监管";柳千云的黔军则专心致志担负外围警戒，强化外部环境的监督和制约。如此一来该监区效率大增，犯人脱逃现象得到杜绝，越狱事件再未发生。

　　这样过了几个月，转眼就到了次年初春。这年的雨水特多，隔三岔五就是大雨，一下就是好多天。城东煤矿村矿井里的巷道渗水严重，边墙的立柱撑木等设施老化腐朽、失力无靠，再加之长期开采导致的穹顶虚空，矿井透水后，接着就是大面积塌方，几百名矿工突然被埋。王家烈主政的省府公署和贵阳公安局调集力量抢险，却始终进展缓慢。政府机关、驻军部队和居民的燃料成了大问题。端午节一过，董亮清、柳千云奉命押解犯人来到水田坝王比冲挖煤救急。现在，煤矿村已逐步恢复生产，而梦草公园里的牢房也修建完毕，于是，董亮清他们奉命回城。

　　下午，董亮清、柳千云他们把犯人按时押到了梦草公园西北角的"贵阳模范监狱"。刚建好的牢房宽敞、通风，涂了黑漆的铁质门窗粗大牢固。在监狱新建的小食堂里，监狱长田丰年一边陪着董亮清、柳千云吃晚饭，一边听他们做简要汇报。接着，监狱长领着他们走进了新投入使用的办公室，田丰年在监狱俯瞰图上比比画画，并根据目前监狱的新环境，对各种新情况、新问题进行了预想和假设，同时也结合第二监区的监管工作，在分工方面做了一些具体的调整。

　　待一切忙完，董亮清感到头昏脑涨、疲惫不堪。走出二楼监狱长办公室，他打了个冷噤。透过不远处监狱大门边照明汽灯的光线，他发现又下雨了。在那略呈扇面的光线映衬下，只见雨点横飞，势头不小。董亮清穿上雨衣，提上那个装满菜油的歪嘴陶壶，冒雨打着手电朝北门附近的住所摸去。

　　这时已是晚上的十点多钟。半年不在，铜挂锁都锈蚀了。开门进去，潮湿的屋里一股霉味扑鼻而来。电灯的开关也锈蚀了，于是董亮清借着手电的光线将其修好拉亮。等他洗漱完毕揭开被子，才发现床上也是潮湿的。但他这下无法了，只好就着那潮湿的床褥、被子和衣而眠。

　　在这一天里，董亮清经历的事情比较多，明显感觉有些劳累过度，刚上床他的眼睛就睁不开了。直到次日一早，隔壁"哐"的一声门响，他才被吵醒。紧接着，照例是房东那翻来覆去的剧烈咳嗽声。这时，窗外已通天大明，想到监狱今天事情还很多，于是他赶紧下床。

董亮清给了房东老婆一角钱的铜币，请她帮忙打扫屋子兼拆洗被子，并要求当天烤干，晚上能用。那女的拿着铜币，什么条件都一口应承。交涉完毕，董亮清看看怀表，时间已是八点半钟。于是他提上那壶沉甸甸的菜油，出门朝西北一拐，去了六广门。

整个贵阳城里，董亮清认为值得去的地方有几处：黔灵山的"弘福寺"、相宝山的"屏山寺"、城南的"黔明寺"和"甲秀楼"；另外就是六洞桥的"鲁风"和六广门的"又一村"。前面四处，皆是享誉黔中乃至西南的人文胜迹，适宜观光、赏景，抒发怀古之忧思。后二者，认真说来其实都名不见经传。

据说，六洞桥是清代湖广总督、中兴名臣张之洞的出生地，但也只停留于民间的口口相传，无据可考。桥头的一家"鲁风"饮食店，是一个主理鲁菜的小饭馆。有次关饷，董亮清曾自个儿来过这里，他花一块铜板吃过一餐饭，感觉确实是正宗的山东口味。六广门的"又一村"饮食店，据说开张没几年，店铺寒碜却经常顾客盈门。最先，这家饮食店之所以吸引董亮清，主要是面食合他这北方人的口味。无论老邱做的包子、馒头还是面条、油条，董亮清吃起来觉得样样可口，连夸正宗。后来，他发现这"又一村"除了面食名声在外，似乎还隐藏着一些常人不易察觉的秘密。

确切地说，秘密就隐藏在一群身份特殊的客人身上。去年冬天，生性警觉的董亮清有所察觉后，立即陷入了深思。随后，他没费多大功夫就把客人的名字全部摸清：黄大陆、秦天真、徐健生、高言志、孙师武、李策、蓝运臧等等。除了黄大陆是军人身份，其他人全是在校学生。他们中，最突出的又数黄大陆、秦天真、高言志三位。

黄大陆，云南文山县人，十五岁考入云南讲武堂工兵科，十八岁毕业。参战阅历丰富，九死一生，足智多谋，现为黔军第三师少将参谋长。

秦天真，贵州毕节人，贵州省立贵阳高级中学高三学生，同时还担任"贵州省学生抗日救国团"主席一职。

高言志，贵阳本地人，贵阳正谊中学高三学生。没过多久，董亮清又进一步了解到了高言志的家族背景：在贵阳赫赫有名的"高家谷子"中，高言志是身份微妙、人所共知的大少爷。所谓微妙，就是依照传统惯例，高言志有资格继承族长身份，掌控整个高氏家族的物权、财权。

——这不是一群普通的食客，而是另有秘密。他们的秘密，董亮清是无意之间发现的。疑点来自几个方面，首先是饮食习惯，其次就是时间问题，第三是军人、学生等微妙的身份，第四，是他们热心关注的话题。

不可否认，面食是北方人不可或缺的主食。滇黔人氏虽对此类食品不算陌生，但一般很少有人偏爱面食。黄大陆、秦天真、高言志……这么多人，不约而同爱去"又一村"久坐长谈，仅仅是因为垂青老邱做的面食？显然不是！时间方面，社会各色人等，军人和在校学生最受管束，时间上并不宽余，业余时间尤为宝贵。然而，这黄大陆和秦天真、高言志他们，闲暇不去别处，却频频出现于"又一村"，是何道理？在"又一村"，他们或分享各自的读书心得，或畅所欲言讨论时政。这些人口中陆陆续续提到过的书刊名称，包括《救国旬刊》《共产主义ABC》《向导》《中国与世界》《湘江评论》以及油印的《心评》小报等。他们的心思和关注点，从这些书刊小报能猜个大概。而其谈论的主要话题，则无一例外都和九一八事变、"四一二大屠杀"、"一·二八淞沪抗战"和传闻中的"南昌暴动""江西瑞金苏维埃"等重大事件有关。

——由此可见，这群年轻人可不是一般的食客！

董亮清的住所距离六广门不到一里地，他到"又一村"时，老邱刚把早餐待客的食品和佐料等物准备停当。只见那灶膛里炉火熊熊，煮面条的大铁锅滚水翻天，另一口大锅上，蒸了馒头包子的屉笼刚上气，雾气腾腾，而另一口稍小的煎炸锅里，嫩润焦黄的油条在老邱的长竹筷下不停地翻滚，起锅正是时候。

"呵呵，董警官！"一见身着警服的董亮清，老邱忙大声和他打招呼，"这段时间在哪里忙啊？好久不见你来！"他边说边三下两下就把油条起锅了。

"坐牢之营（人），我能去哪里啊？"提着歪嘴陶壶的董亮清说，那独特的山东口音仍很重。"哦，不打听不打听。"通过以往的多次接触，老邱知道董亮清言语谨慎，不爱多说自己的事，便知趣地转开了话题，"月初，过中秋，我做了一些月饼，打算给你尝尝口味，却不知道该往哪里送。"

董亮清："劳您老大哥惦记，心领了。感谢！"他嘴角露出难得的一笑。

老邱："我儿子祖轩还在责备我，说我平时间稀里糊涂，不问清楚董警官住处，临时抓急往哪里送？呵呵！"

在董亮清心目中，老邱其实是个可靠之人。再者，这也是一个久经战火的滇军老兵，应该是可以深交的。他在一张客桌上小心放了陶壶，转身对老邱说："前几个月，煤矿村出大事，你们不是咋呼缺煤吗？我被'抓夫'去了水田坝，临时挖了几个月的煤炭。"说话间，他似乎想起了什么，突然就在警服的几个衣袋里一阵乱摸。最后，他摸出一盒香烟，撕开烟盒纸皮，掏出一支递给老邱道："昨晚上司打发给我的，邱老兵试试。"

老邱双手接过香烟，赶紧就摸出了洋火，他"嗤"的一声擦燃，先给董亮清小心点上，然后把自己那支也点燃，深深地吸了一口。

"咋样？上司说是云南货。"董亮清笑笑，"我不懂，瞎抽闹着玩。"

老邱："好烟！云南烟丝做的，我一抽就晓得。"

董亮清听了只是笑笑。

老邱："想吃点啥？好久不见，今天早餐我请你的客。"

"行啊，那我就不客气了。"董亮清说，"给我来一碗脆哨拉面吧。老规矩，辣椒别多，有点意思就行。"

脆哨拉面很快上了桌，分量大，比平时多了三分之一。董亮清边吃边掏出怀表瞄了一眼，然后不经意地对老邱说："快九点钟了，看来，我今早是来给您开张的。"

老邱："这段时间秋雨厚，出门不方便，客人是少。"

董亮清："那些大户人家的学生娃呢？以前的常客，咋不见？"其实，这么早就来"又一村"，打听学生动向才是他的主要动机。

"哦，那些读书娃娃吗？"老邱答，"好几个都毕业走了。"

董亮清："都毕业了？遗憾！那个叫秦天真的，还有文笔街高家那个戴眼镜的大少爷，给我留的印象蛮深。"

老邱："秦天真、孙师武两个回了毕节，高家大少爷高言志去电厂当了会计。另外，高昌华好像是去了广西，上大学深造。"

"哦……"董亮清点点头，"难怪！"

吃完面条，董亮清掏出手巾抹抹嘴，对老邱说："邱老兵，拉面是您请我的客，我接受了。这壶菜油呢，是我请您的客，也请您笑纳。"

"这这这……"老邱说，"这不行，一碗面才多少钱？一壶菜油，价钱太贵了，我不能收你的。"

董亮清："啥？这壶油您补受（不收）？啥意思啊？我没开伙，拿它回去做啥？这可是步行几十里地，专门给您拎来的！"

"步行几十里地，专门给我拎这壶油，董警官，你太重情了！"老邱既觉得意外，又十分感动。

董亮清："邱老兵您别客气，俺三洞忍（山东人），都这样的，梁山好汉性格！"说笑着，他出了"又一村"，往南赶往监狱上班。

这样忙忙碌碌折腾了半个多月，狱警、士兵和犯人渐渐熟悉了新环境，"贵阳模范监狱"的各项工作也渐渐走上了正轨。董亮清心里松了一口气，于是他起了一个念头，想以搭档身份，邀请柳千云到六洞桥的"鲁风"吃顿饭。哪知刚有这想法，柳千云的部下就惹了个不大不小的麻烦。

这天早晨轮到董亮清当班，他起晚了点。刚走到模范监狱门口，不知咋地就见那里黑压压地围了一群人。董亮清正感诧异间，门边那高高的岗楼上，站岗士兵"嘞嘞嘞"地吹响了警笛，里面迅即跑出一队荷枪实弹的士兵，把门口那些人围了起来。"不好！"董亮清叫了一声，立即甩开大步冲进了人群，耐心询问他们想干吗。

第三章 1934年（民国二十三年）

"赶马？我怕是要赶牛哦！"一位士绅打扮的中年人白了他一眼，"大清八早（大清早）的，你们吵吵闹闹，我过路看个热闹就犯法啦？"他头上戴的瓜皮帽，亮闪闪地晃着一颗绿宝石，一看就是有钱人的模样。

"人家小姑娘来探监，你不允许也就算了，还威胁要打人！"另一位长袍短褂、衣着规整的中年人吼道，他手上拎个鸟笼，里面一只八哥似乎受了惊吓，"噗噜噜"上蹿下跳，"接下来，你莫不是要开枪？""开枪……开枪！"那只八哥适时接嘴，现场人一阵哄笑。

"之个鬼雀雀，还有点乖咧！"有人蹲下身子，打量笼子里的八哥。哪知他话音刚落，那畜生又接嘴道："乖、乖……！"现场又是一阵哄笑。

这时，董亮清已把现场环境看明白了，士兵包围的人群中，大多是起早闲荡的有钱人，只有一个阴丹布的背影与众不同，那是一位年轻女子，黑裙子、蓝上衣、方口布鞋，标准的学生打扮。她背对董亮清，埋头啜泣。董亮清想了想，对士兵们发话道："你们撤回去！"

士兵们提着枪，不声不响撤回了监狱的铁门里面。

董亮清走近那女子，轻言细语问她："小妹妹，你有什么事？"女子回过头看了他一眼，指着铁门边的士兵说："他说话占我欺头，还打我。"女子眼角虽有泪痕，但言语间显示出坚毅的性格。董亮清和那年轻女子各自只看了对方一眼，董亮清感觉她有些面熟。但他此时无暇回忆或细想，于是问她："占你欺头是什么意思？小妹妹能给我说明白点吗？"董亮清不懂贵州话，因此没明白"占欺头"究竟是啥。

一边的瓜皮帽士绅可能通过短暂观察，感到这警官比较靠谱，于是主动给他解释道："占欺头，就是说话下流，占便宜、调戏的意思。"

董亮清又问那女子："他打你了吗？"女子答："他拿枪杆砸我，我是躲开了的。""这么说，没有打到你，对吗？"那女子诚实地点点头。董亮清心头松了口气，他转头，狠狠看了那惹祸的士兵一眼，本想训斥两句，转而又忍住，没有说出口——毕竟，那是黔军柳千云的手下，若处置不当，容易造成军警之间的嫌隙。于是他轻言细语对那女子道："这样好不好？小妹妹，我们进

139

去说吧，今天是我当班。"那女子垂下眼帘，点了点头。

董亮清双手抱拳，对瓜皮帽、八哥主人及众人施礼道："对不住各位了！父老前辈们，我是本监狱第三监区的警长董亮清。今天这儿确实有点儿小误会，打扰大家分心，对不住了！我们刚进驻不久，好多事还望大家海涵，谢谢了！"说着，他坦然抱拳环顾一周，频频颔首，感谢和赔罪性质兼而有之。"好在今天这事儿问题不大，我们这里会处理好的，感谢见教！"大家觉得此人说话靠谱，举止有分寸，于是都纷纷赞许地点头，接着就三三两两散开了。

那女子随董亮清进了监狱大门，又随他款款走进了办公区的值班室。

事情原委很快弄清：这女子姓郑，是贵阳女子师范学校的在校生，来自黔北仁怀县茅台镇。去年夏天，王家烈率部在习水、仁怀、赤水一带和川军打仗，她的哥哥被黔军从家里带走，从此杳无音讯。今年九月，她考取贵阳女师后经多方打听，得知哥哥关在阳明祠。哪知，去阳明祠打听时却被告知，犯人们都押到乡下挖煤去了。今天，教育厅厅长到贵阳女师视察文明戏的排练情况，学校决定放假一天。于是，这姓郑的女生利用难得的机会，来刚建的"贵阳模范监狱"找哥哥。

"警官，我哥哥真是一个老实人，他又没有犯法，部队老总们凭啥无缘无故抓他呀？"说着，女子不由自主哭出声来。

"小妹妹你不要哭，好好说话。"董亮清忙安慰她道，"只是流泪没用的，你把他的名字写给我。"说着，他取过一支破损的秃头毛笔，蘸了发臭的墨汁递给女子，随即又递给她一张皱巴巴的旧报纸。

女子纤指微屈，"唰唰"几笔写出了她哥哥的名字，然后在桌沿边小心搁稳毛笔，双手把那又臭又皱的旧报纸递给了董亮清。

董亮清一看那墨迹未干的名字，立即感到惊讶不已，接着，他脸庞上露出了一丝不易察觉的笑意。

"你哥哥叫郑宛涛？"董亮清平静地放下报纸，不露声色地问道。

"嗯，他是我的亲哥哥。"那女生似乎怕董亮清信不过她，补充道，"哥哥他叫郑宛涛，我叫郑宛如。"

董亮清："他在我们这里。"他一脸镇静，眉宇间微露笑意。

"真的吗，警官？！"那叫郑宛如的女生，先前的愁容顷刻消逝。当她看到董亮清十分肯定地点了点头，她终于相信了，情绪立即有些失控，喜极而泣："我哥哥……被抓走一年多，我的双亲……就像生了一场大病。"她突然想起了什么似的，掏出手绢擦擦眼角的泪水，低声说："警官……我不该流泪，我应该高兴才对……感激你！"她抬起头来，友善而又真诚地望着董亮清。

董亮清："小郑同学，你哥哥确实在这里。他挺安全，身体也很好，你不要担心，我们几乎天天在一起的。"

郑宛如："警官，那就太好了。感激你！"

董亮清："今天不凑巧，你不能探监。礼拜天你再来看他吧。"

郑宛如走后，董亮清巡视牢房，特意把她的情况简略告知了郑宛涛。

此后光阴飞逝，转眼就是礼拜天，郑宛如一早就赶到"贵阳模范监狱"，如愿见到了分别一年的哥哥……

二、文笔街的枪声

王家烈重新执掌贵州一年多后，牢牢把控了全省的军权、财权，形成一超独大格局，军阀混战的局面逐渐有所调和。犹国才、毛光翔、蒋在珍及其残部，分别退守云南、四川、湖南，各自苟延残喘休养生息，以图再举。然而，看似稳定的外表背后，是无法继续掩饰的满目疮痍、民不聊生。那些杀人越货、恶贯满盈的土匪、强盗，不但没有因政局的暂时稳定而有所收敛，反而更加猖獗。王家烈案头，每天各地汇总上报的盗抢案件和杀人凶案层出不穷。屡打不绝的匪患，再次成为省府公署的头等难题。省城士绅阶层舆情汹汹，问责连连，王家烈的执政压力与日俱增。

为使被动局面得以舒缓或扭转，王家烈下令从黔军几个师遴选五百名精干士兵，组成一支治安特勤大队，专事负责省城中的捕盗缉匪，以及所有政府机构的治安防范。去年11月，贵州省政府、国民革命军第二十五军联署向中央军政部提交报告，等待批复。麻雀虽小五脏俱全，每增加一个机构，意味着省府公署又增加一笔不菲的开支。这些军粮、军饷又从何而来？局外人无从知晓！

元旦次日上午，一队枪刺闪亮的军人和十架空荡荡的马车，出现在文笔街高家花园大门口。这队军人一律钢盔皮鞋，气质精干。除两名官佐腰佩短枪外，八个士兵皆挎"汉阳造"步枪。每驾马车皆三马拉辕，高头大马昂首挺胸、威风凛凛。马车货箱中，散乱堆放着大捆大捆的空麻袋，还有扎口所用的细麻绳，一望即知有备而来。

人马刚停下，门房老李迎上来，笑着给军人打招呼："老总，你们早啊！"

"高三爷在家吗？"前面一个瘦削的军官边问边给老李行了一个军礼。老李受宠若惊，忙不迭地回答道："在的在的。只是他可能刚起床。老总，你们一定是有要紧事吧？"瘦军官翻了一下眼皮没有答话。"哼哼！"他身旁一位稍胖的大个子军官冷笑一声，反问老李，"你说呢？"

老李："那就麻烦你稍等，我去禀报三老爷。"

瘦军官："不用，我们自己去。"他挥挥手，两个士兵持枪站到老李的左右两侧。其余士兵则持枪封住了朝门，整个过程干脆利落有条不紊，一望便知训练有素。老李本想做些解释，然而，他看着那些黑亮的枪管和闪亮的刺刀，不敢再吭声了。

这天，高家花园除了高言志，年轻人大多都不在家。其中高昌华、高昌谋走得远，都去了外省读书，高言诗则应聘贵阳汽车运输公司，常驻花溪。

去年夏天，高言志高中毕业。他接受父亲建议去贵阳电厂应聘，做了电厂经理部的一名会计。

在中国范围，用电最早的城市是上海，时间是清光绪五年（1879年）。最早使用电话、电梯的城市，也是上海。与之相比，其他地区委实落后。但西南地区的昆明，却是全国最早使用电力的城市之一。1912年4月，昆明市郊石龙坝水电站建成发电。通电之日，城内各处悬挂数盏五百瓦锥形白炽灯泡，男女扶老携幼，争相进城观灯。贵阳用上电力的时间，是1926年。这年8月，为解决政府机关照明用电，周西成下令设贵阳电气局筹备处。次年，省政府电气局正式成立，并开始组建省府公署直管的贵阳发电厂。1927年中秋之夜，电灯首次出现在贵阳，而其与上海相比，却晚了将近五十年。

由于是新生事物，再加之与政府运行、市民生活息息相关，贵阳发电厂收益较好，高言志收入可观，作息也颇有规律。闲暇之余，他主动帮助刚读小学的弟弟言乐、言义补习功课。

这日，适逢元旦放假的第二天，高言志比平常起得稍晚。洗漱后早餐毕，弟弟妹妹们各自忙着做作业。高言志则拿了一本湘人车万育的《声律启蒙》，独自在院子里溜达。

"云对雨，雪对风，晚照对晴空。来鸿对去雁，宿鸟对鸣虫。三尺剑，六钧弓，岭北对江东。人间清暑殿，天上广寒宫。两岸晓烟杨柳绿，一园春雨杏花红。两鬓风霜，途次早行之客。一蓑烟雨，溪边晚钓之翁……"

"两岸晓烟杨柳绿，一园春雨杏花红。"无意间，高言志走到了二进院，他端详着几株光秃秃的杏子树，幻想着蓝天丽日下春暖花开的情形。那时，院子里照例又是枝繁叶茂、杏花点点……杏花一般都有变色的特点，孕蕾时纯红，开花后色彩逐次淡去，待花瓣落地，这生灵已是纯白一片！而到了初夏时节，院子里满树的杏子一片金黄，不愧人间美味。

正幻想间，院子门口那边来了生人。

"大嫂，跟你打听一下，高三爷他住哪一间？"那是一个尖细的嗓音。透过花草树丛的空隙，高言志看清来者一瘦一胖，发问者是个身材瘦削的军官。此时他们停下脚步，一边向正在扫地的女仆发问，一边探头朝院子里四处张望。得到女仆的答复后，胖瘦二人径直朝三老爷的住处走去。"这二位是黔军吗？会不会是黄长官的手下？"高言志警觉地绕过墙边的一道长廊，从一扇不为外人所知的小门进了第三进院子。这样，他所走的这条甬道与两个军人的路线呈平行状态，但他们之间隔着高大的女贞墙，近在咫尺的军人，虽然是和高言志同步走动，却不知道他们已被高言志跟踪。

"比我预想的要好。"女贞墙那边，说话的声音很低，但嗓音尖细，听得出是刚才问话的那个瘦军官。

"进门见面后，我先把'治安特勤大队筹备处'的手令给他。然后，你我闭嘴不要多说，只看他什么反应。"另一个声音也很低沉，估计是胖军官。

"是的。有粮拿粮，无粮就拿钱，更省事。问题是，只怕他高低不受，软硬不吃。"尖细嗓音说。

"他要是拒绝，我们就关门打狗。"这是胖军官的声音，听得出他说话时在某个部位拍了两下，声音很沉、很硬实，"动作要麻利，千万不可流汤滴水，忙中出错。"高言志琢磨了一下，估计胖军官大概拍了一下别在腰间的短枪。

一刹那间，高言志心里突然有了一种不祥的预感。于是他停住脚步，在女贞墙边的甬道上蹲了下来。与此同时，一种奇怪的感觉升起，如同生锈的钢针扎手，令他顿感不适。甚至，他心头涌起了巨大的恐慌。"无粮就拿钱，更省事。"他回味着瘦军官的言语，明白来者不善。找到三老爷后，他们之间如果谈不通，三伯伯钱粮都不给，这伙人岂不是就要动枪？

此刻，高言志心里唯一的感觉只有两个字：不妙！

怎么办呢？高言志突然想到了自己家里的两支步枪。周西成主政时期，有个团长持其手令，来高府借钱发军饷。后来听说，这支部队和周西成一道在镇宁黄果树被围，全军覆没。周西成身亡，这个团长大腿被打断无人收留，流落民间做了剃头匠。有天深夜，门房老李接待了一个瘸子。那瘸子交给老李两支步枪，请他一定要交给高三爷。老李不敢碰枪，于是叫瘸子将其推到床底下，然后留他在门房喝茶，自己去请高三爷。等高三爷随老李来到门房，瘸子已不见踪影。主仆诧异之余，从老李的床下拖出那两支步枪。三老爷倒过枪管看了一眼，发现里面塞了一卷字条。老李用烧火的铁签子一钩，字条就被取了出来。上面是颇具功力的十二个隶书字——

"十年苦读，乱世投军，欠债还钱，杀人偿命。"

三老爷说，这么有血性、有气质的做派，称得上是真正的读书人。若非万不得已，断不会自贬身价"乱世投军"，可惜了。第二天，三老爷派费苏敏、老李他们在贵阳四处访查，希望找到落难街头的黔军团长。然而，剃头匠已然远走高飞，从此再无音讯。按照三伯伯的安排，两支步枪由范文、蔡武两个家丁负责保管。平时，他们就住在朝门旁边的辅楼上，看家护院一直都很卖力。

高言志装作轻松的神态，稳住情绪往朝门走。然而，他还未走到，朝门边的士兵就向他拉动了枪栓，厉声警告他退回去。高言志明白，这下家里不但遇到了大麻烦，而且想从前门进出都不行了！高言志的心里更慌，暗暗期望平时就很卖力的范文、蔡武，能灵敏地发现目前的异常情形，并期望他们仰仗手里的武器有所动作。毕竟，这里距离省府公署不到一里地，高府枪声一响，附近的军警必然闻风而至！

然而，他心里立即又想到了另外一层——军警赶到后，如果与这伙来路不明的所谓"军人"交涉不当，接下来，几者之间极有可能发生激烈交火，那时最倒霉的，必将是高府一门。如是，高氏老幼危矣！

琢磨来琢磨去，他突然想到了黄长官。

高家五进院落，各进均由正房和厢房构成独立小院。有专门廊道，从前院直通后院。后花园有阁楼，阁楼后几尺之遥即高墙，墙上有后门直通忠烈街。想到后门，高言志立即有了主意。他镇静自若退回二进院，沿着廊道往后院走。接着，他穿过后花园来到阁楼边，顺利找到了后墙的一扇小门……

三老爷客厅，胖、瘦两个军官正与三老爷侃侃而谈。原来，二人皆治安特勤大队筹备处的。今日，二人的来意很简单，就是代表治安特勤大队筹备处，向高府筹借钱粮。其中，军粮是五万斤，钱款是两万块大洋，主要用于治安特勤大队的前期开销。

三老爷看了一眼盖着公章的省府公函，随意将其放到桌子上。双方陷入长时间的沉默，气氛压抑而又有些尴尬。三老爷慢吞吞洗了茶杯，又魂不守舍般地打开茶盒，接着又心不在焉地在炉子上烧水。胖、瘦两个军官故作不知，无话找话和三老爷搭讪。三老爷花了好长的时间，才把茶泡好，然后又一一端给他们。二人接过茶杯，看也不看就放在椅子一侧的条几上。三老爷见他们如此，便仰靠于躺椅上假寐，不再理睬。二人似乎想起了什么似的，掏出预先写好的钱粮借据各一张，想递给他，三老爷歪着头看了一眼，却未伸手去接。

两个军官继续装傻，找些话题和三老爷搭讪。三老爷双目微闭，仰靠于躺椅上，时而点头，时而摇头，始终未置一词。

胖军官："高三爷，您看我们也坐了好半天了。您高低好歹不开腔，我们兄弟二人实在感到为难，这里我求教一下——您看今天这个事，我们回去后，如何给上峰答复为好？"

三老爷："你的上司，怎么答复是你的事，由不得我。"直到这时，三老爷才算首次正面回应了他们。

瘦军官："你的意思，今天我们只能无功而返、空手而归？"

三老爷闭上眼睛不答话。

胖军官："省府公函给你过目了，借据也是给你看了的。三老爷，难道我们这个会有假吗？"

三老爷："不假，上面盖着大印，不假。"

瘦军官："既然你自己都承认不假，那么你总得有所表示吧？难道真的要我们无功而返、空手而归？"三老爷的嘴巴动了动，似乎想做些解释，但他临时放弃了，继续仰靠假寐。

这样的事情有好多次？这样的场景又有好多次？假寐当中的三老爷已经回忆不清了。这些年，整个国家的政局动荡不安，西南地区军阀混战，有枪就是草头王。贵州也大同小异，反正，打输的就落荒而逃或命赴黄泉，打赢的就粉墨登场当省长、军长。但落荒而逃的，也并非心服口服，往往羽翼丰满又要卷土重来，因此，那些即使当上了省长、军长的，也并不等于坐得稳、当得久。于是那些显赫的职位，其主人就如走马灯一样换来换去：昨日周西成，今日毛光翔，明天却又变成了王家烈……短短七年，省长换了六任。每个省长一上任，各种各样的新动作就随之而来。什么动作？玩权。玩权就会有开支，要钱，要粮。百姓不胜其烦，不堪其苦！

穷人的日子不好过，豪门大户也难。

对三老爷来说，今天这样的事情已是家常便饭，不足为奇。各路大神轮番登门拜访，手上无不持有各类用词考究、名目体面的公函。要钱、要粮之事，性质无异公开抢劫，敲诈勒索。然而，这些大神却说得那么冠冕堂皇、毫无愧色，一律称之为"借"。仿佛一个"借"字，就能把不劳而获的打劫行为，弄出无数的光明磊落和有情有义。那心态，自然也是不言而喻的。常人设身处地做些揣摩并不难：既然，你们那"唐家的顶子，高家的谷子，华家的银子"喊了一代又一代；既然，你高家米粮满仓、富得流油；既然，你高三爷是当家人，兄弟们不找你找谁去？

俗话说，当家才知盐米贵。每接待一拨身着军装的不速之客，三老爷都被置身于进退两难的痛苦境地。不言而喻，这些人找上门来，唯一希求的就是如愿以偿、满载而归。除此之外，其他任何结局，都是对军阀的冒犯，不允许出现。给与不给，各自有相应的后果，至于作何选择，三老爷你自己往深处斟酌考虑。敢抗命不从，后果恐怕就凶险莫测。你这大家族，老老少少百余号人，指不定哪一天、哪一个家族成员会遇到莫名其妙的麻烦事，甚至还可能有性命之忧。忍气吞声服软，固然是满足了上门者的要求，高氏家族却要蒙受巨大损失。并且作为当家人，即使忍辱负重向恶人服软，花钱买平安，他也必须守口如瓶，不能让太多的族人知道详情。万一口风不慎、言语流传，势必对经办人及他们上峰的名誉造成不良影响，到时，难免又演变成飞来横祸。近几年，族中举办清明祭祀，涉及家务开支时，有人已对家族账目提出种种疑问，要三老爷解释。每当这时，三老爷欲言又止却最终作罢，有时他干脆狠下心肠装聋作哑。然而，不予回应终究不是长久之计。三老爷揣摩，族人中对他有看法的人，恐怕已不在少数。

每接待一拨不速之客，三老爷就要承受一次剥皮抽筋般的精神践踏和凌辱。其过程不一定有好长，但剜心之痛却犹如酷刑。往往是客人起身告辞，尚未走出朝门，三老爷已神思恍惚、语无伦次。接着，他就感到头晕脑涨，昏昏沉沉，好比大病一场。因此，每接待一拨不速之客，他都必须懒懒躺上十天半月，才缓得过神来。久而久之，三老爷渐渐习成了话语短缺、不善言谈的性格，有时给人的感觉是心不在焉、恍恍惚惚。

"怎么样啊？高三爷！"恍恍惚惚间，有人发话了，是那个瘦军官，"你可以直接拒绝，让我们空手而归。不过，你总该有个明示吧？含含糊糊不吭气,我们肯定不会死心,大家都不好定夺。"

那"定夺"二字从瘦军官嘴里蹦出时,十分低沉,也十分清晰,三老爷从中听出了咬牙切齿、决一死战的意味。三老爷站起身来将心一横,对两个军官说:"我头昏,不想多说了。你们走吧!"

胖军官死死盯着三老爷的脸,仿佛不相信三老爷敢那样说话。孰料这时,三老爷重复了一遍:"我不想多说。你们走!"瘦军官想了想,对他同伴说:"你在这里陪着高三爷,我出去一下。"

瘦军官走到朝门,指着一个挎卡宾枪的士兵说:"接下来我们忙正事,这道朝门,你要守好。"那士兵心领神会,转身"哐"的一声关上了朝门。瘦军官掏出手枪指着大院深处,对其他士兵说:"你们直接去,清理一下有海棠花的那个院子。"士兵们听了这话,立即像过足了烟瘾的鸦片客,呼隆一下就朝三老爷的住所方向走。

门房老李似乎明白了什么,他壮壮胆冲过去,挥着两只手拦阻士兵们:"老总些,你们要做哪样?"他哀求道:"兄弟们坐下喝茶,坐下喝茶嘛……!"老李话音未落,脑壳上"砰"地挨了瘦军官一枪托,当即就倒地昏死过去。"狗日的,你是找死!"瘦军官怒骂着,把带血的手枪插回枪套,然后吩咐士兵,"把他捆牢。"

听了高言志的简要叙述,黄大陆说声"大事不好",立即拿起电话拨通了警卫班:"你们全部上马,在营门等我!"黄大陆给警卫班长下达命令后,提上一支"汉阳造"冲出司令部,旋即率警卫班骑马朝高家花园狂奔。

高言志按黄长官吩咐,在那支马队后面跑步跟随。他心急如焚,此时最渴望见到一辆黄包车。哪怕它再脏再破,只要能代步就好!孰料黄长官比他还急,刚出营门半里地,军人们就快马加鞭没了踪影。高言志边跑边四处张望,然而,偌大一条马路,此时居然看不到一辆黄包车!"伯伯他们不会有事吧?妈妈和弟弟妹妹都没事吧?所有家人,他们都平安吗?"高言志大汗淋漓,嗓子干疼。"万一出事,我咋办?我咋个办啊?!"感觉恐惧的同时,他心里又充满了愤怒，急得眼泪都要掉出来了……

终于，箭道街方向来了一辆黄包车，他赶紧叫住，匆匆坐了上去，一个劲儿催促车夫加速行进。车夫两手紧握车把，全身发力一阵猛蹬，高言志仍然嫌慢！

一路偏偏倒倒刚过蔡家街，文笔街方向突然传来了凄厉的枪声——

"啪啪啪……！"

"啪啪啪……！"

这初冬的上午，密集的枪声清脆刺耳，却似乎又显得单一，听不出有交火的意味。

一阵排枪响过，高家花园方向回归平静，高言志更加困惑。待他手忙脚乱下了黄包车，气喘吁吁跑到文笔街路口，看见高家花园前面是黑压压的军警。临街的朝门、马房附近，如临大敌的军警持枪站出一条警戒线，不许任何一个老百姓靠近。街坊邻居们只能站在街口远远张望着，一张张面孔显得心有余悸，似乎和高言志一样惊恐不安。

走到朝门，高言志首先看见了黄长官，他提着一支"汉阳造"步枪，朝高言志招手，示意他过去。

然而此时，高言志已完全惊呆了。

从朝门到马房的街面上，连胖瘦军官在内，七具尸体，遍地血迹！此外，银圆铜板、古玩字画、珠宝玉器等落了一地。三位浑身滴血、气息奄奄的士兵，被捆在门房里的老李，分别被警察抬上朝门边的马车，准备送往附近的医馆抢救。另外，警察还从朝门辅楼抬下了范文、蔡武的尸体，他们胸口上各插了一把红缨把子的匕首。原来，在最先和门房老李交涉的时候，那伙人已经摸上辅楼，对范文、蔡武下了毒手。

胖瘦军官指挥喽啰们翻箱倒柜时，躺椅上的三老爷没有吭声哀求，更没有站起身来斥责阻止。他知道，在财富和暴力的荒诞组合中，廉耻是苍白的，言语是苍白的。甚至，连正义也是苍白的！三老爷紧闭双眼，暗暗向祖宗祈祷，祈祷他们保佑高氏子孙今日能逢凶化吉，遇难成祥。那伙人怎么撬门扭锁、怎么翻箱倒柜，他闭眼不看；那伙人怎么走出三老爷住所的，他同样闭眼不看。

他别无所求，唯独希望他们不要对高家的任何一个老弱孺施暴。

然而，最终，他还是听到了朝门的枪声。"完啦！完啦！"那一刻，三老爷魂飞魄散、浑身瘫软、泪如雨下，他不知道究竟是哪位亲人遇到了不测……

三老爷是被黄大陆和高言志扶回屋里的。胖瘦军官等七人被黄大陆下令开枪击毙，而高府除了家丁，一门老幼毫发未损。到了躺椅前，三老爷给黄大陆让座，黄大陆执意不从，非要站着和三老爷说话。

三老爷："您不坐，我也不坐。"

黄大陆："前辈，今天这伙人是地地道道的土匪。"

三老爷："是的，刚才在朝门边，我听公安局的警官说，他们这伙人不是黔军。想不到，想不到啊。曹应华、顾绍洲居然都闯进了我高府。"

在高言志印象中，曹应华、顾绍洲的名字并不陌生，此二人早年就是贵阳周边臭名远扬的大土匪，无恶不作，杀人如麻。

"黄长官，谢谢您倾力相救！"三老爷拉住黄大陆的手感谢道，"今天，若不是有……您赶到，我高府，一门老幼……恐怕还要遭殃。"三老爷一激动，禁不住神思恍惚，老泪涟涟哽咽不已，显得有些语无伦次！

黄大陆："前辈，您不要激动。大陆身为军人，保境安民是我的职责。"

高言志一边给三老爷捶背，一边真诚地对黄大陆说："真的，黄长官，今天的事，真该好好感激你。如果不是你果断处置，这伙孽障肯定逃之夭夭。说不定什么时候，他们又要打上门来！""是啊……是啊，永贞！"三老爷点头道，"我高府，高府……被他们，惦记上了！"说到这里，老人又开始哽咽流泪。

高言志："黄长官，打我记事起，曹应华、顾绍洲这伙人就是贵阳周边的巨匪公害，可谓久经历练，老奸巨猾。此次来打劫我家，居然周吴郑王地穿了军服做伪装，一般人无法识别，你是如何识破他们的？"

黄大陆："你去南厂，告知了我几个要点。第一，这伙人自称是所谓'治安特勤大队筹备处'的；第二，他们向高府筹借钱粮，是用于'治安特勤大队'的前期开销。然而，'治安特勤大队筹备处'的编制，迄今没有得到军政部批复，显然有诈！再者，什么叫'有粮拿粮，无粮就拿钱'？什么叫'关门打狗'？出此言语之人，不是流氓就是匪。"

高言志："哦，所以你当机立断就开枪。"

黄大陆："不，还有最重要的一点，匪首曹应华、顾绍洲无恶不作，罪行滔天。早在周西成主政时，就已下了'格杀勿论'的通缉令。在军警中，曹、顾两个匪首的画像早有流传，我更是一眼记住，烂熟于心。"

三老爷、高言志听了才恍然大悟。

三老爷："黄长官啊，诚如小侄永贞所言，幸亏您果断处置。不然两个匪首逃之夭夭，后患无穷啊！"

黄大陆笑道："前辈，是我们军马跑得快。弟兄们赶到时，两个匪首带着喽啰，恰好打开朝门。他不认识我，我却认识他！我故作不知，闪身一旁给他们行军礼——这就是开枪的暗号，枪响事毕，休得啰嗦！"

三老爷听了，不由连声叹奇、啧啧称赞。这时，一个士兵提着枪，匆匆跑了进来："报告黄长官！袁师长，不——袁局长，袁局长带着巡警队的赶到了，他们现在在大门口验尸。"

"好的！"黄大陆给三老爷行了一个军礼，"前辈，您先静心休息。大陆公务繁杂，我们后会有期。"

三老爷："好好好，永贞，你陪黄长官出去，配合相关核查。高某这里，只期待黄长官忙完公事后返驾一叙。届时高府将朝门大开，恭候光临！"

次日，《黔报》头版头条刊登了一则爆炸新闻："大匪首冒充军官抢劫杀人，又添重罪；黄长官火眼金睛断然击毙，大快人心。"标题字号特大，还做了套红处理，分外醒目。

三、最后一课

昔人已乘黄鹤去，此地空余黄鹤楼。

黄鹤一去不复返，白云千载空悠悠。

晴川历历汉阳树，芳草萋萋鹦鹉洲。

日暮乡关何处是？烟波江上使人愁。

"很好。各位同学，请大家照着课本再朗读一遍。然后，我给大家讲苏联作家高尔基的《丹柯》。'昔人已乘黄鹤去'，预备——起！"

众同学："昔人已乘黄鹤去，此地空余黄鹤楼。黄鹤一去不复返，白云千载空悠悠……"

1934年5月中旬的一天上午，黔西北蓝天丽日。闻名遐迩的毕节文庙里芳草悠然、古木成荫。毕节小学的一间教室里，不时响起稚嫩悦耳的琅琅书声，仿佛就是为了应和初升的旭日，还有他们置身其间、历经沧桑的飞檐转阁。

清末民初，毕节文庙是黔西北首屈一指的文昌圣地。这所文庙坐北朝南、依山傍水，它坐落于苍山如海、气势磅礴的文笔山下。后山的松、柏、槐、桦、杉等参天古木不下百株，树下溪流潺潺，蜂蝶翩飞，实乃文人士子养眼开心、吟诗诵读的好地方。

毕节小学，原在南门附近的百花山山顶。那里是清初就名噪一时的"松山书院"旧址，在清末被改建为贵州巡抚岑毓英生祠。1901年，清政府官员中的一些有识之士强烈呼吁废科举、办新学。在此大潮趋势下，"教育救国""实行新学"成为毕节官民共识。其时，松山书院山长杨绂章经朝廷批准备案，将具有二百一十五年历史的松山书院改设为毕节县"求是学堂"。该学堂几经易址后，定名"毕节小学"，并于1918年从百花山迁入毕节文庙，这也是贵州现代教育史上相对完善的官立高等小学堂之一。

"晴川历历汉阳树，芳草萋萋鹦鹉洲。日暮乡关何处是？烟波江上使人愁。"

学子们齐声朗读完毕，教室里顿时恢复了宁静。大家都睁大双眼，默默看着讲台前那个年轻的教书先生。

那教书先生正是上年毕业于省立高级中学的秦天真。当时，在毕业生的"品行榜"上，秦天真被校长廖昌斗先生列为第一名。学校师生奔走相告，皆云："爱国堪当第一，校长用心良苦。"秦天真心里明白，自己这几年从事抗日宣传，惹得教育厅厅长陈公亮等执政者颇不高兴，于是无中生有炮制一些不实之词，对他进行诬陷抹黑。欣慰的是，针对这种种诬蔑，廖先生毅然决然采取了不苟同、不理睬、不合作的态度。他以毕业生"品行榜"作平台，公开表达自己对秦天真等爱国学生的钟爱，肯定其难能可贵的爱国品德。

1933年夏，秦天真从贵阳省立高中毕业后返回山城毕节。在这边远县城里，高中毕业就算高学历者，何况他在贵阳搞学生抗日救亡运动又小有名气，于是，县城传出一条小道消息，说政府要安排秦天真当教育局局长。秦天真听了传闻置之一笑。他打定主意以教书为业，不谋一官半职。因为，有了教师这一公开合法的身份，更有利于聚集革命力量，从事抗日救亡的宣传与组织。于是，他应聘担任毕节小学教员，同时又应毕节县立初级中学校长李仲群之邀，在毕节中学兼课任教。在这两校，秦天真主要担负语文、图画等课程的教学工作。

秦天真上课时，效仿萧云章、田君亮、刘方岳等先生的方法，生动而又耐心地讲授，同时还结合他所知道的当前抗日形势，宣传讲解中国共产党的抗日主张。每每他一开讲，教室里顿时就安静下来，即使是最调皮的学生，也会睁大眼睛听得津津有味。他还帮助两所学校组织了学生自治会，培育学生自我解决问题的能力；成立"小小图书室"，促进学生开阔视野，增强他们对新知识的广泛吸收。课余时间，秦天真和孩子们玩"藏猫猫""丢手帕"等游戏，相处甚洽。有时他弯下腰去，叫年纪小一点的学生分腿骑跨到他肩头，他这做老师的则做着鬼脸，扛着孩子在校园里晃来晃去。此种玩法，民间称作"骑马马肩"，所到之处笑声不断，师生间殊无高下尊卑，学生视其为无话不说的良师益友。

斯时毕节受封建礼教戕害扼制，小学、中学男女学生分校读书。女生读完女子小学却无法在当地继续升学，毕业其实即是失学。而地方上限于人、财、物，要办女子中学亦非易事。为破除"男尊女卑"落后观念，秦天真在毕节中学校长李仲群支持下，义务开办了一个中学班，地点位于毕节中学隔壁的吴家祠堂。中学班既招男亦招女，熊蕴竹、缪淑新、糜克蓉、宁必恭等，成为该班第一批入学的女生。因属义务开班，授课老师无一文薪水。但秦天真却意外得到了恩师周云阁等饱学前辈的全力支持，中学班红红火火人气大增，地方民众赞不绝口，年轻女子更觉扬眉吐气、荣耀非凡。

除了教书，秦天真的人生也悄然发生变化，其中最重要的，是他如愿以偿加入了中国共产党，在他看来，这是迄今为止，自己人生中至为宝贵的一页。而之所以有这一天，乃是因为他与童年伙伴林青（李远方）、缪正元的久别重逢！

林青本姓李，原名李远方，又名李肃如，1911年出生于毕节县一穷困农民家庭。1917年3月曾以李肃如之名就读毕节小学。十三岁时因家境过于贫寒，李远方被迫辍学，到毕节一商号当学徒，然而屡遭老板的打骂虐待，李远方不堪忍受，遂于1926年出走重庆谋生——自那时起，李远方与秦天真一别八年整。

李远方自小就有文艺天赋，到重庆后不久，他就在一个倾向进步的剧团担任了演员，由此换得微薄收入聊以糊口。同时，他还接受共产党的安排，积极参加有关抗日救亡的演出活动。1927年3月，北伐军在江苏打败直鲁联军后，部队涌进南京城，混乱中矛盾迭起，引发涉外纷争。停泊在长江的英、美军舰开炮轰击南京城，死伤两千余人。消息传到山城重庆，中共地下党决定在通远门打枪坝以"重庆工农商学兵反英大同盟"名义，举行"重庆各界反对英美炮击南京市民大会"，时间是3月31日。四川军阀刘湘闻讯大怒出兵镇压，从而酿成震惊中外之"三·三一"惨案，共计有一百三十七位民众遭屠杀，千余人受伤。此外，大会主席团总主席、著名经济学家、国民党左派漆南熏，国民党左派将领陈达三等当场遇难。中共重庆地委书记杨闇公、重庆地委组织委员冉钧等被捕杀害。

　　时年十六岁的李远方亦因参加此次集会而被捕。中共地下党多方营救，他才得以释放。出狱后李远方考入西南美术专科学校，并于1929年在校加入中国共产主义青年团。1930年，李远方到了上海，在一家锁厂当学徒。他与上海的共青团组织接上关系后，受命在沪东团区委从事有关抗日救亡运动的宣传工作。1931年九一八事变后，李远方与在上海的毕节同乡缪正元一起组织了一个"朝阳音乐社"。在"左联"的支持下，他们以说唱艺术为武器，在上海的沪东、沪西工业区大力宣传共产党的抗日主张，鼓舞民众救亡图存。

　　1931年底，李远方由共青团员转为中国共产党正式党员。次年与缪正元在英租界被巡捕房逮捕，李远方被判刑七年，在提篮桥监狱关押。狱中，李远方恰好与共产党员吴亮平关在同一个牢房。

　　吴亮平，又名吴黎平。浙江奉化人，生于1908年农历六月，大夏大学（今华东师范大学）肄业。曾任上海学联总务部部长，十七岁时就参加了著名的"五卅运动"。1925年，吴亮平加入中国共产主义青年团。同年赴苏联莫斯科中山大学学习，后留校任教，1927年转入中国共产党。1929年回国，在中共中央宣传部主编《环球》周刊，并参加中央文化工作委员会的领导工作。后因叛徒出卖而被捕，经党组织多方营救得以出狱。

　　吴亮平比李远方大一岁，他们在许多问题上见解相同，李远方感觉自己和他相见恨晚。在吴亮平帮助下，李远方的思想认识和理论水平都有很大提高，从而更加坚定了自己的政治信仰。吴亮平出狱不久，李远方和缪正元也获释出狱。

缪正元又名缪伦，1911年出生在一个职员家庭。其父缪桂卿担任过毕节县电报局局长，其大哥缪象初毕业于黄埔军校三期，早年经贵州人周逸群、李侠公介绍加入中国共产党，在汉口从事地下工作。缪正元在毕节读小学时，为了唤醒家乡民众，缪象初经常向弟弟邮寄进步书刊《新青年》和鲁迅的《狂人日记》《阿Q正传》以及有关"五卅惨案""沙基惨案"的小册子。缪正元每次收到这些书刊和资料，总要与同学李远方、秦天真、徐健生、孙师武等传阅分享，并交流心得。大家从中受到启发，萌生了向往革命、为国家和民族效力的思想。

1926年，缪象初随北伐军到达武汉，电告缪正元去武汉找他。于是，缪正元告别秦天真等小伙伴，离开家乡去了武汉。当时，缪象初在国民革命军第十五军政治部当秘书。经他安排，缪正元进入湖北省立第二中学初中部读书。随后在学校加入了共产主义青年团。是年冬，缪正元到上海王崇素（毕节人）开的天丰商号当学徒，1928年考入国立劳动大学中学部。

到上海后，缪正元经党组织批准转为共产党员，并被安排在"觉人书店"做发行工作，主要推销《中国青年》《布尔什维克》等进步刊物，宣传中国共产党的抗日主张。1932年4月，缪正元被捕。在狱中，他受尽酷刑却坚贞不屈，拒绝透露党组织的任何秘密。1933年秋，缪正元和李远方同时出狱。随即他们接受组织安排，相偕回到毕节开展工作，并很快与秦天真等取得了联系。

1933年冬天，李远方、缪正元、秦天真共同发起，在毕节成立了草原艺术研究社。研究社以从事文学艺术活动为公开的宗旨。实际上是以传播马克思主义，宣传中国共产党和党的抗日主张，培养青年骨干，团结进步力量，推动抗日救亡活动为目的。李远方认为：草原，意味着辽阔、坦荡、丰厚，象征着远大的革命理想；繁茂的青草，意味着生生不息的革命力量。研究社用这样的名称，不容易引起当局的猜疑和注意。

李远方回来之前，秦天真就已做了一些基础性的准备工作。在他的带动下，徐健生、孙师武、邱在先、李仲文、周慕樵、熊蕴竹、宁起鲲、宁起枷、王树艺等积极分子，成为研究社的基本骨干。参加草原艺术研究社活动的热血青年，后来发展到一百多人的规模。

草原艺术研究社分四个小组：文学组、戏剧组、绘画组、歌咏组。主要工作就是阅读和研究各类进步书刊，写文章、编剧本、排演戏剧、练唱歌曲、写抗日标语、画抗日漫画。有的成员因兴趣浓厚，竟同时参加了其中的两三个组。

李远方不仅多才多艺，且组织能力强，富有革命文化艺术活动的经验。他强调："歌咏不唱低沉庸俗的靡靡之音；演戏要演反对压迫、歌颂光明、鼓舞人们进步的戏；绘画要画出中华民族的气魄，表现刚强坚毅的人；文学要写劳苦大众，反映人民的觉醒和民族的抗争。"鲜明有力的主张，实际上成为研究社的不成文规定，得到大家的拥护。

草原艺术研究社的影响日渐扩大。有一次，研究社在川祖庙举行了一次大规模公演，时间持续了整整三天。许多人提着取暖的竹编烘笼，围坐在临时搭起的戏台前，挤满了川祖庙，盛况空前。每次演出，缪正元指挥歌咏队合唱《国际歌》，再唱李远方作曲、作词的《草原之歌》——"草原青年，草原青年，努力努力，努力努力，光明在前，向前进，向前进！"此外，他们还演唱了《马赛曲》《伏尔加船夫曲》《囚徒歌》《大路歌》，还有以岳飞《满江红》为歌词创作的歌曲。嘹亮雄壮的歌声响彻毕节山城，中国共产党抗日救亡的政治理念和主张深入人心，鼓舞着人们的斗志。

1934年元月的一天，山城大雪，遍地银白。这时毕节小学已放寒假，文庙里格外清净，唯有三五只喜鹊不惧严寒蹦跳觅食，它们纤瘦的脚爪，在雪地上留下了浅浅的凌乱足迹。就在这天清晨，有三个年轻人踩着厚厚的积雪，先后进入文庙大成殿，这三人分别是李远方、缪正元、秦天真。

在略显破旧而又庄严肃穆的大成殿里，李远方郑重地向秦天真介绍了中国共产党的性质、任务，以及党组织对共产党员的要求。秦天真恭敬聆听，一一铭记在心。随后，李远方拿出了一面他事先用红纸制作的红旗。上面画有镰刀、斧头的图案，还写着"列宁"两个大字。李远方把红旗贴到墙上，反复调整角度，缪正元则站在稍远处，帮着他审视矫正。

处理停当，李远方郑重地说："秦天真同志，我作为一名共产党员，根据你的表现和要求，愿意介绍你加入中国共产党。现在，由缪正元同志监誓，我们举行你的入党宣誓仪式。"

李远方、缪正元与秦天真重逢后，他们向他坦率表明了自己共产党员的政治身份。秦天真闻之大喜过望，他为两个童年好友感到骄傲、自豪。同时，他也诚恳表达了自己渴望加入中国共产党的迫切心情。今天，这大雪纷飞的日子里，他终于如愿了！

尽管通过此前多次的深入交谈，秦天真早有思想准备，可是当他面对墙上的红旗，仍激情难捺。在缪正元那带着笑意而又充满鼓励的注视中，他举手握拳，跟着李远方庄严宣读入党誓词："我志愿加入中国共产党，服从党的决定，遵守党的纪律，不惜牺牲自己的生命，为共产主义事业奋斗终身。"宣誓完毕，李远方、缪正元同时紧紧握住秦天真的双手。这样的雪天，几个年轻人的手格外暖和，更具活力。

"天真同志，祝贺你。"李远方凝望着秦天真，深情地说。"祝贺你，天真同志。"缪正元也深情地凝望秦天真。

从这声"同志"的称呼里，秦天真感受到了真切的关爱、信任、厚望和崇高的嘱托。从今日起，为了心中的理想，他就要与自己的同志们一道，共同经受一切严酷的考验和洗礼。无论胜败得失还是血雨腥风，他决心与他们共同承担。秦天真为此心潮澎湃、热血沸腾。此时，天空仍不停地飘洒白雪，大地仍是那样沉寂。然而，他们都觉得炽热的心似乎能融化那皑皑白雪，驱散那凛冽寒风……

宣誓结束，李远方郑重宣布："从今天起，为了革命需要，我正式改名为'林青'。并由我、缪正元、秦天真三位同志组成中共毕节支部，由我担任党支部书记。"接着，林青、缪正元向秦天真简明扼要地讲述了党在白区环境中的斗争策略和秘密工作的原则，并就当前的政治形势做了分析。

"我们要保守党的机密，服从支部的决定。"说到这里，林青的面部表情显得沉着而又冷峻。

缪正元："我们接受党组织的指示，回贵州开展有关党的工作。但是，目前贵州没有党的地方组织。按党内规定，转地不转党的组织关系。因此，我们毕节支部建立后，应设法与上级党组织取得联系。"

中共毕节支部秘密成立后，林青家位于南门城门洞外原"吉安旅社"的那三间旧木板房，不仅成为草原艺术研究社的活动场地，也成为中共毕节地下党的秘密工作站。根据贵州的实际情况和斗争特点，林青提出了下一步的行动纲领：一、发动武装斗争，创造条件建立苏维埃政权；二、加强对草原艺术研究社的组织领导，推动群众性抗日救亡宣传活动；三、加强党的建设，发展党的组织；四、继续想方设法，与远在上海的党的机关取得联系。

很快，党支部发展了第一名党员，有了第一支革命武装。

回毕节教书没多久，秦天真通过一个偶然的机遇，与周西成旧部一个叫范建章的营长结识，彼此间达成了理解，建立了信任。范乃毕节本地人，出身贫苦，十四岁从军，曾入贵州讲武堂学习。1929年5月军职升迁，任周西成部特务营代理营长。周西成战败阵亡，范建章带着两三百人的队伍回毕节，投奔云南镇雄边防指挥官陇成虞，编入该部二营。在镇雄驻防期间，范部除暴安民，惩办恶霸，深得民心。当时，川南地下党曾派人与范建章联络，他愉快接受了共产党的主张，积极参加地下党组织的秘密活动。1930年5月，范建章被人告密入狱，陇成虞将其队伍缴械收编。幸经地下党营救，他才脱险出狱。为了重整旗鼓，范自称"范营长"，以"打倒军阀！""打倒日本帝国主义！"为口号，吸引贫苦受难青壮年三百余人，在川、滇、黔一带打富济贫。

中共毕节支部成立后，林青、秦天真对范建章进行认真严格的考察，进一步了解到他对共产党的思想认识。1934年春，秦天真带林青与范建章见了面。林青、范建章一见如故，三个人推心置腹，从早上谈到下午仍意犹未尽。范建章不仅愿意将打土豪得来的浮财作为革命经费，还表示无论生死都跟定共产党。不久他向党支部正式提出了入党申请。由林青介绍，秦天真监誓，范建章成为毕节党支部发展的第一名共产党员。入党后，范建章率部仍在滇黔一带活动，他积极宣传中共反蒋抗日的政治主张，号召穷苦群众参加队伍。仅两个多月，队伍发展到五百多人，成为毕节地下党领导和掌握的一支重要革命武装。林青为此深有感触，某日他诗兴大发，写新诗一阕抒发情怀："……真理被道德欺骗，两种人类各在一边；愿将满腔热血，换来幸福人间！"

毕节党支部的各方面工作逐渐走上正轨，党支部决定在滇黔边界建立武装根据地。然而此时，林青家里发生的一桩惨案，改变了党组织的发展走向。

1934年5月，林青正在读书的妹妹遭到黔军一个军官的调戏、猥亵，她反抗不从，旋即遭到殴打。林青的弟弟闻讯气愤至极，找那军官说理，哪知被其当场打死。林青妹妹就学的校方非但不伸张正义，反而畏惧军队权势，开除了林青的妹妹，令她双重受辱，自杀身亡。命案激起公愤，林青和一些学生抬尸游行，要求军政当局查办追责。然而官方不仅不查处，还蛮横地驱赶出面交涉的代表，并且本末倒置，说游行是"共产党煽动闹事"，企图转移公众视线。军政当局的残暴和"共产党煽动闹事"的说辞，引起了林青的警觉，他不得不在悲愤之中放下个人恩怨，首先考虑党组织的安危。"成立中共毕节支部是在秘密状态下进行的，党支部的一系列政治活动也是隐秘的，即使在进步青年中，也只有很少几个人知道。"他分析，"官方公开散布'共产党煽动闹事'舆论，一方面是想压制民意，另一方面是在投石问路，目的是刺探我地下党的线索和行踪。"

秦天真通过可靠途径，从一个亲友那里获悉：早在5月上旬，国民党二十五军"防共委员会"就给驻防毕节的军阀犹禹九发过电报，命令军方和国民党毕节县县长史南候逮捕林青、缪正元、秦天真。之所以尚未动手，除了因为他们几个人品方面没有任何劣迹，还由于他们宣传抗日救亡，在老百姓当中享有崇高威望，官方不得不有所忌惮。此时再加上林青的妹妹、弟弟惨遭横祸，若对林青等人下手，更会在民众中火上浇油，激起更大公愤恐难收场。

秦天真送走传信的亲友，正是傍晚时分，他立即找到林青，将最新获知的信息告诉了林青。在林青家里，党支部临时召开紧急会议并做出决定：为了避免损失，已经暴露的林青、缪正元、秦天真等支部成员和草原艺术研究社的熊蕴竹、葛发祥、肖世铣等骨干，立即从毕节撤离，转移到省城贵阳或安顺等地，重新开辟新的活动阵地。

秦天真知道，自己和心爱的学生们缘分已尽。一旦离开，再以老师身份进毕节小学已无可能。然而，他实在舍不得这些天真无邪的孩子，更不愿意以逃亡和不辞而别的方式离开他们。他认为，这对孩子们幼小心灵的伤害，将来是无法解释和弥补。何况，他作为固定职业者，在学校里每天都是排了课的，如果他突然消失，不出半小时就会惊动校方和教育局等官方机构。出于这种考虑，秦天真建议林青、缪正元先走，自己最后离开。大家稍作商议后，都表示赞同。

紧急会议结束，山城凉风习习，仰望苍穹繁星点点。秦天真连夜来到了校长家，向他提出辞呈。校长正在洗脚，秦天真吞吞吐吐给他说，父母多病，家里开支浩大，入不敷出。"我想辞职，去云南跟一个远房亲戚学做生意，只看能否有个改变，给家里增加一些收入。"校长扯着一件旧衣物，三下两下把脚擦干，然后坐到秦天真面前，深深叹了口气。"做不做生意的，你也不要给我瞎编了。目前情况，我都是知道的。"他低声对秦天真说，"县长和教育局局长，前几天就打了招呼，要我监视你的行踪。老弟，我咋可能顺从？这简直就是羞辱我啊！"

校长以实相告，这出乎秦天真的意料之外。他站起来，感动地给校长鞠了一躬："校长，我年轻，做事欠周详，给你添麻烦了。"校长怔了一下，不知如何作答，二人皆缄默不语。过了一阵校长说："明天，你上午有课，还是上了再走吧，不要闹出多余的动静。"秦天真点点头，心存感激。

校长低声道："一会儿你回家后，把有些事情和父母交个底，让他们不要过多担心。明天你上完课就不要回家了，直接从后山走。"

秦天真点头。

校长："薪水还没发下来，你给你母亲说，下月初来学校找我，我代领后交给她就是。"

秦天真仍是点头。

"老弟，今后你出门在外，要吃些苦的，会遇到些什么也无法预测，同事一场，我只望老弟顺风顺水。另外……"校长递给秦天真几个铜板，"这是我的一点心意，请不要嫌少，笑纳吧！"秦天真本想拒绝，但校长的话很诚恳，他不得不接过来，叮叮当当揣进了兜里。

告别校长，秦天真看着高远的夜空心潮起伏。他想起了自己贫困饥饿的童年，想起了多病的父亲和痛苦辛劳、满面愁容的母亲，想起了三年前九一八事变后，自己在贵阳街头组织同学游行的情景，还想起了"又一村"和高家花园的大少爷高言志……往事历历在目，他百感交集，欲哭无泪！

次日，秦天真按照课程安排准时步入教室。于是，毕节小学这位年轻教师的人生履历中，有了一堂伤感、悲凉、五味杂陈的"最后一课"。

"各位同学，现在我给大家介绍一下苏联作家高尔基，还有他的重要作品《丹柯》。当然，你们课本里没有这个高尔基，也没有《丹柯》。那么，我就作为一个故事来给大家讲，好不好？"

学生们齐声回答："好！"

秦天真："高尔基，原名'阿列克赛·马克西姆维奇·别什可夫'，名字太长，一般称他'马克西姆·高尔基'或'高尔基'。他是苏联当代最了不起的作家、诗人、评论家、政论家和学者。高尔基四岁时父亲去世，他跟母亲在外祖父家度过童年。十岁起，高尔基开始独立谋生，先后做过学徒、搬运工、看门人、面包工人，切身体会到下层人民的苦难。在此期间，他发奋读书，探求改造社会的真理。高尔基的文学作品很多，目前根据翻译情况，国人知道的主要有人生三部曲《童年》《在人间》《我的大学》，以及短篇小说《丹柯》和长篇小说《母亲》等。"

介绍完高尔基生平，秦天真给学生们讲述《丹柯》——

"这是一个悲剧英雄的故事，故事的主角名叫'丹柯'。确切地说，这是一部具有浪漫主义色彩的小说，是马克西姆·高尔基文学生涯中一部极为重要的作品，创作于1895年。当时高尔基所处的国家，正处于大革命的准备时期，整个国家局势混乱，民众思想恐慌，渴望光明。在这黎明前夕的极端黑暗中，整个国家需要一种精神的鼓舞和道路指引。于是，高尔基以暗喻方式，通过小说塑造了'丹柯勇士'这一光辉形象，希望能照亮黑暗中人们的心灵，鼓舞人们追求胜利、走向光明的勇气和信心。

"那么，丹柯究竟是一个什么人呢？简单来说，丹柯是古老部族中一个强壮而又英俊的正直青年。当他和族人被敌人赶入森林深处，濒临灭族的危机时，他自告奋勇，带领大家披荆斩棘向前探索，宁愿受尽苦难也不做敌人的奴隶。当部族进入黑暗的密林，迷失了方向时，许多人埋怨、责怪丹柯。但他没有计较或发怒，因为他深深爱着他的族人。最艰难的时刻，天地一片漆黑，部族的人们彻底迷路了。为了拯救部族，丹柯他毅然用手抓开自己的胸膛，掏出了一颗燃烧的心，把它高高举在头顶。这颗心脏燃烧着，照亮部族前进的道路。最后，族人被丹柯的心脏带出森林，来到了阳光灿烂、空气清新的大草原上。然而这时，丹柯已含笑死去。欣慰的是，他那燃烧的心并没有熄灭。此后，那颗心脏时常迸散出蓝色的小火星，每当雷雨将至，它们就在黑暗中闪闪发光……"

讲到这里，秦天真眼里涌出了泪水，他感觉自己的视线一片模糊。然而他心里却涌起前所未有的豪情，仿佛自己就是那位舍生取义的英雄——丹柯。同时，他更希望未来的岁月里，眼前这些孩子，无论他是男生、女生，全都成为无所畏惧的丹柯！

一个学生举举手，"呼"地站了起来："秦老师，你手里现在拿的，就是《丹柯》一书吗？"见秦天真点头，另一个学生也举举手，迫不及待地站了起来："那么老师，可不可以给我们念一段呢？"

"好的，同学们。"秦天真深情地说，"我这就给大家念吧，我们念到哪里算哪里，下课铃响就算结束吧！"

秦天真在教室里一边走动，一边声情并茂地朗诵起来——

"古时候，在大地上住着一族人，穿越不过的森林从三面把这族人的营地包围着，而在第四面，才是一片草原……

"那些快乐的和充满了希望的人，并没有注意到他的死亡，也没有看见那颗勇敢的心还在丹柯的身体旁边燃烧着。只有一个谨慎小心的人，才会注意到这件事，他害怕得什么似的，就用脚踏在那颗高傲的心上……于是它就碎散成为许多火星而熄灭了。草原上那些天蓝色的火星，这些在暴风雨来临之前出现的火星，就是从那儿来的！"

仿佛事先约好似的，秦天真刚念完最后一段，下课的铃声就响了。

听到那铃声，秦天真的声音立即提高了，同时还有些颤抖："同学们，从今天起，我就……不再是，你们的老师了。望大家，勤奋苦学，争取……做国家的栋梁之材。"学生们一听这话，全都惊呆了。然而，等大家回过神来，秦天真已经大步流星离开了教室。

当秦老师离开教室，顺着文庙后山的小路消失在茂密的丛林当中，他不知道身后那间教室哭声一片，更想不到的是，他上课时，那忠厚正直的校长，正紧张地守在学校大门口，准备为随时出现的紧急情况帮他搪塞、支应……

四、吃新

　　5月中旬的那个上午,秦天真逃离毕节后,女青年熊蕴竹正在城外等他。见面后他们二话不说,直奔县城西北而去。距离县城约七十里处,有一个叫"吴家屯"的地方。按照大家事先的约定,秦天真、熊蕴竹与先期抵达的林青、缪正元、肖世铣、葛发祥等,在这里顺利会合。

　　对于中共毕节支部和草原艺术研究社来说,因事发突然,1934年初夏的这一次迁徙委实仓促、紧迫。但负责人林青临危不乱、举重若轻,撤离工作部署得井井有条。他和缪正元、秦天真、熊蕴竹、葛发祥、肖世铣等一行六人经过长途跋涉,分别到达清镇、安顺和贵阳,旋以插班就读、打短工、应聘职员等不同方式安顿下来。

　　秦天真社交广泛,他除了在贵阳可靠关系较多,在安顺还有高中时的进步同学龙树黔,他俩不仅是结拜兄弟,而且有着共同的政治信仰和追求。在安顺,龙树黔又介绍进步青年谢速航、陈汉文、李运亨与大家结识。两地青年聚在一起,谈论着有关共产党和抗日救亡的种种话题,颇有济济一堂相见恨晚之感。秦天真建议毕节来的同志在贵阳、安顺两地分头落脚,便于灵活开展工作,在场者均表赞同。于是经反复斟酌,决定林青、熊蕴竹、葛发祥等三人暂留安顺,秦天真、缪正元、肖世铣等三人前往贵阳，开辟发展组织的最佳途径。

几天之后，林青把安顺的事情一一安排妥当，然后在朋友帮助下，搭一辆黔军的顺风车来了贵阳。此时除高言志已在贵阳电厂就业，徐健生、孙师武、蓝运臧、李策等仍在校读书。寒假期间，徐健生、孙师武回过毕节，当他们得知秦天真由林青介绍，加入了中国共产党，对秦天真羡慕不已。秦天真、缪正元、肖世铣到贵阳的当天，就和徐健生、孙师武等见过一面，但时间仓促未及详谈。林青到贵阳的次日，秦天真安排邱祖轩通知大家在"又一村"碰头，商讨有关重要事宜。

——董亮清又醉了。

当他醒来的时候，"又一村"里的那些客人早已散尽——至于秦天真、徐健生、高言志他们，更是踪迹全无。他吃力地睁开眼睛，感觉四下里一片静寂。抬头想看看天，视野所及却是灯光下斑驳昏黄的天花板；看看左右，他发现自己斜靠于墙角，面前一张硕大的方桌上，杯盘碗碟似曾相识，满桌狼藉唯留酒香。看到残羹剩菜和空空如也的酒杯，董亮清恍然大悟，此时自己身处黔西籍老兵邱世达的"又一村"，不禁苦笑："娘的，咋又整醉了，真没出息！"他明白，自己这一次是真醉！

昏昏沉沉间，董亮清走出了"又一村"。

"董警官你要走吗？我送你。"邱祖轩不知从何处冒了出来，他伸手准备搀扶董亮清。"不用了……兄弟，你忙你的。我自己走吧……！"董亮清对邱祖轩挥挥手，摇摇晃晃地朝大街的一头趔趄而行，不久他就消失在时暗时明的路灯底下……

这几个月，"贵阳模范监狱"的工作已步入正轨，一切都显得井井有条且颇有规律。董亮清个人支配的时间宽裕了许多，于是常去"又一村"。天长日久，他不仅成了那里的常客，而且慢慢把自己弄成了一个逢酒必喝、每喝必"醉"的"酒鬼"角色。

痴迷杯中物，"烂醉"，董亮清实属万般无奈。目的很简单，主要是想同徐健生、孙师武、李策、蓝运臧等在校学生以及已经就业的高言志等，保持一种微妙接触。徐健生、高言志他们处事稳慎，彬彬有礼，但对身着警服、操外地口音的董亮清却很冷淡，厌恶中隐含着某种警觉。而董亮清同样也很警觉、稳慎，何况他骨子里似乎保持着一种与生俱来的孤傲、矜持。因此尽管他们常打照面，却没有哪一方主动发起深入对话，完全是近在眼前却又咫尺天涯。

当然，董亮清的感受是独特而隐秘的，外人谁也看不穿、猜不透，谁也无法走进他的内心。作为一个外乡人，董亮清以前从未听说过"贵阳"这个地方。命运就那么神奇，他居然鬼使神差到了贵阳。在这里他举目无亲，而工作却又如此枯燥，除了朝夕相处的同事，识者寥寥，更无一个可以袒露心迹的知己。如今可好，只要见到徐健生、高言志他们，董亮清就倍感亲切。

毛光翔、王家烈主政贵州，意识形态方面杯弓蛇影、党禁森严，书店是省城贵阳唯一的空白地带。读书会和读书话题既然是交流的合法途径，思想独立的知识分子正好借题发挥，徐健生等青年学生更是乐此不疲。而每当他们压低声音，兴奋地谈论阅读《共产主义ABC》《向导》《湘江评论》等书刊的种种感受，董亮清就想凑过去和他们靠近些，听他们直抒胸臆、分享喜悦；每当他们在"四一二大屠杀"的话题中义愤填膺、痛心疾首，或在"一·二八淞沪抗战"的话题中豪情万丈、击节高歌，董亮清也暗自激动。

无数次，他想微笑着站起来，然后自豪地告诉徐健生他们："这些，我都参与了。我被提拔，就是因为我杀鬼子有功！"有一回不知咋地，徐建生、高言志和蓝运臧等突然谈起了1927年秋天的"南昌起义"，以及后来的"江西瑞金苏维埃"。这时董亮清只觉热血奔涌、心潮澎湃，他真想大喊一声"同学们，同志们！"然后自豪地朗声宣告："我是1925年入党的中国共产党员董亮清！同学们，同志们，江西瑞金苏维埃，是我们共同的圣地！共产主义，是我们共同的追求和信仰！"

然而，他不能。不能那样！每一次他都自虐般地隐忍着，沉默着。在狱警董亮清和徐健生、高言志他们之间，被残酷无情的现实砌上了一堵无形的、不可逾越的高墙！因此，他只能独坐一旁，装出一副特没出息的酒鬼模样，默默听徐健生他们说话，默默喝自己杯中的酒，默默翻检记忆深处的历历往事，一个人暗自神伤，常常喝着喝着潸然泪下，泪水悄然溶于酒里！

此外，对董亮清来说，要想和徐健生、高言志等人相逢也不容易，大家素昧平生，出入也没个规律，更说不上朋友式的预约。能否相逢，董亮清全凭运气。倘能遇到，他就装醉麻痹他们，喝到子夜时分"又一村"打烊，无非也就半斤酒，对他来说犹如喝凉水，小意思；倘是希望落空，徐健生、高言志他们最终都未出现，他就狠劲猛喝，把自己灌得人事不省。曾有好几次，邱氏父子不得不招来黄包车，护送董亮清回去。

就在不久前，董亮清收获了一份甜蜜的爱情。女方是女子师范的女学生郑宛如。在董亮清的帮助下，郑宛如替哥哥写了状纸，向贵州省高等法院申诉，孰料竟然一举成功，郑宛涛的案子很快查明并得到释放。郑宛如对董亮清感激涕零，两人在频繁的接触中私订终身。最近学校放暑假，郑宛如回老家尚未返校。

……董亮清依稀记得，今天下午，自己是五点左右到的"又一村"。按惯例，他选了屋角的一张大方桌，然后向老邱点了一瓶"途醉"酒和几样下酒菜，独自守着一张硕大的方桌细斟慢饮。不知何故，他有一种莫名其妙的兴奋。似乎直觉在暗示他，能见到想见的人。

果然，他刚喝完第一杯酒，高言志、徐健生、孙师武和女学生蓝运臧依次走进了"又一村"。几位见了董亮清，别无多话，都只是面无表情地对他点点头，然后各自在一边坐下了。接着，一年多没有露面的秦天真也出现了，与他一同来的还有另外三个年轻人。

徐健生对高言志、孙师武和蓝运臧说："永贞、师武、小蓝……我来给你们做个介绍。"接下来，徐健生给大家介绍新出现的三个年轻人，他们的名字分别叫林青、缪正元、肖世铣。

"林青""缪正元""肖世铣"……虽是陌生人，但一听名字就感觉很有活力。董亮清和他们之间，仅隔一张空着的方桌，故能一字不漏地捕捉对方的谈话内容。他端杯眯眼细细品酒，暗地里记下了那几个陌生的名字。

老邱父子一阵忙碌，给高言志他们端上了热腾腾的脆哨拉面。大家边吃边聊间，一旁的董亮清隐约听出了个大概：操毕节口音的林青、缪正元是从上海回来的，前段时间在毕节、安顺、清镇活动。最近几天，林青、缪正元、肖世铣和秦天真等转移到了贵阳。"当务之急，是给我们几个，各自找到一个合适的职业。"秦天真对孙师武、高言志说。

孙师武、高言志连连点头。"是的，吃饭就是个问题。"孙师武道，"大家先把饭碗端起，才会有生存基础。下一步才有条件开辟组织的发展空间。"

董亮清盘算了一下，突然想起"贵阳模范监狱"里，专给狱警做饭的小灶正缺人手。他曾给监狱长田丰年提议从犯人里挑选。"要不得，"田丰年说，"你从水田坝回来之前我就挑过，试了好几个，炒大路菜可以，小炒不好吃。"此时听说秦天真他们几个急于找职业，董亮清很想帮一把，但又不好主动搭讪，问他们哪个有烹饪专长。他为此急得心慌，下意识地喝了一大口闷酒。

正着急，店铺外隐约传来吵闹声，其中一方是老邱，另一方会是谁呢？董亮清有些困惑，又有些担心。"上个月，明明给过你们了，今天换个人又来，我哪有那么多？"这是老邱的抱怨声。董亮清想了想，放下酒杯走了出去。为了装出醉态，他故意跌跌撞撞，看似走得有些踉跄。

街边站了五六个小青年，正七嘴八舌对老邱骂骂咧咧。这些都是街面上的地痞，平常就爱找些借口来敲诈老邱。这次又和老邱父子呛上了，邱祖轩提了一把亮铮铮的宽面菜刀，对着那伙地痞怒目而视。

"妈的，吃个饭都不清净！"身高力大的董亮清一出现在门口，地痞们就吓了一跳。老邱扶住董亮清说："客罪、客罪！董警官，影响你吃饭。"董亮清一把推开他，踉跄上前，直愣愣逼视着那伙地痞发问道："你们收钱是吗？收的啥钱？"地痞们面面相觑，却不敢贸然接嘴。董亮清见他们不敢作答，转而阴森森地问老邱："多少？我给他们！""不不不，董警官……！"老邱再次扶住董亮清，试图把他朝店铺里面推。"扯淡！你推我干吗？"董亮清猛地甩开老邱，"告诉我多少就是了，我给他们！"说话间"嗖"地拔出腰间的手枪,接着他顺势向下,在大腿边"呼"地一划拉,那手枪就"哗啦"一声上了膛!"妈的,谁要钱?老子给他!"

董亮清话音未落,五六个地痞一哄而散!

老邱父子扶着似醉非醉的董亮清,回到他原先的座位上。接着,他继续有一杯无一杯地喝着酒,不露声色地支着耳朵,倾听秦天真他们谈话。

林青故意咳嗽了一下,大声说:"之警官路见不平,敢于拔刀相助,有正义感,值得我们佩服!""是啊!"秦天真也大声道,"老邱,你不来给之位警官敬杯酒?""我晓得的!"门外正忙碌着的老邱答道,"董警官,你今天吃的喝的,我分文不收。"

"之还差不多!"秦天真又大声说,"祖轩,给我来瓶'途醉',兄弟们给之位警官敬敬酒。"这出乎董亮清意料之外,惊喜之间他又疑惧不安。然而尚未来得及细想,除了蓝运臧坐着未动,几个男士均移步挪了过来。他们是林青、缪正元、秦天真、徐健生、高言志、孙师武、肖世铣,一共七位。

秦天真:"董警官,在下秦天真。敬你一杯酒可以吗?"

董亮清:"兄弟,你们礼数太大,我可承受不起呀!"

缪正元:"董警官气宇轩昂,相貌堂堂,敢于伸张正义,我们佩服。"

"不敢当不敢当!"董亮清一边客套,一边泰然自若地端起酒杯。"如果能够借此机会,和他们把关系拉近一些,岂不正中下怀?"他是这么盘算的。

然而这一次,董亮清大意失荆州!他错误理解了林青、秦天真、缪正元等人的动机。七个人心照不宣轮流上阵,掀起了恶作剧般的敬酒狂潮,董亮清好汉架不住人多,渐渐失去了知觉。

老邱悄悄领着大家穿过侧门边的夹壁墙,进了后院的地下室。

潮湿的土壁上,悬挂着一盏昏黄的菜油灯,这灯颤颤悠悠地摇曳着,映照出九张兴奋的面孔。他们是已经年过半百的邱世达和风华正茂的林青、缪正元、秦天真、徐健生、高言志、孙师武、肖世铣和女学生蓝运臧——一老八少。这密闭的空间没有外人干扰,大家都无所顾忌,畅所欲言。

林青向徐健生、高言志等询问近期抗日救亡的宣传情况。他问得很仔细,徐健生和高言志轮流作答、相互补充。最后徐健生归纳道："持续整整三年的抗日救亡运动中，我们不仅团结了一批勇敢追求进步、向往光明的教员和学生，还建立了可靠的进步关系，这是我们的最大收获。"

"是吗？这挺好啊！"林青显得很高兴，"目前这些进步教员和学生，大家是什么状况呢？"

"群龙无首，情况不是太好。"徐健生接着分析道，"去年夏，天真毕业离开贵阳，对'贵州省学生抗日救国团'是有一定影响的。而我、言志、师武、李策、运臧等，我们或因个人，或因家庭、家族，各有各的局限。由此所致，大家都感到有心无力、施展不开。"

林青点点头："其实这也很正常，同时也可能是好事情。比如言志兄，他身处贵阳赫赫有名的仕宦之家。这样的家庭背景下，他还一心追随共产党，支持共产党抗日救亡的政治主张，这是非常难能可贵的。"

"但是，我们一定要保持头脑清醒。"说到这里，林青正色道，"以言志兄的家庭状况，你有条件为我们党担负更加重要、更加艰难的职责和使命。因此从现在开始，一般情况下，言志兄是不能在大众化场合抛头露面的，在任何外人面前，你本人更要注意，决不可轻易流露自己的思想底细和动态。关于这一点，希望言志兄切记。"高言志频频点头。

徐健生继续介绍情况："目前留在贵阳的这些可靠关系，虽然仍在坚持着分散活动，但都只是停留于学生和教员层面，更广泛的社会层面，已经很少组织大规模的抗日救亡宣传活动了。"由于林青、缪正元、肖世铣都不太了解贵阳的情况，听罢都陷入长久的深思。

秦天真："下一步，我们应把抗日救亡的宣传活动恢复起来。也只有通过这些活动，我们才能准确、有效地发现各种人才，从而达到锤炼队伍的目的，为党的事业培植可靠的后备力量。"

"运臧，你咋一直不吭声？"高言志提醒蓝运臧，"你不是有话要说吗？平时，你断断续续谈到的一些想法，其实很不错的。现在可以具体说说啊！"

蓝运臧莞尔一笑："我的想法？我的想法很寻常，也很简单。只是，我想等你们说完了我再说。免得你们说我是儿马婆（性格举止像男孩一样的女生），疯扯扯（疯癫，神经兮兮）的！"

"呵哟，之个小蓝！"缪正元被逗笑了，"小蓝，这里我要冒昧纠正一下你的话。什么儿马婆、疯扯扯？你这些顾虑纯属多余！我们大家有话直说，相互探讨就是了。"

"好。"蓝运臧说，"我的想法很简单。我想，在党组织的发展方面，可能我们妇女也应有一席之地吧？"

林青："你这话说对了，古有花木兰替父从军和杨门女将，当代不是也有秋瑾殉国吗？我们贵州，你这样的'蓝门女将'，当然是越多越好啊！"

蓝运臧："不过，我还有点顾虑——我担心自己做得不好，非但不够格，反而给共产党抹黑。"说着，她真诚而又不好意思地笑了。

正在这时，邱祖轩拎着另外一盏菜油灯，顺着木梯走了下来。老邱问："他走了吗？"邱祖轩点头道："他刚走，我老娘在收拾桌椅板凳。"

两父子对答间的那个"他"，大家都清楚是指董亮清。秦天真似乎由此受到启发，突然间多了一层心事，于是低声对大家说："临时想到一个问题，不吐不快。我还是和大家说说吧……！"大家一听，不禁都屏住了呼吸。

秦天真："各位，这'又一村'，我们进进出出已有三个年头了。邱伯伯一家很好，很可靠，这个是没说的。但地处闹市、过于当街，是'又一村'的最大弱点。健生、师武、运臧，你们说呢？"

徐健生："这个问题，我也有同感，只是……"他笑笑，欲言又止。

孙师武笑道："我也想到了的，正在思想上做考虑，准备一会儿专门说说这个事情。"

秦天真说："看来大家不谋而合。我认为我们应该赶紧着手，物色一个安全、可靠并且相对隐蔽的地方，作为党组织的秘密联络点，有了这样的地方，才更利于领导开展下一步的抗日救亡宣传工作。"这一建议得到了大家赞同，但究竟选择何处作为秘密联络点，大家一时都没想出合适的地方。

眼看夜已深，林青决定暂告一段落，另找机会商讨。

大家疲惫不堪地走出地下室，天空不见星星或月亮，大地一片漆黑，此时街道边用于照明的汽灯大多数都已熄灭。大家先送蓝运臧回了女师宿舍，然后折往忠烈街方向。徐健生、孙师武租住寄宿的吴家裁缝店，现在好几个铺位空着，秦天真、缪正元、肖世铣、林青暂时在此安顿。

上年被王家烈击溃四散的军阀们几乎都元气大伤，卷土重来尚待时日。这个阶段，王家烈铁腕统治下的贵州看似一潭死水，治安倒也相对稳定了许多。尤其是省城周边的曹应华、顾绍洲两个大匪首，年初被黄大陆断然击毙后，大小土匪受到震慑，一连数月规规矩矩噤若寒蝉。定番、长寨、修文、开州、龙里、贵定……各地匪徒都有所收敛。

中秋节前的一天傍晚，在电厂工作的高言志下班回到了文笔街高家花园。但他并不像往常那样急着进自己的家，帮母亲打扫卫生或料理家务，而是直接去了三老爷的住所。三老爷的小儿子言善等几个小孩，正在三老爷门边玩耍。

言善："大哥哥，你不向班（上班）吗？"

高言志："哥哥下班了呀。爸爸呢？"

言善："爸爸在洗计（写字）。"

"那好，这个给你。我去看你家爸爸洗计。"高言志摸出几块水果糖，正要递给言善他们，三老爷闻声出门。

三老爷："你下班啦？一听就是你的声音。"

高言志："伯伯，我来给你说说黄长官的事。"

三老爷："哦，正要问你，我们进屋说吧。"

年初，匪首曹应华、顾绍洲乔装改扮闯入高家行凶，被黄大陆带兵击毙。三老爷对此感激不尽，他又是一个特别记情、特别感恩的人，一直想找机会酬谢黄长官。谁知那次不久，黄大陆奉命率领一支部队到了黔北、黔西北等地，帮助当地驻军追剿土匪，直到最近才回省城。

进屋后高言志告诉伯伯："今天中午，黄长官派他的卫士给我带信，说他回贵阳了。"三老爷释然道："这就好！嗯，你赶紧给他回个话，把具体的时间约定，我这里再做安排。"

高言志："伯伯，你斟酌一下看哪天合适吧，明天中午，我抽空去南厂，给黄长官回个口信。"

三老爷："那就约在礼拜天。你和他可能也只有礼拜天才会有空。"听伯伯这么一说，高言志心里暗暗高兴，只是克制着没有表现出来。

阴历七月中下旬，省城周边的稻谷成熟，北衙、洪边里和乌当大坝陆续开镰收割。接着，唐老冲、唐治安父子依照往年的惯例，用马车给高家花园送来几千斤新米。三老爷决定以"吃新"为由头，在家宴请黄大陆。高言志喜出望外，他连晚饭也顾不上吃就出了后门，去忠烈街吴家裁缝店找林青他们。

吃新，又叫"食新""尝新"，在江南稻谷产区，自古就有"食新"的习俗，即把收割的稻谷碾成新米，做饭祭祀天地祖先，感谢天地和五谷大神保佑人间风调雨顺、驱灾辟邪，借以表达对来年丰收的祈愿。

高言志进了吴家裁缝店，感到煤烟味很重，有点呛人。他发现大木梯边有个简陋的沙质小火炉，上面坐着一口加盖的砂锅，微微有热气向外冒出，似乎煮着什么食物。为了压制火力，火被面煤盖上，于是就特别呛人。他顺着楼梯上去，见秦天真、缪正元正各自端着硕大的土巴碗埋头吃饭。缪正元笑问高言志："你吃没有？我们的山珍海味，你来一碗不？"他边说边放下饭碗，扶着木梯下了楼。

"来一碗。我确实饿了。"高言志感觉楼上太热，随手拉开衣服上面的几个扣子。"他们呢？"他问秦天真。

秦天真："林青、肖世铣昨天去了岩脚（今属六枝特区），健生和孙师武回毕节去了。""先吃饭。"缪正元端给高言志一碗食物，并把筷子递给了他。高言志看看碗里，发现既有红薯、白萝卜、胡萝卜，还有白菜和玉米面。原来，这是一碗食物"大杂烩"。"你加辣椒不？"秦天真问过他后，递过来一个盛满辣椒面的圆钵。高言志用那圆钵里的调羹舀了些辣椒面，胡乱放在碗里，然后用筷子拌了拌，稀里呼噜吃了起来。

饭毕，高言志把三老爷请黄大陆"吃新"一事说了，然后问秦天真："你对此有何想法？"

秦天真笑道："这说明老爷子对黄长官有了好感，这种看法的改变，将来对我们很有利。黄长官那里，你通知他了吗？"

高言志："他刚从外地回来，我打算明天去南厂，亲口告诉他。"

缪正元："你们说的黄长官就是黄大陆——那个黔军少将参谋长吗？天真你安排一下，让我、林青，尽早和他见个面。"

秦天真："好。这个人没说的，很可靠。现在他回了省城，我们尽快安排一个时间，你、林青与他见面详谈。"

高言志："前不久，你不是说，要物色一个地方作为联络点吗？"

秦天真："是啊，为了更好地开展工作，我们确实需要一个地方。"

缪正元："永贞，未必你找到合适的地方啦？"

高言志："这段时间我琢磨了一下，还是我家后花园吧！"

"大坝子"高家的后花园，秦天真去过，距忠烈街吴家裁缝店仅一街之隔。后花园有一栋阁楼，阁楼靠忠烈街这一面是围墙。从那里的一道后门出来，穿过一个巷子，百余步就到吴家裁缝店。

"那确实是个好地方！"秦天真赞叹道。

高言志："之几年，我家后花园很少有人去，阁楼更是人迹罕至。我家老老少少，同宗各家合宅分院、各自居住，各家经常都宾客盈门，从不互相过问。更不会注意小辈的同学、朋友之类。正元、天真，如果你们觉得合适，就先由天真以我同窗好友的名义，在我家后仓那里租住寄宿。然后把后花园的阁楼变成我们的秘密联络点！林青回来，你们和他说一下，看我的之个想法如何？"

听高言志说完，秦天真、缪正元都沉默了。

斯时，中国共产党正处革命低潮。秦天真、缪正元通过秘密途径获悉：在几千里之外的江西瑞金，蒋介石指挥几十万国民党中央军，对苏区根据地进行了第五次大规模的"围剿"，红军损失惨重。中国革命何去何从，到了一个生死攸关的十字路口。同时，国民党的政治势力已逐步在贵州各个层面渗透开来。通共、资共，无疑是重罪、杀头之罪！然而，二十三岁的高言志——赫赫有名的贵阳高家的少爷，他不但要紧紧和共产党站在一起，而且主动提出把党的联络点设在自家的后花园。无论秦天真还是缪正元，对此无不震惊、动容。

沉默许久，缪正元开口打破了沉寂："永贞，以前我只是听天真无数次提到过你的名字，对你这个人，我确实不熟悉。但是今天，我不仅了解到了你，而且真真切切看到了你对共产党的一片赤诚之心。感谢你！"

秦天真也是一样的心情，不过，他虽然感动着，却又努力克制着，因为他不知道该用怎样的语言，才能准确表达自己此刻的心情。他伸出一双颤抖的手，和高言志的手紧紧相握，四目相对时，那泪光中的凝视，胜过千言万语……

八月初八，礼拜天下午，黄大陆在高言志陪伴下缓缓步入高家花园。

黄大陆今日独自一人不带警卫，身着浅色西装，显得英气勃发。黄长官落座后，费苏敏立即给他端上泡好的茶水。

高三爷笑道："一别数月了，黄长官！今天邀请你来'吃新'，其实是我想见见黄长官，表达一下对你拔刀相助的感激之情。"

黄大陆："前辈您太客气，大陆可不敢当啊！"

三老爷："你不仅是永贞的好友，而且有恩于我高府。危难之处见真情，我高氏老少没齿难忘……！"

黄大陆连忙说："前辈啊，您这话言重了！我与高府实在有缘，早在民国十六年（1927年）冬，我就来拜见过高三爷，不知前辈是否有点记忆？"

"哦？？"三老爷很诧异，"黄长官此话怎讲？"

黄大陆微笑着娓娓道来："那次来高府，没来得及和前辈详谈。前辈，我是云南文山人，十五岁入云南讲武堂，十八岁正式从军，在滇军张汝骥部任见习排长。民国十六年（1927年），滇军唐继尧、胡若愚、龙云、张汝骥、李选廷等先后发生混战。胡、龙、张、李联手搞垮唐继尧。接下来就是胡、龙、张、李四方翻脸混战，最后龙云胜出，他被南京国民政府任命为云南省政府主席。张汝骥败于龙云之手，走投无路之际，率残部来贵州投靠周西成。当时我二十三岁，在张的司令部任少校参谋，也随他来了贵阳。"

"哦，如今过去七年了。"高三爷若有所思，点头道。

黄大陆："是的，前辈。那次我持周西成亲笔公函，来贵府借军粮一事，不晓得前辈还记得不？"

三老爷："我想起来了。你那时的长相，和现在差别不大，没怎么变。"

黄大陆："前辈，那次我们见面不久，张汝骥就与周西成脱离了关系。两年后，张汝骥在下关全军覆没。所谓'借'的军粮，归还之说已再无可能。这，实则无异于横刀抢掠。晚辈黄大陆，是这笔军粮的执行人，长期以来为此不安，如鲠在喉，一直想来给前辈致歉啊！"说罢，起立向三老爷深深鞠了一躬。

三老爷折身去了书房。不一会儿，他拿着一本书走了出来："黄长官，你看看这个吧！迄今为止，没有一笔是偿还了的。"

黄大陆接过这本书慢慢翻阅，发现装订得虽然很精致，却不是什么书，而是一些借钱、借粮的文字单据。时间最早者，竟然连清代咸丰、同治时期的借据都有。至于落款则五花八门，有官署衙门的大印，还有巡抚、提督、省长、主席、军长、师长、旅长之类军政要员的签名。这当中，仅黄大陆听过或见过的军阀就有刘显世、唐继尧、袁祖铭、周西成、毛光翔、王家烈，随便数一数，他们签名的借据不下百余张！

黄大陆仔细翻阅，从中找出了自己亲手办理的那一笔借粮的单据，里面还附有当时的一封简短书信——

高可亭先生台鉴：

兹有我军张汝骥部为追剿匪寇，开支巨繁军粮紧缺。今派少校参谋官黄大陆等二人，前来贵府办理筹借军粮五万斤一事，万望助之为幸！

弟：周西成 世杰拜上

民国十六年十一月二十七日

黄大陆看完，连连叹息摇头："前辈，您真是不易啊！"

三老爷："时局所致，时局所致啊。哈哈！"那笑声里，显出几分无可奈何的沮丧、寂寞与苍凉。他吩咐高言志："永贞，你也拿去看看吧。"高言志接过黄长官递来的那本"厚书"，也从头翻阅起来。

这是高言志首次接触家里的财务记录，也是第一次听三伯伯公开谈论家事。"迄今为止，没有一笔是偿还了的。"由这句话，他联想起了黄长官刚才所说的"横刀抢掠"，还联想到了去年春季开学那个中午，三伯伯曾说的一段话："在高府当家，无法考虑享清福，而是要挑担子的。肩负厚望、责任重大……！"

前年底，《心评》小报面临查封时，高言志曾找三伯伯帮忙，遭到三伯伯委婉批评，现在他似有所悟。长期以来，为何三伯伯总显得心事重重、落寞寡言，现在他似有所悟。那次黄长官来家，三伯伯为何对他不冷不热，现在他也似有所悟。《孟子·滕文公章句上》里说："劳心者治人，劳力者治于人。"然而今天，高言志才明白：在这高府上下，三伯伯高可亭既要劳心还要劳力，"殚精竭虑呕心沥血"。同时，为了保护这个大家庭的老老少少不受伤害，平日里他还要忍辱负重、八方斡旋，小心翼翼地平衡着各种复杂的社会关系。可以说，三伯伯为这个家承受了太多的艰辛、误解和屈辱。

新米饭做好了，菜也炒好了。黄长官到来之前，三老爷就在院坝里设了一个香案，仆人把热气腾腾的新米饭和菜肴一一摆上后，三老爷领着几个儿子和高言志等晚辈做了简单祭祀，大家七手八脚焚烧香烛钱纸，祭拜天地和五谷大神、列祖列宗。

祭祀结束家宴开席。由于黄大陆晚上要战备值班，故不敢饮酒，三老爷也未强劝。桌上没有七盘八碟的摆设，更无奢华的山珍海味，除了一盘青椒腊肉和一钵宫爆辣子鸡较为惹眼，其余皆普通时蔬。然而晚宴的气氛却很温馨，当仆人盛了米饭递给黄大陆，他的心情立即就显得有些不平静。

黄大陆嗅了一口喷香的米饭，对三老爷说："前辈，自从十五岁进云南讲武堂，我再没吃过这么香的新米饭了。"三老爷打趣道："那你就多吃几碗，把这些年没有吃到的，补起来！"毕竟是军人做派，黄大陆三下两下就吃好了，恰巧三老爷也刚好放碗，于是他们从餐厅回到客厅。

高言志见状，匆匆扒完碗里的饭食过去相陪。仆人撤走先前喝过的茶杯，给他们各自换了一杯新茶。黄大陆喝了第一开，就站起来给三老爷告辞。

三老爷、高言志陪送到朝门时，黄大陆突然给三老爷作揖说："前辈，本来我有一事相求，却不好开口……"

"哦，黄长官但说无妨，看我能帮得上忙不！"

黄大陆："我的好朋友秦天真不久前从毕节来了贵阳，在大十字'振亚书店'做店员，想找个合适的地方住下。不知贵府可有空余的房子？"

突然说起这话题，三老爷有些犹豫。高言志忙说："黄长官，你说的那个秦天真，是我初中的同学。去年省立高级中学毕业后，他回毕节当了一年的教师。我也是刚听说他回贵阳了，想谋求新的发展。"

"哦……"三老爷问高言志，"只是不知他人品咋样，后仓那里，倒是有些房子空着。"

高言志："伯伯，以前我和他长期相处，秦天真那人品是没说的。去年他回毕节后，我听徐健生说，秦天真的毕业操行被列为第一名。他们毕节同学都为此骄傲。这个事，想必在省立高中是有目共睹，可以核实的。"

三老爷略一思忖，对高言志说："那么永贞，你就给他安排一个地方吧。这些外地娃娃，帮他一把。"

黄大陆给三老爷作揖："感谢前辈！"

三老爷笑笑，指着高言志说："小侄人品也很好的，只是年纪尚轻，和你们相处，常有考虑欠周、处事欠妥的时候。好多事情，还望你们做兄长些的海涵包容，多提醒他。""前辈，永贞人品好，很多方面值得我学习！"

黄大陆告辞，消失在茫茫的夜色深处……

五、吉祥之地

在高言志一手策划和撮合下，秦天真住进了高家花园。那是后仓一所进出两间的空房，不仅清静、隐蔽，而且有较大的回旋空间。这里和高言志家的庭院相邻而居，不远处，围墙的后门出去就是忠烈街，再穿过巷子，百余步即达徐健生、孙师武租住的吴家裁缝铺，这样的区域位置，几方都便于照应。

林青从岩脚回到贵阳获悉这一情况，旋即上门"拜访"秦天真。实则，他是从地下工作的角度和要求，对秦天真的住所进行查勘，结果颇为满意。当夜，林青、缪正元、秦天真在此召开支部会，三人就当前形势进行研判、分析，拟定了下一步的工作目标。他们认为，当前必须抓紧办好以下几件事情——

一、必须尽快找到上级党组织，汇报工作，接受指示和任务。

二、发展一批在抗日救亡运动中涌现出来，经过了考验并有入党要求的青年入党；在有条件的学校中建立党支部，壮大党的组织。

三、利用一切条件开展军事工作。一方面要做准备，争取建立自己的军事武装；另一方面，要通过各种可靠关系，派人打入国民党军队或地方部队，在打探军情的同时，相机瓦解官兵脱离旧部，拉出来重组我们的军事武装。

四、保障设在高家的秘密联络点的高度隐蔽性。

这次讨论的基本思想，与年初毕节党支部建立时林青提出的想法和支部的决定完全一致。针对支部的分工问题，林青做了大致安排："下一步，我主要考虑和进行第一项工作，就是设法寻找党中央和中国工农红军；缪正元你主要抓军事工作；秦天真主要抓党的组织建设。"

谈到组织建设，秦天真慎重提出了十多个发展对象，并就这些进步青年的特点、表现，一一做了详细汇报。林青表示：可以先确定几个重点培养对象，然后分期逐个发展。"待时机成熟，可以在他们中建立党支部或党小组。"不久，徐健生被批准入党，他是中共毕节支部在贵阳发展的第一位党员……

接下来几个月，地下党充分调动各种社会资源广泛开展抗日宣传，发展和强化党的组织。继徐健生之后，李策、孟昭仁、支轴、蓝运臧、吴绍勋、夏之刚、喻雷、王芸生、李中量和滇军老兵邱世达等四十多人陆续入党。全省范围内，党的组织建设得到不断发展。

1934年秋天开始，贵州省立一中、省立高中、省立师范学校相继建立了中共党支部。徐健生、夏之刚、李中量分别担任支部书记。此外，地下党还分别在男师、女师、达德等学校建立了党小组或"读书会""女学艺术研究会""社会科学研究会"等共产党领导的外围组织，一批倾向革命的社会群众，逐渐团结到了党组织周围。

同样是这年秋天，黔军中一个叫邓止戈的军人，进入了林青他们的视野。

邓止戈，四川省筠连县人，1906年12月生。1924年高小毕业，到刘文辉手下当兵，先后随部队在叙府（今宜宾）、雅安等地驻扎。1927年8月，邓止戈秘密加入共产党。1928年春，党组织派遣他参加了邝继勋组织的武装起义。此后在涪陵、丰都、江津、合川等地的国民党军中，邓止戈策划了四次起义。1931年因叛徒出卖被捕。1933年初，邓止戈出狱，地下党派他到刘湘的二十一军暂编师余安民部做兵运工作。哪知不久，邓止戈又被叛徒告密。刘湘发怒，下令通缉，师长余安民亲自率手枪排前往抓他。

事前，邓止戈从蛛丝马迹已感不妙，及时撤离得以脱险。后经朋友介绍，进入袁品文部司令部任参谋，参谋长恰是黄大陆。相处中，邓止戈、黄大陆思想比较接近，但彼此防备。尤其是邓止戈，一贯行事稳慎、思维缜密，对自己的过往历史守口如瓶。

经反复观察，黄大陆确认邓止戈可靠。于是介绍他与林青、缪正元、秦天真等结识。直到同林、缪、秦等正式见面，邓止戈才坦承告诉他们："我是共产党员！1927年8月，经川军第六混成旅地下党员官百中同志介绍，我秘密加入了中国共产党……！"说罢，他从随身携带的文件包里取出一本小书。他在书的夹页里仔细翻检，最后找出一张折了四折、破损严重的红纸，小心翼翼递给林青。这是一张薄如蝉翼、字迹清晰的绵纸，最上面有三个大字：党费证。这些年里，无论行军、作战还是坐牢，这张绵纸要么被邓止戈用油纸包裹藏于腋下，要么夹在书里藏于公文包，须臾不曾离身。

林青与邓止戈交换意见后，发展黄大陆加入了地下党。此后，在黄大陆、邓止戈相互配合下，地下党的兵运工作较为顺利。黄大陆、邓止戈不仅团结了一批颇具潜力的优秀军人，还安排了一批地下党员到黔军第三师任职。其中，缪正元、邹凤逸、王树艺担任了电台的报务员，肖世铣、龙兴权在师部任参谋，李逸生则担任了师部书记官——这些都是黔军中的要害部门、要害岗位！

此外，地下党还在贵阳、安顺等地发展、巩固了一批可靠的社会关系，如谷友庄、尹素坚、刘方岳、严金秋等。得到这些文化名流的理解、同情和支持，地下党很多棘手问题迎刃而解。

这期间，林青还经常召集邓止戈、秦天真、缪正元、王石安、肖世铣、赵促成、高言志、李余生等，在高家花园船屋的二楼开会，分析贵州形势，对相关工作进行部署。后来约定俗成，该集体被称作"九人工作委员会"。由于有的成员尚未入党，因此，"九人工委"还不是党的组织，确切地说，是林青主持研究工作的一种方式。

紧邻船屋的怡怡楼是高氏家族藏书楼，楼上楼下古色古香的书柜里，藏书量多达五万余册。进入民国，高家年轻人大多在外自谋发展，再者，因连年战乱，这些书籍束之高阁鲜有顾及。于是，怡怡楼成了地下党编辑刻印宣传品、保存党内秘密书刊文件的最佳处所。书刊、文件或宣传品夹放在这些古籍当中，外人无从知晓。

鉴于老邱的"又一村"过于当街，不利于隐蔽，党支部决定此联络点暂停使用。为了创造更有利的安全隐蔽条件，党支部把大井坎（今会文路）夏之刚家设为新的联络点，作为高家花园秘密联络点的一道屏障。

夏之刚，又名永基，字公镒，岩脚二道水人。1916年生于官宦人家。其祖父、父、兄皆当地颇有名气的文化人，在贵阳置有房产。夏之刚自幼受良好家教，十岁即与胞姐之楣到贵阳读书，并与秦天真、徐健生结识。夏家在贵阳的住房较宽，林、秦等人常借住他家。夏之刚入党后，常与妻子罗朝秀、姐姐夏之楣等组织进步学生，以演讲、文艺演出等形式，宣传共产党抗日救国的政治主张。此外，夏之刚还提供经费并协助秦天真、龙树黔到安顺、郎岱、岩脚等地进行革命活动，组织武装。大井坎夏家设为新的联络点后，党支部很多接待工作和会议，就在这里进行。

考虑到黄大陆的职业优势，地下党安排他与邓止戈负责兵运工作。同时，鉴于黄大陆流徙频繁，他的军职身份又过于显眼，林青、秦天真一致认为他不必参加"九人工委"的相关会议，以便保护他更好地开展地下工作。

林青继续负责奔波各地，寻找上级党组织；秦天真则留在贵阳，负责联络和组织学运、读书会等群众团体的工作。秦天真先后多次前往安顺，把一些进步团体的骨干组织起来办短期训练班，宣讲革命道理。谢速航、龙树黔、陈汉民等人入党，并建立秘密党支部，谢速航任支部书记。此前经黄大陆的关系，谢速航被安排在安顺邮电局工作，他以检信员的身份作为掩护，秘密开展地下活动。

1934年10月，共产党员刘雪苇从上海返回贵州，他先后在独山、安顺及老家郎岱等地活动，建立了"文学研究会""社会科学研究会"等组织。12月，刘雪苇来到贵阳，并很快同秦天真取得联系，共同商讨如何在省城开展贵州的革命工作。

早期共产党人邓恩铭、王若飞、周逸群、龙大道等在贵州播下的火种，经林青、缪正元、秦天真的接力传播，此时得到迅猛发展，渐呈燎原之势，共产党抗日救亡的主张，在贵州大地深入人心。

就在林青、秦天真他们信心满满之际，一个噩耗隐隐传来：江西瑞金，共产党经营多年的苏区根据地丢失了。林青查阅国民党主办的新闻报刊，各种真真假假的"战报""祝捷"顿时扑面而来，仿佛共产党和苏区红军已被蒋介石的部队彻底击溃、无力回天！林青失神地拿着报纸，心里沉甸甸的不是滋味。他明白，无论这些文字的水分有多大，至少有一个事实是无法回避、无可辩驳的：苏区危在旦夕，朱毛红军危在旦夕，中国共产党危在旦夕！

"王明路线滔天罪，五次'围剿'敌猖狂，红军急切上征途，战略转移去远方……"1933年9月，蒋介石调集精锐部队约五十万人兵力，对中国共产党创建的苏区根据地进行第五次"围剿"。由于王明"左"倾教条主义在党内的错误领导，红军苦战一年损失惨重，苏区岌岌可危。1934年秋，中央红军被迫撤出根据地，开始了一场旷古绝今的"长征"。

1934年10月10日晚，中央红军主力共计八万六千余人，从瑞金等地出发开始长征，目的是到湘西一带，与红二军团和红六军团会合。

1934年10月21日至11月15日，中央红军先后通过了国民党军的三道封锁线。

1934年11月27日至12月1日，在湘江上游广西境内的兴安县、全州县、灌阳县，中央红军与国民党军苦战五昼夜，最终从全州、兴安之间强渡湘江，突破了国民党军的第四道封锁线，粉碎了蒋介石"围歼中央红军于湘江以东"的企图。然而，中央红军也为此付出了惨重代价。从长征出发开始，到这里时，部队指战员和中央机关人员由八万多人锐减至三万余人。广大红军指战员对王明"左"倾教条主义在党内错误领导的怀疑和不满，由此到达了极点，纷纷要求改换领导。湘江之战后，毛泽东力主放弃原定的与红二、红六军团会合的计划，改向国民党统治力量薄弱的贵州前进……

初冬，夜，贵阳中山东路，在"宫保第"租住的林青收到一张字条，是黄大陆托高言志送来的。这时已接近子时，黄却十分紧急地约见林青。"黄长官在哪里？"林青忙问高言志。"他刚从马场坪赶过来，在我家后仓。天真、健生和孙师武他们都在，就等你。"

此前为了开展兵运工作，林青和高言志去过黔南三合县（今三都县之一部分）。高言志的父亲高叔伢先生在此当县长。通过高县长的关照，二人分别谋得会计和出纳职位。此后在叔伢先生支持下，他们的基础工作较为顺利。但三合县这里苗族、水族、布依族等多种民族杂居，林青、高言志都不懂当地的少数民族语言，工作进展缓慢。最后只好放弃，打道回府。经高言志牵线，林青租住于贵阳中山东路"宫保第"。

"宫保第"为清代贵州提督张德光（又名赵德光）旧居，张乃郎岱人，从军历任千总、都司、游击、参将。同治二年（1863年），张德光曾率部与黔南坝芒潘明杰激战于贵筑水田坝三江桥。潘败走，德光尾随，克龙里旧县，补都匀协副将，以总兵记名。同治五年（1866年），德光署贵州提督，后中枪阵亡，谥太子太保即"宫保"，故宅为"宫保第"。张氏与高氏世交，其后人张震生乃高言志发小、至交。上年，张震生高中毕业后，与杨天源、王璞、丁树奇等一批有志青年去了广东，分别就读于广东军事政治学校（即燕塘军校）、广东航校和中央军校分校。

高家花园距离"宫保第"不过里许，高言志、林青匆匆出门后片刻即到。因时间太晚，高家的老老少少似乎都已入睡，漆黑的老宅里一片静寂。朝门马房边的石柱上，拴了一匹汗津津的高头大马，门房老李投喂了一些饲料，正用毛巾把军马身上的汗液擦干。

秦天真的租住屋里，一身戎装的黄大陆汗水淋漓、风尘仆仆。

两个月前，袁品文迫于王家烈的软硬兼施，"主动"提出不再担任军职。王欣然接受，举荐自己的表弟何知重接任黔军第三师师长，并兼任贵州剿匪总指挥部副总指挥，参谋长黄大陆继续留任。

虽然黄大陆此时心急如焚，但他格外沉得住气。直到林青、高言志进屋坐下了，他才微笑着，对大家说出简短的八个字："中央红军已进贵州！"黄大陆轻描淡写，在座者却震惊不小。最初听到这个消息的一刹那间，林青、秦天真、徐健生、孙师武、高言志都因错愕而沉默不语。但每个人心头都激动万分。"太好啦!"半晌,不知是谁说了一句,"终于等到啦!"高言志抬头一看,是林青。

林青一句"太好啦",像火星一样点燃了大家压抑已久的青春激情。不约而同地,那激情"呼"地一下就爆发了。大家几乎同时伸出手去抓住了黄大陆,他们抱的抱腿,扯的扯手,托的托腰,都不知自己哪来那么大的力气,居然齐心协力把黄大陆扔到了半空里,黄大陆的两手张开,极速下落,随即又被大家稳稳接住。当黄长官重新在地面站稳的时候,在场的人全都热泪盈眶……是的,共产党来贵州了,中央红军进贵州了!此前,这是他们连想也不敢想的事情。今天却真真切切地发生了!

然而,夜色深沉,他们六个人依旧克制地沉默着,不忍吵醒这静寂的山城,这沉睡的大地!

过了好一阵,秦天真仿佛想起了什么。"究竟怎么回事?黄长官,这消息可靠不?"他低声问黄大陆。

黄大陆:"可靠,千真万确!昨天下午,王家烈在平越县(今福泉市)马场坪主持军事会议,商议如何阻击红军。会议结束,王家烈本来要回省城处理一些家里的事。哪知薛岳发来电报,要他立即赶往天柱安排布防。于是只好叫我回来代为处理。我早上出发,马不停蹄跑了一天,进城天就黑了,马也累坏了。"

高言志惊叫一声:"啊!黄长官你还没吃晚饭?"

黄大陆:"嗯,事不宜迟,我直接来的这里。"

秦天真说:"糟糕,我这里什么吃的都没有。"

高言志:"黄长官你稍等!"说罢,他拉门转身出去了。片刻,高言志摸黑端着一个满满的盛了饭菜的大碗回来了。"你慢慢吃,不要担心你那军马。来的时候,我看见老李在喂它精饲料。"黄大陆接过那饭菜合一的大碗,稀里呼噜就吃了起来。

共产党来了,中央红军来了!此时,消息已得到确认,大家不禁再次陷入了沉默。

"远方……！"这是秦天真那浑厚、低沉的声音，"下一步，我们究竟该怎么做？当务之急，你可能得考虑一下，将就今天黄大陆也在这里，我们大家是不是有必要做个分工安排？"

林青一直在凝眸苦思，秦天真把话说完了好一阵，林青才低声说："确实有必要，太有必要了。我想，我们必须趁这个机会，及时找到党中央，汇报我们贵州的工作，接受指示和任务。现在，我们就围绕这个问题展开讨论吧！"

1934年12月12日，中央红军由湖南通道分两路进入贵州黎平县境。

13日，贵州省主席兼二十五军军长王家烈在贵州平越县马场坪主持召开阻击红军的军事会议。15日，即黄大陆赶回贵阳的这一天，红军在黎平县谭溪击溃黔军周芳仁旅一个团（第七团），以一个营占领黎平县城。主力红军在黎平县城北一带稍事休整后，继续向古顿、婆洞、八飘、鳌鱼嘴方向前进。红九军团一部占领老锦屏（同古）。

两个月前，萧克、王震曾率西征的红六军团路过黎平。红军纪律严明，赢得了各族老百姓的喜爱和尊敬。当毛泽东、朱德等中央红军列队进入黎平县城，数百群众自发组织箪食壶浆、敲锣打鼓、鸣放鞭炮相迎。

12月18日，中共中央政治局在黎平召开会议。会议肯定了毛泽东同志进军贵州，放弃去湘西会合红二、六军团的正确主张，通过了《中共中央政治局关于战略方针之决定》，指出："政治局认为新的根据地区应该是川黔边区地区，在最初应以遵义为中心之地区，在不利的条件下应该转移至遵义西北地区。"根据黎平会议的决定，中革军委电令红二、六军团和红四方面军积极开展活动牵制敌军，策应中央红军的行动。

——长征中的中央红军，军事处境上开始趋向主动。这是召开黎平会议的一个非常重大的意义。

第三章 1934年（民国二十三年）

第四章 1935年（民国二十四年）

一、佳音

僧房落照悬，无事看炊烟。花发年前树，峰高尺五天。
盘空归鹤老，蛰水卧龙蜷。苔藓榴皮字，何人骨不玄。

——南明·陈启相《回龙寺》

此诗作者陈启相笔下写的是原播州故地、今遵义市内回龙寺之优雅景致。

历代文人墨客，为遵义作诗不少。例如清代遵义知府、云南诗人苏霖泓及其子苏鲲皆有佳作。苏霖泓每官一地，尤其重视发展文教，常与士人交游，歌咏酬唱。其著《题纯阳阁》诗云："纯阳阁上好烟霞，拟放银河八月槎。铁笛一声来道侣，桃花几树着人家。"把遵义名胜纯阳阁景致之美，如画卷般铺陈开来，意境清幽！其子苏鲲著《望回龙寺》一诗云："兰若倚天际，石朱隐树间（崖上朱刻'天子万年'）。晓钟云出岫，夕磬雨连山。梵响千家静，龙回一水环。危梯三百曲，欲上费跻攀。"

清代《遵义府志》总纂之一、西南巨儒莫友芝，曾以《同子何登回龙山别取南径下寻湘川盘石二首》为题，为回龙山作诗："回岩逼溪断，单木壁上生。微蹬不容趾，笑作壁上行。高随乌鸢盘，捷与猿猱争。心夷险易尽，兴往身亦轻。溪烟上为云，泛与岩弦平。天风一挥扫，众壑增光莹。斗觉衣袂薄，凛凛不可停。"

　　黔北重镇遵义市区有条河名叫"湘江河"。河上有座古老的石桥，名"狮子桥"，回龙寺就位于狮子桥后的回龙山上。狮子桥来头不小，它是遵义最大的一座五孔拱桥。桥后山峦自西向东，到湘江河却一个回弯，向北伸入河里，而山下的湘江河本是由北向南走向，到了此处却一个回弯掉头向东！一山一水，格局酷似两条昂首回头之蛟龙，此山故名"回龙山"。又因龙无水不行，于是用青石砌建一桥以镇水，从此这段河湾景致得名"回龙锁水"，乃遵义古代八景之一。

　　回龙寺始建于明朝，最初乃一黑神庙，明、清两代多次重建。最近一次重建是在民国五年（1916年）。只因连年军阀混战、民不聊生，佛堂萧条。回龙寺重新陷入门窗破败、枯草连天的尴尬境地。

　　……天还没亮，回龙寺里的林青突然醒了。他是伴随剧烈咳嗽醒来的，更确切地说，他是冻醒的！此刻，他寄身于回龙寺的一间厢房里，靠着一堆谷草和衣而眠。时令已近大寒，再加数日暴雪，夜晚气温尤低。嗖嗖的冷风从破损的门窗固执地灌进来，室内冻如冰窟。据说，这回龙寺里住了一位中共中央的首长。厢房里除了林青，还有一个王排长和一个班的红军士兵。据说他们隶属于干部团警卫连，专门负责这位首长的警卫任务。

　　排长的姓氏，是他自己告诉林青的。这几天，林青和他们朝夕相处，都混熟了。林青保持着地下工作习惯，除了王排长，从不贸然打听其他人的名字。每晚熄灯前，王排长或其他红军战士总爱把自己一床薄薄的被子给林青搭上，林青则坚辞不受。昨晚睡前，林青特地扎好围脖，牢牢系紧全部衣扣，然后把两腿伸进厚厚的谷草里，希望能够御寒。但那谷草毕竟是散开的，林青睡熟之后，谷草被他稀里糊涂蹬开了。等他冻醒，才发现这屋里比任何时候都冷，身上几乎就是要结冰的感觉。

　　回龙寺距丁字口不远，此处居高临下，加之弃置多年，十分幽静。白天视界开阔时，林青暗暗观察过周围的环境，苍穹间一片银白，大地上的一切为冰雪覆盖。远处最显眼的，是一家看上去比较古老的榨油坊。此时，这空寂的寒夜里，油坊里木槌撞击油箍的声音分外震撼。

沉重的撞击声，老半天才会响一次："砰——"中间除了悠远的回音，就是一段令人揪心的沉寂。过了老半天，那撞击声又响一次："砰——"又一阵漫长且揪心的沉寂之后，又是一声沉重的"砰——"由此可知那撞击在油箍上的巨大木槌，从拉开到撞击上去，中间必然隔着一定的距离，榨油师的辛劳不言而喻！林青扎紧围脖，把双腿重新伸进那厚厚的谷草里。他竭力用手掌捂住嘴巴，低低咳嗽了两声，很快又睡熟了……

中国共产党在黔东南召开黎平会议后，战略行军方向更加明确。1934年12月20日，中央红军分两路向以遵义为中心的川黔边地区前进，接连攻克剑河、台拱（今台江）、镇远、施秉等地，继而进至余庆、瓮安地区。12月31日，中共中央领导进抵瓮安县猴场。当日夜，中共中央政治局在猴场召开会议，并于1935年1月1日作出了《关于渡江后新的行动方针的决定》，指出：红军应"立刻准备在川黔边广大地区内转入反攻"，以"建立川黔边新苏区根据地"。中革军委发出指示，令红一军团第二师于1935年1月进抵乌江南岸做好渡江准备。

猴场会议之后，红军遵照会议决定，把撤离苏区以来的消极避战变为"积极作战，主动出击"。恢复了宣传群众、组织群众、建立革命政权的光荣传统。红军按照黎平会议决定的军事战略方针进行部署。

1月2日、3日，中央红军陆续强渡乌江。7日凌晨，红一军团二师六团智取遵义城。9日，中央纵队、军委纵队进驻遵义。15日—17日，中共中央政治局扩大会议在遵义召开（即遵义会议）。会议作出了《中共中央关于反对敌人五次"围剿"的总结的决议》，改组了中央领导机构，结束了王明"左"倾教条主义在党内的统治，增选毛泽东为中央政治局常委，事实上确立了毛泽东在党中央和红军的领导地位。会后不久，在向云南扎西地区进军途中，中央政治局常委决定由张闻天代替博古负总的责任，毛泽东为周恩来在军事指挥上的帮助者，后成立由毛泽东、周恩来、王稼祥组成的三人小组，负责全军的军事行动。

遵义会议掀开了中国革命的新篇章!

林青是头年底来的遵义。去年12月中旬那天深夜,林青获知中央红军进入贵州的消息后,趁黄大陆、秦天真、徐健生、孙师武、高言志等在场,连夜在高家花园召开支部会,对下一步的工作进行了商讨。此后,林青通过黄大陆,源源不断地了解到红军战况。当红军沿黔东南—黔北这个方向挺进到施秉、余庆一带时,林青、黄大陆不约而同做出判断:黔北重镇遵义将会是红军攻取的下一个军事目标。于是,林青决定赶赴遵义!

然而,大战在即,川黔线封路了,除了国民党中央军和黔军部队,老百姓一律禁止通行。林青只好向东取道福泉、瓮安,过了乌江,最后总算顺利到达遵义。这里的绅粮大户人心惶惶,纷纷传言"朱毛红军"要来遵义,不少富商巨贾收拾细软往乡下偏僻荒村疏散。林青暗暗高兴,索性安心等待红军。

林青唯一的姨妈,早年出嫁遵义刘家。林青幼年时代就听说姨爹在市区丁字口开糕点糖果店。然而,毕竟多年音讯不通,待林青找到丁字口这个地方,四处打听姨爹、姨妈,却一无所获。

盼星星,盼月亮,林青终于如愿以偿。红军强渡乌江后迅速攻占遵义,在他们进城的必经之路丰乐桥,林青终于看到了那支头戴五角星八角帽的队伍。那一刻他激动万分热泪淋漓!然而,紧接着问题来了——他以什么为凭,向红军、向党组织证实自己的共产党员身份呢?正所谓"无巧不成书",这事居然靠的是吴亮平这个林青昔日的难友。

1932—1933年,林青在上海提篮桥监狱坐牢期间,与吴亮平关在同一监室。吴亮平出狱后,按照党组织的安排去了江西瑞金,并担任中华苏维埃共和国临时中央政府国民经济部部长。1934年长征开始后,吴亮平先在红一军团任地方工作部部长,后调红三军团任宣传部部长。

红军宣传部长,那是一个抛头露面的工作……

红军占领遵义城的第三天下午,中共中央在此召开了一次规模盛大的"万人大会",地点就在老三中的操场上。老三中前身,乃遵义初级师范学堂,创办于清光绪三十三年（1907年），后为遵义府中学堂、贵州省立第三中学。校内有一座纪念西南巨儒郑珍、莫友芝的祠堂"郑莫祠"，著名教育家黄齐生先生曾出任该校校长。

林青得知要召开万人大会的消息，早早来到老三中。在熙熙攘攘的人群里，他焦虑地走动，不时四处张望着。他心里时而想："那些中央首长，今天我能见到谁呢？"时而又想："如果见到他们，我该如何上前自我介绍呢？他们会和我握手吗？"时而他又感到十分沮丧："如果他们问我，林青，你说你是共产党员，有什么凭证吗？那时我该怎么回答呢？"一方面，他心里很激动，另一方面却很焦虑，内心里充满矛盾。

突然，在布置会场的红军干部中，林青远远看到了一张似曾相识的面孔。

此时，那人就站在主席台上，他身着灰布军装，头戴八角帽，腰间扎着武装带，上面别了一支手枪。在他的指挥下，一二十个红军士兵正紧张地忙碌着。他们有的在这里安放一根长凳，有的在那里插上一面红旗，有的搀扶着腿脚不便的老人在某处坐下来……林青猛地想起来了，那不是一起坐牢的吴哥吗？那人的脸型、五官、手势，与当年的狱中难友吴亮平别无二致。"万一我把人认错，咋办呢？管他的，顾不了那么多啦，我先过去喊了他再说！"想到这里，林青热血奔涌，腾腾腾一路小跑着冲过去，还隔着老远，他就对着主席台上那红军干部大叫了一声——

"吴哥……！"

主席台上，那指挥布置会场的红军干部，老远就看到有个青年朝这边跑了过来。正诧异，那青年对着他大喊了一声"吴哥"。红军干部尚未回应，青年已经跑到离他只有几步远的主席台下，并朝他敬了一个不太规范的军礼。"你是吴亮平吗？"那青年在台下大声发问。"哦……？"吴亮平下意识地回了一个军礼，反问对方，"你是……？"

林青："我是李远方，吴哥！"

"啊？"吴亮平一个箭步冲下主席台，"你？你是远方？！"事发突然，他直到这时仍半信半疑，同时又十分激动。

"是的，吴哥，我是李远方啊！"林青再也无法忍住，他上前一步，猛地抱住了吴亮平，"我可找到你啦……吴哥，我是李远方啊！"林青说着，炙热的泪水夺眶而出。吴亮平也紧紧抱住林青："远方，远方，我的好兄弟。咱们总算重逢了！"他的脸上，同样满是炙热的泪水！

当天下午一时，大会正式开始，毛泽东、朱德、李富春、博古等中央领导在主席台就座，会议由博古主持。此外，"红军之友社"的主要成员周司和，妇女代表、遵义女子中学的学生李小侠，遵义县革命委员会主要成员罗梓铭、邓云山等，也受邀站上了主席台。

筹备大会的代表首先报告了筹备经过，紧接着朱总司令登台发言。朱总司令讲话的主题是"红军是工人农民的武装，是保护人民利益的，要消灭国民党反革命武装"。紧接着，毛泽东同志以"只有苏维埃才能救中国"为话题展开了讲话。这之后，红军总政治部代主任李富春、工人代表邓云山、妇女代表李小侠、红军战士代表贺申徒等，都纷纷在主席台上讲话。代表们讲话完毕，会场响起浪潮般热烈澎湃的掌声。

接着，在欢腾热烈的锣鼓声和轰天抢地、震耳欲聋的鞭炮声中，"遵义县革命委员会"宣告成立。这是中央红军自长征以来，在占领区建立的第一个县级政权组织，也是黔北高原第一个红色革命政权，地点设在新城豫章学校校园内，是一幢一楼一底的青砖木结构房屋。当日，遵义县革命委员会成立的消息，通过红军的无线电通告了全国同胞……

"万人大会"后不久的一天，吴亮平带着林青去了杨柳街的天主教堂。这里暂时是红军总政治部的临时所在地，林青见到了红军的一位首长。听吴亮平介绍说，首长叫"罗迈"，是红军总政治部地方工作部部长。

罗迈，本名李维汉，湖南长沙县人，生于1896年。1916年考入湖南省立第一师范学校，与毛泽东、蔡和森等共同创建"新民学会"。1919年，罗迈赴法国留学期间，曾参与旅欧中国少年共产党的筹建工作，是党的早期领导人之一。1927年在汉口，罗迈和瞿秋白共同主持召开了著名的"八七会议"，并当选中共中央临时政治局委员。

罗迈说，他代表党中央和中央领导，想听取一下林青的工作汇报。

"党中央？中央领导？"听罗迈这么一说，林青心里格外激动。然而，他毕竟是经过白区地下工作艰苦历练的共产党员，因此很快镇静下来，向罗迈详细汇报了贵州地下党的组织和工作情况，介绍了贵州地下党从第一个党支部——毕节党支部成立以来的活动情况及组织建设情况，介绍了贵州地下党四十多名党员的基本情况，详细汇报了与军界人物黄大陆、邓止戈和共产党员刘雪苇等取得联系的具体过程。

林青的出现令罗迈十分意外。按中共中央当时掌握的情况，贵州没有共产党的地方组织，"没有什么革命运动，群众基础十分薄弱"——当时，这在党内是一种普遍看法。听了林青的汇报，罗迈代表党中央，对贵州地下党的组织建设和主要活动表示认可、满意。同时，他吩咐吴亮平安排一个合适的地方，把林青保护起来。"报告罗迈同志，我在干部团警卫连找了一个地方，让林青同志和警卫连的战士同住。"

罗迈："是吗？林青同志还习惯吧？"

林青："报告首长，挺好的。"

罗迈："去年10月，我们从瑞金出发。一路风餐露宿，条件一直很艰苦，能够进城休整的机会也不是很多。所以，暂时的困难需要你克服一下。"

林青："首长，我知道。请您放心。再说，我们共产党人在乎的应当是自己担当的使命，而不是物质方面的享受。"

罗迈听罢，豪爽地笑了……

林青在草窝里再次醒来，发现战士们早就起了。他们有的在打背包，有的在收铺草，有的拿着用草捆绑成的简易笤帚，在打扫寺庙内外的清洁卫生，一个个都神情专注、言语不多。听江西口音的王排长说，这些天，战士们跟随首长去了城郊很多地方，一方面是巡查那些要隘、关口的军事布防情况，同时也是访贫问苦，了解当地老百姓的生活状况。他的直接感受就是："受军阀压榨，地主剥削，遵义老百姓家里普遍很穷啊，日子过得都很苦！"

王排长说完，皱着眉头话锋一转告诉林青："国民党中央军和军阀部队随时都可能反扑。"不一会儿，他给林青端来一碗玉米粥，另外还用筷子串了两个玉米饼递给林青。林青正在喝玉米粥，吃玉米饼，隐约听到山门那个方向，有人向哨兵发问，提到了他的名字："小同志，有一位贵阳来的地方同志，他叫李远方，他是住这儿吗？""是的，首长。"林青一听，忙走出厢房，正好看见吴亮平从山门那边走了过来。

"我们去杨柳街，罗迈同志要见你。"吴亮平一见林青就说道。

林青一口喝完剩下的玉米粥，拿着剩下的玉米饼，边吃边和吴亮平动身。

一夜凄厉的寒风，数日积雪硬如生铁，而路上行走起来更加滑腻。林青、吴亮平踩着积雪，吃力而又小心地走下回龙山，沿着湘江河畔的堤坎，朝老城方向走去。河上结冰很厚，一些小孩把长板凳翻过来，贴在冰面上作爬犁，轻轻一推溜出老远，冰面上飘荡着他们那无忧无虑的笑声……

回龙寺距离杨柳街不到二里，他们很快就到了。在天主教堂，林青第二次见到了罗迈。对他个人而言，此次见面是激情澎湃而刻骨铭心的；对贵州地下党来说，罗迈的表态则具有史诗般的历史意义！

罗迈："林青同志，这几天还好吧？"

林青："报告首长，我很好。"

罗迈笑道："什么感受？你能说说吗？"

林青："这几天，我和部队的同志在一起，感到很亲切，觉得他们就是我朝夕相处的战友，我们就是一个温暖的革命大家庭。"罗迈又笑。笑毕，他拿起温水瓶，往一个搪瓷缸子里倒水，然后递给林青："林青同志，你喝水！"

俄顷，罗迈缓缓收住了笑容。

罗迈："林青同志，你们贵州地下党的情况，我已向党中央做了汇报。经党中央讨论，我受中央领导委托，今天，代表党中央同你谈话。"

林青一听，不由自主地站了起来，神色很庄重。他感到从未有过的紧张，甚至，连呼吸都几乎要停住了……

罗迈也站了起来："现在，我代表党中央向你做如下宣布。第一，党中央对你们建立和发展的党组织，表示认可；第二，党中央对你们截止到目前所开展的工作，表示认可；第三，党中央决定批准建立'中共贵州省工作委员会'，并决定林青、邓止戈、秦天真三人为省工委委员，林青任中共贵州省工委书记兼遵义县委书记。"

林青又惊又喜："我？我合适吗，罗迈同志？！"

罗迈："党中央通过考察，认为你就是合适的人选。接下来，林青同志，你要以中共贵州省工委书记兼遵义县委书记的双重身份，在遵义工作一段时间。我们今天见面后，你可以抓紧时间回一趟贵阳，向同志们传达一下党中央和红军的最新情况和有关指示精神。"

林青听得格外仔细，所有内容都被他牢牢记在心里。那一刻，林青感到自己的肩头压下了千斤重担。那担子很沉，很沉！同时，他内心里又格外激动……

中共贵州省工作委员会是红军长征途中中共中央批准建立的唯一的省一级地下党的领导机构。它标志着贵州的革命斗争，从此进入了一个新的发展阶段！

第四章 1935年（民国二十四年）

二、擦肩而过

国民党中央军进驻贵阳了，黄大陆的顶头上司——黔军第三师师长，则由何知重取代了袁品文……

王家烈主政黔省这些年，蒋介石怎么看他都不顺眼。然而在贵州军阀中，王家烈最有实力、一超独大，几乎无人能够与之匹敌，蒋介石鞭长莫及，索性一度听之任之。红军湘江战役后西折、北上，最终进入了贵州，蒋介石既惴惴不安又暗自窃喜。他知道，解决王家烈的时机成熟了。

早在1934年夏季，蒋介石就针对贵州开始布局。贺龙、任弼时领导的红二、六军团转战湘黔，蒋介石严令湖南、贵州两省携手合作"会剿"红军，并指令中央军侧击牵制予以配合。中央红军入黔，为国民党中央势力控制贵州提供了难得的良机。1935年1月，中央红军进占遵义，蒋介石电令薛岳部急行军开进贵阳及其周边地区，王家烈很快就被边缘化。不久，蒋介石除去他的职务，任命薛岳为第二路军前敌总指挥兼"贵州绥靖公署"主任。薛岳一占领贵阳，就任命其亲信郭思演为贵阳警备司令，以中央军取代黔军为贵阳城防军。从这时起，贵州才真正成为国民党中央统治下的行省。

这段时间，在大十字"振亚书店"和高家花园之间，店员秦天真保持着固定的两点一线。他天天待在市区里，根本不敢像往日那样随意出城，心头时时感到焦虑不安……

1月中旬，邓止戈随部队去了外地，林青恰好从遵义回了贵阳。这时已临近年关，林青风尘仆仆、一脸倦容，他急于向秦天真传达党中央的决定。"按照党中央的指示，我还要返回遵义，在那里工作一段时间再回来。"他要求秦天真尽快把党中央的决定在党内传达，并设法尽早通知邓止戈。"他现在是省工委委员，必须及时了解党的指示、命令和相关的安排。"

在短暂的时间里，林青、秦天真就以下问题进行了商讨：

一、林青建议，增补刘雪苇为省工委委员；二、林青建议，安排徐健生担任省工委的机要特派员；三、秦天真建议，此前设在高家花园的秘密联络点，可否改为省工委的秘密机关。

林青："我们省工委刚建立，人手少。刘雪苇在上海做党的工作是很有经验的，他同我们在一起工作也很不错，是一个品高德厚、能力强的好同志。"

秦天真："林青同志，你的观点我很赞同。"

林青："我的想法是，可以让刘雪苇同志先参加省工委的具体工作，等我回遵义后，再向党中央报告。关于徐健生，让他任机要特派员，专门负责省工委成员与各地党组织的特别联系。"

林青、秦天真就几项工作达成了一致意见，刘雪苇、徐健生对省工委的安排也欣然应从。

安排完这些，林青长长松了口气，脸上的倦容似乎也一扫而光。"明天一大早，我又得动身。"林青笑着说。直到这时他才告诉秦天真：此次回来前，罗迈曾向他布置了一项特别任务，需要省工委来负责完成。

秦天真："无论什么任务，都是党中央对我们贵州同志的信任。我们必须完成，决不含糊！"

林青："对。任务是这样的。最近，党中央将派一个名叫'杨涛'的代表来贵阳。我们贵州省工委的任务，是护送转移他去上海，一定要确保安全。罗迈同志与我约定了接头暗号。接头地点，定在夏之刚家。"

秦天真："哦！哪天到？有具体时间吗？"

林青歉然笑道："不知道。罗迈同志没有告诉我具体时间。反正，你得安心等，一定要等到他。不可大意！"

"对，我索性安下心来，一定要等到他！"

林青走后，秦天真开始了焦急的等待……

党中央派来的那个杨涛，他是哪里人，年龄多大，什么身材、什么长相，林青没说，显然罗迈也没告诉他。因此，秦天真也没多嘴打听。不过，既然能代表中央，那绝非等闲之辈。秦天真打定主意，一心一意等这位杨涛，除了去书店上班，他哪儿也不去。

三天过去了，没有消息。秦天真沉住气，照常上班下班，闲暇就待在高家花园的租住屋里看书。《丹柯》被他反复看了无数遍，几乎可以倒背如流。

又一个三天过去了，还是没有消息。秦天真特意从书店带回一套马克西姆·高尔基的《我的大学》打发时间，却怎么也看不进去，于是去了一趟夏之刚家。夏之刚出门了，屋里只有夏之楣、罗朝秀两姑嫂和几个小孩。那两姑嫂正在商量置办年货的事，见秦天真进门，忙张罗给他泡茶。

秦天真："茶就不用泡了。我有其他事，问句话就走。最近你家这里，没有客人来吗？"

罗朝秀："没有。秦大哥，你是不是约了朋友要来？"

秦天真刚要答话，夏之楣笑着责备兄弟媳妇："朝秀，秦大哥问你哪样，你就答哪样，其他不要多嘴。"

罗朝秀不好意思地笑笑："对不起秦大哥，我搞忘记喽。害羞！"

秦天真对那两姑嫂笑笑，转身走了。

又一个三天过去了，仍没有那个杨涛的消息。这时已是腊月的末尾，性子急的，已开始分葱剥蒜、杀鸡宰鸭备办年饭。高府从朝门开始，仆人、丫鬟对各进院子进行了一次大扫除。屋檐下、挑梁边，不仅一一换上了崭新的红灯笼，而且所有门窗都贴上了崭新的门对、窗花。此外，个别因破损而无法照明的路灯，也被费苏敏他们做了更换。在外省读书的高昌华、高昌谋等年轻人，以及黔南三合县县长、高言志之父高叔伢等，都陆续回了贵阳，阖府一派喜庆。

腊月二十九，秦天真囊中羞涩，住所清锅冷灶，家徒四壁。恰好这时，在安顺插班读女子高中的熊蕴竹带着秦天芬到贵阳找她哥哥秦天真。高言志见此情形，给他们送来一些大米和猪肉，另外还有一屉笼的扣肉、粉蒸肉等蒸菜，秦天真兄妹和熊蕴竹吃了一顿相对丰盛的年夜饭。

大年初一，秦天真找出两瓶"途醉"酒，拿在手里反复掂量、举棋不定。这酒，是中秋时黄大陆送他的，想来应该价值不菲。于是他用红纸条拦腰一缠，提去给三老爷拜年。哪知三老爷却说："这酒，我不要你的，天真你自己留着，招待其他客人。另外，你和那两个小姑娘，我给你们每人准备了一套衣裳。既然你来了，你顺便拿回去。"秦天真站在三老爷面前，感受到父爱般的温暖，他心里一激动，热泪顿时罩住了眼帘……

初五过去了，依然没有中央代表杨涛的消息，甚至连林青也杳无音讯。初十过去了，还是没有他们的消息！

正月十四这天，秦天真起得很晚，他和秦天芬、熊蕴竹吃了些昨晚剩下的饭菜，打算带她们逛逛黔灵山。正要出门，夏之刚家来人通知秦天真，叫他赶紧去一趟大井坎。秦天真一听，立即感到心跳加速。"总算来啦！"他心里说。

这天中午，大井坎夏之刚家，来了一个外地口音的陌生男子。此人年纪三十上下，西装革履中等身材，面目清秀，言谈举止优雅有度，俨然富商派头。夏妻罗朝秀接待这位富商后，他首先谨慎地核实此地是否就叫"大井坎"，接着又核实这座房屋的主人是否名叫"夏之刚"。罗朝秀一一给予肯定答复后，反问他找谁。此人答："我找林先生或秦先生。"

秦天真同这陌生人见面后，他按照约定，没有通报自己的名字，也不急着问对方姓名，而是直截了当对他说："先生，我是不是陪您到城外走走？"对方听他说"到城外走走"，点头笑笑，轻描淡写说了两个字："可以。"按照事先的约定，"到城外走走"是他和杨涛见面相认的第一道暗号。

陌生人和秦天真一前一后告别夏家，走到了北门桥（今喷水池）。接着经马坟坡（今新华印刷厂），出洪边门（今红边门），然后到大营坡、汪家湾等地闲逛一气。所谈皆无关紧要、家长里短的世俗琐事。将近傍晚，两人都有些疲惫，这才按原路返回。秦天真请陌生人吃了晚餐后，原是打算在忠烈街找家可靠的客栈，安排对方住下来，哪知却被他婉言谢绝了。"这些你就不要操心，我自己安排好了。"看得出，这是一个久经沙场的地下工作者。

陌生人把自己住的客栈名称告诉了秦天真，双方约定次日中午再次相会。

当夜，天生警觉的秦天真虽然疲惫地躺下了，却辗转反侧前思后想，几乎彻夜未眠。"此人确实是杨涛？他真的是中央代表吗？会不会有诈？"隐蔽战线的情况千变万化、凶险莫测，冒名顶替乔装改扮打入敌方阵营最为常见，自古屡见不鲜。"从今天的第一道暗号来看，好像应该不会错。然而，明天又会发生什么呢？如果节外生枝，下一道暗号对不上，我该怎么办？"傍晚，他们从鹿冲关原路返回时，秦天真发现有人跟踪，他把情况告知陌生人，哪知对方只是笑笑，安慰他不要担心。显然，他们身后的人并非跟踪者，而是陌生人的秘密随从……

他时而这样想，时而那样想；时而对那个叫"杨涛"的陌生人深信不疑，时而又对他半信半疑。翻来覆去想了一夜，他始终焦虑不安，直到临近拂晓才勉强入睡。

次日临近中午时，秦天真走出高家花园，如约来到陌生人所说的那家客栈。两人寒暄了几句，他带陌生人步入附近一家餐馆，招呼他吃午饭。

秦天真一边斟酌点菜，一边问他："我听先生是江浙口音，吃辣吗？"陌生人头一仰，笑道："随便，怎么都行的。"店小二离开的间隙，秦天真小声问陌生人："老板贵姓？找秦先生有何贵干？"这是林青交代的第二道接头暗号。

陌生人小声答："我是杨涛，老板叫我来找小开。"

无论接头方式，还是前后两天的两道接头暗号，都天衣无缝、完全吻合。

秦天真沉住气，神色上没有任何表露，但他毕竟可以放心了！"杨涛同志，我是秦天真。"他压低声音，深情地对那陌生人说。杨涛俊朗的脸上绽开一丝稍纵即逝的笑容，旋即埋头吃饭，他们都不时给对方夹菜，却没有多说什么……

两人又回到客栈。这一次，他们敞开心扉闭门深谈。

秦天真告知杨涛，林青曾从遵义短暂回来过，前几天又回去了。接着，他向杨涛汇报了贵州地下党和各方面进步力量的情况。其中重点谈到了兵运工作，并对黄大陆、邓止戈、缪正元、邹凤逸、王树艺、肖世铣、龙兴权、李逸生等人的情况一一做了介绍。"黄大陆同志是云南人，黔军第三师少将参谋长，经过我们的严格审查和考验，现在他已加入党组织。在他的安排下，邓止戈、缪正元、邹凤逸、王树艺、肖世铣、龙兴权、李逸生等党员同志，已成功打入该师任职。其中邓止戈、缪正元入党较早，地下工作经验丰富，政治上尤为可靠！"

"这太好啦！"杨涛听到这里，立即显得很兴奋，"天真同志，我还正想跟你说这事呢。你们下一步的任务，太需要这样的同志来配合啦！"接着，他十分庄重地告诉秦天真："你要尽快去找他们，拿到国民党的军用地图、密电码、地空识别标志图。拿到这三样东西后，我就必须迅速地离开贵州。所以到时候，你要设法找到便车，并安排合适的党员，护送我去两广或者香港，再转道去上海。如果可行的话，最好找一位可靠的女同志，她要与我假扮夫妻，这样易于应对敌人的盘查。"

——这是打交道以来，杨涛说得最长的一段话。这两天，在杨涛、秦天真的交流中，双方几乎都是短语。即使说俗事，对答也不外乎"是"或"不是"，很少拖泥带水，拉里拉杂。

两人商定：马上安排合适人选，设法弄到杨涛所要的那几样东西。为避免涉及的人多而过早暴露企图，秦天真决定自己亲自动身前往军队，找邓止戈、缪正元、黄大陆具体落实。另外，杨涛、秦天真两人还商定：秦天真回来见面的地点，仍是这家客栈。如果杨涛不在，只称找杨老板即可。

"秦天真同志……"杨涛点着秦天真的全名，严肃地说，"我想，你应该知道'杨涛'是一个化名。对吧？"

秦天真点头："这是肯定的。"

杨涛脸上此时又绽开一丝稍纵即逝的笑容。"我真名叫潘汉年。"他看似不经意地说，实则是为了取信于秦天真，以引起他对情报问题的足够重视。

潘汉年，1906年出生于江苏宜兴。1926年加入中国共产党。曾经是一位知名的左翼作家。从1931年起转入对敌斗争的隐蔽战线，历任中共中央特科负责人兼情报科长、中共中央社会部分管情报工作的副部长等职，在情报战线屡建奇功，1934年10月参加长征，任红军总政治部宣传部部长。此次受中央指派离开大部队，一是向中共贵州省工委传达重要任务，二是转道两广、香港去上海，恢复中共中央与共产国际之间的联系。

秦天真从潘汉年诚恳的话语中，感受到了充分的信任和尊重。这一次，他用灿烂的笑容，向潘汉年表达了一种微妙的感激之情。同时，他们彼此都知道，从现在起，再无必要在对方面前掩饰内心的任何感受——因为，他们不仅仅是并肩作战的同志、战友，还是相互交心、彼此托付的好兄弟！

接受潘汉年代表党中央布置的任务后，秦天真次日就起身去安顺。他的打算是找黄大陆、缪正元，从黔军第三师下手，设法搞到军用地图、密电码、地空识别标志图等急要的东西。

秦天真身着长衫，手提雨伞，一副教书先生的打扮。走了两天，到达安顺龙树黔家已是傍晚，他立即和地下党员龙树黔、谢速航碰了面。交流中，秦天真获悉缪正元已去了岩脚。次日一早起床之后，他提着雨伞就往岩脚赶。动身前，秦天真叫谢速航做好准备，过几天在安顺北门一带接应他。"有重要任务，到时你我不见不散。"他与谢速航这么约定。

身着长衫、手提雨伞的秦天真到达岩脚后，费了很大周折才找到缪正元、邓止戈。在岩脚镇一家客栈的木楼上，他们几个见了面。

"前段时间，我们部队在黔西至打鼓新场一线堵截红军。"缪正元说，"上月中旬，红军前脚刚一撤离遵义，我们后脚就进了城。在那里，我居然和某人相遇了。你猜是谁？"

秦天真："你是故意吊我的胃口。难道会是林青？"

缪正元："对了，就是他！短暂交谈中，林青告诉我，党中央决定建立贵州省工作委员会。我高兴得很，后来又给邓止戈做了转达。"

"是啊，就有这么巧的事！"邓止戈对此似乎余兴未尽，不由感叹道。话到这里，秦天真直接进入正题，向缪正元、邓止戈介绍了此次中央代表交办的紧急任务。

邓止戈自告奋勇："我负责搞军用地图和地空识别标志图。"

缪正元："密电码就由我来负责吧！"

在木楼的客房里，秦天真焦急等候，每天坐立不安、度日如年。三天后，下午，邓止戈从黄大陆那里搞来了军用地图和地空识别标志图。

军用地图之重要不言自明，但何谓"地空识别标志图"？价值何在？此前秦天真不甚明了。看了邓止戈拿来的地空识别标志图，他终于恍然大悟。原来，这是在军政重要据点空旷处绘制的特殊符号。国民党飞机看到地面有这样的标志符号，就不会对其轰炸、扫射。说穿了，这是地面部队的"护身符"！要是红军有了它，就能以假乱真、化险为夷，避免非战斗减员。同时还可以给敌方造成战略上的误导误判，从而给我方争取时间，行动上更加自如。

把东西交给秦天真后，邓止戈就急匆匆走了。秦天真关严房门，仔细观察屋里，上上下下、旮旯角落都不放过。在屋角一个不惹眼之处，他发现楼板是翘起来的，有个大约一指宽的缝隙。于是，他放心了，大着胆子在床上摊开军用地图和飞机联络标识图，反复在那里琢磨。

不知不觉间，天又黑了，秦天真刚点亮屋里的油灯，房门就"叩叩叩"地响了三下，他一听，连忙把东西折起来，藏在屋角楼板的那个缝隙里，接着他顺势坐在床边，并不急于去开门。三声响过，停顿大约七八秒，房门"叩叩叩叩"响了四下，秦天真仍不起身开门。片刻，房门"叩叩"响了两下。他听到后这才走过去开了房门。借着油灯微弱的光线，他看清来者是缪正元。

在黔军第三师电台台长那里，缪正元找借口把密电码弄到了手，连晚饭也顾不得吃就跑来找秦天真。

厚厚一本崭新的密电码，带着油墨特有的清香。这是去年底，红军进入贵州后，国民党中央军事委员会刚修订下发的。翻开内页，上面密密麻麻写满了排列有序的各种数字或其他符号，四位一组，各自对应一个相应的汉字。这是一种非语言符号，有了它，就能破译敌方的电报。此外，书页里还有许多国民党高级将领的秘密电讯代号。例如，蒋介石的秘密代号是三个字——"新生活"；而黔军师长柏辉章的秘密代号则是两个字——"遵义"。

这密电码的价值，不就等同于传说中的"千里眼""顺风耳"吗？秦天真如获至宝大喜过望！两人立即动手，分头抄录那厚厚的密电码。

不知不觉间，天亮了，密电码也抄录完毕。缪正元带着原件，匆匆回部队去了。他前脚刚走，秦天真向客栈老板找了些废纸，把那几样东西里三层、外三层地捆成一卷，大清早就提着它们离开了岩脚。

岩脚—普定—安顺！秦天真顾不上歇脚休息，下午黄昏时分就赶到了安顺北门城外。刚要进城，有几个军人设卡检查。他表面若无其事，心里却万分焦急。索性做出一副不耐烦的样子，把那捆东西往地上一摔，把长衫一脱，大声地说："你们要查，就查个够吧！"

"那是什么？"当兵的指着丢到地上的那捆纸问秦天真。

"糊墙壁用的废纸！"

"你捡起来，这些东西我们不查。你身上带得有枪吗？"

"你们搜呀！"秦天真口里这样说，心里却像落下了一块大石头。当兵的既然是查枪支，秦天真就故意把身子转来转去，吸引他们的注意力。当兵的一边摸他身上，一边放缓了口气对他说："你还不晓得吗？前两天，城里发生持枪抢劫案，上头叫我们搜查枪支，抓土匪。""这些人可恶，确实也该抓起来。"秦天真搭腔应付道。

当兵的搜不出什么，只好放行。恰好，谢速航适时赶到北门来接应，城里近日发案，出进盘查甚紧，谢速航一连几天都在这里等候秦天真。次日一早，他先去东门察看，见没有军警，就回来护送秦天真安全出城。

秦天真运气不好，刚一上路就开始下雨。他撑开油纸伞，提着那捆"糊墙的废纸"心急火燎地紧赶慢赶。泥坑水洼的公路上，不时有国民党中央军或黔军的运兵车飞驰而过，泥水溅了他一身。好几次，他犹豫着想招手搭乘军车，但权衡一番之后他放弃了，怕的是在车上节外生枝，惹出麻烦，误了地下党的大事。为了抢时间，他尽量抄山间小路。然而，这些路时而上坡、时而下坎，雨水浸泡泥泞不堪，走起来一步三滑格外吃力。还不到安平县，脚上那双布鞋就烂了，秦天真索性扔了它，赤足快速赶路。

下午，长衫、赤脚的秦天真终于走到清镇地界。这时他又饿又渴，两眼不由自主地在路旁的田土里到处搜寻。走着走着，他发现了一块收获过的番薯地。这时雨特别大，他把那捆"糊墙的废纸"放在一块石头上，小心遮上雨伞，旋即冒着大雨，在松散的泥巴地里乱刨一气……最终，他陆续刨出了一些指头般大小的番薯，长长短短竟有十多根，他一根根捧在手上，就着雨水的冲刷，将小番薯的泥巴一一搓洗干净，聊以充饥。吃完，他仰面朝天，将就那倾盆而下的雨水，张嘴喝了个痛快……

进入毛栗山、下铺（今属贵阳市观山湖区）地界，雨势渐收，秦天真甩开小路，赤脚步入平坦的滇黔公路。过了狗场（今金华镇），居然看不出一丝下过雨的迹象，若是平时，行走起来会轻松许多。然而今天，秦天真的脚板被一路的砾石刺划，早已伤痕累累。同时，被雨水浸透的长衫前巴胸膛后巴背，行走起来愈加吃力。几重困难之下，他一瘸一拐狼狈不堪。

秦天真回到高家花园时，已接近凌晨。原本两天的行程，他居然就这么赶过来了！湿漉漉的衣服，在他身上也被焐干了。那卷"糊墙的废纸"，秦天真怕放在屋里不保险，于是就在僻静处的一棵树下刨个小坑，将其埋了起来。他摸索着进屋，在小床上倒头便睡。

然而，秦天真眯了不一会儿，却又突然醒了，睁眼一看天已大亮。他一瘸一拐来到潘汉年下榻的客栈，把那卷"糊墙的废纸"郑重地交给了他。潘汉年一向心细如发、做事谨慎。从对方一踏进房门，他就看出了异样。但潘汉年此时的目光，完全被那卷物品所吸引。"这些东西，是不是军用地图、地空识别标志图和密电码呢？"这几样东西，无一不是他梦寐以求的"宝贝"。"但愿……！但愿啊！"他心里暗暗祷告着。

当秦天真小心翼翼拆开纸卷，把这些东西一一呈现在他眼前时，潘汉年兴奋得脸色泛红，几乎连目光都直了。"太好啦，真没想到，你们竟然……这么厉害！"潘汉年竭力压低声音，却又用欢呼般的口吻赞叹道，"贵州的同志，真是不简单，太棒啦！"这是他和秦天真相处以来，唯一带感情色彩的话语。接着他又问秦天真："你们是怎么弄到的？"

于是，秦天真向他汇报了执行任务的详细过程，直到此时，潘汉年才明白为何几天不见，秦天真就成了一个"瘸子"。然而，潘汉年具有非同寻常的自制力。尽管他内心翻江倒海，深深为秦天真所感动，但依旧平静如常，看不出丝毫的情绪波动。他抿抿嘴，主动握住秦天真的手，把自己内心此刻的感受浓缩为五个字："向你们致敬！"

"向你们致敬！"虽短短五个字，却是潘汉年代表党中央，对贵州省工委的褒奖！秦天真连日的劳累、艰辛和焦虑、紧张，顿时烟消云散！

潘汉年以买早餐为由，支走了秦天真。然后他匆匆动手，对那卷物品进行了重新处理。他比照密电码的尺寸大小，首先把地图和地空识别标志图折叠成同等尺寸的形状，接着把它们紧压到一起，用事先准备的一根丝带，呈十字状反复捆扎。最后，他用一张防潮的油纸小心封严，外面包了几层旧报纸，这才把它塞到了自己的一个皮包里。

"秦天真同志，赶快给我安排起程的事情。"潘汉年望着秦天真，庄重地下达指令，"近期内，我必须马上动身。"

上次潘汉年交代任务时，就说过要找一辆车和一位可靠的女同志。"她要和我假扮夫妻，这样易于应对敌人的盘查。"秦天真去安顺前，特地就此让高言志做安排，叫他设法联系去广西方向的汽车，但为了保密，并未说明用途和乘车人是谁，只强调"说走就走，不能误事"。

早上，秦天真离开客栈后，依次找了高言志和蓝运臧。据高言志说，他和弟弟高言诗已经安排好了车，随时可以启用。在蓝运臧那里，秦天真把"假扮夫妻，应对敌人盘查"的打算和她做了深入交流，原本估计让蓝运臧答应有一定难度，哪知她毫不犹豫就答应了下来。

秦天真不放心："你自己考虑考虑，再做决定。"

蓝运臧："天真，这是我们党自己的事，我还有什么考虑的呢？不就是和自己的同志扮演夫妻出门吗？即使是刀山火海，又有什么！"

当夜，高言志和蓝运臧随秦天真来到客栈。"潘先生，这两位都是我们最可靠的同志。"秦天真给潘汉年做着介绍，"这位是高言志，我们省工委的秘密机关就安排在他家的后花园。这位是小蓝，已经加入党组织。"潘汉年依次同高言志、蓝运臧握手："同志们，辛苦你们啦！"

潘汉年同高言志、蓝运臧见面后，大家约定七天后启程。短短七天当中，蓝运臧要在贵阳和老家黔西县打鼓新场之间徒步一个来回，她要赶回家去，给父母和兄弟姐妹做一些必要的交代和相应安排。

蓝云臧离开后，秦天真小声征询潘汉年："接下来这几天时间，你看怎么安排？"潘汉年说："这几天你不要管我。等小蓝回来，我们再见面。"秦天真心里明白，潘汉年有他自己的安排，于是郑重地点点头，离开了那家客栈……

这一时期，国民党中央军吴奇伟部、薛岳部川流不息开进贵州，如入无人之境。

薛岳担任贵阳绥靖公署主任后，以"追剿"红军为借口，很快掌握了黔省经济、政治、军事、文教等各个方面的实权，并奉蒋介石之命，组织调查王家烈有关反蒋言行和贪污等方面的材料，迫使王家烈辞职而以吴忠信代之。同时，薛岳以第二路军前敌总司令名义，直接指挥、调动和改组黔军，他不但吞并了王家烈部的侯之担师，还收买王家烈的嫡系何知重、柏辉章师归附国民党中央军。接着又借第二路军集中整编之机，将王部大量裁减并停发军饷，煽动王的部下哗变闹事，迫使王家烈再次辞去了第二十五军军长职务。

约定启程的这天清晨，秦天真陪同潘汉年、蓝运臧这对假夫妇，从忠烈街赶往大西门外的卢家坟（今贵阳市金桥饭店对门），高言志已在那等候多时。

一辆红颜色车头的载货商车停在不远的路旁，这是贵阳汽车运输公司的一辆新车。年前不久，高言诗在该公司获得提拔，担任了分管业务的副总经理一职，此车就是他为配合潘汉年而专门调配的。

临离开客栈前，潘汉年交给秦天真八十块大洋。"上级对你们的作用给予充分肯定，并且表示赞赏。这些钱是党中央专门补贴省工委的活动经费。另外，我把广西、香港、上海的几个秘密联络地址告诉你，你认真记住，必要时，以'找小开'为接头暗号，就可以同我取得联系。"八十块大洋数额不低，秦天真本不敢接受，但听说是党中央补贴的活动经费，就高兴地收下了。

"你们开展工作的原则，要面向遵义和重庆，背靠云南做准备。"潘汉年语重心长嘱咐秦天真。

秦天真、潘汉年、蓝运臧到达后，高言志向司机介绍了杨、蓝二人的"夫妇关系"，并向他特意强调："杨先生和夫人是我高府的贵客，也是我高永贞的至交好友。这一路上，望能得到兄弟多多关照！"说罢，他摸出厚厚一叠纸钞塞到司机衣袋里。司机一边客套，一边赔着笑脸请潘汉年、蓝运臧坐进了驾驶室。另外，由贵州地下党安排的三名身高力壮的年轻党员则作为"跟班"，坐进了后面的货箱里。

汽车发动了，货箱下猛地喷出一股蓝烟。秦天真、高言志走近车门，深情地与潘汉年、蓝运臧对视告别。

高言志："杨兄，嫂子。你们一路多保重！"

秦天真："杨兄，今次一别，你我何时相见？！"

潘汉年："二位贤弟，请转告我'表弟'林青，此次我虽与他擦肩而过、失之交臂，但我深信在不远的将来，我们定有机会相逢！"说到这儿，潘汉年眼里闪过一丝不易察觉的泪光。紧接着，汽车冒着蓝烟离开了大西门，缓缓朝都匀方向驶去，最终消失在秦天真、高言志他们的视野尽头。

当月，经省工委批准，熊蕴竹、高言志秘密加入了中国共产党，林青、秦天真分别是他们的入党介绍人，宣誓地点就在高家花园的怡怡楼……

第四章 1935年（民国二十四年）

三、"贵客"

当林青再度赶赴遵义，正值红军第一次离遵，迂回转战黔北、川南，蒋介石急调中央军和刚改编的黔军沿路阻击，这时，几乎所有道路都断绝通行。林青受阻多日，最终未能抵遵，待其迫不得已折转贵阳，潘汉年已离黔赴粤。两人擦肩而过，潘汉年为之遗憾、叹惜！期待相逢，成为他的一个心愿……

1935年1月17日，即"遵义会议"期间，国民党空军对遵义老城投弹，距开会地点约五十米的金家院子被炸。按部就班地将会议继续下去已无可能，需要会议确定的一些重要事项，只能留待在日后的行军中再去解决。19日凌晨四时，在一军团、三军团的保护下，中央军委纵队离开遵义一路北上。中午，军委纵队到达泗渡驻扎，周恩来、毛泽东、朱德等中央领导集中住陈国富家。下午两点，朱德总司令在陈家四合院里下达"关于五军团行动的命令"。接着，中央政治局在此召开了扩大会议，时间从当日下午两点开始，至20日凌晨两点左右结束。

"泗渡会议"主要讨论了"关于渡江的作战计划"，明确了野战军作战的基本方针，即"在由黔北地域经过川南，渡江后转入新的地域协同四方面军由四川西北方面实行总的反攻，而以二、六军团在川、黔、湘、鄂之间活动，来牵制四川东南'会剿'之敌，配合此反攻以粉碎敌人新的围攻，并争取四川赤化"。经过认真分析研究，会议通过了《中革军委关于渡江的作战计划》。这个作战计划，成为遵义会议后一个特定阶段里，中央红军的行动指南。

1935年1月29日，中央红军一渡赤水河，进入川南，准备北渡长江。蒋介石急调三十六个团进行包围。薛岳调周浑元部渡过乌江进入黔西，实施侧击，企图将红军压制在长江以南、横江（今属宜宾市）以东、乌江以北和以西地区，然后合力聚歼。据此，中革军委于2月7日决定，中央红军暂缓执行北渡长江的计划，改在滇、黔、川三省边界地区机动作战。

2月11日，中央红军掉头东进，二渡赤水河后返回黔北。在娄山关、遵义一带展开"遵义战役"，击溃国民党军两个师又八个团，取得了长征以来的第一次重大胜利。此后，国民党军改取堡垒主义和重点进攻相结合的战法，计划围歼红军于遵义、鸭溪之狭小地区。3月16日，红军三渡赤水河，再入川南。薛岳指挥各纵队尾追，并大筑碉堡进行包围。同月，蒋介石赶到贵阳督战。哪知毛泽东率红军挥师东向，四渡赤水，再过乌江直指贵阳。蒋介石感到意外威胁，亲自部署贵阳防卫。同时急令云南孙渡率部日夜兼程，前往贵阳"救驾"，红军主力则乘滇军东调增援贵阳，迅速进军云南，并于5月9日在皎平渡、洪门渡巧渡金沙江。此时在乌江北岸活动的红九军团，也从云南省会泽的树节、盐井坪巧渡金沙江，随后与主力部队会合。至此，中央红军摆脱了数十万国民党军的围追堵截，取得了战略转移中具有决定意义的胜利。在这当中，潘汉年通过特殊途径，及时把获取的情报辗转送达党中央。春风荡漾的贵州高原，则见证了"四渡赤水出奇兵，毛主席用兵真如神"的军事奇迹。

为了配合红军作战，省工委利用各种机会对国民党军队进行滋扰牵制。当中央红军从遵义挥师北上时，黄大陆利用军阀想暗地保存各自实力的心理，劝说师长何知重以后勤保障虚空、"兵无宿粮"为由，避免与红军正面作战。红军一渡赤水，何知重部在桐梓一带按兵不动，未参加土城战役。红军二渡赤水，王家烈电令何部在二郎滩等地布防堵截。作战命令恰好被值班的缪正元收到，他转告黄大陆后，黄大陆设法使何部滞留于习水、土城一带，从而使红军的压力得以减轻。

1935年4月，省工委建立军事小组，省工委委员秦天真单线领导该小组。相关人员由李光庭、喻雷、王芸生、丁志平（丁沛生）、宁仿陶、张恒兹组成，李光庭任组长。该小组的工作重点主要是在安顺、凯里一带做兵运工作，组织游击武装，开展军事斗争。同月，省工委在贵阳组建中共贵阳县委，书记先后由汤幼新、李中量担任。同月，中共安顺支部建立，谢速航任书记，龙文任组织委员，陈汉民任宣传委员。4月底，省工委将中共安顺支部改为中共安顺县工作委员会，成员分工不变。

5月，高昌谋、陈廷维等组成贵阳中学党支部，高昌谋任书记，支部隶属省工委。6月，根据工作的需要，省工委决定在谢速航工作的安顺邮电局建立秘密的地下交通联络点，传递党内信件、文件、报纸、书刊及保持对外地的联系等。

1935年仲春，贵阳先后迎来了两个远方的"客人"。

第一个是国民党党首蒋介石。红军进入贵州后，蒋介石认为，这是消灭朱毛红军的良机，千载难逢。1935年3月24日，蒋介石、宋美龄夫妇及亲信、智囊乘专机飞抵贵阳，将行营设在六广门附近贵州军阀毛光翔的公馆内（今中华北路西侧）。蒋与宋住二楼，其他随行人员住楼下。

4月1日，红军过乌江，转而佯攻息烽，兵锋直逼贵阳。蒋介石亲自担任战地指挥官。他判断，目下朱毛红军有两种目的：一是可能乘虚袭取贵阳城；二是可能仍图东进，寻机与湘西贺龙、任弼时率领的红二、六军团会合。两个战略目的都直接威胁到贵阳安全。而贵阳守军，此时只有周浑元纵队郭思演的九十九师四个团兵力，且大部在乌江以北外围守备。城防兵力，连宪兵在内不足两个团。于是，蒋介石限令驻黔西的九十三师陈金城团星夜赶来贵阳增援。同时，他电令滇军孙渡部三个旅，经大定（今大方）、黔西兼程来筑"救驾"。

1935年4月3日，红军一军团、五军团从开阳经修文，到达省城贵阳东北隅之马场一带（今属乌当区羊昌镇）；同日，三军团、中央纵队由息烽经修文进逼贵阳。

4月4日，红军一军团、五军团、三军团和中央纵队齐聚马场，尔后兵分两路：一路复进开阳县境，经七里冲、大水塘到羊场（今属开阳县龙岗镇）集中；另一路经滥泥沟下龙井进至百宜（今属乌当区百宜镇）徐家院、沙坝一线。当晚，三军团在此宿营，指挥部设在农户刘明先和周良开家。一时间，百宜街头进驻红军达五千余人，百余匹高头大马昂首顿蹄、响鼻冲天，显得气宇轩昂。

4月5日，红军派出一支精干的侦察分队，进至老新堡、水田坝展开侦察活动，侦察地域涵盖大冲、石板河、杨柳塘、松树林、小寨、蔡家寨等。同日，国民党中央军九十二师五四七团、五五二团、五四九团三个团，迅速推进至百宜，并从蜡蚱、徐家院等处向红军发起进攻，战事展开，逐步推进至关明、百宜、新寨一带。为阻击敌人，掩护中央纵队从贵阳附近通过，中央军委电令彭德怀率其所属之十团、十二团、十三团三个团，在百宜一线阻击敌人。

战斗以百宜为中心，双方投入兵力近万人。在南北宽约五公里的范围内，几乎所有村寨都弹雨横飞，附近山头撒满了弹壳。战事胶着时，双方都吹起了冲锋号，国民党中央军四架飞机呼啸而来凌空逼战，轰炸声、枪炮声响成一片，双方子弹、弹片"嗖嗖"尖叫，密集横飞。战斗从中午打响，临近傍晚才结束，双方都伤亡惨重，国民党中央军阵亡者中，有两名营级军官。

双方鏖战约六个小时后，三军团将士交替掩护撤离战场，经百宜到拐九后寨附近的宋家渡一带。宋家渡地处南明河下游，位居乌当、龙里、开阳三区县交界处。由于长期的军阀混战，民生艰难，百姓对国民党军队早就痛恨不已。中央红军来到宋家渡时，宽阔的南明河上只有一艘小木船。几千人的队伍，马匹、弹药等辎重繁多，渡河困难不言而喻。当地群众见红军纪律严明，便自发组织起来帮助红军。他们把自己家里的楼梯、木桌、门板及木材等扛到大河边，军民联手搭建浮桥。在老百姓支持下，红军很快顺利渡河，老百姓则立即拆桥。次日傍晚，国民党中央军气势汹汹追到宋家渡时，浮桥早已杳无踪迹。国民党士兵们无可奈何，只能朝空阔的河面放了一阵乱枪。而此时，红军已越过湘黔公路，经惠水县城转往云南方向。这"过河拆桥"的故事则成了一段佳话，不胫而走……

百宜激战之际，蒋介石惧虑红军乘虚攻城，亲自检查城防工事，并令警备司令王天锡为他准备了向导、马匹和乘轿，以备撤退之用。

4月6日，红军第一军团二师师长陈光、政委刘亚楼率部打下水田坝。与此同时，一军团、三军团及军委纵队进入龙里的白果坪、桑树湾、大小谷陇及水淹冲、干坝河地域，构成对龙里县城的包围之势。

在中央红军所辖各部队中，红一军团是中央红军兵力最为雄厚的主力，而红二师又是主力之主力。长征途中，红二师一路当先，突破封锁线，浴血湘江，突破乌江，强渡江界河，智取遵义，激战娄山关，四渡赤水，再渡乌江……一路闯关夺隘，所向披靡！

4月8日，红军侦察分队向南深入花溪、青岩活动；第三军团以后卫第十三团在倪儿关、黄泥哨向贵阳方向佯动，牵制城中守敌，主力则越过湘黔公路，经龙里进入花溪；第一军团主力在观音山与敌激战，并在湘黔公路扼守东西两头，掩护军委纵队越过湘黔公路，另一个团过浮桥进入贵定，引滇军东进。

4月9日，红军全部在龙里至贵阳段越过湘黔公路，向贵阳西南而去。蒋介石发觉中计，急令滇军收缩兵力尾追红军；令吴奇伟、周浑元各部经清镇、安平、安顺，向西对红军实施平行追击。

4月10日下午六时，吴奇伟部在青岩镇东北的狮子山遭红军第三军团主力迎头痛击，被歼一百余人，被迫后撤；红一军团后卫也在花溪高坡扼制了滇军鲁道源旅的尾追。11日，红军主力全部进入黔南定番，最终转向广顺（解放后与长寨合并，为今长顺县）西进……

4月25日，自知大势已去的王家烈，连续四次向蒋介石提出辞呈。稳坐贵阳行营的蒋介石予以批准，并给了他一个军事参议院"中将参议"的虚衔，另有五千块大洋的旅费，一代贵州军阀就此沉寂。

5月，蒋介石下达命令，对贵州军阀部队进行正式改编。新的番号依次为第八十二师、第八十五师、第一〇二师（师长柏辉章）、第一〇三师（师长何知重）、第一二一师（师长吴剑平）、第一四〇师、新编第八师，一共七个师。

……对贵州这个地方，蒋介石视其同江西一样重要，至于内心里爱耶？恨耶？一言难尽而又欲罢不能。眼下，他面对的可是一盘事关全局的大棋，不敢有丝毫懈怠。"将'朱毛'聚歼于黔北、川南"，是他军事目标所指，也是近年来他一心巴望的事情。然而，他最终还是失算，满心希望化为泡影。在眼高手低、鞭长莫及、忧惧交加的复杂心态下，蒋介石气哼哼地离开了贵阳山城。

贵阳的第二个"客人"，是贵州省肃反委员、国民党贵州省党部中统特务室主任陈惕庐。

陈惕庐，本名陈文正，又名陈资平、陈治平，1898出生于江苏省淮安县钦工乡。陈家是贫苦农民，父亲还抽大烟，生活尤显艰难。在亲戚接济下，他艰难求学。小学毕业后，先后就读于南京私立国学专修馆、江苏省蚕业专科学校。后到淮安县里一所农业学校任教。在此期间秘密加入中国共产党，并到黄埔军校二期深造。毕业回老家后，领导过"淮安暴动""徐海蚌地区暴动"，先后担任沪宁特委巡视员、徐海蚌特委书记，参加创建红十五军，并担任过军长。旋即担任中共江苏省委农运部、军运部部长等职。

1932年8月，陈治平调任中共河南省委书记，到任第三天，就因叛徒出卖而被捕，面对敌人的威逼利诱，他曾宁死不屈，坚守气节。随即被宪兵解往武汉行营。作为囚犯，此行原本很寻常，但是，一个人的出现使他发生了动摇，那就是他读黄埔军校时的校长蒋介石"蒋先生"！

在武汉行营，国民党党首蒋介石放下架子，亲自出马对陈惕庐进行审讯，这是他万万没有想到的。陈惕庐不禁开始犹豫起来：是继续坚持自己的信仰，还是改弦更张投靠蒋介石？前者坐牢，甚至杀头，后者荣华富贵。人生重要关头，陈惕庐选择了后者。

当年11月，陈惕庐在报上发表了脱党启事，同时，他在背叛共产党的道路上迈出了实质性的一步：出卖。徐海蚌特委、上海市委、江苏省委等秘密组织的部分领导人，因此而相继被捕，中国共产党蒙受了巨大损失。鉴于此，中共中央于1933年1月1日做出决议，永远开除陈惕庐出党。

国民党中央组织部党务调查处"南京实验区"区长，是陈惕庐叛变后的第一个正式职务。1935年4月，随着国民党势力对贵州统治的强化，蒋介石下令改组了贵州省政府和国民党贵州省党部。他派吴忠信担任省主席，吴次温为省党部特派员，袁慕辛任书记长；在国民党省党部内设"中统特务室"，并将陈惕庐由南京调来担任了特务室主任。

陈到贵阳后，蒋介石立即在毛公馆行营召见了他。

蒋介石："惕庐，调你来贵州，是我提议的。你在南京干得不错，但是对于你来讲，大材小用，需要换换地方。"

陈惕庐："惕庐还不够努力。感谢校长的栽培和训导！"

蒋介石："知道我为什么调你来贵州吗？"

陈惕庐："惕庐资浅才薄，需要历练。"

蒋介石："不。资浅才薄这个说法，是不适合你的！"

陈惕庐："校长，这……"他欲言又止。

蒋介石："我之所以提议调你来，是要你做一回钟馗。知道吗？贵州这个地方彻（出）鬼了。而且，是大鬼，波（不）是小鬼。惕庐，你要给我，把他，捉出来！"他的情绪一上来，宁波口音就特别重。

陈惕庐："学生有所感悟，请校长放心！"

蒋介石："你是共产党的特工出身，你们党的那一套东西，你熟悉。现在我给你提供一个舞台，你在贵州给我演好钟馗这个角色，就可以了！"

一听"你们党"三个字，陈惕庐立即显得不大自在，一时语塞。

犹疑片刻，他把刚才说过的话重复了一遍："感谢校长栽培！"

陈惕庐到任后，马不停蹄地制订一系列计划，着手破坏中共地下组织。为了监视学校里的师生和社会上的进步势力，陈惕庐在贵阳公开组织了一个"青年阵地社"。在公开场合，他多次以自己的亲身经历为例子大放厥词："诸位，不瞒大家，我就曾经是一个不折不扣的共产党员。但我一参加共产党，就深知共产党不行。"看似现身说法，实则是歪曲事实诽谤攻击。同时，他还采用各种欺骗手段，亲近、笼络青年学生，目的是从中物色苗子，秘密发展特务人员。

1935年5月，国民党特务在贵阳检查邮政电讯时，截获了一封以"矛戈"为化名从遵义寄到贵阳的信件。"矛戈"这个充满火药味的名字，立即引起了陈惕庐的注意。

"矛戈"，是林青一直使用的化名。

这一时期，林青领导下的中共贵州省工委非常活跃。省工委通过党的外围组织广泛发动群众，在贵阳地区开展了"五四"十六周年和"五卅"十一周年的纪念宣传活动。此外，林青还频繁在各校"读书会""社研会""文研社"等进步团体中讲解《共产党宣言》、马克思主义哲学、政治经济学等基本原理，亲自主编妇女进步刊物《惊蛰》。在斗争实践中，省工委注重采取"积极慎重、个别吸收"的方针，不断发展新党员。截至1935年4月底，黔西、毕节、织金、赤水、习水、思南、安顺、遵义和贵阳地区，先后建立了地下党县工委、支部或党小组，初步形成了共产党在贵州全省的组织架构和工作体系。

"五四""五卅"等系列纪念活动，以及"读书会""社研会""文研社"等进步团体的情况，或多或少被陈惕庐的特务组织所掌握。他怀疑这些活动的幕后组织者是共产党。于是安排特务扮作进步学生，通过不同方式打入这些团体，并积极参加他们组织的各种活动。这样，各项活动中出面的活动者及背后的组织者是谁，哪条街道是哪个学校的宣传队，等等问题，一点点显山露水！

贵阳崔家坡（今属公园西路），陈惕庐公馆。

陈惕庐午睡醒来，下意识地看看怀表，已是下午三点半了。

"哦……贵阳真好！"他笑笑，赶紧起床。与此同时，他脑子里零零碎碎想起了一些在南京任职的事情，首当其冲的就是天气。南京冬天奇冷、夏天奇热是出了名的。夏日里几乎无法午睡，即使睡了醒来，热汗浸身奇痒难忍，十足遭罪。同是夏日，贵阳却大不一样，室外光照充足，室内清凉惬意。"这鬼地方，还真是个避暑胜地！"他不由感叹道。

近日，陈惕庐心里很舒服。颇具江南特色的一句家乡话，冷不丁就会从他嘴里冒出："惬意！"为侦破共产党在贵州的地下组织，到任之后的头两个月，他殚精竭虑、事必躬亲，一天到晚蛮辛苦，但他又认为蛮值得。就眼下而言，各项措施和布局甚为合理，一切正朝着自己所期待的方向发展。前不久，陈惕庐通过从特务们提供的各项情报中筛选，逐渐锁定了大致方向和目标。再结合前面"矛戈"那封信件里涉及的一些内容，陈惕庐首先找出的贵州省工委领导人，是住在万宝街（今公园西路）裁缝铺的省工委委员刘雪苇。而这家裁缝铺的主人叫李中量，他也是一名地下党员！

既然大局已在掌控之中，就看什么时候收网，届时轻轻一提，"赤色分子"连锅端应无悬念！贵阳，一张大网在逐渐收拢。陈惕庐似乎看见了蒋介石满意、嘉许的神色。

……走出卧室，正准备洗漱，陈惕庐看见客厅有一篮桃子，红艳艳的，摆在桌子上。他拿起一个闻闻，是水蜜桃的气息。"蛮好。"这时，院子里担任游动哨的随从听见屋里动静，知道主任起床了，于是进来把一封信件交给了他。

随从："主任，这是刚到的。"

陈惕庐："我睡了有三个小时吧？除了邮差，有其他人来过吗？"

随从："和你下棋那个小李来过，这桃子就是他送来的。"

陈惕庐："哦，怎不叫醒我？这小伙子，棋艺蛮好的。"

随从："主任，对不起，以后我注意。"

陈惕庐随便洗漱完毕，然后一边检查身上携带的枪械，一边出门往外走。到了大门边，他登上已经发动的专车，一溜烟去了省党部。

随从所指"下棋那个小李"，即正谊中学高三学生李策。陈惕庐的出现，让林青、秦天真他们感到了前所未有的威胁。这时，邓止戈仍随何知重的部队驻防外地，远离贵阳。经林、秦多次商议，决定派合适人选设法接近陈惕庐，然后寻找机会，近距离除掉这个叛徒、败类。经过严密挑选和反复比较，李策成为最佳人选。为保密，这项艰巨复杂的任务，只有林青、秦天真知道。

早在九一八事变前，秦天真就派李策到贵阳武术馆学习拳术，几年下来炉火纯青。省工委成立后，秦天真经林青批准，又给李策下了两道命令：一是停止参加党组织的公开活动，尽量减少与其他党员的往来；二是有意以灰色的政治态度，与贵阳师范学校的学生丁慰慈、耿心泉等交往。丁、耿和李策一样爱好武术。前几年，丁、耿就与国民党的派驻机构来往密切，近期又被陈惕庐拉入了特务组织。李策故意同他们称兄道弟，十分亲近。目的是利用切磋武艺的机会，向其刺探情况，及时了解陈惕庐在学生中策划、组织的特务活动。一来二去，李策被丁、耿认作同伙。也正因为如此，李策被党内其他人误解，许多人将其与丁、耿视为一丘之貉，对其嗤之以鼻。

接受林青、秦天真交代的任务后，李策通过丁、耿引见，与陈惕庐结识。这一阶段，陈惕庐为了扩大情报来源，也为了招兵买马，正急于在贵阳青年中"物色人才"。李策见陈时，既礼节性地表现出对"陈先生"的尊重和敬佩，又不刻意讨好献媚，显得比同龄人早熟持重，里里外外一个字："稳"！

稳，这是陈惕庐欣赏的一种性格。李策不但一表人才、身强体壮，而且言语得体，举止文明。陈惕庐与之相见后眼前一亮，觉得这彬彬有礼而又武功高强的小伙子，实乃百里挑一的优秀人才。"尤其适合做特工。"陈惕庐心底里夸赞有加，却未表现出来，决定继续观察这个小伙子。

围绕李策这个人，丁、耿与陈惕庐之间还发生了一个颇具戏剧性的"良性误解"。丁、耿二人都精明过人，善于揣摩别人心态。他们单从一些细节，就看出陈惕庐对李有好感，于是流露出"推荐有功"的自得。为了有利于今后相处，同时也为了抬高他们自己的身价，后来两人继续陈述了李策的不少优点，比如武功高强、棋艺非凡、吃得苦、重义气，等等。这样便给陈惕庐造成一个错觉，以为李策是丁、耿多年知交，知根知底。"既然三人皆可堪造就之良才，一同招于麾下用起来，岂不是一桩美事？！"

一来二去，李策成了陈宅的常客。陈惕庐对象棋并无兴趣，但他常以下棋为由，邀李策来家对弈。两人坐到一起，陈惕庐也不和李策谈时政之类。棋举棋落间，他们有一句无一句地聊些世俗家常，实则是相互揣摩，暗做观察，各人打着各人的算盘……

"适合做特工。"陈惕庐对李策的评价一点没错。为了赢得并保持陈惕庐对他的好感，李策做事很注意分寸。有一次陈惕庐邀他去下棋，哪知刚到门边，恰遇陈的手下在汇报工作。"你请坐！"陈指了指一张椅子，示意道。然而李策反应敏捷，他做出很懂"规矩"的姿态，停在门边远远对陈惕庐笑了笑，立即告辞走了。就这短暂的一笑间，李策已暗自环视，记住了那几个便衣特务的容貌和身材。后来他暗地里通过访查，弄清了那几个特务的身份和家庭信息，并向秦天真做了报告，提醒同志们注意提防。

随着时间一天天过去，李策和陈惕庐打得愈加火热。有意无意间，陈惕庐开始和他谈时政。李策手上把玩棋子，意味深长一笑，从不表态。他明白，时机就要成熟了。但秦天真格外稳慎，他命令李策：继续周旋，继续玩。"玩死他，是一种本事；但玩死了他，你还能全身而退，岂不更好吗？"

李策时时关注并分析着陈的行踪规律，伺机行动。为了配合李策，秦天真通过黄大陆搞到了一支盒子枪交给李策，并要求他确保"全身而退"。

6月底，秦天真去安顺布置安顺、紫云等地的兵运工作。回到贵阳已是7月19日。午后，秦天真、徐健生正在忠烈街八号商量工作，李策来了。

"刚才……我去了万宝街裁缝铺……李中量家。"李策一头大汗，语气很急，"进门后，发现一帮特务躲在屋里……刘雪苇、李中量、郑成诗、萧文琨四个人……都被捕了，特务强制他们坐地守捕。"

据李策说，他一进门，也被特务抓住了。李策当时灵机一动，冲着守捕的特务破口大骂："你们真是有眼无珠，简直是乱搞，自己人抓自己人！"

特务问："你是干什么的？"

李策："我是陈先生派来的。"

特务怀疑，继续盘问他："陈先生？哪个陈先生？"

李策："陈先生是省党部委员，住崔家坡十二号，瘦高个子，今天穿一件灰长袍。"李策沉着冷静，对答如流。

守捕的特务仍不信,问他:"除了陈先生,你还认识哪个?"李策:"我还认识行动股的李股长,他知道好多详情。"特务们一听,将其押到街对面一家店铺里,行动股股长李少白正抽着香烟在此隐匿观察。看样子,这次抓捕是陈惕庐一手指挥,李少白负责落实。在陈惕庐家,李少白曾数次见上司与李策对弈,并对其优礼有加。现在他一见李策,当即对手下人连说了几声"自己人""自己人",未作深究而放了李策,并表示歉意。

李策脱险后,朝忠烈街相反的方向走了好几条街,又山重水复绕了好大一个圈子,直到确信无人尾随跟踪,才找到秦天真报警。

李策正在叙述,地下党员吴绍勋也来了。吴绍勋家住大公巷,听说李中量的裁缝铺出事,不由大吃一惊:"老秦,林青他……他是一大早就出的城啊,不知去哪里了。"秦天真听了这话不由心急如焚。林青昨天从遵义来的贵阳,并且已经和他商量后发出通知,约定今晚在万宝街裁缝铺召集会议。怎么办?秦天真凝思片刻,当机立断做出了几项决定。

他命令吴绍勋:"你立即想法子寻找林青,向他报告险情。还有,你和他之间的一切来往书信要赶紧烧掉。你自己也尽快转移,不可滞留家中。"

吴绍勋走后,秦天真命令徐健生:"你要尽一切可能,通知到原定参加会议的同志,会议撤销,叫他们自行隐蔽。立即落实!"

徐健生走后,秦天真命令李策:"你立即安排可靠的人,埋伏在裁缝铺附近的各个路口,阻止任何党员和进步人士进入李中量家。"在万宝街,李策曾向李少白等假称,是陈惕庐派他前往裁缝铺察看情况。李少白如果向陈核对真伪,后果不堪设想。为此,在李策正欲出门时,秦天真叮嘱他:布置完警戒任务后立即转移。"注意隐蔽自己,待事态平稳后,你再同我联系。"

李策离开后,急急赶到夏之刚家,安排支轴和夏之楣到万宝街李中量家附近执行警戒任务。然而,两个女同志未能充分理解事态的严重性。她们等到黄昏未见异常,就自动撤离了。支轴甚至贸然进入李中量家探听虚实,哪知恰恰落入特务手中。随后不久,林青按开会时间如约赶到李中量家,待其发现不妙,特务已扑上来对其下手。血气方刚的林青拳脚并用、拼命反抗,无奈特务枪械相加以众击寡，他最终被捕。因反抗激烈，林青的头、颈、胸肋等多处负重伤。特务们七手八脚将他五花大绑，送往"贵阳模范监狱"关押。刚成立不久的贵州绥靖公署警备司令部同这里紧挨着，两处皆岗哨林立、戒备森严。

吴绍勋到处寻找林青未果，便回家烧掉了他们之间的书信等物，却未按秦天真的叮嘱转移，次日晨于家中被捕，特务在此继续设伏守候。党员何群及外围群众孔文、罗朝秀亦陆续被捕。

秦天真、徐健生、高言志他们不愿看到的事，一桩接一桩地发生了！

四、星空

1935年7月20日，阴历六月二十日，这个日子距离大暑还有四天。

天黑后，贵阳上空星斗满天，文笔街高家花园里草木静立，夏虫喔喔。时暗时明的路灯下，大人在乘凉，小孩在嬉戏，风姿绰约的花草树木，反衬出这所百年宅院的安泰祥和。随着夜色渐浓，各进院子里的老老少少都回屋歇息了，那些昏黄的路灯也次第熄灭。子夜之后，高家花园彻底融入了苍穹下的夜色当中。这黑茫茫的大地，此时一片静寂。星空下，祠堂和后花园的阁楼等高层建筑，只能看见一个模糊的轮廓！

船屋前月影婆娑，池塘里蛙鸣如鼓，水面无风而动、涟漪迭起。高言志不顾蚊叮虫咬，一个人在池塘边的石凳上坐了许久，许久。虽说四周安静，他的心里却格外烦乱、浮想联翩。

昨天，7月19日，贵阳临近中午时烈日当空，酷暑难耐。下午两点，高言志和几个朋友在杨柳湾（今贵阳河滨公园）游泳。水中正玩得欢畅，远处突然急匆匆跑来一个人，隔着老远，那人就呼叫着高言志的名字催他上岸。高言志踩着水，双手把眼睛抹了抹，才看清那是贵阳师范学校的一个小男生。

"高哥……！"他还未上岸，那人就气喘吁吁地对他说，"我们学校的宿舍被特务查抄了。"

"啊？咋回事？"高言志惊诧不已，上岸后他一边找衣服，一边问道。

"凌毓俊、陈克勤……何冠群……几个，都、都……被抓了；曹克勤、曹克勤……跑脱，没有捉住。"或许是那学生跑得太急，他脸色青紫，前仰后合地喘着粗气，显得有些前言不搭后语。高言志心里"咯噔"一下，不由自主说声"糟啦！"这时他已经穿好衣服，扬手大幅度地晃了晃，算是给河里的朋友打了招呼，然后就急匆匆赶往白沙井（今白沙巷）。

白沙井，贵州地下党的又一个联络点，省教育厅督学尹素坚家住在这里。尹素坚一家老小开支巨繁，她却常以微薄的薪水资助地下党，并多次利用自己的职业身份巧妙周旋，保护进步师生，高言志、秦天真等都亲热地叫她"坚姐"。

开门的正是坚姐。

高言志满头大汗、气喘吁吁，坚姐却沉稳地微笑着，不慌不忙倒了一杯凉茶递给他："别急，你坐下来慢慢说。""姐，刚才我，我得到一个消息，说凌毓俊、陈克勤、何冠群他们，他们被抓了……！"高言志端着那杯茶，还是有些迫不及待，他的手微微发颤。

其实，在高言志敲门之前，徐健生刚走。因此今天发生的事情，坚姐已知道了一个大概，并已从震惊、愤怒中恢复了镇定。

"出门玩去。"坚姐支开年幼的孩子，低声对高言志说，"不好的事情已出现了！永贞，我们要有思想准备，糟糕的局面可能还会延续。"接着，她告诉高言志：被抓的除了学生，还有省工委委员刘雪苇。

"是吗？坚姐，是真的吗？"对高言志来说，这简直是晴天霹雳！

尹素坚沉重地点点头："是的，永贞。一点不假！"高言志听了，心头愈加沉重，那杯凉茶端在手上，他一口没喝……

从坚姐家出来，高言志装作过路的样子来到万宝街。

刚一进街口，就听见背后有个女子的声音："高哥，你去哪里？"高言志回头一看，是支轴。"'同济堂'有个姓唐的管事，托我带信给你，叫你赶紧去他们那里一趟。"支轴一边说话，一边对高言志使劲眨眼睛。高言志明白，这是暗示他离开。于是他点了下头，朝另一个街口走去。

刚过街口就见夏之楣走了过来。"哟，大少爷，我们怕是几年不见啦！最近你在哪里发财？"夏之楣大声问道。

明明几天前，夏之楣还在和高言志、刘雪苇、支轴等人一起开支委会，现在夏姐却说"几年不见"，高言志明白，支轴、夏之楣她们是在执行警戒任务。于是他笑笑，装作优哉游哉的神态走开了。但此时他心里惦记着秦天真、徐健生和孙师武，于是回高家花园找秦天真。然而他们都不在。秦天真的妹妹秦天芬和熊蕴竹一道在女师读书，也尚未放学回来。透过别着铜锁的门缝往里看，住所的贫寒简陋一望而知，几乎是空空如也……

高言志略加思索，装作无所事事的样子出了后门，警觉地来到忠烈街，他想看看吴家裁缝铺的动静。

这时，吴裁缝两夫妻正在屋里忙碌，门口也没有其他陌生人。高言志判定这里目前平安无事，于是向吴裁缝打听徐健生和孙师武，吴裁缝答复道："他们下午就出去的，现在一个都不在。"听了这话，高言志更放心了。

傍晚，秦天真回到住所。接着，秦天芬、熊蕴竹也陆续进屋。下午送走徐健生，秦天真去了城郊宅吉坝李光庭家。针对当前的突发情况和下一步可能出现的问题，他们做了认真仔细的分析，并商量了一些对策。

李光庭大秦天真三岁。1906年，他出生于黔东北松桃县，家境贫寒，生活艰苦。读过两年私塾后，由于家贫，父亲安排李光庭学裁缝。1925年10月，贺龙部队在铜仁招募士兵，李光庭报名参加了贺龙的部队。北伐战争中，李光庭作战勇敢，被提拔为班长。此后他又参加了1927年"八一"南昌起义。南昌起义失败后，李光庭到李晓炎的四十三军担任了上尉连长。此后部队被收编，他担任中尉助理教官，负责射击、劈刺、投弹和制式教练等课目的训练。1930年，经共产党员舒保初介绍，李光庭加入党组织，并辗转于黔东南凯里一带开展革命活动。1933年，李光庭、唐寿南、王毅、喻雷等地下党员打入王家烈部，并各有任职。李光庭任特务团团副。他们中的王毅是毕节人，曾回家乡找秦天真未遇。1934年秋，王毅终于在贵阳与秦天真取得联系，并汇报了他同李光庭等同志在凯里地区的活动情况。年底，经王毅联络，秦天真在安顺同李光庭、喻雷会面，并代表党组织，重新接收李光庭、喻雷、王毅为中共党员。

秦天真靠坐在屋角，独自发呆。

熊蕴竹在窗前的小火炉上做好饭食，和秦天芬几次催促秦天真吃饭，他都推说不饿，板着脸独自久坐。熊蕴竹猜测他可能遇到了什么烦心事，便放下碗故意激他："你不吃，我也不吃了，大家闹绝食嘛。"秦天真看了她一眼，欲言又止。熊蕴竹估计问题比较严重，却又不好问他，于是沉默了。

不一会儿，高言志和徐健生一道走了进来。大家赶紧坐到一起，把各自掌握的情况做了汇总，高言志对事情的了解程度更深了一层：7月19日这天，在陈惕庐的策划和指挥下，国民党中统特务从贵阳师范学校、万宝街李中量家、大公巷吴绍勋家三处下手，抓走了刘雪苇、李中量、汤幼新、郑成诗、萧文琨等共产党员和凌毓俊、陈克勤、何冠群等外围组织的成员。获悉这么多共产党员被捕，高言志的心里更加着急、沉重。

20日，陈惕庐继续实施他的"收网计划"。

整个白天，秦天真、高言志、徐健生待在高家花园船屋的二楼，哪儿也没去。中午，李光庭、邱祖轩一同来找秦天真，并汇报了昨晚到今晨的最新进展情况：昨晚，支轴、林青被捕；今晨，吴绍勋、何群、孔文、罗朝秀被捕。秦天真合计了一下，两天共有二十多人被捕，其中共产党员有九人。又因这事发端于7月19日，秦天真将其称为"七一九事件"。

事情发生得如此突然，大家的情绪都很低落，内心里悲愤交加。作为省工委军事小组组长，李光庭曾在北伐硝烟和南昌起义中亲历血雨腥风、出生入死，对眼下的局势，他有自己独特的视角和担忧："接下来，事情有可能继续恶化，一旦波及高家花园，后果是不堪设想的。"

为此，李光庭向秦天真提议："你最好撤离高家花园，宅吉坝我熟人多。我马上去租房子，你转移到那里隐蔽，确保安全。"徐健生、邱祖轩立即赞成,秦天真、高言志想了想,也同意了。

李光庭:"从昨晚开始,几道城门都加了岗哨。进城、出城都要盘查,很麻烦,我先去把房子租好。"

徐健生:"你赶紧落实,办妥了就来接秦天真。"

李光庭、邱祖轩离开后,徐健生、秦天真各自也默然离去。高言志一个人留下来,在船屋临窗处久坐沉思。文笔街的高家花园,本来就在城市东北的一片高地上,上了船屋二楼,这里更是居高临下,满城风光尽收眼底。若在平日,高言志临窗远眺一定会豪情顿生,诗兴大发,背诵几句"大江东去,浪淘尽,千古风流人物……"然而今天他兴致全无,看什么都不顺眼!高昌华在广西读书,高昌谋、高言诗则按照林青的安排去了黔南。现在党组织出了这么大的事,高言志悲痛万分的同时,还感到了某种恐慌,却又无处诉说。

晚饭时,高言志一语不发,弟妹们和他说话也爱理不理。他神思恍惚地刨了几口饭,就去卧室歇息了。母亲不安,以为儿子风寒感冒,于是端着一盏油灯跟进屋去,十分关切地抚摸儿子的额头,然后又摸摸自己的额头做些比较。

"永贞你咋个啦?脑门心(前额)也不烫嘛。"母亲诧异地问他。

"妈妈,我没事的,只是感觉有点累。你自己去休息吧!"

母亲坐在床边,狐疑而又心疼地看着儿子,高言志想解释,却找不到适合的言语。母亲默默看了他好一阵,才端着油灯悄声出去了。看着灯光下母亲那佝偻的背影,高言志不禁悲从中来,喉头便痉挛着有些哽咽。为了抚养九个子女,父亲这些年一直在外公干,母亲则在家昼夜操劳。子女们的饱饿冷暖被她当作头等大事,时时挂在心头,无论哪个稍有风吹草动,母亲就惶恐不安。倘若有事瞒着母亲,高言志是于心不忍的。然而,眼下这样一些风口浪尖的大事,能让母亲知道吗?且不说会把母亲吓倒,就是党的纪律也不允许啊!

高言志想七想八,不知不觉又从母亲想到了林青、刘雪苇等人身上。高言志和他们相处的时间虽说不算长,但在他心目中,林青、刘雪苇都是这个时代顶天立地的汉子,是最值得崇敬的青年人。此前为了开展兵运工作,高言志带林青去过父亲高叔伢任职的黔南三合县。父亲很慈祥，也很重视人才。他安排高言志和林青分别担任了县政府的会计、出纳。若不是因为语言障碍，不得不取消计划打道回府，三合县保警队那几十号人，以及他们那几十条"汉阳造"步枪，可能现已成为共产党游击武装的利器！

高言志对刘雪苇不太熟悉，只知道他的大致简历——

刘雪苇，原名刘茂隆，贵州郎岱人，与高言志同龄。1931年，十九岁的刘雪苇毕业于贵阳中等师范学校，到上海"开明书店"做学徒，次年3月加入中国共产主义青年团，同年10月转为中国共产党员。在沪三年间，刘雪苇历任共青团周家桥区委组织部部长、书记，共青团中央支部巡视员，共青团江苏省委青工部负责人。后加入左翼作家联盟，被选为"左联"第二届执委。1932年，刘雪苇开始在报刊发表文学作品并小有名气。1934年下半年，刘雪苇受党组织派遣，回家乡贵州郎岱开展工作。在他的影响下，曹克勤、赵成元、周兴仁、刘蕃栋、徐修礼、罗天锡等等进步青年走上了革命道路。1935年2月，经林青提名，刘雪苇补选为中共贵州省工委委员。

截止到"七一九事件"爆发，高言志与林青相识刚好一年，与刘雪苇相识仅仅半年。然而，无论时间长短，都不影响他对他们的仰慕和崇敬。对他来说，秦天真、缪正元、林青、刘雪苇……都是他亲爱的同志，也是博学的师长，更是黑暗岁月里，帮助他走向光明的好兄弟和领路人。然而今天，他们中的林青、刘雪苇，居然同时被捕！对其他人来说，这样的事可能无关痛痒，对他来说，却几乎意味着天都塌了。这些年的思考、实践和种种努力，似乎遭到了彻底摧毁和否定。这是一种怎样的失败和沮丧？

心潮起伏的高言志悲伤不已，辗转反侧，不时抽泣流泪，他怕母亲再次走进他的卧室，于是披衣下床出了门，悄悄走进了人迹罕至的后花园……

在池塘边，高言志心潮澎湃、热泪长流。在这蛙鸣如鼓的深夜，他心里仿佛打翻了五味瓶，脑海里拥挤着家族里的许多人和许多事。这当中，最突出的有三位：第一位是两度出任广州知府的"广州公"高廷瑶，第二位是官至藩司的"布政公"高以廉，第三位是深得蜀中百姓景仰、曾在四川做官并培养出状元骆成骧的"资州公"高培谷。他们是高言志的祖上，也是名垂千古光耀史册的清官廉吏。同时，他还想起了慈祥的父母和家族中那些对他爱护有加的长辈，自幼成长的点点滴滴，一幕幕浮现在眼前，令他百感交集。

在那愁肠百结的情感梳理中，他的思绪突然峰回路转，重新回到了林青、刘雪苇等人身上。此时此刻，同一片土地、同一轮明月下，林青、刘雪苇在遭遇什么呢？殴打，凌辱，酷刑，这些在平日里仿佛都很遥远，然而，此时此刻，发生在他们身上是肯定的，也是必然的。想到这里，高言志心如刀绞般疼痛。仿佛被困于牢笼的是他自己，他正衣衫不整、满身是血，遭受着军警、狱吏的无情殴打和凌辱，甚至各种令人发指的酷刑。一时间，他突然崩溃了，嘤嘤地抽泣着哭出声来。他多么希望自己的祖上突然显灵，用神力击退残暴的军警、狱吏，帮他把那些落难的同志、师长、好兄弟救出监狱，让他们逃出苦海！

然而，他心里十分明白，这样的期望和祈祷是苍白的，也是无济于事的。他的内心为此倍加痛苦，怎么也无法阻拦自己那嘤嘤的哭声。他只能尽自己最大的努力克制着，克制着，使劲用双手捂住嘴巴，同时，他心里不断告诫自己：此时夜深人静，千万不要嚎啕大哭！千万千万！

高言志泪流满面、天昏地暗之际，他的肩头被人轻轻拍了一下。他一惊，条件反射般地扭过头去。清朗静谧的月光下，他看见了一张熟悉的面孔。那张面孔仿佛具有某种神力，令高言志无法抑制的抽泣声戛然而止。

"三伯伯……！"高言志不由自主地站了起来。三老爷一手拄着手杖，一手在侄儿的肩头轻轻摩挲着。渐渐地，高言志的情绪稳定下来。

"你们出事啦？"三老爷极力压低声音，关切地问。这个"你们"所包含的内容，不但指向明确，而且内涵丰富，充满善意的关切。高言志一听就明白，这两天的事瞒不过伯伯，于是他大胆地点点头："嗯。"

三老爷："你挺不住啦？"

高言志点头："有点。"

三老爷："世间有些路好走，有些路，不好走。"

高言志："嗯，伯伯……"

三老爷："不管好走不好走，只要是自己选择的，就走下去。"

高言志："伯伯，我瞒不过你。同时，我心头对你一直有愧。"

三老爷："永贞不要这么想，伯伯在乎的，是一个人的品行和良知。如果你和秦天真，你们路子不正，他能住得进我们这个院子吗？"说着，他掏出一张手绢，慈祥地递给高言志。

高言志擦去眼泪，定了定神壮胆问："伯伯，你为什么允许我这样？"

三老爷："永贞啊，既然事已至此，我这做伯伯的，也就直言不讳说几句心里话。古人云，修身、齐家、治国平天下。古人又云，穷则独善其身，达则兼济天下。可是，这乱世当中，读书人体面何在？尊严何在？"

高言志："我知道的，佃户难，穷人难，读书人难，平时有钱有粮的缙绅之家，也是一个难！大家过得都很屈辱。"

三老爷："如果在军阀和土匪之间，你只能选一样，你作何选择？"

高言志："我一个都不喜欢。"

三老爷："对，我也不喜欢啊！之世间既然有了'穷则思变'四个字，何不能'辱则思变'？是你和黄大陆、秦天真他们，给了第三种选择。"

高言志闻言，心头豁然开朗，早先那无形的压力减轻了许多。于是他对三老爷说："伯伯你看，月亮偏西，时间不早了，你老人家回去休息吧。"

"嗯，你也一样，该休息了。"三老爷话中有话，"你看之天空，多么地高远辽阔。无论刮风、打雷、扯火闪（闪电），它都是塌不下来的！"说着，他大幅度扬手一挥，几乎囊括满天星斗，还有那已经西坠、近乎椭圆的残月！

平时不苟言笑的三老爷，今夜如此慈祥而通融，同时又如此果敢决绝、真情毕露，高言志得到了莫大的慰藉和鼓舞。月光下，他久久注视着伯伯蹒跚远去的背影，泪水又一次夺眶而出，于是，这朦胧的夜色更加模糊了……

次日清晨，高昌谋、高言诗一早就来找高言志，向他了解"七一九事件"的原委。昨天下午，在都匀，通过地下党途径，叔侄俩粗略知道了"七一九事件"的大概情况，他们既感突然又焦急万分，高言诗决定连夜驾车回贵阳。但忙完事情动身已很晚，到达南门外已是半夜。城门被守城的士兵关死，怎么也叫不开。大南门外，叔侄俩在车上困了一夜，天亮才回家。

听高言志说到秦天真转移一事，高昌谋说："大家都想想法子，要选择最佳途径，千万不要再出纰漏。"

下午，邱祖轩来告知大家，李光庭在宅吉坝把房子租好了，叫高言志把秦天真送出城去，这时已是漫天夕阳红。昌谋、言志、言诗叔侄三人早有准备，他们黑衣白鞋，衣袖上拴了麻丝，手上各执祭礼，似乎打算给至亲长辈奔丧下祭。高言志稍一示意，叔侄仨与徐健生、秦天真、邱祖轩等各自搭配，分头上了三辆黄包车。为首那辆坐着的，是高府大少爷高言志，身旁则是长工打扮的秦天真，二人脚边车踏处，放了折叠起来的黑布挽幛，另有香烛钱纸祭品若干。

在洪边门边，三辆黄包车被拦住，通通下车检查。高言志一下车，带队的班长就"哦"了一声，问道："大少爷去哪里下祭？"那是一个瓮鼻子，他们早就熟识，平日里，瓮鼻子常在高言志这里得些或大或小的好处，算是哥们儿。

"宅吉坝，我一个舅妈过世好几天了，明天一早出殡。"高言志说着，递给瓮鼻子班长一瓶酒和一盒点心，"稍晚点的时候，我们还要赶回来，到时劳烦老哥子放行。""好的好的，一定方便大少爷。"

说话间，那班长挪开障碍物，高言志一行六人顺利出了城门洞。

此后连续数日，国民党官方掌控的新闻报纸连篇累牍对"七一九事件"进行详细报道，大肆渲染，声称国民党中统"一举破获中共贵州首脑机关"……

五、细活

"哐啷"一声，身材高大的董亮清勾着腰，熟练锁上了那扇坚固的铁门。当他麻利地取下钥匙，牢房门口的陈惕庐深深地看了他一眼，然后低声问监狱长田丰年："税警总团转业来黔的，你这儿占了多少？"

田丰年："三十二人，近三分之一。"

陈惕庐一边走，一边和田丰年开玩笑："羡慕你呀，老弟。'一·二八淞沪抗战'，九死一生幸存下来的，可都是精兵强将呢！"

田丰年笑道："陈主任说得没错，我这些兄弟经历过硬仗，比一般的警察吃得苦，敬业！"

"嗯……"陈惕庐回头看看身后的董亮清，问道，"小董，我看过你的档案，上海调防来贵州，你是带队的？"

董亮清原地立正："是的，长官。"

陈惕庐对田丰年强调道："老弟，你给我留心一下，过段时间，我们特务室在你这儿要几个人。"说着，他意味深长地看了董亮清一眼。

田丰年："主任开什么玩笑？你那可是细活，我们这儿都是粗人啊！"

"不不不……！"陈惕庐摆摆手，阻止了田丰年后面的话，"我可没有开玩笑。你先放在心里吧！"

董亮清跟在陈惕庐、田丰年身后出了监区。陈惕庐走到办公楼前，随从立即发动汽车并打开了车门。陈惕庐依次和田丰年、董亮清握手。"小董，这下辛苦你们啦。看管共党要犯，责任重大呀！"说罢，他拍了拍董亮清的肩膀，在几个随从的簇拥下上了车，离开"贵阳模范监狱"。

田丰年望了望远去的汽车，对董亮清说："你也回去休息吧。这几天每到下班，人家小郑都在大门边等你呢。"

田丰年所说的"小郑"就是郑宛如，此时，这女子确实在监狱的大门边久久徘徊。这些天，她每天傍晚来这里等董亮清下班，却总是落空。天就要黑了，亮哥还要多久才出来呢？郑宛如心头没底，但她于心不甘，她在监狱的高墙下徘徊着，徘徊着，久久不愿离去。

在黔北茅台村，郑宛如的祖上世代酿酒，口碑颇佳，其中，最厉害的首数郑宛涛、郑宛如的高祖云欣公。据说清道光之际，某年端午前夕，郑家烧坊硕大的木甑子里，蒸了数日的高粱雾罩腾腾，香气扑鼻。掌火师傅披衣出来添煤时，看见火壁背风处靠坐着一个人，那人蜷缩着身子睡得正香。掌灯细看，年纪四十上下，书生打扮。掌火师傅连忙退回屋里，悄悄叫醒了云欣公。

云欣公诧异之余，忙拿上自己的一件外衣，跟着到了作坊。云欣公首先把外套搭在那人身上，然后客客气气请那书生进屋。书生客套一番，最终还是被云欣公劝到了屋里。经短暂交流，云欣公得知此人是遵义城里过来的。今晚下雨，他在茅台村一带迷了路。于是闻着酒香，一路找到了这里，但又不好打扰主人，便在作坊火壁旁避雨取暖，打算天明再走。双方一盘姓氏，居然都姓郑，书生叫郑珍，字子尹。云欣公抚掌叹曰："一笔难写两个郑字！"旋即朗声大笑，犹如失散的亲人久别重逢。老伴和子、媳皆被叫醒，连夜摆酒上席，喜迎郑子尹宗亲。

次日，雨更大，且一直下个不停，郑子尹几次告辞都被云欣公拦住。第三天，第四天……还是下雨。就这样，天公作美，郑子尹在茅台盘桓了好几天。

云欣公传信出去，茅台的郑氏宗亲闻讯纷纷来陪子尹喝茶、饮酒、追述家史、说古论今，连呼痛快。后来天晴了，子尹告辞。临走那天，送行的郑氏宗亲络绎不绝，陪着他走了好远好远的路程。最后子尹对云欣公说："老辈子，这些天你们招待如此下细，子尹无以回报，在客房留了件涂鸦之作，聊作纪念吧！"

云欣公回到家里，发现客房方桌上有一张纸，上面有三行字。第一行是题款："茅台宗亲存念"。第二行，是拳头大的两个字："途醉"。第三行是落款的小字："遵义郑氏 子尹 恭书"。

除此而外，郑子尹先生此行曾为茅台作诗数首，其中一首就直接以《茅台村》为题。诗曰——

远游临群裔，古聚缀坡陀。酒冠黔人国，盐登赤虺河。
迎秋巴雨暗，对岸蜀山多。上水无舟到，羁愁两日过。

郑子尹、莫友芝主纂的《遵义府志》，其时已闻名遐迩。对郑氏族人来说，这是非常体面的事情。重情好客的云欣公不仅结识了大名鼎鼎的郑子尹，还得到他的墨宝，实乃意外之喜，茅台人更是喜庆均沾、津津乐道。从此，世间多了一种佳酿名曰"途醉"。

发生"七一九事件"那天，董亮清正好当班。师范学校的凌毓俊、陈克勤、何冠群作为第一批犯人，是他收押的，接着，刘雪苇也被关进了监狱。第三天上班之后，董亮清才知道此次被抓的多达二十多人，其中一位小个子，与他在老邱的"又一村"打过几次照面，算是"老熟人"。董亮清记得他叫林青，但在监狱档案里，中统特务室给他登记的名字是"李远方"，董亮清故作不知。

为了确保万无一失，早在此次"收网计划"之前，陈惕庐就向省主席吴鼎昌提出申请，为监狱拨了一笔经费。所有牢房的铁窗条被加密；监狱外墙的铁丝网被加固、加高；牢房的铁锁全部更换，只配置两把钥匙，一把放在监狱长办公室的保险箱内，另外一把供狱警们交接班循环下传，一律不许带出监狱大门。此外，陈惕庐还就着田丰年提供的狱警名单，一一对看守人员进行了严格审查。凡属政治犯，看管任务皆责任到人，具体做法就是：六名狱警作为一个组，三人一班轮换看守，专门负责看管一个犯人。作为警长，董亮清不仅要在职责范围内承担督促检查的行政责任，而且他自告奋勇担任了林青、刘雪苇两个组的组长。

林青他们入狱后，陈惕庐经过初步审讯，很快筛查出了重点人物。林青、刘雪苇更是首当其冲。从入狱开始，特务们轮班审讯林青、刘雪苇，他俩连续五天五夜未能合眼，疲惫不堪。尤其是林青，他身上的伤情本来就很重，再加上吃得很差，又得不到起码的休息，体能消耗太大，特别虚弱。然而，特务们的高强度审讯收效甚微。林青除了告诉他们籍贯、年龄和文化程度，其他闭口不谈，甚至连现在使用的名字也不告诉他们。

在这期间，陈惕庐亲自出马，轮流对林青、刘雪苇进行审讯。第一次见林青时，陈惕庐耐着性子，不慌不忙，轻言细语和林青拉家常。然而，被绑在铁椅上的林青以伤痛为由，低头闭目假寐，拒绝回答陈惕庐的任何问题。"小弟，你这样是没有用的。"陈惕庐循循善诱，"抓你那天，如果你配合一下，你的伤本来可以避免的。可是当时……小弟，你还是冲动了点。"林青缓缓抬起头来，睁大眼睛看了陈惕庐一眼，嘴角浮出一丝鄙夷的冷笑，依旧不作答。

陈惕庐："小弟，可能你想的是，你一再拒绝和我说话，我会恼羞成怒对你动刑，对吗？其实，你猜测错了，真的错了。我不会那么鲁莽的！因为，你不仅是一个蛮有尊严、蛮有修养的人，而且，你还是一个信仰非常纯粹、信念非常坚定的共产党人。对你这样的'同志'动刑，其实毫无用处。这一点，我心里是很清楚的！反正，我是很想和你交个朋友的。今天的话，我们就说到这里，你仔细想想吧。"陈惕庐说完这些，对林青客气地笑笑，出了审讯室。

陈惕庐前脚一走，留驻监狱的特务就用绳索拴住林青的双脚，将其倒吊在房梁上，一挂就一整夜。林青大脑充血、眼冒金星。半夜，他一阵呕吐，秽物漫了一脸，眼睛被胃酸刺得生痛。但他默默忍受着，毫不示弱求饶。

天亮后，特务们放下林青，给他喝了一碗稀饭，吃了一个馒头，然后就由行动股长李少白审讯。林青仍旧高低不开口，李少白抡起皮鞭，对着林青劈头盖脸一顿猛抽，直到手打酸了，他才停下来猛喝了一缸凉水。

李少白："你以为个个都像陈先生菩萨心肠，舍不得打你吗？我可不！"说着，他扬起皮鞭又开始打，林青身上伤痕累累、血迹斑斑，几乎没一块好肉。

次日，审讯室里的那张铁椅，捆绑对象换成了刘雪苇。审讯者依旧是省党部特务室主任陈惕庐，然而在刘雪苇这里，陈惕庐的努力仍以失败告终。

今天午后，林青的囚室里又出现了陈惕庐。他仍心平气和地与林青闲聊，然而几个小时折腾下来，还是不能奏效，整个过程，林青根本不拿正眼看他。陈惕庐摇摇脑袋，喉咙里发出一声无可奈何的叹息。

陈惕庐一走，林青又挨了一顿猛揍……

董亮清终于出来了，郑宛如走过去，笑盈盈地看着他："亮哥！"董亮清笑笑，显得十分疲惫。"宛如，我想去'又一村'，咋样？"说着，也不等宛如表态，他迈步就朝六广门方向走。

郑宛如："亮哥这些天怎么啦？我天天来等你，都落空了。"董亮清苦笑一下，没有作答。郑宛如不心甘，又问："还要忙多久呢？"

董亮清："难说，也许很快就结束了，也许还要忙碌很长时间。"

郑宛如："店铺的事情，你是如何考虑的？在找吗？"

董亮清："店铺的事？哦……你不提，我还真忘了。这些天，忙得头皮冒烟，人都快虚脱了。"

郑宛如："前天，家父来信说，马上就中秋了。意思很明了，一进秋冬季节，就是酒的销售旺季。你找了店铺稍作改造，我哥哥就把酒运上来。"

董亮清低头走路，没有做任何回答。

上月底，郑宛如暑假回家，坦率把自己和董亮清的事情告诉了父母，并给他们看了一张董亮清的照片。父亲不仅开明，而且很有商业头脑。他给郑宛如出主意："你们要是有缘成一家人，可以在省城找个店铺，做茅台酒的代销。平时自己该做什么做什么，另外请一个店员就可以了。一劳永逸，一举几得。"

在老家待了不到半个月，宛如就匆匆回贵阳，应聘在省立图书馆做工。有天她和董亮清见面时，曾把父亲的意见给他做了转述，董亮清开始没有吭声，后来架不住宛如的劝说，勉强答应了。

两人在"又一村"坐了下来，董亮清突然问："我给你的照片呢？"宛如笑道："在的呀！"说着，她从随身拿着的手包里找了出来，小声道："什么都可以丢失，亮哥的照片我可是随时带着。"哪料，董亮清趁她不备，"嗖"地一下把照片抢过去，揣到了自己的上衣口袋里。

郑宛如有些着急："你咋收回去？"

董亮清："拍得不好，难看死了。"

郑宛如急了："你说不好就不好？问题是，我偏偏喜欢啊！"

董亮清赔笑："我们监狱过几天要专门拍照办警官证。我就好好照一张相片给你，好不？"

郑宛如有些疑惑，但还是豁达一笑："好嘛，亮哥，我听你的。"

自去年夏天那次劝酒之后，董亮清仍旧经常光顾这里，但秦天真他们却再也没出现过。只是，在岁月那无声的更迭中，邱世达夫妇愈显老迈，他儿子邱祖轩也渐渐挑起了"又一村"的大梁。今天接待董亮清、郑宛如的，就是邱祖轩。董亮清借口找茅厕，把点菜的事推给了宛如。

从后院茅厕出来，董亮清见老邱正蹲在地上择菜，便凑了过去，小声道："老邱，问你个事儿。"严肃庄重的神态前所未有。老邱见状忙站了起来，有些吃惊地望着他。董亮清看看左右无人，小声道："前几天，他们出事儿，你应该知道吧？"

"他们？"老邱显得很吃惊，"你指的是哪些？"董亮清双手插在裤兜里站着没动，同时他歪着脑袋，冷冷俯视着老邱。谁知，那老邱也沉得住气，他不慌不忙重新蹲下，两眼盯着自己的手，专注地择菜。董亮清冷笑一声，走开了。

董亮清、郑宛如吃完饭，结账就走了。他们出门刚走几步，邱祖轩就追了上来："董警官，我来送送你。"董亮清觉得十分诧异，转而他立即反应过来，笑道："送我干吗？是你老爹的意思吧？"邱祖轩也笑，不好意思地点点头。董亮清见不远处有辆黄包车，忙挥挥手，将那车招了过来。

"宛如，可能老邱有话对我说。"他对宛如说，"你坐这黄包车回去吧，我就不送你了！"宛如忙说："亮哥，你也早些回去休息。"说话间，她已坐到了黄包车上。黄包车启动之际，董亮清突然递给宛如一封信："今天下午我写给你的，回去慢慢看吧！"

黄包车上的郑宛如不解地拿着那封信，在黄昏的夜色中渐渐远去……

董亮清回过头来，对邱祖轩微微一笑："兄弟，今晚干吗要送我？"

邱祖轩："客人不多，陪董警官走几步。"

董亮清："那好吧，兄弟，有话就和你董哥直说无妨！"

邱祖轩："董哥，我的父母都已上年纪。我们一家在省城和哪个都不熟，开个饭铺也是小本经营，其他事情我们不懂，望你多多包涵。"

董亮清："兄弟，当哥的明白。请转告你父母，我姓董的信任你们，也希望你们能信任我。好吗？"

邱祖轩："董警官，我们一直都很信任你的。你是好人！"

董亮清："内心话？"

邱祖轩："当然是内心话。"

董亮清："好，告诉你父亲，我可把你的话记住了。"

和邱祖轩说到这里，董亮清就挥手与他告别。回到住所，他摸索着点燃了一支蜡烛，然后拿出自己那张唯一的照片，就着烛火把它烧成了灰烬……

阳历8月8日，阴历七月初十，立秋。农谚有云："早上立了秋，夜晚凉飕飕。"立秋是中国古代的"四时八节"之一，打此日开始，气温逐渐下降。因此又有农谚云："立秋之日凉风至。"

陈惕庐和他的手下们继续隔三岔五审讯林青、刘雪苇。在这期间，通过审讯关押在别处的李中量、何群（均已叛变）等人，陈惕庐获悉林青、刘雪苇是贵州地下党的重要人物，于是加紧以各种手段折磨他们，以迫使其屈服。

……半夜的时候，刘雪苇被人摇醒了。"起来，该上路了。"那个狱警不耐烦地对他吼道。从入狱开始，刘雪苇几乎每天受刑，身上每一处皮肉、关节都疼痛难忍。这几天，陈惕庐没理他，仿佛把他给忘记了。刘雪苇身上的肌肉渐渐有所恢复，然而溃烂、感染的地方却在恶化，到处都是腥臭的脓血。关节也仿佛生了锈似的，一动就锥心地痛。

在狱警的催促下，刘雪苇戴着手铐、拖着脚镣出了牢房。这时，他看见对门牢房也是打开的。陈惕庐、董亮清和监狱长等人站在那里监视着。"搞快点，磨磨蹭蹭干什么？"董亮清恶狠狠地吼了一声。

戴着镣铐的刘雪苇、林青被董亮清他们押出监区大门，来到了一片空旷的草地上。这时，另一批狱警押着三个囚犯站到了他们身旁。面目和善的陈惕庐微笑着走到刘雪苇、林青跟前："二位，我与你们无冤无仇。稍后，我要奉命公事公办，你们可千万怪不得我。"说着，他拿出一个精致的铁皮香烟盒打开来，依次递到刘雪苇、林青和那三个囚犯的跟前，他们都摇头。与此同时，几个身着中山服的特务提着短枪，站到了他们五个人身后。接下来会发生什么，无论刘雪苇、林青还是那三个囚犯，此时心里都明白。

陈惕庐深深抽了一口香烟，大声问道："几位，还有什么话要说吗？"

刘雪苇平静地说："啰嗦什么，你下手吧。我死而无憾。"

"陈资平，陈惕庐，你这个无耻的败类、叛徒，到了阴间，我要变成一个厉鬼，回来找你报仇。"这是林青的怒骂声。

陈惕庐："刘雪苇，李远方，你们现在悔过来得及。"

林青："不要废话。"

刘雪苇："你下令开枪吧，我等着。"

董亮清站在那里，清晰地听着刘雪苇、林青与陈惕庐的对话，他那发颤的心头一阵阵绞痛，手脚也禁不住微微发抖。与此同时，他看见那三个恶贯满盈的抢劫犯吓得全身哆嗦，嘴里什么也说不出。

陈惕庐哼了个鼻音，把剩下的半截烟蒂"噗"地啐到地上，平静地说："执行吧！"董亮清听到这话，痛苦地把头扭开了。与此同时，他耳边响起了凄厉的枪声。待董亮清重新回头望去，三个抢劫犯应声倒地……枪声停下，草地上的刘雪苇、林青仍站在那里。只听陈惕庐气急败坏地大吼了一声："给我押回去！"董亮清猛地推了林青一把，恶狠狠呵斥道："走！"

从这天开始，监狱里每隔两天就要杀一个人。

陈惕庐："老弟，我对你从未失望，我耐心等着你幡然醒悟的那一天。"

林青："那你就耐心等着吧！"

陈惕庐："每等你两天，我就杀一个人。然后我在《黔报》上告诉世人，这些被杀的人，都是被你们共产党害死的。"

林青："你天生就是杀人恶魔，愿杀谁，你请自便。"

陈惕庐："不是我生来就爱杀人，而是被你们共产党逼迫的。"

林青："你这纯粹是流氓话！据你所说，你不也曾是共产党吗？"

陈惕庐："对呀，我发现自己选择的信仰是个错误，于是回到了蒋先生的跟前，诚恳做'三民主义'信徒。何况在黄埔军校，我本来就是他的学生。"

"信仰？！"林青冷笑道，"你这样一个投机者，也配和我谈'信仰'？真是糟蹋了你们标榜的那个'主义'。"陈惕庐脸上青一阵红一阵，半天说不出话来。当夜，林青被特务直条条地绑在了一根长凳上。特务抡起一根粗大的铁棍，高高地举在半空里……"咔啦"一声，伴随着铁棍落下，林青的右小腿被打断了，他惨叫一声昏死过去，接着又是"咔啦"一声，林青的左小腿也被打断，然而这个时候林青已毫无知觉……

直到两天后，林青才清醒过来，巧合的是，恰逢警长董亮清当班。

这天吃罢晚饭，董亮清赶到监狱接班时，另外三名狱警已提前到了。三人面红耳赤，说起话来高声大嗓。董亮清走近一闻，三人身上都有酒气。他脸一变，训斥道："监狱明明规定，当班不能饮酒，你们这是干吗？特务室的长官要是发现了，我咋给他们解释？"三人中，有一个支支吾吾嗫嚅道："他们，他们最近都不大来。""万一来了咋办？嗯？！来了咋办？"

这三名狱警都是董亮清从上海带过来的税警团老兵。平日里，董亮清和他们关系都挺好，无论什么事都互相保护、担待着。看来，这一次也不能例外。

董亮清骂骂咧咧打开监区一个角落的屋子，把他们一个个推了进去。这屋子本来是省党部特务室设在监区里的一个储藏室，专门堆放大型刑具和一些多余的桌椅板凳。由于屋子宽敞，狱警们在里面放了几张行军床和军用棉被。加班太晚回不了家，这屋子里可以将就一宿。

"你们几个就在这里面给我待着，等明天早上酒气散了再出来。"董亮清说着，要过了他们的钥匙，全部攥在手上。

他慢吞吞走出监区，在高墙内绕着走了一圈，里里外外一切正常。仰头看看岗楼，上面隐约有一闪一闪的火星，那是驻军柳千云的部下在抽烟，他们不时吹几声口哨，打发这无聊的时光。回到监区，时间已接近深夜。于是他锁上了监区的大门，这样一来，既可以防止囚犯逃跑，更能阻止外面的人突然进来。

……董亮清拿着一个搪瓷缸子，小心打开铁门时，躺在地铺上的林青已经醒来了好几个钟头，一旁的刘雪苇守候着他。"他要喝水吗？"董亮清低声问刘雪苇，刘雪苇却没有理他。董亮清蹲下去，端详着身体极度虚弱的林青。

董亮清端着口缸，小心凑到林青嘴边，准备给他喂水。"我来。"刘雪苇伸手接过口缸，喂了林青几口。"饿吗？"董亮清轻声问林青，同时从警服的口袋里摸出一个香喷喷的肉包子，递了过去。林青看了他一眼，又看了一眼包子，没有接。董亮清只好把它放到地铺边的一个破碗里，轻声说："兄弟，您昏迷了这么久，需要赶紧吃点东西。"这里，他特意使用了"兄弟"一词，还有表示尊称的"您"字，林青、刘雪苇都深感诧异。

董亮清深情地看看林青，又看看刘雪苇，继续轻声说道："两位同志，我叫董亮清，是这所监狱的警长。李远方同志，你记得吗？去年这个季节，我和你们在'又一村'见过面，你的真名叫林青，当时还劝过我的酒。记得吗？"

林青一下子想了起来，对董亮清却更加戒备。董亮清久久注视着林青，他眼里充满了伤心、痛苦和怜惜的神色。随后，他眼里开始闪动晶亮的光泽，那是泪水，更是董亮清掩藏多年的情感在涌动、翻滚。渐渐地，渐渐地，他眼里的泪水噙满了眼眶，接着就一滴滴地从他眼里夺眶而出！

247

这个情景，把地铺上的林青、刘雪苇都惊呆了。

"林青同志，我也是一名共产党员！我生于1905年，山东人。1925年，我在上海江南造船所做工，是老罗同志介绍我入的党。我记得，入党宣誓仪式是在闸北的一个弄堂里举行的，我们当时有四五个新党员。"

"你在上海入的党？宣誓仪式？1925年？"林青更加惊讶不已。

"对。我是1925年8月入的党。1927年'四一二大屠杀'后，我和党组织失去联系，这些年，我的心里……太苦了！"董亮清那积压多年的情感，无意间失控了，尽管他竭力克制自己，却仍泣不成声。林青见状，严肃地说："我的身份，你们都是知道的，我也就不必隐瞒。但如果你真是一名共产党员，就应该懂得克制自己。"董亮清听了这话，立即恢复了平静。

"林青同志，我什么手续也没有。我的入党介绍人其实就是我的师父，他叫'老罗'。可惜，那时我太年轻，他叫什么名字我都没问过。"说着，董亮清摸出一方折叠好的手帕，一层层打开来，最后，里面出现了一枚亮铮铮的铜质子弹壳。"那天，老罗同志遇难后，我去了现场，但是迟了，我没看到他，只看到满地的血迹和子弹壳。我捡起一枚留作纪念。我相信，就是这枚子弹，打死了我的入党介绍人老罗同志……"

说着，董亮清的泪水又一次夺眶而出。他蹲在那里，双手用手帕紧紧摁住眼睛，无声地抽泣着。大约几秒钟后，董亮清仿佛突然察觉了什么似的，猛地吸了一口气，停止了抽泣，他一下子变得格外冷峻。"我要营救你们。"他猛地睁大眼睛，果敢地对林青、刘雪苇说，"你们中，无论如何我要带一个人出去。"

"你？你带我们出去？"林青虚弱的身子轻轻动了一下，他的脸色仍旧很苍白，"可能吗？"

董亮清："对！这些年为了寻找党组织，我一直在做准备。"

刘雪苇："做什么准备？"

董亮清："1927年，'四一二大屠杀'后，我在江南造船所再待下去已很危险。为了找机会接近红军，我参加了国民党中央军，后来转到了税警总团。

我参加了1932年的'一·二八淞沪抗战',打鬼子我立了战功,被提拔为排长。这一次看管你们二位,其实是我主动申请的。"

林青听到这里,初步觉得董亮清可以信赖。

林青:"你怎么营救我们呢?"

董亮清:"你放心,我自有办法。但是你得养好身体才行。"说着,他再次拿过那包子递给林青。这一次,林青没有拒绝。

董亮清从衣袋里摸出一把钥匙,熟练地插进林青手铐的锁眼里,那手铐立即打开了。"安排一个时间,我带你们越狱出去。"董亮清坚定地说。这时,林青和刘雪苇对他的怀疑又减轻了许多。

林青:"你还是把我铐上吧,此事我们要从长计议。"

董亮清兴奋地点点头:"是,林青同志!"他高大的身子重新蹲下,把林青的双手铐上了……

凌晨,三名酗酒的狱警中,有一个被小便憋醒了。他摇摇晃晃走出那间储藏室,看见监区大门被锁死了,而警长董亮清则斜躺在铁门边的水泥地上,睡得正香。这名狱警心里过意不去,忙跑回储藏室叫醒大家,换董亮清上床歇息。由这天开始,警长董亮清给大家做了一个内部安排:以后凡值晚班,从晚上十点到次日六点这八个钟头,划为四个时段,四个狱警每人各值两个钟头,其他三人,各自在储藏室安心休息。

……陈惕庐丝毫没有停止对林青、刘雪苇的审讯折磨。

每隔两天,草坪上就要枪杀一名刑事犯。"贵阳模范监狱"的犯人和狱警,已渐渐熟悉午夜时,窗外那凄厉的枪声!

六、秋夜的闪电

1935年8月20日夜,"又一村"。

最后一拨客人离开时,邱祖轩已把前面所有的杯盘碗筷洗刷一净,又手脚麻利地收拾完最后一桌,然后洗漱上床。最近父亲枪伤复发,母亲肺病也犯了,店铺里的事主要由他料理。打烊的时候,街面上的行人已很稀少。邱祖轩习惯性地仰头,只见星光满天,下弦月尚未出来。这个季节生意好,客人多,邱祖轩每晚临睡前都感到腰酸腿痛。

刚一上床,邱祖轩两眼就睁不开了,他连被子都没盖好就打起了呼噜。然而没睡多久,他突然被几声枪响惊醒了。枪声响过片刻,大街上又响起了惊天动地的警报声。那是公安局新换不久的黑壳警车上的警报声,声音特别大,拖得也特别久,"呜——"的一声响起后,那无休无止、回环往复的"呜——"由远及近、由近及远,绵延好几分钟才逐渐低落下去。但又很快响起,无休无止、回环往复,也许在远处的某个街巷,也许就在窗外不远的路口。警报声后,大街上接着响起一种惊天动地的声音:"唰唰唰唰""唰唰唰唰""唰唰唰唰"……

邱祖轩被吵醒后,不由自主想到了林青、刘雪苇、李中量。上月初,祖轩刚入党，高昌谋是他的入党介绍人。在高家花园举行的宣誓仪式，主持仪式的是秦天真，监誓人就是刘雪苇。这几位是他最熟悉的人，其余被抓的人虽不熟悉，但邱祖轩心里一样惦记着他们，因为他们都是自己的同志。

邱祖轩翻身爬起，站到窗边往外看，只见一些亮点高高低低闪跳着，在门前马路上快速移动。邱祖轩看了一会儿反应过来：大街上，整齐地跑过一队队全副武装的军警，那些高高低低闪跳着的亮点，是钢盔和枪刺。他们一边列队跑过，一边转动着脑袋，似乎在机警地搜寻什么。

他回到床上，拉上被子蒙头盖脸，尽力闭上眼睛。但警报声就像饶舌而又厚脸皮的叫花子唱莲花落，不厌其烦死乞白赖，"呜呜"地一遍又一遍响起，军警一队又一队跑过，邱祖轩怎么也睡不着。

突然，他听见后院有异样的响动。

会是什么呢？他想了想，不会是小偷吧？白天买的五十多斤肥肉，晚上刚熬好猪油，光油渣就近十斤。想到这里，他急忙从门后取过一把短刀拿在手里，摸黑从前门出去，绕着到了后院。尚未走近，便见后门杵着两个黑影，其中一个身材高大的正弯着腰，小心翼翼地敲门。那敲门声很怪，似乎既要敲响，又不敢敲得太响，分寸拿捏得也是恰到好处。

邱祖轩眼力好，他稍加辨别就认了出来：那不是大个子董亮清吗？

"喀……！"邱祖轩故意憋住喉咙，低低地咳嗽了一声，那两个黑影就朝他走了过来。大个子小声说："祖轩，我是老董！你看……谁来啦？"邱祖轩定睛一看就喜出望外，差点叫出声来——另一个黑影，居然是刘雪苇！

邱祖轩："路上还有军警，我们去地下室，快！"他在堆积如山的柴火堆旁一阵忙碌。抱开几捆沉重的柴火后，那里露出一个狭小的洞口。刘雪苇、董亮清摸索着，依次半蹲半爬地钻了进去。邱祖轩小声道："你们继续往里面摸，董哥，赶紧脱掉警服，我去找衣服来给你换上。"

邱祖轩说罢，重新用柴草挡好洞口，回屋悄声叫醒了父亲。这时，老邱家附近的街坊邻居都起来了。而那警报的"呜呜"声仍在一遍又一遍地响起，刚才跑过去的军警，现在又列队反方向跑了回来，深夜的大街就像白天一样嘈杂。城里某个方向不明的角落，还不时传来一两声凄厉的冷枪声，听着就心惊胆寒！

进入8月中旬，陈惕庐的审讯在林青、刘雪苇身上仍未奏效。他原想从他们身上迅速打开缺口，掌握贵州全省共产党的名单和基层组织的分布情况，然后将其彻底扑灭。可这两人油盐不进、软硬不吃。陈惕庐渐渐失去耐心，越来越暴躁。他报请省党部转呈贵州省高等法院，迅即给林青、刘雪苇判了死刑。原本他以为这样可以迫使林青、刘雪苇因为绝望而妥协。然而，面对陈惕庐递来的死刑判决书，他们仍旧无动于衷。

陈惕庐终于沉不住气了。

某日深夜十二点多，陈惕庐满身酒气跑到监狱，在牢房里发起了酒疯，他提着警棍，朝着犯人们劈头盖脸一顿乱打。接着，特务们在他的指使下，一口气杀了五个刑事犯。临走前，陈惕庐专门来到关押林青、刘雪苇的牢房，笑嘻嘻地对他们说："我特意来探视二位，改天请你们喝酒。"接着，他下令把林青、刘雪苇分开关押。

结合死刑判决、"喝酒"之说和分开关押这些现象，董亮清分析：对林青和刘雪苇束手无策的陈惕庐，已然失去最后的耐心。林青、刘雪苇他们面临的，已不再是上次那样的"假枪毙"，他俩随时随地都有被杀害的可能！

怎么办？情急之下，董亮清决定抢先下手，救出林青。昨天上晚班前，他在北门桥附近的住所里把所有的旧衣服捆在一起，接着在桌上放了四个铜板，这是未来四个月的房租。他还给房东留下一封信："……感谢您这几年对我的照顾。即将入冬，拜托您把我这些衣服送给那些有需要的穷人。谢谢！"

找党，救林青，离开监狱这所魔窟！

这一天终于来临了……

为了回到党的怀抱，董亮清一直在做准备。几年前在上海动身时，他私刻了税警总团大印。来黔途中，他在兵站把携带的军人档案做了修改，没留下自己过往的任何一丝线索。近期，他把监狱各道门锁和所有政治犯的脚镣、手铐都暗地里配了钥匙。最后他挥泪斩断自己和郑宛如的最后一缕情丝，自己迄今为止唯一的那张照片，也被他销毁。

郑宛如不仅家境殷实，而且有文化，知书识礼，是名副其实的时尚女性。要说董亮清不爱她，不留恋她，那是假话。但作为一个来得过于仓促而又举目无亲的异乡人，董亮清在贵州从未找到归属感，他心里清楚，自己迟早要离开这儿。因此在和郑宛如的交往中，他始终保持着距离，若即若离，时远时近。

林青被捕给董亮清提供了一个难得的机缘——和贵州地下党的零距离接触。同时，这也迫使他当机立断，痛下决心。"是时候了。"他想，"我要做自己想做的事儿，我要回到党的怀抱去。就在今天！"

然而，当他准备付诸实施时，林青却说他受伤严重，双腿骨折，营救他难度太大，不同意董亮清冒险。

董亮清："林青同志，再不走就没机会了，你别犹豫。"

林青："与其拖累几个人，不如直接放弃。"

董亮清："拖累谁？"

林青："你，刘雪苇，还有其他被捕的同志。如果越狱失败，陈惕庐定会暴跳如雷、杀鸡儆猴。你首当其冲，为我白白牺牲。即使我们侥幸成功，陈惕庐也一定会恼羞成怒、大开杀戒。我们党将会为此牺牲一大批在押的同志。"

董亮清："林青同志，我的想法不变，我坚持！"说着，他从衣袋里拿出两把钥匙，准备为林青打开脚镣、手铐。然而林青一扭身，把那戴着铁铐的双手让得远远的："不行，我不同意！"

"由不得您啦，兄弟！"董亮清牙一咬，心一狠，仗着自己个大力足，上前一步，轻而易举就摁住了林青的双手。"臭小子，你要做什么？"林青急了，一边扭身反抗，一边压低声音批评道，"你这傻大个！生怕别人不知道吗？"董亮清赶紧松开了手。

林青笑笑："如果你非要冒险，那就赶紧把刘雪苇弄出去吧！"

董亮清无奈，于是去了靠近监区大门那间关押刘雪苇的牢房，简单把情况给刘雪苇做了陈述。刘雪苇说："你是对的，我支持你。"

董亮清:"他坚持叫我放弃他,带你走。还说,只要我能把你营救出去,他就心满意足了。"

刘雪苇:"你要救我出去?这不行。他是党中央任命的工委书记,职责比我重要得多。这样,如果你一切准备就绪,那就不容辩解,强行带他走。"

"说得轻巧!"董亮清焦急地压低声音,"老刘你不知道啊,刚才,我已经强行弄过啦。他态度很坚决,对我又骂又打的,没辙啊!"

刘雪苇:"我写文字,你转给他。一定要把他说服。""好的。"董亮清指着地铺上的旧报纸,"你快写。我出去假装打盹儿。"

在监区大铁门边,董亮清靠墙而坐,眯眼休息。大约十分钟后,不远的牢房里传来一阵剧烈的咳嗽声。他知道,是刘雪苇的纸条写好了,于是,他提着警棍走了过去。正要打开那铁栏杆的牢门,刘雪苇却对他使劲摆手,旋即扔过来一粒"白豆"。董亮清知道刘雪苇的用意:减少接触,避免风险。

董亮清把"白豆"给林青扔了进去,林青打开纸条看完,表情很肃穆。他扭过身子,从一个墙缝里抠出董亮清给他的铅笔头,迅速在纸条的背面开始写字。写好后,他向董亮清招手示意。见董亮清点头,林青把"白豆"扔了出来。

董亮清又把那"白豆"扔给了刘雪苇。

一粒纸质"白豆"被刘雪苇小心展开,上面是他最熟悉的笔迹——

"雪苇、亮清:如果你们承认自己是真正的共产党人,那么我以工委书记身份,下达我革命生涯中的最后一道命令,你们立即越狱,此事不再讨论。"

落款只有一个字:林。

刘雪苇看完,把纸条重新揉成一粒"白豆",然后对董亮清招招手。董亮清走近牢门,发现刘雪苇泪流满面。"老刘你咋啦?"董亮清有些不解。刘雪苇低低地颤声道:"你自己看吧……!"董亮清展开"白豆"粗略看完,不由大惊失色。转瞬间,他也禁不住泪流满面……

"准备一下吧!"董亮清擦干眼泪,对刘雪苇说,"我出去看看。"走出刘雪苇那间牢房,董亮清认真看了一眼长廊尽头。那堵洁白的墙壁上,挂钟的时针刚好指向"12"。午夜,万籁俱寂,陈惕庐和驻监特务没有审讯刘雪苇。

这是越狱的最佳时机。对，事不宜迟！董亮清决定动手。

主意确定，他向着关押林青牢房的方向看了看，似乎还有什么心事。于是他再次打开了关押林青的牢房门。阴暗的牢房里，林青依然躺在那潮湿的地铺上，董亮清俯视着他，低声道："林青书记……！"他的泪水又一次没有忍住。

林青有点诧异："怎么啦？"

董亮清低声道："林青书记，我……我和老刘，马上执行您的……命令。马上……！"最后的"命令"和"马上"几个字，他是哽咽着说出的。

林青微笑，低声道："董亮清同志，预祝你们成功。永别啦！"

董亮清和林青使劲握握手，然后离开了他。到了那扇用铁栏杆制作的门边，他心一横，重新锁上了牢门……

五分钟后，董亮清手上的警棍换成了肩上的一支步枪，他不紧不慢地走到了刘雪苇的囚室边，突然眉头一皱，对牢房吼道："咋这么臭？你过来。"躺在地铺上的刘雪苇赶紧爬起来，走到牢门边。

董亮清："你那马桶，臭烘烘的像个猪圈，你闻不到吗？"

刘雪苇："那我现在去倒吧……"

董亮清哼了个鼻音："可以。"

说着，他打开那道牢门，并打开了刘雪苇的脚镣、手铐。在董亮清持枪押送下，刘雪苇拎着一只木制马桶走出了牢房。当他即将走到关押林青的牢房时，董亮清用枪尖碰了他两下，同时还用眼神示意他。刘雪苇心领神会，于是他放下马桶，脱了鞋子，假装在那里整理鞋袜……

长廊里，刘雪苇、董亮清二人不露声色，以各自的角度和姿势，深情注视着牢房里那个浑身血迹斑斑的小个子。而地铺上的林青，似乎早已迫不及待，他的脸一直朝向长廊这边。此时他透过铁栏杆那宽大的缝隙，看见了自己的战友刘雪苇和董亮清。于是林青欣慰地笑了，他潇洒地抬起那双戴着铁铐的双手，轻轻向刘雪苇、董亮清挥手致意。同时他双唇微动喃喃自语，仿佛在对刘雪苇、董亮清说："亲爱的同志们，永别啦……！"

在极为短暂的时间里，董亮清无限深情地看了林青最后一眼。最后他把枪一横，恶狠狠地对刘雪苇大声呵斥道："走！"刘雪苇重新拎着马桶，步履蹒跚向外走去。

不慌不忙间，他们从最后几间牢房的门前走过，来到了监区大门前。那铁门厚重而宽大，将近三人高，一平如砥并抹了桐油，顶端处是一排尖利而密密麻麻的尖刺，还有锋利的倒钩。董亮清拿出钥匙，打开那扇巨大的铁门，让刘雪苇拎着马桶走了出去，他把监区大门重新锁上，横枪押着刘雪苇继续往前走。他们一前一后，顺着屋外巨大挑梁下的遮雨长廊，不慌不忙地走到了室外，又走过几道驻监军人担负警戒的尖角岗棚，视野豁然开朗。

接下来这段路，除了远处黑黢黢的围墙和拐角处高高的岗楼，周边都是那么空旷。一路、一枪、两个人，头顶是群星闪耀的星空！

突然，董亮清看到天边闪过一道白色的强光，明明是晴朗的夜晚，难道会下雨吗？不，董亮清有一次听老罗说过，这种现象叫"闪谷花"："这是一种吉利的征兆。每当晴朗的夜空出现闪电，它就预示着稻子要成熟了，农夫们即将迎来一个丰收的季节。"

"厕所在堡坎上，里面有扇风窗，是我打烂重新拼拢的。"董亮清见四下无人，低声对刘雪苇说，"你推开，然后就可以翻身跳出去，但风窗离地很高，你要小心。"刘雪苇点点头，拎着那马桶走进了厕所，董亮清持枪躲进一片背光的树丛里，警觉地注视着周围。将近两分钟过去了，刘雪苇没有出来，董亮清明白他已成功越狱。

他警惕地看看四周，仍未出现其他人，于是他放心走进了厕所。

他从风窗扔了一块烂木头出去，紧接着探头往下观察，只见下面有人朝他挥手。他忙把枪顺出去，大幅度晃了几晃，下面的刘雪苇高高地伸出双手……董亮清手一松，"唰"的一声，下面的刘雪苇稳稳接住了那支步枪。

万万想不到的是，当刘雪苇、董亮清从风窗先后跳下之际，陈惕庐带着李少白等一帮手下来到了监狱审讯室。"审讯刘雪苇。"陈惕庐点燃一支香烟，给驻监特务下达了指令。然而，驻监特务打开监区那扇紧锁的大门后，发现关押刘雪苇的牢房已空无一人，地铺上那床破烂的被子，却被有意识地裹成了一个人蒙头大睡的形状。再一查，发现值班的警长董亮清也携枪逃走……民国史上一桩匪夷所思的越狱案，在这初秋之夜爆发了！全城的九座城门旋即全部封锁，省城仅有的三辆高级警车和所有的军警全部出动，到处搜查刘雪苇、董亮清。为了这两个"共党"要犯，山城贵阳被折腾得天翻地覆！

次日一早，李少白带领一帮特务冲进了女子师范学校郑宛如的宿舍，屋里所有的角落——包括她的床铺、衣物等，一一被不甘心的特务们翻了个遍。郑宛如心神不宁地上街走了一圈，发现到处贴满了刘雪苇、董亮清的通缉令。两人都是画像，确切地说，画得既像又不太像。熟人看了，只有一种似是而非的滑稽感。郑宛如失魂落魄地回到宿舍，整整几天不言不语，水米未进……

8月21日，阴历七月二十三，小雨。

截至此日，秦天真转移到六广门外的宅吉坝刚一个月。一个月来，为营救林青、刘雪苇，他和邓止戈绞尽脑汁，费尽周折。他们不时和徐健生、高言志、李光庭、喻雷等商量对策。但许多方案总是在即将执行时被临时推翻。原因都是为了保险起见。"不到万不得已，决不可激进冒险。"这句话，是半年前与中央特派员潘汉年相处时，他一再叮嘱秦天真的。

邓止戈是7月底回的贵阳，表面上他奉黄大陆之命回省城培训新兵，真实目的却是要协调共产党的各方力量，配合省工委营救林青、刘雪苇。然而被捕之事发生得太突然，并且还是蒋介石亲自调派得力干将实施的。要说营救，不亚于"蜀道上青天"。

正苦恼之际，高言志却带来一个喜讯：刘雪苇越狱出来了！

"越狱？你说什么？老刘他、他能越狱？"秦天真失声叫道。初闻此讯他固然高兴不已，却又不敢相信自己的耳朵。"对，越狱。"高言志兴奋地说，"人我都看到了。还有，帮助刘雪苇越狱的，你猜猜是谁？估计你想都想不到。"

秦天真笑道："快说，刘雪苇呢？人在哪里？"他着急地追问。高言志故意不搭理，继续吊秦天真胃口，过了好一阵他打趣道："你急个什么？城里的形势这么危险，等天黑才行！"

秦天真笑："那我就等嘛。"这一刻他眉飞色舞，笑得特别开心。

高言志说到做到。当天入夜，宅吉坝，秦天真临时租住处，越狱出来的刘雪苇果真现身了，大家激动万分。秦天真、邓止戈、徐健生、高言志、高昌谋、李光庭、喻雷、邱祖轩、孙静华等同志不约而同扑上去，纷纷把刘雪苇紧紧抱住，未能抱住他的，喜笑颜开地在边上拉他的手、摸他的头、扯他的耳朵，刘雪苇和大家都热泪盈眶、喜极而泣。

高言志突然想起了什么，他激动地走到屋角一个光线暗淡之处，双手同时发力，把一位高个子的男人从凳子上拉了过来。"天真，健生，你们认识这位山东好汉吗？"他笑着问。

徐健生一看就乐了："哈哈，董警官！"董亮清义救林青、刘雪苇的事，大家白天就听邱祖轩和高言志大致说了，内心里对他无不敬佩。而对于秦天真、徐健生、高言志、高昌谋和邱祖轩来说，他们已同这董警官打了四年交道，算得上是名副其实的老熟人。此时他们纷纷涌到董亮清跟前，热情和他握手，并表达敬意。随后，徐健生又把其他几位陌生的同志，向董亮清一一做了简介。

"董大哥，你1925年入的党？"秦天真握住董亮清的手，久久不放。

董亮清淳朴一笑："对。天真同志，俺们山东人，不喜欢撒谎。"

徐健生："天啦，董大哥，你党龄都十年了，老革命啊！"说着，他发自内心地给董亮清竖了一个大拇指。

董亮清："错了，健生兄弟，我没有十年党龄。1927年春天，'四一二大屠杀'一发生，我就和党组织失去了联系。认真算起来，整整有八年的光阴被虚度，太可惜啦！"董亮清说者无心，但听者有意，在座者对他的了解又加深一层，对这山东汉子更加敬佩。

"现在深夜十二点了，我们抓紧时间吧。"秦天真对邓止戈说，邓止戈会意一笑。接着，在他主持下，刘雪苇、董亮清分头介绍了此次越狱的详细过程。在他们的陈述中，省工委书记林青的狱中际遇是一项绕不开的重要内容，也是大家关注和探究的话题。伴随着刘雪苇、董亮清的陈述，林青书记面对去留选项、生死抉择的泰然自若，令在场者热泪长流、唏嘘感佩。

"……当时我曾冲上去，摁住了林青双手。我想打开手铐，然后把他背出牢房。他使劲推开我说：'臭小子，你要做什么？'我不听，继续整，他拼命扭身反抗，又骂了我一句：'你这傻大个！生怕别人不知道吗？'我一听，只好松手放开了他。林青又说：'如果你非要冒险，那就赶紧把刘雪苇弄出去吧！'同志们啊，敢骂我'臭小子'的，我只遇到过两位，一个是我的入党介绍人老罗，一个就是林青书记。"

董亮清泪眼婆娑陈述至此，想到了一样东西。他本是坐着的，这时突然站起来，浑身上下乱摸，一看就是在寻找什么。哪知越急越找不到，他大惊失色。秦天真安慰道："董哥别急！"邓止戈也安慰道："别急。"并递给他一杯水。董亮清一气喝完，重新在身上仔细摸索。最后，他终于从汗津津的内衣口袋里，摸出一粒汗水濡湿的"白豆"，递给了靠他较近的秦天真。

秦天真捏了捏，小心展开那粒"白豆"。刚看到林青的笔迹，秦天真的双手就剧烈发颤，接着，他深沉而痛苦地叫了一声："天啦！"随后他再也抑制不住，双手捂脸失声痛哭。众人惊，有的挪身过去抚慰他，有的则把疑惑的目光投向董亮清。邓止戈上前拍拍秦天真的肩膀，接过那张纸条看了一遍。

"同志们，这是一份狱中对话……！"邓止戈颤声道，"我把两面的内容都给大家念一遍，好吗？"众人疑惑不解，纷纷点头。

邓止戈念道："'林青同志：你责任在肩，担负重大使命，你走较妥，我强烈请求。'这是刘雪苇同志写给林青书记的。"董亮清、刘雪苇听他念完，昨晚的事一幕幕重新出现在他们的脑海里。昨晚这个时刻，他们动手了。在董亮清押解下，刘雪苇一步步走出监区，走向自由，走向生命的新起点。然而与此同时，林青却坦然舍生取义，执着固守牢房，与死神共舞。

"雪苇、亮清：如果你们承认自己是真正的共产党人，那么我以工委书记身份，下达我革命生涯中的最后一道命令，你们立即越狱，此事不再讨论。"

邓止戈念到此处，众人皆流泪不语。集体沉默间，屋里只剩一片低沉的抽泣声。这狭小的空间里，抽泣声汇聚一处，犹如冬夜寒风肆虐，心胸透凉！

此时此刻，大家心里都五味杂陈，不可名状。因为此时大家都清楚，中共贵州省工委目前面临着两大危机：一、省工委书记林青仍在狱中，生死未卜，随时都有被害的可能；二、逃出牢笼的刘雪苇和帮助他成功越狱的董亮清，已然是陈惕庐切齿痛恨的眼中钉、肉中刺，必欲食肉寝皮，除之而后快。从国民党特务组织的角度来看，哪怕挖地三尺也要找到他们，尤其是他们和林青背后隐藏着的贵州共产党组织。

除了这些，秦天真、邓止戈、刘雪苇作为林青的助手，尤其是作为党中央任命的省工委委员，他们深知目前事态的严重程度，因此他们不断提醒自己：一定要冷静，冷静……

几天后，宅吉坝秦天真临时租住处，省工委召开了一个特别会议，除了秦天真和邓止戈，李策、徐健生、高言志、李光庭、喻雷、王拭、高昌谋等参加了这次会议。

会议对"七一九事件"的教训进行了总结，对当前面临的复杂形势进行了客观分析，确定了省工委的工作部署，同时还商讨了营救林青的有关事项。

会议认为："七一九事件"的教训是深刻而令人痛心的。但事件发生前，省工委派李策与陈惕庐正面接触，不仅非常得当，而且是非常成功的。事件刚发生时，李策虎穴探察，及时发现万宝街秘密联络点被敌特破坏。他迅即向秦天真报告后，省工委正是凭着这一重要情报，断然采取紧急措施，做了有效的防范和挽救，从而避免更大损失的发生。刘雪苇成功越狱后，省工委迅速而成功地隐蔽、疏散党员，继续坚持隐蔽斗争，也说明贵州地下党是坚强有力的，能够及时有效地处置突发事件，而非敌特报纸所宣扬的"一举破获中共首脑机关"。

省工委做出决定：暂停发展新党员，整顿巩固组织，坚持单线联系，开展隐蔽斗争；党的工作重点转向农村，在原有军事工作的基础上，争取扩大农村武装力量，建立武装根据地以策应党在城乡的对敌斗争。该决定强调：

隐蔽转移是因势利导，保存力量，稳步发展，以利坚持长期斗争。总之，必须遵循的一个原则就是"十六字方针"，即"掌握时机、因地制宜、稳扎稳打、确保安全"。

同时，省工委决定：由秦天真暂时主持省工委的全面工作，继续负责领导省工委军事小组。适当的时候，秦天真去西线传达省工委的决定，部署军事工作，再出省找上级党组织汇报，听取指示后返贵州。此外，省工委还就相关人员问题做了如下具体安排：

一、邓止戈到毕节开展军事工作，徐健生适当的时候前往配合。此外，秦天真、徐健生还要分头前往广西，与孙师武、高昌华在广西梧州建立的联络站取得联系。

二、省工委军事小组的李光庭、喻雷转移至凯里一带筹建根据地，刘雪苇和董亮清由李、喻护送到凯里后，再分别转赴上海和山东，寻找上级党组织。

三、已经弃学隐蔽的党员熊蕴竹随李光庭等同行，并由李设法安排，隐蔽工作。

四、李策继续在贵阳远郊的农村隐蔽，通过尹素坚、丁毅等保持秘密联系，必要时也撤到凯里与李光庭等会合。

五、高言志暂留贵阳。

此外，其他比较活跃的外围组织成员、抗战宣传工作积极分子等，均做了转移疏散或就地隐蔽的一系列安排。为了营救林青，秦天真决定自己多停留一段时间，最后转移。但是高言志认为，秦天真作为省工委的主要领导，其在宅吉坝已经停留了一个多月，若继续在此隐蔽，风险难免会增大。况且，刘雪苇、董亮清皆国民党通缉搜捕的要犯，也需要一个安全的地方进行隐蔽。有鉴于此，高言志强烈建议秦天真、刘雪苇、董亮清转移地点继续隐蔽，徐健生随行担负联络工作。

高言志的提议得到了大家的赞同，秦天真对此也表示首肯。至于具体的地点，高言志却没有多说，给大家留下了一个悬念……

开刃之秋

七、远行

1935年9月底,连续数日秋阳艳丽、光照充足。这天一大早,新添寨北衙寨的晒谷坝上,"双二爷"高铭宇和唐老冲正在给长工们分派活路。为了确保新收的粮食入仓后不会返潮,他们要把秋粮反复翻晒。秦天真、徐健生、刘雪苇、董亮清等混在长工和佃户里,干得满头大汗。

省工委"八月会议"次日,"双二爷"高炳轩和唐老冲、唐志安父子接待了一位城里来的朋友,此人乃"又一村"老板邱世达,他带来两封书信。其中一封,是高言志写给唐志安的——

志安贤弟:

又有数月未见你和冲叔、婶婶,甚念!近日或有三五好友到北衙寨找"双二爷",并声称系高言志介绍而来。届时无论其本地或外地口音,万望厚礼待之。至于所涉开支等项,容我来时一并补纳。余言后叙。

中秋将至,一并祝愿冲叔、婶婶和志安贤弟等身健秋安!

永贞

另一封书信是高可亭写给"双二爷"高炳轩的，内情不详。接下来，唐老冲、唐志安父子按照"双二爷"的吩咐，在高公馆里收拾了两间客房，铺笼帐被一应俱全，洗脸、洗脚的盆子、毛巾等各人一套，诸事齐备，单等客人到来。

又过了一天，在李光庭、喻雷两位的护送下，秦天真、徐健生、刘雪苇、董亮清就着凉爽的晨风离开了宅吉坝。他们翻越了鹿冲关，然后过茶店、顺海、燕子冲，一个多钟头就到了北衙寨。在唐志安引领下，他们步入高公馆，然后借助这百年古宅，暂时隐蔽下来……

李光庭、喻雷以农税调查为由，对周边农户进行走访，实则是了解、观察当地社情民意，排除安全隐患。三天后，秦天真说："这北衙寨，高家的门户就是一枚定海神针，这里安然无忧，你们去忙别的吧。"于是李光庭、喻雷放心大胆地离开北衙，回城去了。

在"双二爷"和唐老冲的安排下，新来的四个人都有了各自的身份角色：

秦天真的身份是帮工，他独自一人在大沟边，看管高家的水碾；

刘雪苇住进了"双二爷"家，帮他喂牛；

徐健生对外以高三爷表侄的身份，暂时做起了高公馆的账房先生；

董亮清作为高公馆新雇的花匠，负责打理那些花花草草、假山奇石。

半个多月过去，寨子里除了秦、刘、徐、董，并未出现其他任何外人。秦天真他们也各务其业，自得其乐。"双二爷"高炳轩和唐老冲见状，暗自窃喜，便同意他们不时在村里走走，权作放风。

除了刘雪苇和董亮清，唐志安和秦天真、徐健生等其实都是老熟人，并且陆续参加过省工委组织的一些外围活动。有一次到高家花园送米时，他抽空找到高言志，向他吐露了一句心里话："永贞，我也想参加共产党，可以不？"高言志把这事告知秦天真后，秦天真说："唐志安年轻、厚道，并且读书识字，他应该是我们考察培养的重点对象！"

这天翻晒秋粮，秦天真见唐老冲他们人手紧，便约了刘雪苇、徐健生、董亮清等赶到晒谷坝搭手帮忙。他们四个都是苦出身，干起活来一个比一个卖力。唐老冲咧嘴笑道："嘿，之几个小伙，都不是外行呢！"

午后，天空湛蓝，烈日当顶，宽敞的晒谷坝上，秦天真、徐健生等各自推着木耙，踩着那金灿灿的谷子走了无数个来回。他们一边用木耙翻谷子，一边不时朝远处的大路上张望，显得心事重重……

自中秋节开始，秦天真他们的心情就很悲痛。董亮清帮助刘雪苇越狱后，陈惕庐连呼失算，遂在监狱增加岗哨，并倾尽全力四处设卡搜捕，省工委营救林青的计划终未实现。9月11日，即中秋节的前一天，陈惕庐下令处决林青。

林青两腿骨折不能行走，特务便租黄包车拉着他，绑赴城北江西坡行刑。林青至死不屈服，从监狱到六广门，他沿途高呼"中国共产党万岁""打倒国民党反动派""打倒蒋介石"。在"又一村"附近，黄包车不知何故稍有停顿，林青面带微笑朗声畅言，讥讽、揭露军阀和独裁政权的罪恶。奉命行刑的特务惊恐万状束手无策，只好用绳索捆绑短刀横勒其口，刀刃从唇角两侧切入面颊，当即血流不止……

当时，邱世达、邱祖轩父子就在黄包车十步开外。林青看到人群里的邱氏父子的瞬间，他的目光格外明亮有神。迄今，他在贵阳出出进进刚好一年，这对父子林青再熟悉不过。不久前邱祖轩入党，林青亲自表态批准。自己临刑之际看到祖轩，林青顿感欣慰。他不带任何表情地眨眼，同时又颇有深意地点头，既像与邱祖轩相告永别，更像无声的嘱托。见邱祖轩悲戚流泪，林青又颇有深意地摇了一下头，用意似乎只有六个字：别悲伤，要坚强！

黄包车重新启动，邱氏父子远远跟随。随后目睹了林青遇难的整个过程，邱祖轩的心灵备受震撼。从此，他记忆中永远刻下了这样三个场景：林青书记忍痛含刀，艰难地高唱《国际歌》；林青拼尽力气高呼口号；在城北江西坡一堵白岩石下，林青被刽子手残忍杀害……

国民党掌控的几家报纸，曾以不同篇幅披露杀害林青的消息，对林青的评述是"憨不畏法"。细究，乃"坚贞不屈，视死如归"之另一说也！

陈惕庐杀害林青后仍未死心，下令曝尸，他想静观谁去收殓安葬，好以此顺藤摸瓜，搜捕林青同党。整整三天过去，刑场那里无人出现。陈惕庐、李少白等估计希望渺茫，于是下令将暗哨撤回。

265

在省工委安排下，尹素坚、高言志凑了些钱，喻雷又通过熟人借得二十块大洋，找到江西坡一捡破烂的老妇人，托她雇人安葬林青，并约定在坟头插苞谷秆作记。不久的深夜，高言志、喻雷暗地潜往核实无误。向老妇人支付酬金后，高言志骑马赶赴北衙，向秦天真做了汇报。秦天真听罢，好半天说不出话来。那一刻，他但觉万箭穿胸，痛苦难当，泪如泉涌！

贵州省工委"八月会议"召开后，疏散转移的工作一直在持续进行当中。进入9月下旬，这项人数众多、牵涉面广、情况复杂的工作终于告一段落。根据"八月会议"的决定，疏散转移完毕，秦天真就要去安顺，任务就是整顿和巩固丁沛生领导的游击队。紧接着，他又要出省寻找上级党组织，汇报贵州的工作，并接受下一步的任务。

上次高言志回北衙，秦天真就吩咐他注意搜集各地情报信息，以便进行综合分析，确定秦天真、徐健生、刘雪苇、董亮清的出行时间，并为每个人拟定相应的安保计划。毕竟，这四个人是去四个不同的方向，四个不同的目的地：秦天真要去安顺；徐健生要先去毕节，然后前往广西；刘雪苇是去上海；董亮清更远，他要回山东老家。在目前斗争形势如此严峻、复杂的景况下，他们全都面临着巨大的风险，甚至是有去无回的生死考验……

晒谷坝烈日当空，秦天真他们还在干活。木耙转向稍有停顿的一瞬间，秦天真听到了细碎的马蹄声。定睛一看，大路的远处出现了四匹骏马。马儿们迈着矫健的步子，在不疾不徐款款而行。马上，是秦天真最为熟悉的四个身影：高言志、李光庭、喻雷、邱世达。此时马头转向，高言志他们折身去了高公馆。秦天真见状，忙给唐老冲打个招呼，领着大家汗津津地赶了过去。

高言志他们刚陆续下马，秦天真、徐健生、刘雪苇和董亮清就赶到了，高言志和他们相视一笑，便把他们让进客屋坐了下来。片刻，唐志安的母亲给大家端上了茶水，大家一边喝，一边商量出行之事。

高言志："天真，目前局势有所缓和，你们几个都可以动身了。"大家听到这话，心里顿时打开了五味瓶。尤其是刘雪苇、董亮清，这两位信仰坚贞、肝胆相照的共产党人，在牢房里相知、相认，一起经历了那场惊心动魄的"生死逃亡"，对社会和人生，他俩自有一番与众不同、刻骨铭心的体验和感受。

秦天真沉吟片刻，做出了初步安排："刘雪苇、董亮清二位，由李光庭、喻雷你们护送，骑马到凯里。然后，刘雪苇、董亮清要在凯里另外启程，分头去上海和山东。徐健生单独去毕节，等你们都平安离开，我再动身去安顺。"

大家都表示赞同。李光庭补充道："我和喻雷送老刘、老董，骑马就用不着了，我们走路吧！"

高言志："光庭，天真叫你们骑马，你就不要客套。你想想啊，老刘、老董路程那么远，他们必须尽快闯出贵州地界，才算是脱险。""倒也是的。"李光庭、喻雷不约而同点头道。

徐健生："光庭你是有所不知，那四匹马是高言志出钱买的，也是你和喻雷在凯里创建游击队和武装根据地所需要的坐骑。以后，你们面临的条件会非常艰苦，无论游击作战还是运输，它们都能派上大用场。"听他这么一说，李光庭才反应过来，感慨道："永贞，你付出得太多了。"

秦天真："说到付出，高氏家族何止永贞一人？从高三爷、'双二爷'、高言志、高昌华到高昌谋、高言诗。从后花园的船屋，到北衙寨这里的高家大屋，再到今天这四匹骏马，高家的付出，远远无法用账目来细算啊！"

大家听了，禁不住都默然点头，心中赞许不已。

"董警官……！"邱世达突然对董亮清叫道，他好像想起了什么，从衣袋里摸出一封皱巴巴的信件交给董亮清。董亮清乐了："还叫我董警官？！"他这么一说，大家都跟着笑。然而，董亮清打开信件，脸色突然就变了。这个变化立即被细心的秦天真捕捉。"老董……！"他关切地叫了一声。董亮清红着眼睛，把那信件递给了他："没事儿，你看看吧！"说罢，他揉着眼睛出去了。

是一封什么样的信件呢？秦天真疑惑不已，于是他认真看了起来——

亮哥：

　　你好吗？事情我已完全知道了，但愿你们平安无事吧！

　　监狱出事的第二天清晨，他们查抄了我的住所，还逼我交代你的去向。我哪知道？他们开始时不信，直到我拿出你的绝交信，他们才无话可说。亮哥，我不知道你去了哪里。但我猜测并深信不疑，邱叔叔一定知道你的去向。今天，我书写此信，一会儿交给邱叔叔，请他无论如何要转给你。如果他真的不知你下落，我只能空洒清泪。如果你收到此信而又不能复信，那么只需记住一点就可以了，以后每年的8月20日，亦即你助刘雪苇成功越狱的那个日子，我会在中午时分赶到"又一村"，在那儿等你。当初，你为刘雪苇之事下了决心后，我们是在那里分的手。我期待今后有一天，能够在那儿与你重逢。但愿吧，但愿但愿，或许有那么一天，邱叔叔和他儿子，能做你我这段情缘的见证人！

宛如
民国二十四年八月二十五日

　　次日早饭后，老邱告辞回城。李光庭、喻雷、刘雪苇、董亮清骑马离开了北衙寨。下午，即将前往毕节、广西的徐健生也独自动身走了。来的四个人，只剩下了秦天真，他在高言志的陪同下，到"双二爷"高炳轩家辞行。

　　秦天真："爷爷，我要走了。感谢您老的救命之恩。您保重身体要紧！"

　　高炳轩："你们都是有抱负的青年。以后，国家还要指望你们……"

　　秦天真："爷爷，我们会努力的。"

　　高炳轩："记得那天，你我在水碾房边闲聊，你说，将来我们这里要建'北衙小学'，我可是听进去了的。"

　　高言志："二公，您老人家尽管放心，会兑现的。"

　　高炳轩闻言，欣慰一笑……

　　天黑后，高言志、秦天真出现在贵阳洪边门，又是那瓮鼻子当班。高言志指着秦天真对他说："老哥，昨天我给你说的烟贩子就是他。以后，如果他需要单独进出，还望老哥行个方便！"趁夜黑，他在瓮鼻子的手里塞了一坨东西。瓮鼻子知道那是烟土，于是挥挥手，对他耳语道："快走！"

高言志、秦天真摸黑去了江西坡。这也是9月中旬林青遇难后，秦天真第一次来。明天他就要离开贵阳了，动身之际，他特地来向林青兄弟辞行……

开刃之秋

◎尾声

1935年春天，蓝运臧与潘汉年假扮夫妻，从贵阳取道广州、上海，历尽艰辛转赴北平，圆满完成了地下党交给的任务。蓝运臧考进北平大学女子文理学院深造，并与男友寇述彭结婚。1937年2月，蓝运臧、寇述彭到达延安。同年夏，黄大陆脱离国民党军队，辗转到达延安。

在此前后，中共贵州省工委委员邓止戈、秦天真、刘雪苇及机要特派员徐健生等，陆续去了延安。

1937年8月，党中央做出决定，派黄大陆由延安回贵州，以特派员身份负责地下党工作；1938年2月，党中央做出决定，成立新一届中共贵州省工作委员会，由邓止戈、秦天真、黄大陆、李策组成，邓止戈任书记。同月，黄大陆、李策、严金甡等被国民党特务逮捕。

1939年冬，经党组织批准，蓝运臧、寇述彭回黔，在黔西打鼓新场从事抗日宣传。1940年冬，寇述彭、蓝运臧夫妇及其妹妹蓝运铮等先后被捕。

1941年1月19日夜，省工委委员黄大陆、李策及严金甡、张益珊、凌毓俊等共产党人，被国民党特务秘密杀害。

1941年5月19日午夜，贵阳城郊狮子山下，寇述彭、蓝云臧、蓝运铮等共产党人被军统特务杀害于乱坟堆中。

1949年7月19日，距林青烈士遇难十五年后，贵阳发生第二起"七一九事件"，地点就在文笔街高家花园。特务、宪兵冲进高府，抓走了高可亭的堂弟高昌谋（地下党员）和次子高言善（共青团员）。

1949年11月11日，高言善等二十四名革命志士被害于贵阳城北沙河桥（高昌谋经多方营救出狱）。此即震惊贵州的"双十一惨案"。四天后贵州解放，共产党接管贵州政权。经党中央考察，中国人民解放军第十八军民运部部长秦天真奉命转任贵阳市委书记兼市长。

1950年5月13日，贵阳市郊小关，高昌谋、李光庭被土匪杀害。

1986年12月13日，贵州省财政厅原顾问高言志去世。

1993年3月19日，贵州省人大常委会原主任徐健生去世。

1998年9月8日，贵州省第四届政协原副主席、贵州省原副省长、中共贵州省顾问委员会副主任秦天真去世。

1982年，文笔街高家花园——中共贵州省工委活动旧址，被贵州省人民政府列为"省级文物保护单位"。1989年，贵阳市人民政府原址修复"怡怡楼"。1995年，高家花园被列为贵阳市爱国主义教育基地，1997年被列为贵州省爱国主义教育基地。

2019年9月27日，贵阳市乌当区新光路街道办事处北衙村的高公馆被乌当区人民政府列为"文物保护点"，并正式挂牌公布，法定名称：中共贵州省工委北衙活动旧址。

后记

迟到的祭奠
——《开刃之秋》后记

冯 飞

"高家的谷子",这话在贵阳耳熟能详。乌当区北衙村高公馆的人文价值与历史贡献,则是我继"成山文化"之后的又一史学研究课题。机缘巧合下,有了这部一气呵成的《开刃之秋》,这也是我继《河东河西》(中篇)、《大清血地》(长篇)之后,第三部关于贵州本土题材的历史小说。

贵阳市乌当区新光路街道办事处北衙村的高公馆,是清代廉吏、道光朝广州知府高廷瑶先生的旧居。这座公馆,它伴随贵阳农耕文化的发展而诞生,见证了"高家谷子"的兴衰演变,也亲历了一段鲜为人知的传奇经历。

1935年2月,中国工农红军转战贵州期间,受中央特科负责人潘汉年安排,中共贵州省工委向党中央提供了国民党部队的军用地图、密电码、地空识别标志图等重要情报,红军闯过难关捷报频传,进而演绎了"四渡赤水出奇兵"的军事奇迹。蒋介石恼羞成怒,授意特务机关策划了轰动一时的"七一九事件",中共贵州省工委遭受沉重打击,工委书记林青被捕遇难。危难之际,地下党员、高家大少爷高言志巧妙安排,省工委负责人秦天真、刘雪苇及共产党员徐健生、董亮清等秘密转移至高公馆隐藏,他们在此转危为安,逃脱了特务的搜捕。

毫无疑问，高公馆的历史贡献不该忽略。然而，由于隐蔽战线的特殊性质和纪律所限，这段历史一直未纳入学术研究范畴。除了零星记载于党史资料和个人回忆录的只言片语，高公馆这段历史基本不为外人所知。

近年，在中央有关部门的安排部署下，高言志、秦天真、徐健生等共产党人在隐蔽战线的特殊贡献陆续解密。巧合的是，北衙村一带旧城改造，各种利益的博弈权衡中，高公馆的去留似乎成了有争议的话题。为此我向有关部门呈文呼吁，强烈请求对高公馆实施保护。我的理由和底气，来自历年积攒之各种党史文献。欣慰的是，我得到了各界的大力支持。2019年7月2日，我受中共乌当区委党史研究室邀请，参加"北衙寨高家大屋论证会"。与会者中，既有我素来仰慕之熊宗仁、范同寿等学界大腕，也有来自省、市、区相关部门的负责人。我在呼吁书中所强调的论点，不仅赢得了学界前辈的首肯和呼应，还得到了文物、考古、文旅部门及党史研究机构的一致认可。同年9月27日，高公馆作为重要的红色文化遗址，被乌当区人民政府列为"文物保护点"，并正式挂牌。

2020年4月中下旬，省作协副主席高宏数次驱车来乌当和我深谈。他代表贵州省作协党组，约请我以中共贵州省工委创建之初的苦难历程——"七一九事件"为题材，创作一部长篇历史小说，交稿时间为当年9月30日前。斯时掐指细数，满打满算也仅五个月。题材重大，期限紧迫，压力之巨可想而知。我梳理了一下历史的脉络，初步起名为《开刃之秋》。诞生于长征期间的中共贵州省工委，在隐蔽战线群英济济且身手不凡，他们出色完成了搜集情报的艰巨任务，更为此付出惨烈代价，承受了"七一九事件"的腥风血雨——这就是《开刃之秋》一书的主要内容。

2020年5月12日，《开刃之秋》正式动笔。9月10日晚饭后不久，我在电脑上敲出了小说部分的最后一段话："高言志、秦天真摸黑去了江西坡。这也是9月中旬林青遇难后，秦天真第一次来。明天他就要离开贵阳了，动身之际，他特地来向林青兄弟辞行……"巧合的是，完稿次日就是林青书记的忌日——八十五年前的9月11日，林青遇难于贵阳江西坡！

1991年7月1日，中国共产党成立七十周年纪念日，中共贵阳市委在高家花园旧址召开纪念会，时任贵州省副省长的秦天真致辞时说："高家对贵州地下党的巨大贡献，不容否认和忽视。在腥风血雨的白色恐怖下，20世纪30年代，得到高可亭乡绅的默许和支持，高家还有七位有识之士投身革命，如高昌谋、高旭、高言志、高言诗、高言书、高言善、高铭琦等。"

秦老提到的高铭琦老人在世时，我们是忘年交。20世纪末，经乌当区民政局副局长高言义引见，我与高铭琦老人结识，此时老人年届耄耋，我随高言义依高家辈分，叫他"九爷爷"。

2008年夏天，九爷爷为了续修《渤海堂高氏家谱》，到新添寨走访族人。言义约上我，陪老人去了北衙的高公馆。高公馆外，九爷爷百感交集。他哽咽着对我们说："'七一九事件'后，省工委的领导人林青被杀害。幸好有北衙这高公馆！当年，秦天真、徐健生他们，在这里化险为夷。"他指着厢房说，秦天真他们当时就在这里躲藏，唐植民负责传递情报。最危险时，秦天真他们待在楼上不出门，由唐植民送水、送饭，传递情报。

——此乃我近距离触摸和感知"七一九事件"，以此结缘，开启了我人生又一段奇遇，继而也有了今天这部《开刃之秋》。

此外，我曾服役的老部队——步兵第一四九师，前身即中国人民解放军第十八军五十二师，而毕节人秦天真前辈，20世纪40年代末曾在这支部队担任要职。虽然我们在十八军战斗、生活的年代相距整整四十年，但军旅生涯里的"贵州老乡"仍感亲切。更何况，秦天真和林青、徐健生、高言志、高昌华、蓝云臧等前辈为信仰付出一切的"初心"，山东人董亮清、云南人黄大陆、四川人邓止戈为贵州付出过的艰辛努力和牺牲，难道不值得我们铭记、缅怀和祭奠？一句话，我有责任给先辈们一个交代、一个说法，只有如此，才能表达我内心珍藏已久的敬意！

在创作《开刃之秋》的百余天里，我夙夜匪懈寝食难安，每天只有四五个小时的睡眠。欣慰的是，我完成初稿的时间，竟然提前了二十天。成都军区原副司令员桂全智将军、军事科学院科研指导部原副部长张秦洞将军审读书稿后，分别以十八军老部队战友身份和秦天真后人的身份，为《开刃之秋》作序。北京体育大学的高言诚教授现已九旬高龄，他的父亲高可亭先生是当年秦天真等贵州地下党的"保护神"。言诚教授和言经、言常、重新等高氏后人，

后记

以及秦天真前辈的裔孙秦淮大哥，对该书赞誉有加。中共贵州省委党史研究室的专家学者们审读书稿后，更是给予了高度评价。我为这段文墨佳话而感动、自豪，同时，我更愿把这些赞誉看作是一种包容、理解和鞭策！

重大题材的文学演绎理当慎之又慎，这是必须秉持的学术态度，更是我不愿背弃的文化良知。作品中凡涉及党史或军史问题，一律以公开出版的党史文献为准。同时，我参阅并借鉴了王若飞、邓止戈、秦天真、缪正元、刘雪苇、高言志、徐健生、唐植民、尹克恂等前辈的相关著作或回忆录，参阅了各地党史专家的相关文献。为此，我向他们致以深深的敬意！

这里，我要再次感谢贵州省作家协会的信任和重托，感谢贵州省新闻出版局领导对我的支持和指导。另外，乌当区文联、中共乌当区委党史研究室和融媒体中心的领导，对我一直都很关心。这部作品得以问世，非我一人所能，前述部门和领导，你们同样功不可没，我万分感谢！

2021年2月3日

学术支持机构：
贵州历史文献研究会
中共贵阳市委宣传部
中共乌当区委宣传部
贵阳市历史学会

特别鸣谢：
贵阳市文联
贵阳市作家协会
乌当区图书馆

本书法律顾问：贵州天筑律师事务所 朱永勇律师

参考书目

1. 中共贵州省委党史研究室. 中国共产党贵州省历史大事记[M]. 贵州：贵州人民出版社，2001.

2. 中共贵州省委党史研究室. 中共贵州地方简史[M]. 贵州：贵州人民出版社，1991.

3. 中共贵州省委党史研究室. 贵州党史资料：第三辑[J]. 1986.

4. 中共贵州省委党史研究室. 贵州党史资料：第五辑[J]. 1987.

5. 中共贵州省委党史研究室. 贵州党史资料：第八辑[J]. 1992.

6. 中共贵州省委党史研究室. 贵州党史资料：历年合订本[J].

7. 中共贵州省委党史研究室. 纪念贵州解放四十周年[M]. 1990.

8. 中共贵州省委党史研究室. 贵州革命史话：贵阳卷[M]. 贵州：贵州人民出版社，2014.

9. 中共贵州省委党史研究室. 贵州革命史话：遵义卷[M]. 贵州：贵州人民出版社，2014.

10. 中共贵州省委党史研究室. 贵州革命史话：毕节卷[M]. 贵州：贵州人民出版社，2014.

11. 中共贵州省委党史研究室. 贵州革命史话：黔南卷[M]. 贵州：贵州人民出版社，2014.

12. 中共贵州省委党史研究室. 拨乱反正：贵州卷[M]. 贵州：贵州人民出版社，1999.

13. 中共贵阳市委党史研究室. 中共贵州省工委斗争纪略展红色故事选编[M]. 2019.

14. 中共贵阳市委党史研究室. 贵阳党史资料：第五期[J]. 1983.

15. 中共贵阳市委党史研究室. 凝固的历史[M]. 贵州：贵州人民出版社，2001.

16. 中共贵阳市委党史研究室. 永恒的记忆[M]. 贵州：贵州人民出版社，2011.

17. 中共贵阳市委党史研究室. 红色源泉——中共贵州省工委旧址[M]. 贵州：贵州大学出版社，2016.

18. 中共贵阳市委党史研究室. 贵阳双十一惨案[M]. 贵州：贵州人民出版社，1989.

19. 中共贵阳市委党史研究室. 红色的足迹——贵阳市革命遗址通览[M]. 贵州：贵州人民出版社，2014.

20. 中共乌当区委党史研究室. 中国共产党乌当区历史：第一卷[M]. 2002.

21. 中共乌当区委党史研究室. 党史知识读本[M]. 2016.

22. 中共乌当区委党史研究室. 红色足迹[M]. 2016.

23. 中共毕节地委党史研究室. 中共毕节地区党史大事记[M]. 1985.

24. 中国人民政治协商会议贵州省委员会文史资料研究委员会. 贵州文史资料选辑：第三十三辑[M]. 1996.

25. 贵州省博物馆. 贵州历史人物资料汇辑[M]. 1988.

26. 秦天真等. 征途——革命回忆录丛书[M]. 贵州：贵州人民出版社，1983.

27. 秦天真. 风雨八十年[M]. 贵州：贵州人民出版社，1999.

28. 刘雪苇. 过去集[M]. 光华书店，1948.

29. 徐健生纪念文集编委会. 功在桑梓情留大地——徐健生纪念文集[M]. 贵州：贵州人民出版社，1983.

30. 息烽集中营革命历史纪念馆. 在军统秘密监狱十四年[M]. 2004.

31. 中共上海市普陀区委党史研究室. 吴亮平在沪西[M]. 2006.

32. 贵阳市档案馆. 抗战期间黔境印象[M]. 贵州：贵州人民出版社，2008.

33. 贵州省文史研究馆. 贵州文史丛刊[M]. 1981（1）. 贵州：贵州人民出版社，1981.

34. 贵州省文史研究馆. 贵州文史丛刊[M]. 1982（2）. 贵州：贵州人民出版社，1982.

35. 贵州省地方志编纂委员会. 贵州省志：军事志[M]. 贵州：贵州人民出版社，1995.

36. 贵阳市地方志编纂委员会. 贵阳市志：军事志[M]. 贵州：贵州人民出版社，1989.

37. 中共河南省委党史研究室. 党史博览[J]. 2014（7）.

38. 贵阳市文物管理委员会. 贵阳文物志[M]. 1983.

39. 贵州省政协文史资料研究委员会. 回顾贵州解放[M]. 贵州：贵州人民出版社，1982.

40. 贵州省贵阳市政协文史资料研究委员会. 贵州现代革命史讲座[M]. 贵州：贵州人民出版社，1989.

41. 萧锋. 长征日记[M]. 上海：上海人民出版社，1979.

42. 丁玲. 红军长征记[M]. 广西：广西师范大学出版社，2017.

43. 贵阳市政协文史和学习委员会. 贵阳历史人物丛书：科技经济卷[M]. 贵州：贵州人民出版社，2004.

44. 中共遵义地委党史研究室. 红军在黔北[M]. 北京：人民美术出版社，1984.

45. 彭树华. 潘汉年案审判前后[M]. 北京：中国青年出版社，2009.

46. 熊宗仁. 何应钦——漩涡中的历史[M]. 贵州：贵州人民出版社，2013.

47. 公安部档案馆. 在蒋介石身边八年[M]. 北京：群众出版社，1991.

48. 戴明贤，孙凤岐. 南明河——昨天的故事[M]. 贵州：贵州人民出版社，2007.

49. 乌当区文联，乌当区政协支边办. 乡愁故履[M]. 贵州：贵州人民出版社，2018.

50. 史继忠，黄小川. 贵阳名人[M]. 贵州：贵州教育出版社，1991.

51. 张秋实. 解密档案中的瞿秋白[M]. 北京：东方出版社，2011.

52. 贵州省地方志编纂委员会. 贵州省志：教育志[M]. 贵州：贵州人民出版社，1990.

53. 贵阳市地方志编纂委员会. 贵阳市志：建置志[M]. 贵州：贵州人民出版社，2018.

54. 埃德加·斯诺. 西行漫记[M]. 上海：生活·读书·知识三联书店，1979.

55. 哈里森·埃文斯·索尔兹伯里. 长征：闻所未闻的故事[M]. 北京：解放军出版社，1986.

56. 昆明军区政治部. 红军滇黔驰骋史料汇总[M]. 北京：军事科学出版社，1989.

57. 遵义市地方志编纂委员会. 遵义市志[M]. 北京：方志出版社，2017.

58. 陈佰钧，童小鹏，伍云甫等. 红军长征日记[M]. 北京：档案出版社，1986.

59. 萧锋. 十年百战亲历记[M]. 福建：福建人民出版社，1983.

60. 中国工农红军第一方面军长征记[M]. 北京：人民出版社，1955.

书法家吴鹏为本书题字

书法家陈加林为本书题字

云南书法家、黄大陆侄儿杨仁志为本书题字

小桥流水有无中 书斋寺

花正之艳